Ian McEwan

Expiation

*Traduit de l'anglais
par Guillemette Belleteste*

Gallimard

Titre original :

ATONEMENT

© *Ian McEwan, 2001.*
© *Éditions Gallimard, 2003, pour la traduction française.*

Ian McEwan est né en Angleterre en 1948. Il s'est vu décerner le Somerset Maugham Award en 1976 pour son premier recueil de nouvelles, *Premier amour, derniers rites*. Depuis il a publié, entre autres, *Le jardin de ciment, Un bonheur de rencontre*, et *L'Innocent*, tous accueillis par une presse enthousiaste. Publié en 1987 en Angleterre, *L'enfant volé* a reçu le prestigieux Whitbread Novel of the Year Award et, en France, le prix Femina étranger 1993. En 1998, *Amsterdam* lui a valu le Booker Prize.

Pour Annalena

« Chère Miss Morland, songez à l'horrible nature des soupçons que vous avez conçus! Qu'est-ce qui a pu vous faire croire des choses pareilles? Souvenez-vous du pays et de l'époque où vous vivez! Souvenez-vous que nous sommes anglais et que nous sommes chrétiens! Consultez votre intelligence, votre raison, appelez-en à votre expérience personnelle... Notre éducation nous a-t-elle préparés à de telles atrocités? Nos lois les toléreraient-elles? De pareils crimes seraient-ils perpétrés sans être bientôt sus, dans un pays tel que le nôtre où les communications directes ou bien le courrier sont tellement développés, où chaque homme est entouré de tout un voisinage d'espions bénévoles, où les routes et les journaux ne permettent pas le secret? Ma très chère Miss Morland, qu'êtes-vous donc allée vous imaginer? »

Ils étaient arrivés au bout de la galerie, et Catherine, pleurant de honte, courut se réfugier dans sa chambre.

JANE AUSTEN, *Northanger Abbey*[1]

1. Nous devons cette traduction, parue originellement aux Éditions Christian Bourgois, 1980, à Josette Salesse-Lavergne.

PREMIÈRE PARTIE

Un

La pièce de théâtre — dont Briony avait conçu affiches, programmes, billets, construit la caisse à l'aide d'un paravent renversé et garni la boîte à monnaie de papier crépon rouge —, elle l'avait écrite en deux jours de furie créatrice, au point de sauter un petit déjeuner et un déjeuner. Une fois les préparatifs terminés, il ne lui resta plus qu'à contempler sa version finale et à attendre que ses cousins arrivent d'un Nord lointain. Ils n'auraient qu'une seule journée pour répéter avant la venue de son frère. Parfois terrifiante, parfois désespérément triste, la pièce racontait une histoire de cœur dont le message, présenté sous forme de prologue en vers, était que tout amour non fondé sur le bon sens était d'avance condamné. La passion téméraire d'Arabella, l'héroïne, pour un perfide comte étranger, serait punie par le sort, car elle contracterait le choléra au cours d'une impétueuse ruée vers une ville côtière en compagnie de l'élu. Abandonnée de lui et pour ainsi dire du reste du monde, clouée au lit dans une soupente, elle se découvrirait un sens de l'humour. Le hasard lui offrirait une seconde chance en la personne d'un médecin sans le sou, en fait un prince déguisé ayant préféré travailler parmi les déshérités. Guérie par lui, Arabella ferait, cette fois, un choix judicieux et s'en trouverait récompensée par une réconciliation familiale et un mariage avec son prince médecin « lors d'une belle journée venteuse de printemps ».

Mrs Tallis lut les sept pages des *Tribulations d'Arabella* dans sa chambre, devant sa table de toilette, le bras de l'auteur passé tout ce temps autour de son épaule. Briony ne quitta pas des yeux le visage de sa mère, cherchant le moindre signe d'une émotion fluctuante, et Emily Tallis se prêta au jeu avec des expressions de crainte, des hennissements de jubilation et pour finir des sourires de gratitude et des hochements de tête de connivence et d'approbation. Elle prit sa fille dans ses bras, sur ses genoux — ah, ce petit corps doux et tiède de petite enfance qui ne l'avait pas encore quittée, du moins pas tout à fait —, et lui dit que la pièce était « formidable », acceptant instantanément d'un murmure dans l'étroit conduit de l'oreille enfantine que ce mot fût cité sur l'affiche, laquelle serait placée sur un chevalet dans le hall d'entrée près de la caisse.

Briony ne pouvait le savoir alors, mais ce devait être le point d'orgue du projet. Plus rien ne la comblerait autant, car tout le reste ne serait que rêves et frustration. Il y avait des moments où, dans le crépuscule d'été, une fois sa lampe éteinte, nichée dans les ténèbres délicieuses de son lit à baldaquin, elle se faisait battre le cœur d'inventions lumineuses et brûlantes, autant de saynètes, chacune d'elles représentant Leon. Dans l'une, son large visage débonnaire se déformait de chagrin tandis qu'Arabella sombrait dans la solitude et le désespoir. Dans l'autre, on le surprenait un verre de cocktail à la main, dans quelque bar citadin à la mode, en train de se vanter auprès d'un groupe d'amis : « Oui, Briony Tallis, ma plus jeune sœur, l'écrivain dont vous avez certainement entendu parler. » Dans une troisième, enthousiaste, il boxait le vide au moment du baisser de rideau, bien qu'il n'y en eût pas — impossible d'avoir un rideau. Sa pièce n'était pas destinée à ses cousins, mais à son frère, afin de fêter son retour, de provoquer son admiration et de le détourner de sa nonchalante succession de petites amies au profit d'une épouse convenable, d'une épouse qui saurait le persuader de revenir à la campagne, et prierait gentiment Briony d'être sa demoiselle d'honneur.

Elle faisait partie de ces enfants possédés du désir de voir le monde à leur exacte convenance. Alors que la chambre de sa grande sœur n'était qu'un chaos de livres délaissés, de vêtements dépliés, de lit défait, de cendriers débordants, celle de Briony était le reliquaire de son démon de l'ordre : la ferme en modèle réduit disposée le long du renfoncement de la fenêtre comportait les bêtes coutumières, mais toutes étaient orientées dans le même sens — vers leur propriétaire — comme sur le point d'entonner un chant, et même les poules de la cour de ferme étaient alignées à la perfection. En fait, à l'étage, la chambre de Briony était la seule pièce rangée de la maison. Ses poupées assises bien droites dans leur demeure aux multiples pièces semblaient obéir à la stricte consigne de ne pas s'adosser au mur ; les diverses figurines hautes d'un pouce que l'on pouvait trouver sur sa table de toilette — cow-boys, scaphandriers, souris humanoïdes — suggéraient par la régularité de leurs alignements et de leurs espacements une armée de citoyens au garde-à-vous.

Ce goût de la miniature était l'un des traits d'un esprit méthodique. Un autre était la passion des secrets; dans un secrétaire verni auquel elle tenait beaucoup, on pouvait ouvrir un tiroir secret en poussant à contre-fil un assemblage en queue d'aronde habilement tourné, et c'est là qu'elle conservait son journal intime au fermoir verrouillé et un cahier écrit dans un code de son invention. Dans un petit coffre-fort de poupée qu'ouvraient six chiffres secrets, elle conservait lettres et cartes postales. Un vieux coffret à monnaie en fer-blanc était dissimulé sous une latte amovible du plancher, sous son lit. Dans cette boîte, il y avait des trésors vieux de quatre ans qui remontaient à son neuvième anniversaire, époque où elle s'était mise à collectionner : un gland double mutant, une pyrite de fer, un talisman faiseur de pluie acheté à une fête foraine, un crâne d'écureuil léger comme une feuille.

Mais tiroirs invisibles, journaux intimes verrouillables et écritures cryptées ne pouvaient cacher à Briony la simple vérité : elle n'avait aucun secret. Son désir d'un monde harmonieux, organisé, lui déniait toute audace de mal faire. Toute anarchie, toute destruction était trop chaotique à son goût, et elle n'était pas naturellement portée à la cruauté. Son statut effectif d'enfant unique autant que l'isolement relatif de la maisonnée Tallis la tenaient à l'écart, au moins le temps des grandes vacances, d'intrigues adolescentes avec ses amies. Rien dans sa vie n'était assez intéressant ni assez honteux pour mériter d'être dissimulé ; personne ne connaissait l'existence du crâne d'écureuil sous son lit, mais personne non plus n'avait envie de la découvrir. Rien là de particulièrement affligeant, sinon avec le recul, une fois qu'on avait trouvé une solution.

À onze ans, elle écrivait sa première histoire — une affaire idiote, inspirée d'une demi-douzaine de contes folkloriques et manquant, elle s'en rendrait compte par la suite, de cette connaissance essentielle des usages du monde qui en impose au lecteur. Mais cette première tentative maladroite lui montra que l'imagination était en soi une source de secrets : une fois qu'elle avait commencé une histoire, personne ne devait le savoir. Feindre à l'aide de mots était trop expérimental, trop précaire, trop embarrassant pour que quiconque fût mis au courant. Même en écrivant des mots, les *elle dit* et les *et alors,* elle sourcillait et se trouvait sotte de prétendre connaître les émotions d'un être imaginaire. Elle s'exposait inévitablement dès lors qu'elle dépeignait la faiblesse d'un personnage ; le lecteur allait forcément penser qu'elle se décrivait elle-même. De quelle autre autorité pouvait-elle se prévaloir ? Ce n'est que lorsque l'histoire était achevée, tous destins bouclés et la chose entière scellée aux deux bouts, qu'elle ressemblait, du moins à cet égard, à n'importe quelle autre histoire achevée, et que Briony se sentait invulnérable et prête à poinçonner les marges, à relier les chapitres avec des bouts de ficelle, à peindre ou à dessiner la couverture et à aller montrer l'ouvrage terminé à sa mère ou à son père — quand il était là.

Ses efforts recevaient des encouragements. En fait, ils étaient bienvenus, à mesure que les Tallis découvraient que le bébé de la famille possédait un esprit particulier et une aisance dans l'usage des mots. Les longs après-midi qu'elle passait à compulser dictionnaire et thésaurus contribuaient à des constructions ineptes quoique obsédantes : les pièces de monnaie que le méchant dissimulait dans sa poche étaient « ésotériques », un gangster surpris à voler une voiture fondait en larmes « d'indécente autojustification », l'héroïne sur son étalon pur sang effectuait un voyage « hâtif » dans la nuit, le front plissé du roi était le « hiéroglyphe » de son mécontentement. On incitait Briony à lire ses histoires dans la bibliothèque, et ses parents et sa sœur aînée étaient surpris d'entendre leur sage petite fille se donner en spectacle avec tant d'audace, faire de grands gestes de sa main libre, hausser les sourcils en interprétant les voix, lever les yeux de sa lecture l'espace de quelques secondes pour sonder les visages les uns après les autres, exigeant sans vergogne toute l'attention d'une famille ensorcelée par son récit.

Même en l'absence d'attention, de louanges ou de plaisir manifeste de la part des siens, Briony n'aurait pu être dissuadée d'écrire. D'ailleurs, elle se rendait compte, comme beaucoup d'écrivains avant elle, que toute reconnaissance n'était pas utile. L'enthousiasme de Cecilia, par exemple, semblait un peu exagéré, entaché de condescendance peut-être, et également ment inopportun ; sa grande sœur voulait que chaque histoire reliée fût cataloguée et disposée sur les étagères de la bibliothèque entre Rabindranath Tagore et Quintus Tertullien. Si cela était censé être une plaisanterie, Briony n'y prêtait pas attention. Désormais, elle était sur sa lancée, et avait trouvé des satisfactions à d'autres niveaux ; écrire des histoires non seulement impliquait du secret, mais lui procurait tous les plaisirs de la miniaturisation. Un monde pouvait être créé en cinq pages, ce qui du reste était plus satisfaisant qu'une ferme en modèle réduit. L'enfance d'un prince choyé était imaginée sur une demi-page, une course au clair de lune à travers des villages assoupis ne formait qu'une seule phrase à la cadence vigoureuse, un coup de foudre pouvait s'accomplir d'un seul mot — d'un *regard*. Les pages d'une histoire tout juste achevée semblaient vibrer dans sa main de toute la vie qu'elles contenaient. Sa passion de l'ordre était également satisfaite, car elle pouvait tout aussi bien organiser un monde rebelle. Il était possible de faire coïncider un instant décisif de la vie de l'héroïne avec grêle, tempête de vent et tonnerre, tandis que les noces étaient généralement gratifiées d'une belle lumière et de brises légères. Un amour de l'ordre donnait également forme aux principes de justice, la mort et le mariage étant les principaux moteurs de l'économie domestique, la première réservée exclusivement aux êtres moralement douteux, le second, une récompense incertaine jusqu'à la dernière page.

La pièce qu'elle avait écrite à l'occasion du retour de Leon chez lui était sa première incursion dans la tragédie, et la transition lui avait paru se faire presque sans effort. C'était un soulagement que de ne pas transcrire les *elle dit*, ou de décrire le temps, le début du printemps, ou encore le visage de son héroïne — la beauté, elle l'avait découvert, tenait en peu d'espace. La laideur, en revanche, présentait une diversité infinie. Un univers réduit à ce que l'on y disait relevait en effet de l'ordre, au risque de l'annihilation et, pour compenser, chaque réplique était prononcée au paroxysme d'une émotion quelconque qui exigeait le point d'exclamation. *Les Tribulations d'Arabella* était peut-être un mélodrame, mais il restait encore à l'auteur à en entendre la mise en voix. La pièce avait pour intention d'inspirer non le rire, mais la terreur, le soulagement et l'édification, dans cet ordre, et l'innocente intensité avec laquelle Briony s'était lancée dans le projet — les affiches, les billets, la caisse — la rendait particulièrement vulnérable à l'échec. Elle aurait facilement pu accueillir Leon avec une autre de ses fictions, mais l'arrivée annoncée de ses cousins du Nord lui avait suggéré ce saut dans une forme encore inexplorée.

Que Lola, qui avait quinze ans, et les jumeaux de neuf ans, Jackson et Pierrot, fussent les réfugiés d'une amère guerre civile familiale aurait dû importer davantage à Briony. Elle avait pourtant entendu sa mère critiquer la conduite impulsive d'Hermione, sa sœur cadette, s'affliger de la situation des trois enfants et dénoncer la résignation et les dérobades de son beau-frère, Cecil, qui était allé chercher refuge à All Souls College, à Oxford. Briony avait encore entendu sa mère et sa sœur analyser les derniers avatars et outrages, accusations et contre-accusations, et elle savait que la visite de ses cousins serait indéfinie, et qu'elle se prolongerait peut-être même fort avant dans le trimestre. Enfin, elle avait entendu dire que la maison pouvait aisément loger trois enfants, et que les Quincey auraient tout loisir de rester aussi longtemps qu'ils le voudraient tant que les parents, s'ils venaient en même temps, feraient grâce de leurs querelles à la maison Tallis. Deux chambres voisines de celle de Briony avaient été époussetées, équipées de rideaux neufs et de meubles transportés d'autres pièces. Normalement, elle aurait dû prendre part à ces préparatifs, mais il se trouve qu'ils avaient coïncidé avec les deux jours de sa fièvre d'écriture et les débuts de l'élaboration de l'avant-scène. Elle savait vaguement que le divorce était une affaire pénible, mais elle ne le considérait pas comme un sujet en soi, et ne lui accorda aucune réflexion. C'était un dénouement terre à terre, de nature irréversible, qui n'offrait aucun intérêt pour la narratrice : il relevait du domaine du désordre. L'important, c'était le mariage, ou plutôt les noces, avec la conventionnelle

beauté de la vertu récompensée, l'émotion de l'appa-
rat et des ripailles, et l'étourdissante promesse d'une
union pour la vie. Une belle cérémonie était une
représentation implicite de ce qui relevait encore de
l'impensable — le bonheur sexuel. Dans les nefs des
églises campagnardes et des cathédrales citadines,
avec pour témoin la société tout entière de la famille
et des amis consentants, ses héroïnes et héros atteignaient leur innocent apogée, et n'avaient guère
besoin d'aller au-delà.

Si le divorce s'était présenté comme l'infâme anti-
thèse de tout cela, on aurait pu facilement le mettre
sur l'autre plateau de la balance, au même titre que
trahison, maladie, vol, violence et propension au
mensonge. Au lieu de quoi, il montrait le visage peu
séduisant d'une morne complexité et d'une inces-
sante chamaillerie. À l'instar du réarmement, de la
question d'Abyssinie et du jardinage, il ne constituait
tout simplement pas un sujet, et lorsque, après un
long samedi matin d'attente, Briony entendit enfin le
crissement des roues sur le gravier sous la fenêtre de
sa chambre, elle se saisit de ses pages et se précipita
dans l'escalier, dans l'entrée et dans la lumière aveuglante de midi, mais ce ne fut pas tant par manque de
sensibilité que par une ambition artistique hautement concentrée qu'elle cria aux jeunes visiteurs ahu-
ris, serrés les uns contre les autres avec leurs bagages
à côté de la voiture anglaise : « J'ai des rôles pour
vous, tous écrits. Première représentation demain !
Les répétitions commencent dans cinq minutes ! »

Aussitôt, sa mère et sa sœur s'interposèrent pour
proposer un emploi du temps moins agressif. Les
hôtes — tous trois rouquins et tachés de son — furent
conduits jusqu'à leur chambre, leurs valises montées
par Danny, le fils de Hardman ; il y eut un remontant

dans la cuisine, un tour de la maison, une baignade à la piscine et un déjeuner dans la partie sud du jardin, à l'ombre des vignes. Pendant tout ce temps, Emily et Cecilia Tallis poursuivirent un bavardage censé mettre les invités à l'aise, mais qui eut l'effet inverse. Briony savait que si, au bout de trois cents kilomètres pour se rendre dans une maison inconnue, elle s'était vue confrontée à des questions brillantes et à des apartés moqueurs et qu'on lui avait dit de cent façons qu'elle était libre de choisir, elle se serait sentie accablée. On ne comprend presque jamais que ce que les enfants désirent avant tout, c'est qu'on les laisse tranquilles. Quoi qu'il en soit, les Quincey s'efforcèrent de paraître amusés ou libérés, ce qui était de bon augure pour *Les Tribulations d'Arabella* : ces trois-là avaient l'astuce d'être ce qu'ils n'étaient pas, si peu qu'ils ressemblassent aux personnages qu'ils devraient interpréter. Avant le déjeuner, Briony s'éclipsa dans la salle de répétition déserte — la nursery — et arpenta de long en large le plancher ripoliné afin de réfléchir aux choix de distribution dont elle disposait.

À première vue, Arabella, dont la chevelure était aussi noire que celle de Briony, ne pouvait décemment descendre de parents rouquins, ou s'enfuir avec un comte étranger rouquin, louer une soupente à un aubergiste rouquin, perdre la tête pour un prince rouquin et recevoir le sacrement de mariage d'un prêtre rouquin devant une assistance non moins rouquine. Mais il fallait qu'il en soit ainsi. La couleur du teint de ses cousins était trop voyante — pratiquement fluorescente ! — pour passer inaperçue. Ce que l'on pouvait dire de mieux, c'est que *l'absence* de rousseur chez Arabella était le signe — le hiéroglyphe, comme l'aurait écrit Briony — de sa distinction. La pureté de son esprit ne serait jamais mise en doute, bien qu'elle évoluât dans un monde souillé. Il y avait également un autre problème : celui des jumeaux qu'un étranger n'aurait pu distinguer l'un de l'autre. Était-il bien convenable que le méchant comte présentât une ressemblance aussi totale avec le beau prince, ou que les deux ressemblassent à la fois au père d'Arabella *et* au curé ? Qu'adviendrait-il si Lola jouait le rôle du prince ? Jackson et Pierrot semblaient animés de l'enthousiasme propre aux petits garçons, et feraient probablement ce qu'on leur demanderait. Mais leur sœur accepterait-elle de jouer le rôle d'un homme ? Elle avait les yeux verts, un visage à l'ossature aiguë et les joues creusées, et il y avait quelque chose de sec dans sa réserve qui suggérait une volonté tenace et un caractère plutôt vif. La simple suggestion de confier ce rôle à Lola risquait de provoquer un drame, et du reste Briony pourrait-elle vraiment joindre ses mains aux siennes devant l'autel, tandis que Jackson psalmodierait les paroles du missel ?

Ce ne fut qu'à cinq heures, cet après-midi-là, qu'elle put réunir sa distribution dans la nursery. Elle avait disposé en rang trois tabourets, tandis qu'elle-même avait casé son postérieur dans une ancienne chaise de bébé — touche bohème qui lui donnait la hauteur dont jouit l'arbitre de tennis. Les jumeaux étaient sortis à regret de la piscine dans laquelle ils avaient séjourné trois heures sans interruption. Nu-pieds, ils portaient un tricot de corps par-dessus leur caleçon de bain qui dégouttait sur le plancher. De l'eau leur dégoulinait aussi dans le cou de leurs cheveux emmêlés, et les deux garçons, grelottants, agitaient les genoux pour se réchauffer. L'immersion prolongée leur avait fripé et décoloré la peau, de sorte que, dans l'éclairage relativement faible de la nursery, leurs taches de rousseur paraissaient noires.

Leur sœur, qui était assise entre eux, la jambe gauche en équilibre sur le genou droit, était au contraire parfaitement calme, généreusement aspergée de parfum et fraîchement vêtue d'une robe de vichy vert qui mettait en valeur son teint et ses cheveux. Ses sandales révélaient un bracelet de cheville et des ongles de pied vermillon. La vue de ces derniers procura à Briony une sensation de contraction au niveau du sternum, et elle sut immédiatement qu'elle ne pourrait pas demander à Lola de jouer le prince.

Chacun s'installa ; la dramaturge se disposait à entamer son petit discours pour résumer l'intrigue et évoquer l'émotion de devoir jouer devant un public d'adultes le lendemain soir dans la bibliothèque. Mais ce fut Pierrot qui parla le premier.

« Je déteste les pièces et tous ces trucs-là.

— Je les déteste aussi et j'aime pas me déguiser », dit Jackson.

On avait expliqué au déjeuner que l'on pouvait distinguer les jumeaux au fait qu'il manquait à Pierrot un triangle de chair à l'oreille gauche pour avoir tourmenté un chien quand il avait trois ans.

Lola regarda ailleurs. Briony dit d'un ton raisonnable : « Comment se fait-il que vous n'aimiez pas les pièces ?

— C'est rien qu'une façon de faire l'intéressant. » Pierrot haussa les épaules en proférant cette vérité qui allait de soi.

Briony savait qu'il avait raison sur ce point. C'était précisément pourquoi elle aimait les pièces, les siennes, du moins ; tout le monde l'adorerait. En regardant les garçons, et l'eau qui s'élargissait en flaques sous leurs chaises avant de se répandre dans les fentes du parquet, elle sut qu'ils ne comprendraient jamais son ambition. L'indulgence infléchit le ton de sa voix.

« Parce que tu crois que Shakespeare se contentait de faire l'intéressant ? »

Pierrot jeta un coup d'œil à Jackson par-dessus les genoux de sa sœur. Ce nom guerrier lui était vaguement familier, avec son parfum d'école et de certitude adulte, mais les jumeaux puisaient leur courage l'un dans l'autre.

« Tout le monde sait ça.

— Absolument. »

Lorsque Lola prit la parole, elle se tourna d'abord vers Pierrot et, en milieu de phrase, elle pivota pour terminer en direction de Jackson. Dans la famille de Briony, Mrs Tallis n'avait jamais rien à communiquer qui nécessitât d'être dit simultanément aux deux filles. À présent, Briony voyait comment s'y prendre.

« Vous allez jouer dans cette pièce, ou alors vous prendrez une gifle et j'irai le dire aux Parents.

— Si tu nous flanques une gifle, c'est *nous* qui irons le dire aux Parents.

— Vous allez jouer dans la pièce ou j'irai le dire aux Parents. »

Que la menace eût été nettement négociée à la baisse ne parut pas l'avoir diminuée en force. Pierrot se mordillait la lèvre inférieure.

« Pourquoi est-ce qu'on serait obligés ? » Tout était concédé dans la question, et Lola tenta d'ébouriffer ses cheveux collés.

« Tu te souviens de ce que les Parents ont dit ? Que nous sommes les hôtes de cette maison et qu'il faut... Qu'est-ce qu'il faut faire ? Allons. Qu'est-ce qu'il faut faire ?

— Ob...tempérer », dirent les jumeaux en chœur, au supplice, en butant à peine sur ce mot inhabituel.

Lola se tourna vers Briony, tout sourire. « S'il te plaît, parle-nous de ta pièce. »

Les Parents. Quel qu'il fût, le pouvoir institutionnalisé prisonnier de ce pluriel était sur le point de voler en éclats, à moins que ce ne fût déjà le cas, mais pour l'heure on ne pouvait encore l'admettre et on exigeait du courage, même de la part des plus jeunes. Briony eut soudainement honte de ce qu'elle avait égoïstement entrepris car il ne lui était jamais venu à l'esprit que ses cousins puissent ne pas vouloir jouer leur rôle dans *Les Tribulations d'Arabella*. Mais ils traversaient des épreuves, une catastrophe bien à eux, et maintenant, en tant qu'invités chez elle, ils se sentaient ses obligés. Ce qui était pire, c'est que Lola avait exprimé clairement qu'elle aussi jouerait pour faire plaisir. On abusait de la fragilité des Quincey pour les soumettre à la contrainte. Et pourtant — Briony s'efforçait de débrouiller cette pénible pensée —, n'y avait-il pas là manipulation ? Lola ne se servait-elle pas des jumeaux pour exprimer quelque chose qui venait d'elle, quelque chose d'hostile et de destructeur ? Briony ressentait le désavantage d'avoir deux ans de moins que cette fille, de voir ces deux ans de raffinement supplémentaire jouer contre elle, et maintenant sa pièce lui apparaissait comme un objet dérisoire et gênant.

Évitant tout ce temps le regard de Lola, elle entreprit d'esquisser les grandes lignes de l'intrigue, même si sa bêtise commençait à l'accabler. Elle n'avait plus le cœur d'imaginer pour ses cousins la surexcitation de la première soirée.

Dès qu'elle eut terminé, Pierrot dit : « Je veux être le comte. Je veux être un méchant. »

Jackson déclara avec simplicité : « Je suis un prince. Je fais toujours les princes. »

Elle les aurait bien attirés contre elle pour couvrir de baisers leurs petits visages, mais elle dit : « Alors, c'est bon. »

Lola décroisa ses jambes, lissa sa robe et se leva comme pour partir. Elle se prononça avec un soupir de tristesse ou de résignation. « Je suppose que, puisque c'est toi qui l'as écrit, tu vas faire Arabella...

— Oh non, dit Briony. Non. Pas du tout. »

Elle dit non, tout en voulant dire oui. Naturellement qu'elle allait prendre le rôle d'Arabella. Ce qu'elle refusait, c'était le « puisque c'est toi ». Elle ne jouait pas Arabella parce qu'elle était l'auteur de la pièce, mais parce que aucune autre possibilité ne lui avait traversé l'esprit, parce que c'était ainsi que Leon devait la voir, parce qu'elle *était* Arabella.

Mais elle avait dit non, et à présent Lola disait suavement : « Dans ce cas, ça ne t'ennuierait pas si je la jouais ? Je crois que j'en suis tout à fait capable. En fait, de nous deux... »

Elle laissa sa phrase en suspens et Briony la fixa, incapable de dissimuler son expression d'horreur, incapable de parler. Cela lui avait échappé, elle le savait, mais elle se trouvait dans l'incapacité de dire quoi que ce soit pour se reprendre. Devant le silence de Briony, Lola poussa son avantage.

« J'ai été longtemps malade l'an dernier, donc je saurai aussi jouer cette partie-là. »

Aussi ? Briony ne se sentait pas à la hauteur de cette fille plus âgée. Le supplice de l'inévitable lui brouillait l'esprit.

L'un des jumeaux déclara fièrement : « En plus, tu as été prise pour la pièce de l'école. »

Comment leur dire qu'Arabella n'avait pas de taches de rousseur ? Qu'elle avait le teint clair, les cheveux noirs, et que ses pensées étaient celles de Briony ? Mais comment aurait-elle pu opposer un refus à une cousine déracinée et dont la vie familiale était en ruine ? Lola lut dans ses pensées car elle jouait maintenant sa dernière carte, la carte maîtresse impossible à décliner.

« Allez, dis oui. Ce sera la seule bonne chose qui me soit arrivée depuis *des mois.* »

Oui. La langue trébuchant sur ce mot, Briony ne put que hocher la tête et, ce faisant, sentit un frisson boudeur d'acceptation, d'abnégation, lui parcourir la peau et s'en échapper en ballonnant, assombrissant la nursery par bouffées palpitantes. Elle eut envie de partir, elle eut envie de s'allonger seule sur son lit, d'y enfouir son visage, de savourer l'infâme piquant de l'instant et de remonter les ramifications des causes et des effets jusqu'au début de la catastrophe. Il lui fallait contempler les yeux clos l'abondante richesse de ce qu'elle avait perdu, de ce qu'elle avait donné, et anticiper le nouveau régime. Non seulement Leon était à prendre en compte, mais qu'en serait-il de la robe de satin à l'ancienne couleur pêche et crème que sa mère cherchait pour elle en vue du mariage d'Arabella ? À présent, elle irait à Lola. Comment sa mère pouvait-elle ainsi rejeter la fille qui l'avait aimée toutes ces années ? Voyant déjà la robe épouser à merveille les formes de sa cousine, imaginant le sourire cruel de sa mère, Briony comprit qu'il n'y avait plus pour elle qu'une issue : s'enfuir, aller vivre sous les haies, se nourrir de baies et ne parler à personne, pour être retrouvée par un forestier barbu, un petit matin d'hiver, recroquevillée au pied d'un chêne géant, superbe et morte, pieds nus ou à la rigueur chaussée de ses chaussons de danse à lanières de ruban rose...

Un apitoiement sur son sort nécessitait de sa part une parfaite concentration, et ce n'est que dans la solitude qu'elle pouvait insuffler de la vie à ces détails déchirants, mais à l'instant de son assentiment — comme une simple inclinaison du crâne pouvait bouleverser une existence ! — Lola avait ramassé par terre la liasse du manuscrit de Briony et les jumeaux s'étaient glissés hors de leurs chaises pour suivre leur sœur dans l'espace que Briony avait dégagé la veille au centre de la nursery. Oserait-elle s'en aller tout de suite ? Lola faisait les cent pas sur le parquet, une main sur le front, tandis qu'elle déchiffrait rapidement les premières pages de la pièce en murmurant les phrases du prologue. Elle annonça qu'on ne perdrait rien à commencer par le commencement, et voilà maintenant qu'elle assignait à ses frères le rôle des parents d'Arabella et leur décrivait le début, semblant connaître tout ce qu'il y avait à savoir de la scène. La prise de pouvoir de Lola, implacable, excluait toute possibilité d'apitoiement. Ou bien serait-il d'autant plus délicieux de s'effacer ? — car Briony n'avait même pas été désignée pour le rôle de la mère d'Arabella, et sûrement il était temps de s'esquiver hors de la pièce et de se jeter la tête la première dans les ténèbres du lit. Mais ce fut l'entrain de Lola — l'oubli de tout ce qui était au-delà de ses préoccupations —, et la certitude pour Briony que ses propres émotions n'auraient aucun effet, ne susciteraient a fortiori aucune culpabilité, qui lui donna la force de résister.

Menant dans l'ensemble une vie agréable et bien protégée, elle n'avait jamais vraiment été confrontée auparavant à qui que ce soit. Maintenant, elle le voyait bien : c'était comme plonger dans la piscine au début de juin ; il fallait simplement se forcer à le faire. Tandis qu'elle s'extirpait de la chaise haute et se dirigeait là où se tenait sa cousine, son cœur se mit à battre inopportunément et elle eut le souffle court.

Elle prit la pièce des mains de Lola et dit d'une

voix étranglée et plus haut perchée que de coutume :
« Si tu fais Arabella, alors moi, je serai le metteur
en scène, je te remercie beaucoup, et je vais lire le
prologue. »

Lola porta à sa bouche sa main piquée de son.
« Excuse-moi ! dit-elle dans un ululement. J'essayais
simplement de faire avancer les choses. »

Briony, incertaine de ce qu'elle devait répondre, se
tourna vers Pierrot pour lui dire : « Tu ne ressembles
pas tellement à la mère d'Arabella. »

La contradiction apportée à la décision de Lola en
matière de distribution, et le rire qu'elle provoqua
chez les garçons firent pencher la balance des forces
en présence. Lola eut un haussement exagéré de ses
maigres épaules et alla ostensiblement regarder par
la fenêtre. Peut-être était-elle en proie à une même
tentation de s'enfuir, indignée, hors de la pièce.

Bien que les jumeaux se fussent engagés dans un
corps à corps et que leur sœur vît poindre la perspective d'une migraine, la répétition commença tant
bien que mal. Briony lut le prologue dans un silence
lourd de tension.

Écoutez donc l'histoire d'Arabella la spontanée
 Qui s'enfuit de chez elle en extrinsèque compagnie,
De ses parents peinés de voir leur première-née
Se volatiliser pour Eastbourne gagner
Sans leur permission…

Son épouse à ses côtés, le père d'Arabella, debout
devant la grille en fer forgé de son domaine, commençait d'abord par supplier sa fille de revenir sur sa
décision puis, désespéré, lui ordonnait de ne pas
partir. Face à lui se tenait la triste — mais tenace —
héroïne, flanquée du comte, tandis que, attachés

au chêne le plus proche, leurs chevaux hennissaient et piaffaient, impatients de partir. Les sentiments les plus tendres du père étaient censés rendre sa voix chevrotante comme il déclarait :

> *Mon enfant bien-aimée, tu es jeune et charmante,*
> *Mais naïve tu crois, car du monde ignorante,*
> *Voir le monde à tes pieds,*
> *Alors qu'il ne demande qu'à te piétiner.*

Briony plaça ses acteurs ; elle-même se mit au bras de Jackson, Lola et Pierrot se tinrent à bonne distance, main dans la main. Dès que les regards des garçons se croisèrent, ils piquèrent une crise de fou rire à laquelle les filles mirent bon ordre. Il y avait déjà eu suffisamment de problèmes, mais Briony ne prit conscience qu'un gouffre séparait l'idée de sa réalisation que lorsque Jackson se mit à lire sa feuille d'une voix monotone, comme si chaque mot était un nom sur une liste de défunts, et fut incapable de prononcer « du monde ignorante » bien qu'on le lui eût seriné plusieurs fois, tout en estropiant le dernier vers — « Alors qu'il ne demande qu'à te piétiner ». Quant à Lola, elle récita les siens correctement, mais d'un air détaché, souriant parfois de manière incongrue à quelque pensée intime, bien décidée à montrer que son esprit quasi adulte était ailleurs.

C'est ainsi qu'ils continuèrent, ces cousins du Nord, pendant une bonne demi-heure, à saccager méthodiquement l'œuvre de Briony, et ce fut un soulagement lorsque sa grande sœur vint chercher les jumeaux pour le bain.

Deux

En partie parce qu'elle était jeune et la journée magnifique, en partie parce qu'elle ressentait le besoin naissant d'une cigarette, Cecilia Tallis, chargée de fleurs, allait au pas de course sur le sentier qui suivait la rivière, le long de l'antique piscine et de son mur de brique moussu ; puis elle disparut au détour d'un bois de chênes. Sans parler de l'inactivité accumulée toutes ces semaines d'été après les examens. Depuis son retour à la maison, sa vie s'était immobilisée, et une belle journée comme celle-là l'impatientait, la désespérait presque.

La fraîcheur de la haute voûte ombragée la soulagea, les entrelacs sculptés des troncs d'arbres l'enchantèrent. Une fois franchie la chicane métallique, et dépassés les rhododendrons au pied du saut-de-loup, elle traversa l'espace de verdure — cédé à un fermier des environs pour y nourrir ses vaches — et parvint derrière la fontaine, son mur de soutènement et son Triton, reproduction moitié moins grande de la fontaine du Bernin sur la piazza Barberini à Rome.

La silhouette musculeuse, si confortablement accroupie sur sa coquille, ne soufflait à travers sa conque qu'un jet d'eau sans force, à la pression si faible qu'il lui retombait sur la tête, sur ses boucles de pierre et dans le creux de son dos puissant où il déposait une traînée luisante vert foncé. Sous les frimas d'un Nord inconnu il était bien loin de chez lui, et pourtant il resplendissait au soleil matinal, de même que les quatre dauphins qui supportaient la coquille aux bords onduleux sur laquelle il trônait. Elle regarda les écailles improbables des dauphins et des cuisses du triton, puis la maison. Pour atteindre le salon, il était plus court de prendre par la pelouse, la terrasse et les portes-fenêtres. Mais Robbie Turner, son ami d'enfance et camarade d'université, était agenouillé, occupé à désherber une haie de rugosa, et elle n'avait aucune envie d'engager la conversation avec lui. Pas maintenant, en tout cas. Depuis qu'il était revenu, sa marotte avait d'abord été de devenir paysagiste. Et voilà que, maintenant, il était question d'école de médecine, ce qui, après un diplôme de lettres, semblait quelque peu prétentieux. Et présomptueux, puisque ce serait au père de Cecilia de payer ses études.

Elle rafraîchit les fleurs en les plongeant dans l'eau profonde et froide du bassin aux dimensions romaines, et évita Robbie en faisant rapidement le tour par l'entrée de la maison — bon prétexte, pensat-elle, pour s'attarder dehors quelques minutes de plus. Le soleil du matin, ou tout autre éclairage, ne pouvait dissimuler la laideur de la demeure des Tallis — vieille de quarante ans à peine, en brique orange vif, massive, pseudo-noble et pseudo-gothique avec ses vitres serties de plomb, vouée à être fustigée un jour dans un article de Pevsner[1] ou de l'un de ses

---

1. Nicolaus Pevsner — auteur d'une série d'ouvrages traitant de l'architecture de différentes régions de Grande-Bretagne. (*Les notes sont de la traductrice.*)

disciples comme un drame des occasions manquées, et par un auteur, plus jeune, de l'école moderne comme « la démonstration d'une héroïque absence de goût ». Une demeure de style Adam s'était élevé là avant d'être détruite par un incendie vers la fin des années 1880. Il n'en subsistait plus que le lac artificiel, son île et ses deux ponts de pierre qui supportaient l'allée et, au bord de l'eau, un temple en ruine orné de stucs. Le grand-père de Cecilia, qui avait grandi au-dessus d'une quincaillerie et fait la fortune de la famille en déposant une ribambelle de brevets de cadenas, verrous, loqueteaux et attaches, avait appliqué à la nouvelle maison son goût du solide, du fiable et du pratique. Malgré tout, si l'on tournait le dos à l'entrée principale et que l'on jetait un coup d'œil sur l'allée, si l'on faisait abstraction des vaches frisonnes qui se rassemblaient déjà à l'ombre des arbres clairsemés, la vue était assez belle, et donnait une impression d'intemporalité, de quiétude immuable, qui rendait la jeune fille plus que jamais certaine de devoir bientôt partir.

Elle pénétra à l'intérieur, traversa rapidement le hall dallé de noir et blanc — comme ils résonnaient familièrement, ses pas, comme c'était agaçant — et s'arrêta pour reprendre haleine à l'entrée du salon. En dégoulinant sur ses sandales, le bouquet champêtre d'épilobes et d'iris la rafraîchit et la mit dans de meilleures dispositions. Le vase qu'elle cherchait était posé sur une table en cerisier d'Amérique, près des portes-fenêtres légèrement entrebâillées. Exposées au sud-est, elles laissaient les parallélogrammes d'un soleil matinal s'avancer sur la moquette bleu clair. Elle respira plus calmement et son désir de cigarette se fit plus fort, mais elle hésitait encore près de la porte, retenue momentanément par la perfection de la scène — les trois Chesterfield défraîchis regroupés autour de la cheminée gothique presque neuve où se dressait une gerbe de roseaux hivernaux, le clavecin désaccordé et délaissé, les lutrins en bois de rose inutilisés, les épais rideaux de velours à peine retenus par des embrasses aux glands orange et bleus, qui encadraient une vue partielle d'un ciel sans nuages et de la terrasse piquée de jaune et de gris, où poussaient camomille et matricaires entre les dalles lézardées. Une volée de marches descendait jusqu'à la pelouse, en bordure de laquelle Robbie travaillait toujours, et qui s'étendait jusqu'à la fontaine au Triton, à cinquante mètres de là.

Tout cela — la rivière et les fleurs, courir, ce qu'elle faisait si rarement ces derniers temps, la belle nervure du tronc des chênes, la pièce haute de plafond, les motifs géométriques de la lumière, les pulsations à ses oreilles qui s'estompaient dans l'immobilité —, tout cela la charmait, tandis que le familier se muait en une délicieuse étrangeté. Mais, en même temps, elle se sentait punie de s'ennuyer chez elle. Elle était rentrée de Cambridge avec le vague sentiment de devoir tenir compagnie à sa famille de façon ininterrompue. Pourtant son père restait en ville et sa mère, lorsqu'elle n'entretenait pas ses migraines, semblait distante, voire inamicale. Cecilia lui avait monté des plateaux de thé dans sa chambre — d'un désordre aussi spectaculaire que la sienne — dans l'espoir de voir naître quelques conversations intimes. Or Emily Tallis n'acceptait de partager que des soucis domestiques mineurs, ou bien elle se renfonçait dans ses oreillers avec une expression indéchiffrable dans la pénombre, et vidait sa tasse dans un silence morose. Quant à Briony, elle se perdait dans ses fantasmes d'écriture — et ce qui n'avait semblé qu'un dada passager était devenu une obsession dévorante. Cecilia les avait vus dans l'escalier ce matin-là, sa sœur cadette et les cousins arrivés tout juste hier, qu'elle entraînait — les pauvres — vers la nursery, afin de répéter la pièce que Briony voulait représenter ce soir-là, à l'heure où Leon et son ami devaient arriver. Il restait si peu de temps, et l'un des jumeaux était déjà consigné à l'office par Betty pour une bêtise quelconque. Cecilia n'était pas encline à prêter main-forte — il faisait trop chaud —, et quoi qu'elle fasse le projet tournerait inévitablement au fiasco : Briony était trop exigeante et personne, surtout pas les cousins, ne pourrait se montrer à la hauteur de sa folle vision.

Cecilia savait qu'elle ne pouvait plus continuer à perdre ses journées dans les moiteurs de sa chambre en désordre, vautrée sur son lit dans une brume de fumée, le menton appuyé sur ses mains, des four-millements lui gagnant le bras à mesure qu'elle avan-çait dans la lecture de Richardson et de sa *Clarissa*. Elle avait essayé, sans enthousiasme, de reconstituer la généalogie familiale, mais du côté paternel, du moins jusqu'à ce que son arrière-grand-père eût ouvert sa modeste boutique de quincaillerie, les ancêtres étaient engloutis, voués à l'oubli, dans la boue des travaux de ferme, avec des changements de patronyme douteux et labyrinthiques chez les hommes, sans compter les unions hors mariage, non consignées sur les registres paroissiaux. Impossible de rester ici, elle savait qu'il fallait prévoir l'avenir, pour-tant elle n'en faisait rien. Il existait diverses possi-bilités, moins pressantes les unes que les autres. Elle avait un peu d'argent sur son compte, assez pour vivre modestement à peu près un an. Leon l'invitait sans cesse à venir séjourner chez lui à Londres. Des amis d'université lui offraient de l'aider à trouver une situation — assommante, sûrement, mais qui la rendrait indépendante. Il y avait des oncles et des tantes intéressants du côté de sa mère, toujours heureux de la voir, y compris cette folle d'Hermione, la mère de Lola et des garçons, qui en ce moment même était à Paris en compagnie d'un amant qui travaillait à la TSF.

Personne ne retenait Cecilia, personne n'éprouverait de peine particulière si elle s'en allait. Ce n'est pas l'inertie qui la retenait — elle était souvent agitée, voire irritable. Elle aimait simplement se dire qu'on l'empêchait de partir, qu'on avait besoin d'elle. Parfois, elle se persuadait qu'elle restait pour Briony, ou pour aider sa mère, ou encore parce que c'était son dernier séjour prolongé à la maison et qu'elle devait jouer le jeu jusqu'au bout. En réalité, l'idée de faire sa valise et de prendre le train du matin ne l'enthousiasmait guère. Partir uniquement pour partir. Traîner ici, à s'ennuyer dans le confort, était une forme de mortification nuancée de plaisir, ou riche de promesses ; si elle partait, il arriverait peut-être une catastrophe ou, pire encore, quelque chose d'agréable, quelque chose qu'elle ne pouvait se permettre de manquer. Et puis il y avait Robbie, qui l'exaspérait avec ses airs distants et ses projets grandioses dont il ne s'entretenait qu'avec le père de Cecilia. Ils se connaissaient depuis l'âge de sept ans, elle et Robbie, et leur gêne lorsqu'ils se parlaient la tracassait. Même si elle avait le sentiment qu'il en était largement responsable — sa mention très bien lui était-elle montée à la tête ? —, elle savait qu'elle devait clarifier la situation avant de penser à s'en aller.

Par les fenêtres ouvertes arrivait la légère odeur de cuir des bouses de vache, toujours présente sauf les jours de grand froid, et que seuls percevaient ceux qui s'étaient absentés. Robbie avait posé son déplantoir et s'était redressé pour rouler une cigarette, souvenir de sa période communiste — une autre marotte abandonnée, comme ses ambitions d'anthropologue et son projet de périple de Calais à Istanbul. Cela dit, Cecilia avait laissé ses cigarettes deux étages plus haut, dans l'une ou l'autre de ses innombrables poches.

Elle s'avança dans la pièce et fourra les fleurs dans le vase. Ce dernier avait jadis appartenu à son oncle Clem, dont elle gardait parfaitement en mémoire l'enterrement, ou du moins la réinhumation, à la fin de la guerre : l'affût d'artillerie arrivant dans le cimetière de campagne, le cercueil drapé du drapeau du régiment, la haie de sabres, le clairon au bord de la fosse et, plus frappantes encore pour une petite fille de cinq ans, les larmes de son père. Clem était son seul frère. La manière dont il s'était procuré le vase était rapportée dans une des dernières lettres que le jeune lieutenant avait expédiées à sa famille. En mission de liaison dans le secteur français, c'est lui qui avait poussé à l'évacuation de dernière minute d'une petite ville située à l'ouest de Verdun avant son bombardement. Une cinquantaine de femmes, d'enfants et de vieillards avaient sans doute ainsi été sauvés. Par la suite, le maire et d'autres notables avaient reconduit l'oncle Clem à travers la ville jusqu'aux décombres d'un musée. Le vase, sorti d'une vitrine brisée, lui avait été offert en témoignage de reconnaissance. Il n'avait pas été question de le refuser, si incommode qu'il pût paraître de faire la guerre avec une porcelaine de Meissen sous le bras. Un mois plus tard, l'objet avait été laissé en dépôt dans une ferme pour plus de sûreté, et le lieutenant Tallis était allé le reprendre en traversant à gué une rivière en crue, retournant par le même chemin, à minuit, pour rejoindre son unité. Aux derniers jours de la guerre, expédié en mission de patrouille, il avait confié le vase aux bons soins d'un ami. Et l'objet avait lentement retrouvé le chemin du quartier général du régiment pour être livré chez les Tallis quelques mois après les funérailles de l'oncle Clem.

Inutile d'essayer de discipliner des fleurs des champs. Elles s'étaient arrangées d'elles-mêmes selon leur propre symétrie, mais de fait une répartition trop uniforme des iris et des épilobes en gâchait l'effet. Elle passa quelques minutes à les réorganiser pour leur donner une apparence de désordre naturel. Ce faisant, elle se demanda si elle n'irait pas trouver Robbie. Cela lui éviterait d'avoir à courir à l'étage. Mais elle se sentait mal à l'aise, elle avait chaud, elle aurait bien aimé vérifier de quoi elle avait l'air dans le grand miroir doré qui surmontait la cheminée. Mais s'il se retournait — il se tenait dos à la maison, en train de fumer —, il aurait une vue directe sur l'intérieur de la pièce. Enfin, elle s'estima satisfaite et recula d'un pas. À présent l'ami de son frère, Paul Marshall, penserait que les fleurs avaient été simplement mises dans le vase avec le même esprit d'insouciance qui avait présidé à leur cueillette. Il était absurde, elle le savait, de disposer des fleurs dans un vase avant de l'avoir rempli d'eau — mais voilà, elle ne pouvait s'empêcher de les réarranger, parce que ce que l'on fait ne relève pas toujours d'un ordre correct et logique, surtout lorsqu'on est seul. Sa mère désirait que la chambre d'amis soit fleurie, et Cecilia était heureuse de lui rendre ce service. C'était à la cuisine qu'il fallait aller chercher de l'eau. Mais Betty, qui commençait à préparer le repas du soir, était d'une humeur massacrante. Et non seulement le petit — Jackson ou Pierrot — devait trembler devant elle, mais il y aurait, tout aussi terrorisée, l'extra venue du village pour l'aider. Déjà, même depuis le salon, on entendait à l'occasion un cri de colère étouffé et le fracas d'une casserole qui cognait sur la plaque avec une force hors du commun. Si Cecilia entrait maintenant, elle devrait naviguer entre les vagues instructions de sa mère et l'hystérie de Betty. Il était sûrement plus sensé d'aller remplir le vase à la fontaine.

Un jour, pendant son adolescence, un ami de son père qui travaillait pour le Victoria and Albert Museum était venu examiner le vase et l'avait déclaré authentique. C'était une véritable porcelaine de Meissen, l'œuvre d'un grand artiste, Höroldt, qui l'avait peinte en 1726. Il avait très certainement appartenu jadis au roi Auguste. Bien qu'il eût assurément plus de valeur que les autres pièces de la demeure des Tallis, fatras d'objets pour la plupart amassés par le grand-père de Cecilia, Jack Tallis souhaitait que l'on se serve de ce vase, pour honorer la mémoire de son frère. Il ne devait pas rester emprisonné dans une vitrine. S'il avait survécu à la guerre, raisonnait-on, il survivrait aux Tallis. Sa femme ne s'y était pas opposée. À vrai dire, quelle que fût sa grande valeur, et au-delà du souvenir qui lui était associé, Emily Tallis ne l'aimait pas beaucoup. Ses petits personnages chinois réunis solennellement dans un jardin autour d'une table, en compagnie de plantes tarabiscotées et d'oiseaux improbables, lui paraissaient chichiteux et lourds. Les chinoiseries, en général, l'ennuyaient. Quant à Cecilia, elle n'avait pas d'opinion particulière, si ce n'est qu'elle se demandait parfois quel prix il atteindrait chez Sotheby's. Le vase inspirait le respect, non en raison de la virtuosité de Höroldt en matière d'émaillage polychrome ou de rinceaux et feuillages bleus et or, mais de l'oncle Clem et des vies qu'il avait sauvées, de la rivière traversée à minuit et de sa mort une semaine avant l'Armistice. Des fleurs, surtout des fleurs des champs, paraissaient un hommage approprié.

À deux mains, Cecilia s'empara de la porcelaine fraîche, en équilibre sur un pied, pendant que de l'autre elle poussait la porte-fenêtre pour l'ouvrir en grand. Quand elle sortit au soleil éclatant, le parfum qui montait de la pierre chauffée fut comme une étreinte amicale. Deux hirondelles exécutaient des passes au-dessus de la fontaine et le chant d'un pouillot véloce vrillait l'air depuis l'ombre musculeuse du grand cèdre du Liban. Les fleurs oscillèrent dans la brise légère, lui chatouillant le visage tandis qu'elle traversait la terrasse et négociait avec précaution les trois marches effritées qui menaient à l'allée de gravier. Robbie se retourna brusquement en l'entendant approcher.

« J'étais perdu dans mes pensées, dit-il en guise d'explication.

— Tu veux bien me rouler une de tes cigarettes bolcheviques ? »

Il jeta la sienne, prit la boîte en métal posée sur sa veste dans l'herbe et marcha à ses côtés jusqu'à la fontaine. Ils gardèrent un moment le silence.

« Quelle belle journée », dit-elle alors en soupirant.

Il la regardait, soupçonneux et amusé. Il y avait quelque chose entre eux, et elle-même devait reconnaître qu'une remarque banale à propos du temps avait quelque chose de pervers.

« Comment va *Clarissa*? » Il avait les yeux baissés sur ses doigts qui roulaient le tabac.

« Elle m'ennuie.

— Il ne faut pas dire ça.

— J'aimerais bien qu'elle se remue un peu plus.

— Elle y vient. Et ça s'arrange. »

Ils ralentirent, puis s'arrêtèrent pour qu'il puisse mettre la dernière touche à sa cigarette.

« Il n'y a pas à dire, je préférerais lire Fielding. »

Elle eut l'impression d'avoir dit une sottise. Robbie avait les yeux fixés, au-delà du parc et des vaches, sur le bois de chênes qui bordait le cours de la rivière, celui qu'elle avait traversé en courant ce matin. Il croyait peut-être qu'elle s'adressait à lui en langage codé pour lui communiquer de façon suggestive son goût de la vigueur et de la sensualité. À tort, bien entendu, et elle s'en trouvait déconfite, ne sachant comment l'en détromper. Elle aimait ses yeux, se disait-elle, cette juxtaposition d'orange et de vert, encore plus grenue au soleil. Et elle appréciait le fait qu'il soit si grand. Une combinaison intéressante chez un homme, ce mélange d'intelligence et de robustesse. Cecilia avait pris la cigarette et il était en train de la lui allumer.

« Je vois ce que tu veux dire, reprit-il tandis qu'ils parcouraient les quelques mètres qui les séparaient encore de la fontaine. Il y a davantage de vie chez Fielding, mais il lui arrive d'être d'une psychologie grossière à côté de Richardson. »

Elle déposa le vase auprès des marches inégales qui montaient vers le bassin de pierre. S'il y avait bien une chose dont elle n'avait pas envie, c'était d'un débat scolaire sur la littérature du XVIIIe. Elle ne trouvait pas du tout que Fielding fût grossier, ni Richardson fin psychologue, mais elle n'allait pas se laisser entraîner à défendre, à définir, à attaquer. De tout cela, elle en avait par-dessus la tête, d'autant que Robbie était un adversaire tenace.

Au lieu de cela, elle lança : « Leon arrive aujourd'hui, tu le savais ?

— C'était la rumeur qui courait. Formidable.

— Il arrive avec un ami, le fameux Paul Marshall.

— Le magnat du chocolat. Ah non, pitié ! Et c'est pour lui, les fleurs ? »

Elle sourit. Faisait-il semblant d'être jaloux pour cacher le fait qu'il l'était réellement ? Elle ne le comprenait plus. Ils avaient perdu le contact à Cambridge. Difficile de faire autrement. Elle changea de sujet.

« Le Patriarche dit que tu vas devenir médecin.

— J'y pense sérieusement.

— Tu apprécies tant que ça la vie d'étudiant ? »

De nouveau, il regarda ailleurs, mais cette fois l'espace d'une seconde à peine, et, lorsqu'il se tourna vers elle, elle crut entrevoir un soupçon d'irritation. Lui avait-elle parlé sur un ton condescendant ? Elle vit de nouveau ses yeux, mouchetures vertes et orange comme une bille de petit garçon. Lorsqu'il parla, il se montra parfaitement aimable.

« Je sais que tu n'as jamais aimé ce genre de truc, Cee. Mais comment devenir médecin sans en passer par là ?

— C'est bien ce que je dis. Encore six ans. Pourquoi tout ça ? »

Il ne s'offusqua pas. C'était elle qui allait trop loin dans l'interprétation, qui s'agitait en sa présence, et elle s'en voulait furieusement.

Il prenait sa question au sérieux. « Honnêtement, personne ne va me proposer du travail comme paysagiste. Je ne veux être ni enseignant ni fonctionnaire.

Et la médecine m'intéresse... » Une pensée lui vint, il s'interrompit. « Écoute, je suis prêt à rembourser ton père. C'est ce qui a été convenu.

— Ce n'est pas du tout ce que je voulais dire. »

Elle était surprise qu'il puisse croire qu'elle soulevait la question de l'argent. Ce n'était guère généreux de sa part. Depuis toujours, son père avait financé les études de Robbie. Quelqu'un y avait-il jamais trouvé à redire ? Elle avait cru se tromper, mais en fait elle avait raison : il y avait quelque chose d'irritant dans l'attitude de Robbie ces derniers temps. Sa façon de la prendre à contre-pied dès qu'il en avait l'occasion. Deux jours plus tôt, il avait sonné à la porte — ce qui en soi était surprenant, car la maison lui avait toujours été ouverte. Lorsqu'elle était descendue, il se tenait dehors, et demandait d'une voix forte et impersonnelle s'il pouvait emprunter un livre. Comme par hasard, Polly était à quatre pattes en train de laver les dalles de l'entrée. Robbie fit tout un cirque pour retirer ses souliers qui n'étaient même pas sales, puis, après coup, il retira aussi ses chaussettes et franchit le sol humide sur la pointe des pieds avec une emphase comique. Tous ses actes semblaient destinés à la tenir à distance. Il jouait au fils de femme de ménage venu jusqu'à la maison de maître transmettre un message. Ils étaient entrés ensemble dans la bibliothèque et, une fois le livre trouvé, elle lui avait proposé de rester prendre le café. Ce n'était qu'un prétexte, ce refus hésitant — elle ne connaissait guère d'homme plus sûr de lui. Il se moquait d'elle, elle le savait. Sur cette rebuffade, elle quitta la pièce et remonta s'allonger sur son lit avec *Clarissa,* qu'elle lut sans en comprendre un mot, sentant monter agacement et perplexité. On se moquait d'elle, ou, pire encore peut-être, on la punissait. Punie de faire partie d'un cercle différent à Cambridge, de ne pas avoir pour mère une femme de ménage ; moquée pour son diplôme sans panache — même si les femmes n'y avaient pas droit, de toute façon.

Maladroitement, car elle avait toujours sa cigarette à la main, elle souleva le vase et le bascula au bord de la vasque. Il aurait été plus sensé d'en retirer les fleurs d'abord, mais elle était trop agacée. Comme elle avait les mains chaudes et sèches, il lui fallut serrer plus fort encore la porcelaine. Robbie était silencieux, mais elle devinait à son expression — un sourire forcé, exagéré, qui n'entrouvrait pas ses lèvres — qu'il regrettait ce qu'il avait dit. Ce qui n'avait rien de réconfortant. C'était toujours comme ça, depuis quelque temps, dès qu'ils se parlaient ; l'un ou l'autre était toujours en porte à faux, à essayer de rattraper sa dernière remarque. Il n'y avait aucune aisance, aucune constance dans leurs conversations, aucune occasion de se détendre. Au lieu de cela, ce n'était que piques, chausse-trapes et impairs qui la faisaient se détester presque autant qu'elle le détestait, même si selon elle la faute en incombait généralement à Robbie. Si elle n'avait pas changé, lui, en revanche, n'était plus le même. Il était en train de mettre des distances entre lui et une famille qui lui était totalement ouverte et lui avait tout donné. Pour cette seule raison — s'attendant d'avance à son refus, et donc à une contrariété —, elle ne l'avait pas invité au dîner de ce soir. S'il souhaitait prendre ses distances, qu'il les prenne.

Des quatre dauphins dont la queue supportait la coquille sur laquelle était accroupi le Triton, le plus proche de Cecilia avait la bouche béante encombrée de mousse et d'algues. Les globes protubérants de ses yeux de pierre, gros comme des pommes, étaient d'un vert iridescent. Le groupe tout entier avait acquis sur son côté nord une patine bleu-vert, de sorte que sous certains angles, et dans la pénombre, le Triton noué de muscles paraissait vraiment à cent lieues sous la mer. Pour Le Bernin, l'eau devait sans doute retomber en pluie mélodieuse de la large coquille aux bords irréguliers dans le bassin au-dessous. Mais il y avait trop peu de pression, si bien que l'eau glissait sans bruit sous la coquille où des barbes d'algues opportunistes pendaient en pointes suintantes, telles des stalactites dans une grotte calcaire. La vasque elle-même était profonde d'un mètre et transparente. Sur le fond de pierre, d'un léger ton crème, se divisaient et se chevauchaient des rectangles ondulants de soleil réfracté, bordés de blanc.

Son idée était de se pencher au bord et de retenir les fleurs dans le vase pendant qu'elle le plongerait dans l'eau, à l'horizontale, mais c'est à ce moment précis que Robbie, désireux de faire amende honorable, tenta de se rendre utile.

« Laisse-moi le prendre, dit-il en tendant la main. Je vais le remplir pendant que tu tiens les fleurs.

— Je peux me débrouiller, merci. » Elle tenait déjà le vase au-dessus du bassin.

Mais il insistait : « Écoute, je le tiens. » Et, de fait, il le tenait, serré entre le pouce et l'index. « Tu vas mouiller ta cigarette. Prends les fleurs. »

C'était un ordre auquel il tentait d'impartir une autorité masculine sans appel. Le résultat fut que Cecilia étreignit le vase encore plus fort. Elle n'avait ni le temps ni l'envie de lui expliquer que plonger vase et fleurs dans l'eau donnerait à la composition tout le naturel qu'elle voulait. Elle serra donc plus fort et, d'une torsion du corps, se dégagea de lui. Mais Robbie n'allait pas lâcher prise. Avec un craquement de brindille sèche, une partie du rebord du vase lui resta dans la main et se fendit en deux morceaux triangulaires qui tombèrent dans l'eau en virevoltant jusqu'au fond dans un va-et-vient synchrone, pour y reposer, à quelques centimètres d'écart, se tordant dans la lumière brisée.

Cecilia et Robbie se figèrent dans leur attitude de lutte. Ils échangèrent un regard, et ce qu'elle lut dans ce mélange bilieux de vert et d'orange n'était ni de la surprise ni du remords, mais une forme de défi, voire de triomphe. Elle eut la présence d'esprit de replacer le vase endommagé sur la marche avant d'oser affronter l'accident dans toute sa portée. C'était irrésistible, elle le savait, délicieux même, car plus c'était grave, pire ce serait pour Robbie. Son oncle défunt, le frère bien-aimé de son père, cette guerre en pure perte, la dangereuse traversée de la rivière, la valeur inestimable, bien au-delà de l'argent, l'héroïsme et la bonté, toutes ces années accumulées derrière l'histoire du vase, l'héritage du génie de Höroldt et de l'art des thaumaturges qui avaient réinventé la porcelaine.

« Quel idiot ! Regarde ce que tu as fait. »

Il regarda au fond de l'eau, puis se retourna vers elle, hochant simplement la tête et portant une main à sa bouche. Par ce geste, il reconnaissait son entière responsabilité, mais en cet instant précis elle le haït de l'insuffisance de sa réaction. Il jeta un coup d'œil vers le bassin et poussa un soupir. Un instant il crut qu'elle allait reculer et marcher sur le vase, et il leva la main pour le désigner du doigt, mais sans dire un mot. En revanche, il se mit à déboutonner sa chemise. Aussitôt, elle sut ce qu'il avait en tête. Intolérable. Il était venu à la maison et avait retiré ses chaussures et ses chaussettes — eh bien, puisqu'il en était ainsi, elle allait lui montrer. Elle envoya promener ses sandales, déboutonna son chemisier et l'ôta, détacha sa jupe qu'elle enjamba et se dirigea vers le bord du bassin. Les mains sur les hanches, il resta là, le regard insistant, tandis qu'elle entrait dans l'eau en sous-vêtements. Refuser son aide, lui interdire toute possibilité de s'amender, c'était la punition qu'il méritait. Le choc de l'eau glacée, qui la fit suffoquer, c'était cela sa punition. Elle retint son souffle et coula, les cheveux étalés en éventail à la surface. Elle allait se noyer pour le punir.

Lorsqu'elle émergea quelques secondes plus tard, un éclat de porcelaine dans chaque main, il se garda bien de l'aider à sortir de l'eau. La fragile nymphe blanche, d'où l'eau ruisselait avec infiniment plus de grâce que du solide Triton, déposa avec soin les morceaux à côté du vase. Elle s'habilla prestement, passant avec difficulté ses bras mouillés dans les manches de soie et renfonçant dans sa jupe son chemisier défait. Elle ramassa ses sandales et les fourra sous un bras, mit les fragments dans la poche de sa jupe et prit le vase. Ses mouvements étaient brusques, elle évitait de croiser son regard. Il n'existait pas, il était banni, et ça aussi, c'était sa punition. Il resta là, sans voix, tandis qu'elle s'éloignait de lui, pieds nus sur la pelouse, et il suivit des yeux ses cheveux assombris qui balançaient pesamment sur ses épaules, détrempant son chemisier. Puis il se retourna pour sonder l'eau au cas où par mégarde elle aurait oublié un morceau. Il était difficile d'y voir, car la surface troublée n'avait pas encore retrouvé sa quiétude, encore hantée par le spectre de la violence de Cecilia. Il posa la main à plat sur l'eau, comme pour l'apaiser. Elle, entre-temps, avait disparu à l'intérieur de la maison.

Trois

Selon l'affiche qui ornait le hall, la première représentation des *Tribulations d'Arabella* aurait lieu le lendemain de la première répétition. Néanmoins, il ne fut pas facile pour l'auteur-metteur en scène de dégager assez de temps pour travailler avec intensité. Comme la veille, la difficulté fut de réunir sa distribution. Pendant la nuit, Jackson, le sévère géniteur d'Arabella, avait mouillé son lit, comme tout petit garçon perturbé et loin de chez lui, et il s'était vu contraint, selon les principes en vigueur, de descendre ses draps et son pyjama à la buanderie et de les laver lui-même à la main, sous la surveillance de Betty à qui on avait recommandé de se montrer distante et ferme. Il ne s'agissait pas d'une punition : l'idée était de souffler à son inconscient que de futurs manquements n'engendreraient qu'ennuis et travaux pénibles ; mais il devait bien le prendre comme un reproche, debout devant le grand évier de pierre, à hauteur de son buste, avec l'eau savonneuse qui remontait sur ses bras nus et inondait ses manches retroussées, les draps mouillés lourds comme un chien crevé, et le sentiment général d'un désastre qui lui engourdissait la volonté. Briony descendait à intervalles réguliers pour vérifier où il en était. On lui avait défendu de l'aider, et Jackson n'avait bien entendu jamais fait de lessive de sa vie ; les deux lavages, les innombrables rinçages et le combat soutenu à deux mains avec l'essoreuse à rouleaux, ainsi que les quinze minutes fébriles qu'il passa ensuite à la table de cuisine avec du pain, du beurre et un verre d'eau, écourtèrent de deux heures le temps de répétition.

Betty confia à Hardman, échappé de la chaleur matinale pour boire sa pinte de bière, qu'elle avait déjà assez à faire avec la préparation d'un rôti par un temps pareil, et que, trouvant personnellement la punition trop sévère, elle aurait préféré lui administrer quelques solides tapes sur les fesses et laver elle-même les draps. Cela aurait bien arrangé Briony, car la matinée filait à toute allure. Lorsque sa mère descendit pour constater elle-même que la tâche avait été accomplie, un sentiment de soulagement s'installa inévitablement chez les protagonistes, teinté de culpabilité inavouée chez Mrs Tallis ; et quand Jackson demanda d'une petite voix s'il avait la permission — s'il te plaît — d'aller nager maintenant dans la piscine et si son frère pouvait venir aussi, son souhait fut immédiatement exaucé, et les objections de Briony généreusement écartées, comme si c'était elle qui avait imposé ces dures épreuves à ce pauvre malheureux. Il y eut donc la baignade, et ensuite il fallut déjeuner.

Les répétitions s'étaient poursuivies sans Jackson, mais il était usant de ne pouvoir venir à bout de la première scène, celle des adieux d'Arabella, car Pierrot était trop inquiet du sort de son frère, au fin fond des entrailles de la maison, pour incarner, si mal que ce fût, ce félon de comte étranger ; ce qu'endurait

Jackson arriverait aussi à Pierrot. Il effectuait de fréquents voyages aux toilettes au bout du couloir.

Lorsque Briony revint de l'une de ses incursions à la buanderie, il lui demanda : « Est-ce qu'il a reçu une fessée ?

— Non, pas encore. »

Tout comme son frère, Pierrot avait le chic pour priver son texte de toute signification. Il faisait l'appel des mots : « Crois-tu-pouvoir-échapper-à-mes-griffes ? » Tous présents à l'appel et impeccables.

« C'est une question, coupa Briony. Tu ne le vois donc pas ? Le ton monte à la fin.

— Qu'est-ce que tu veux dire ?

— Tiens. Tu viens juste de le faire. Tu démarres en bas et tu termines en haut. C'est une *question*. »

Il ravala profondément sa salive, prit sa respiration et fit une autre tentative, sous forme d'appel des troupes en montée chromatique.

« À la *fin*. Ça monte à la *fin* ! »

À présent l'appel se faisait de nouveau sur un ton monocorde, avec rupture de registre, et trémolo sur la syllabe finale.

Lola s'était rendue à la nursery, ce matin-là, vêtue comme l'adulte qu'elle pensait vraiment être. Elle portait un pantalon de flanelle à plis, ample aux hanches et évasé aux chevilles, et un pull de cachemire à manches courtes. Entre autres signes de maturité, on pouvait recenser : un collier de chien en velours et perles minuscules, des tresses rousses rassemblées et retenues sur la nuque par une barrette émeraude, trois bracelets d'argent cliquetant autour d'un poignet couvert de taches de rousseur, sans compter que, dès qu'elle bougeait, l'air exhalait un parfum d'eau de rose. Sa condescendance, parfaitement retenue, n'en avait que plus de force. Elle réagissait avec calme aux suggestions de Briony, récitait son texte, qu'elle paraissait avoir appris entretemps, avec suffisamment d'expression, et se montrait gentiment encourageante à l'égard de son petit frère, se gardant bien d'empiéter sur l'autorité du metteur en scène. C'était comme si Cecilia — ou même leur mère — avait accepté de passer un peu de temps avec les petits en jouant un rôle dans la pièce, résolue à ne trahir aucune trace d'ennui. Ce qui manquait, c'était une quelconque manifestation d'enthousiasme juvénile et brouillon. Lorsque, la veille, Briony avait montré à ses cousins la caisse et la boîte à monnaie, les jumeaux s'étaient disputé les meilleurs postes, tandis que Lola, les bras croisés, avait présenté en adulte des compliments appropriés avec un demi-sourire, trop sibyllin pour que l'on y décelât une quelconque ironie.

« C'est magnifique. Comment as-tu fait, Briony, pour imaginer ça ? Tu as vraiment fait ça toute seule ? »

Briony soupçonna que sous les manières parfaites de son aînée se cachait une intention dévastatrice. Peut-être Lola comptait-elle sur les jumeaux pour saccager la pièce en toute innocence et pensait-elle qu'il lui suffisait de se tenir à l'écart, en spectatrice.

Ces soupçons, impossibles à vérifier, la détention de Jackson à la buanderie, la misérable prestation de Pierrot et la chaleur colossale de la matinée, tout cela pesait sur Briony. Elle fut également contrariée lorsqu'elle s'aperçut que Danny Hardman les regardait faire depuis le seuil. Il fallut lui demander de se retirer. Elle ne parvint pas à percer le détachement de Lola, ni à tirer de Pierrot les inflexions naturelles du parler quotidien. Quel soulagement, donc, de se retrouver soudain seule dans la nursery. Lola avait besoin de retoucher sa coiffure, et son frère était parti traîner dans le couloir, aux toilettes, ou au-delà.

Briony était assise par terre, adossée à l'un des grands placards à jouets, et s'éventait le visage avec les pages de sa pièce. La maison était totalement silencieuse — nul bruit de voix ou de pas au rez-de-chaussée, nul murmure de plomberie ; dans l'interstice d'une fenêtre à guillotine, une mouche prise au piège avait cessé de se débattre, et au-dehors le chant liquide des oiseaux s'était évaporé sous la chaleur. Elle allongea les jambes, laissant son regard se perdre dans les volants de sa robe de mousseline blanche, et le tendre repli de peau si familier qui enrobait ses genoux. Elle aurait dû changer de robe ce matin. Elle se disait qu'elle devrait, comme Lola, soigner davantage son apparence. Il était puéril de ne pas le faire. Mais quel effort cela représentait ! Le silence lui sifflait aux oreilles et sa vision était légèrement déformée : posées sur ses cuisses, ses mains lui paraissaient inhabituellement grandes et en même temps lointaines, comme vues d'une distance énorme. Elle leva une main, en replia les doigts et se demanda, une fois de plus, comment cette chose, cette machine à saisir, cette araignée de chair au bout de son bras, pouvait lui appartenir et être à ses ordres. Ou bien possédait-elle une vie propre ? Elle plia un doigt, le redressa. Le mystère se situait dans l'instant précédant le mouvement, le séparant de l'absence de mouvement, où son intention se concrétisait. C'était comme une vague qui retombe. Si seulement elle se maintenait à la crête, pensait-elle, peut-être parviendrait-elle à élucider son propre secret, cette part d'elle-même qui avait ce pouvoir. Elle rapprocha son index de son visage et le fixa, lui intimant l'ordre de bouger. Il resta immobile, puisqu'elle faisait semblant, puisqu'elle n'était pas tout à fait convaincue, car lui intimer l'ordre de bouger, ou de devoir bientôt le faire, ne revenait pas à le faire véritablement bouger. Et lorsqu'elle finit par le recourber, l'action parut avoir sa source dans le doigt lui-même, et non quelque part dans son cerveau. Comment savait-il qu'il fallait bouger, quand savait-elle qu'il fallait le remuer ? Aucun moyen de se prendre sur le fait. C'était ça ou ça. Il n'y avait pas de points, pas de couture, et pourtant elle savait que sous le tendre tissu ininterrompu existait son moi réel — était-ce son âme ? — qui prenait la décision de cesser de faire semblant et donnait l'ordre final.

Ces réflexions lui étaient familières, et aussi réconfortantes que la conformation précise de ses genoux, leur aspect identique mais concurrent, symétrique mais réversible. Une seconde réflexion s'enchaînait inévitablement à la première, un mystère en engendrait un autre : les autres gens étaient-ils vraiment aussi vivants qu'elle ? Par exemple, sa sœur se préoccupait-elle réellement d'elle-même, avait-elle autant de valeur à ses propres yeux que Briony ? Le fait d'être Cecilia était-il aussi net que celui d'être Briony ? Sa sœur avait-elle aussi un vrai moi caché sous un brisant, et passait-elle du temps à y réfléchir, un doigt dressé devant son visage ? Et les autres, son père, Betty, Hardman ? Si la réponse était oui, alors c'est que le monde, celui de la société, était odieusement compliqué, avec ses deux milliards de voix, les pensées de chacun rivalisant d'importance, la prétention à vivre de chacun également intense, et chacun se croyant unique alors qu'il n'en était rien. On pouvait sombrer dans l'incohérence. Mais si la réponse était non, c'est que Briony était entourée de machines, intelligentes et plutôt agréables, vues de l'extérieur, mais manquant du sentiment *intérieur* lumineux et intime qui était le sien. C'était sinistre et solitaire, autant qu'improbable. Car bien que cela offensât son sens de l'ordre, elle savait qu'il était hautement vraisemblable que tout le monde partageât des pensées identiques aux siennes. Elle le savait, mais de façon relativement abstraite ; elle ne le ressentait pas vraiment.

Les répétitions aussi heurtaient son sens de l'ordre. L'univers circonscrit qu'elle avait peint en phrases limpides et ciselées avait été saccagé par l'affreux galimatias d'autres esprits, par d'autres nécessités ; et le temps lui-même, si aisément découpé en actes et en scènes sur le papier, s'écoulait — même maintenant — sans aucune retenue. Sans doute ne récupérerait-elle pas Jackson avant la fin du déjeuner. Leon et son ami arriveraient en début de soirée, ou même plus tôt, et la représentation était fixée à sept heures. Mais aucune répétition digne de ce nom n'avait encore pu se faire, et les jumeaux étaient incapables de jouer, voire de s'exprimer ; quant à Lola, elle s'était approprié le rôle qui revenait de droit à Briony, et on n'arrivait à rien, et en plus il faisait chaud, risiblement chaud. L'adolescente, au supplice, se releva. La poussière des plinthes lui avait sali les mains et le dos. Perdue dans ses pensées, elle s'essuya les paumes sur le devant de sa robe en se dirigeant vers la fenêtre. Le moyen le plus simple d'impressionner Leon aurait été d'écrire cette histoire et de la lui remettre en main propre, en l'observant pendant qu'il la lirait. Les caractères du titre, la couverture illustrée, les pages *reliées* — dans ce seul mot elle éprouvait le charme de la forme nette, définie et maîtrisable à laquelle elle avait renoncé en décidant d'écrire sa pièce. Un conte, c'était quelque chose de direct, de simple, qui ne laissait place à aucune intrusion entre elle et son lecteur — aucun intermédiaire aux ambitions ou incompétences secrètes, aucune urgence, aucune limite de ressources. Un conte, il suffisait de le vouloir, il suffisait de l'écrire, et le monde vous appartenait ; dans une pièce, il fallait se contenter de ce dont on disposait : aucun cheval, aucune rue de village, aucun bord de mer. Aucun rideau. D'évidence, il était trop tard ; un conte, c'était une forme de télépathie. Par le biais de symboles tracés à l'encre sur une page, elle était capable de faire passer réflexions et sentiments de son esprit à celui du lecteur. C'était un processus magique, tellement banal que personne ne s'en étonnait plus. Lire une phrase et la comprendre revenaient au même ; comme lorsqu'on recourbait un doigt, rien ne s'interposait. Nul intervalle où s'éluciderait les symboles. On voyait le mot *château* et voilà qu'il était là, dessiné au loin, avec des bois qui s'étendaient devant lui au cœur de l'été, dans l'air bleuté, plein de douceur, une fumée s'élevant de l'antre du forgeron et une route pavée qui serpentait dans l'ombre verte...

Parvenue à l'une des fenêtres ouvertes de la nursery, elle avait dû apercevoir le spectacle qui s'offrait à elle quelques secondes avant de l'enregistrer. C'était un décor qui aurait facilement convenu, dans le lointain du moins, à un château médiéval. À quelques kilomètres au-delà des terres des Tallis s'élevaient les hauteurs du Surrey et leurs foules immobiles de chênes à l'épaisse couronne, leurs tons de vert atténués par une brume de chaleur laiteuse. Ensuite, plus proches, les étendues de la propriété qui, aujourd'hui, paraissaient desséchées et hirsutes, grillées comme une savane, où des arbres isolés projetaient leurs moignons d'ombres brutales et dont l'herbe haute était déjà gagnée par le jaune léonin du plein été. Plus près, encadrées par la balustrade, il y avait les roseraies et, plus près encore, la fontaine au Triton, et puis, debout à côté du mur de soutènement, sa sœur, et, campé face à elle, Robbie Turner. Il y avait quelque chose de guindé dans sa posture, pieds écartés, tête rejetée en arrière. Une demande en mariage. Briony n'en aurait pas été surprise. Elle-même avait écrit un conte dans lequel un humble bûcheron sauvait une princesse de la noyade et finissait par l'épouser. Ce qui se présentait ici correspondait bien. Robbie Turner, fils unique d'une modeste femme de ménage et d'un père inconnu, Robbie dont les études scolaires et universitaires avaient été subventionnées par le père de Briony et qui, après avoir voulu devenir jardinier paysagiste, voulait maintenant faire sa médecine, avait l'audace de ses ambitions et demandait la main de Cecilia. C'était parfaitement logique. De tels dépassements des limites constituaient l'étoffe d'un romanesque quotidien.

Ce qui était moins compréhensible, malgré tout, c'est pourquoi Robbie levait une main impérieuse au même moment, comme s'il donnait un ordre auquel Cecilia n'osait pas désobéir. Chose extraordinaire, elle semblait incapable de lui résister. Devant une telle insistance, elle était en train d'ôter ses vêtements, et ce en toute hâte. Elle avait quitté son chemisier, et voilà maintenant qu'elle laissait tomber sa jupe, qu'elle l'enjambait tandis qu'il la surveillait avec impatience, les mains sur les hanches. Quel étrange pouvoir exerçait-il sur elle ? Du chantage ? Des menaces ? Briony porta les deux mains à son visage et s'écarta un peu de la fenêtre. Elle aurait dû fermer les yeux, pensa-t-elle, et s'épargner le spectacle de l'humiliation de sa sœur.

Pourtant, cela lui fut impossible, car il y eut d'autres surprises. Cecilia, Dieu merci toujours en sous-vêtements, pénétrait dans le bassin, et debout, avec de l'eau jusqu'à la taille, se pinçait le nez — et disparaissait. Il n'y eut plus que Robbie et les vêtements sur le gravier, et, au-delà, le parc silencieux et les lointaines collines bleues.

La séquence était illogique — la scène de noyade, suivie d'un sauvetage, aurait dû précéder la demande en mariage. Tel fut en dernier ressort ce que pensa Briony avant d'admettre qu'elle n'avait rien compris et de se contenter de regarder. Invisible du haut de son deuxième étage, bénéficiant d'un éclairage solaire sans ambiguïté, elle avait le privilège d'avoir accès, par-delà les ans, au comportement adulte, aux rites et conventions dont elle ignorait tout jusque-là. Manifestement, c'était le genre de choses qui arrivait. Alors même que la tête de sa sœur crevait la surface — Dieu merci ! — Briony découvrait un premier et mince indice que pour elle, dorénavant, il ne pourrait plus y avoir ni châteaux ni princesses de contes de fées, mais l'étrangeté du moment présent, de ce qui se passait entre les gens, des gens ordinaires qu'elle connaissait et du pouvoir que l'un était capable d'exercer sur l'autre, et à quel point il était facile de tout comprendre de travers, complètement de travers. Cecilia était sortie du bassin, rattachait sa jupe et faisait coulisser avec difficulté son chemisier sur sa peau mouillée. Elle se retourna brusquement et tira de l'ombre profonde du muret un vase de fleurs que Briony n'avait pas remarqué auparavant et qu'elle emporta vers la maison. Il n'y eut aucun mot échangé avec Robbie, aucun regard dans sa direction. Il regardait l'eau fixement, et pour finir lui aussi s'éloigna à grands pas, sans doute satisfait, en gagnant le coin de la maison. Soudain, la scène fut déserte ; la trace humide sur le sol, là où Cecilia était sortie du bassin, étant l'unique preuve que quelque chose s'était passé.

Briony s'adossa à un mur, le regard vague balayant la nursery. Il était tentant pour elle d'y voir là du magique, du théâtral, et de considérer ce à quoi elle venait d'assister comme un tableau monté pour elle seule, une leçon qui lui était spécialement destinée, enveloppée de mystère. Mais elle savait parfaitement que, si elle ne s'était pas trouvée là en cet instant précis, la scène aurait tout de même eu lieu, car elle ne la concernait pas du tout. Seul le hasard l'avait attirée vers la fenêtre. Ce n'était pas un conte de fées, c'était la réalité, celle d'un monde adulte où les grenouilles ne s'adressaient pas aux princesses, où les seuls messages étaient ceux qu'envoyaient les gens. Il était également tentant de courir jusqu'à la chambre de Cecilia pour lui demander des explications. Briony résista, car elle souhaitait prolonger dans la solitude le mince frisson d'une possibilité déjà ressentie, l'excitation insaisissable d'une perspective qu'elle était en voie de préciser, au moins du point de vue émotionnel. La précision s'en affinerait au cours des années. Elle devait concéder qu'elle avait peut-être trop présumé du pouvoir de réflexion d'une fille de treize ans. À l'époque, il n'y avait sans doute pas eu de formulation précise ; en fait, ce qu'elle venait peut-être d'éprouver n'était autre qu'une impatience à se relancer dans l'écriture.

Tandis qu'elle se tenait dans la nursery en attendant le retour de ses cousins, elle se sentit capable d'écrire une scène semblable à celle qui s'était dérou-

lée auprès de la fontaine, et de lui ajouter une obser-
vatrice invisible, à son image. Elle s'imagina en train
de se précipiter en bas, dans sa chambre, et de
prendre un bloc tout neuf de papier surligné et son
stylo en bakélite marbrée. Elle voyait déjà les phrases
simples, les symboles télépathiques s'accumuler, se
dérouler au bout de sa plume. Elle pourrait écrire
trois fois la même scène, de trois points de vue différents ; son enthousiasme tenait à la perspective d'être
libre, d'être délivrée de la lutte gênante entre le bien
et le mal, entre les héros et les méchants. Aucun de
ces trois-là n'était mauvais, non plus qu'ils n'étaient
spécialement bons. Elle n'avait pas besoin de juger. Il
n'y aurait pas nécessairement de morale dans cette
histoire. Il lui suffisait de montrer des esprits distincts, aussi vivants que le sien, bataillant avec l'idée
d'autres esprits non moins vivants. Ce n'était pas
seulement le vice et l'intrigue qui rendaient les gens
malheureux, c'était la confusion et le malentendu ; et
par-dessus tout l'incapacité d'appréhender la simple
vérité que les autres étaient aussi réels que soi. Et
seule une histoire permettait de pénétrer ces différents esprits et de montrer leur égale valeur. C'était la
seule morale dont avait besoin une histoire.

Six décennies plus tard, elle décrirait la façon
dont, vers l'âge de treize ans, elle s'était frayé un chemin en écriture en passant par la genèse entière de la
littérature, d'abord par des récits inspirés de la tradition européenne des contes populaires, puis par le
théâtre à simple visée morale, pour en arriver à un
réalisme psychologique impartial qu'elle avait découvert seule, un certain matin de canicule de 1935.
Parfaitement consciente de l'étendue de sa propre
mythologisation, elle donnerait à son récit un ton
d'autodérision ou de faux héroïsme. Ses romans

avaient la réputation d'être amoraux, et, comme tous les auteurs que tenaille toujours la même question, elle se sentait obligée de donner un fil conducteur, la trame de son évolution qui renfermait le moment où elle devenait elle-même de façon reconnaissable. Elle savait qu'il n'était pas correct de parler de ses pièces de théâtre au pluriel, que sa dérision la distanciait de l'enfant sincère, réfléchie, et que c'était moins ce matin de jadis qu'elle se remémorait que ce qu'elle en dirait par la suite. Il était possible que la contemplation d'un doigt recourbé, l'insupportable idée de l'existence d'autres esprits et celle de la supériorité des fictions sur le théâtre lui soient venues à l'esprit un autre jour. Elle savait aussi que ce qui arrivait vraiment tirait sa signification de ses œuvres publiées et n'aurait pas été gardé en mémoire sans elles.

Quoi qu'il en soit, elle ne pouvait se trahir totalement; on ne pouvait douter que quelque forme de révélation se fût produite. Lorsque l'adolescente revint auprès de la fenêtre et baissa les yeux, la trace d'humidité sur le gravier s'était évaporée. À présent il ne restait plus rien du spectacle muet auprès de la fontaine, au-delà de ce qui en perdurait dans la mémoire, en trois souvenirs distincts et superposés. La vérité était devenue aussi fantomatique que l'invention. Elle pouvait donc commencer à la fixer telle qu'elle l'avait vue, relever le défi en refusant de condamner la choquante semi-nudité de sa sœur, en plein jour, tout près de la maison. Alors, la scène pourrait être rejouée au travers du regard de Cecilia, puis de Robbie. Mais il n'était pas encore temps de s'y mettre. Le sens du devoir de Briony, autant que son instinct de l'ordre, étaient puissants; elle devait terminer ce qu'elle avait commencé, il y avait une répétition en cours, Leon était en route, la maisonnée s'attendait à une représentation ce soir. Elle devait redescendre encore à la buanderie pour voir si le supplice de Jackson prenait fin. L'écriture attendrait qu'elle soit libre.

Quatre

Ce n'est que dans la soirée que Cecilia jugea le vase
convenablement recollé. Il avait séché tout l'après-
midi dans la bibliothèque, sur une table, près d'une
fenêtre qui donnait au sud, et seules demeuraient
visibles, dans la glaçure, trois minces sinuosités qui
convergeaient telles des rivières sur un atlas. Personne ne s'en apercevrait jamais. Tandis qu'elle traversait la bibliothèque, tenant le vase à deux mains,
elle crut entendre quelqu'un marcher pieds nus sur
les dalles de l'entrée, de l'autre côté de la porte.
Après avoir délibérément chassé Robbie Turner de
ses pensées pendant des heures, elle fut outrée qu'il
pût être revenu dans la maison, et sans chaussettes
une fois de plus. Elle sortit dans le hall, décidée à
affronter son insolence ou ses moqueries, et, au lieu
de cela, se trouva nez à nez avec sa sœur, manifestement en plein désarroi. Celle-ci avait les paupières
gonflées et rouges et se pinçait la lèvre inférieure
entre le pouce et l'index, signe chez Briony qu'approchait l'heure d'une bonne crise de larmes..

« Chérie ! Que se passe-t-il ? »

En réalité, elle avait les yeux secs et ils s'abaissèrent
une fraction de seconde, le temps de remarquer le

vase, puis elle poursuivit sa route jusqu'au chevalet sur lequel était disposée l'affiche au joyeux titre multicolore, ainsi qu'un montage à la Chagall des moments clés de sa pièce dont les lettres étaient rehaussées d'aquarelle — les parents en pleurs agitant la main, la course jusqu'à la côte au clair de lune, l'héroïne sur son lit de douleur, une noce. Elle la contempla un instant, puis, d'un seul geste rageur, en arracha en diagonale plus de la moitié qu'elle laissa choir à terre. Cecilia posa le vase, se jeta à genoux afin de récupérer le fragment avant que sa sœur n'entreprît de le piétiner. Ce ne serait pas la première fois qu'elle empêcherait Briony de s'autodétruire.

« Sœurette. C'est à cause des cousins ? »

Elle désirait consoler sa sœur, car Cecilia avait toujours aimé dorloter le bébé de la famille. Quand elle était petite et encline aux cauchemars — ces affreux hurlements en pleine nuit —, Cecilia allait dans sa chambre la réveiller. *Allez, reviens*, lui murmurait-elle. *Ce n'est qu'un mauvais rêve. Reviens.* Puis elle la transportait dans son propre lit. Elle avait envie, à l'instant même, de la prendre par les épaules, mais Briony, qui avait cessé de martyriser sa lèvre, s'était dirigée vers la porte d'entrée et avait la main posée sur la grosse poignée de laiton en forme de tête de lion que Mrs Turner avait astiquée l'après-midi même.

« Les cousins sont idiots. Mais s'il n'y avait que ça. C'est aussi que... » Elle s'éloigna, ne sachant s'il fallait parler de sa dernière découverte.

Cecilia lissa le triangle de papier déchiré, tout en constatant à quel point sa petite sœur était en train de changer. Elle aurait préféré voir Briony pleurer et se laisser consoler sur la méridienne tendue de soie. Des cajoleries et des murmures de réconfort auraient été un apaisement pour Cecilia, après une journée frustrante d'impressions contradictoires qu'elle préférait ne pas approfondir. Aborder les problèmes de Briony à force de mots gentils et de caresses aurait restauré chez elle un sentiment de maîtrise. Toutefois, il y avait un élément de rébellion dans le chagrin de la cadette. Elle s'était retournée et ouvrait grand la porte.

« Mais alors, qu'est-ce qu'il y a ? » Cecilia perçut à quel point le ton de sa voix était déplacé.

Au-delà de sa sœur, bien au-delà du lac, l'allée s'incurvait à travers le parc, s'amenuisant et convergeant, au sommet d'une côte, sur un point où une forme minuscule, gauchie par la chaleur, grandissait, puis vacillait, paraissant s'éloigner. Ce devait être Hardman qui, se prétendant trop vieux pour apprendre à conduire, ramenait les invités à bord de la charrette anglaise.

Briony changea d'avis et regarda sa sœur. « Tout est raté. Ce n'est pas le bon... » Elle respira vivement et détourna les yeux, indication pour Cecilia qu'un mot du dictionnaire était sur le point de faire sa première apparition. « Ce n'est pas le *genre* qui convient ! » Elle prononça le mot comme elle le pensait, à la française, de façon monosyllabique, mais sans réussir tout à fait à prononcer le « r ».

« *Jean* ? lui lança Cecilia. De quoi parles-tu ? »

Mais déjà, sur ses délicats pieds blancs, Briony s'éloignait en clopinant sur le gravier brûlant.

Cecilia se rendit à la cuisine pour remplir le vase, qu'elle monta dans sa chambre, retirant les fleurs du lavabo. Lorsqu'elle les laissa choir dedans, ces dernières refusèrent une fois de plus de se laisser aller au fouillis artistique qu'elle affectionnait, au lieu de quoi, elles oscillèrent en rond dans l'eau, comme mues par une volonté de netteté, les tiges les plus longues se répartissant avec régularité autour du col.

Elle souleva les fleurs et les laissa retomber, mais cette fois encore elles se disposèrent en ordre discipliné. D'ailleurs ça n'avait pas vraiment d'importance. Il était difficile d'imaginer ce Mr Marshall se plaindre de ce que les fleurs auprès de son lit étaient arrangées avec trop de symétrie. Elle transporta le bouquet au deuxième étage, le long du couloir qui craquait et qui menait jusqu'à la chambre dite de la tante Vénus, et posa le vase sur une commode à côté d'un lit à colonnes, menant ainsi à bien la modeste tâche que lui avait fixée sa mère le matin même, huit heures plus tôt.

Pourtant, elle ne se retira pas tout de suite, car la pièce n'était pas encombrée d'affaires personnelles, ce qui était agréable — en fait, en dehors de la chambre de Briony, c'était la seule où l'ordre régnât. Par ailleurs, il y faisait frais, maintenant que le soleil avait fait le tour de la maison. Tous les tiroirs étaient vides, aucune surface ne révélait la moindre trace de doigts. Sous la courtepointe de chintz, les draps étaient sans doute d'une pureté amidonnée. Elle eut envie de glisser la main entre les couvertures pour les toucher, mais elle choisit de s'aventurer plus loin dans la chambre de Mr Marshall. Au pied du lit à colonnes, le dessus d'un sofa Chippendale avait été si soigneusement tendu que s'y asseoir eût été un sacrilège. L'air dégageait une légère odeur de cire, et dans l'éclairage couleur de miel les surfaces polies du mobilier semblaient onduler et respirer. Comme elle s'approchait, son angle de vision se modifia et les joyeux convives du couvercle d'un vieux coffre de mariée se contorsionnèrent dans un pas de danse. Mrs Turner avait dû passer ce matin. D'un hausse-ment d'épaules, Cecilia écarta toute association avec Robbie. Se trouver là, c'était comme être en infraction, le futur occupant de la pièce n'étant plus qu'à quelques centaines de mètres de la maison.

Comme elle s'était approchée de la fenêtre, elle put voir que Briony avait traversé le pont qui menait à l'île et qu'elle marchait le long de la berge envahie d'herbe, disparaissant peu à peu au milieu des arbres en bordure du lac qui entouraient le temple. Plus loin encore, c'est à peine si Cecilia distinguait les deux silhouettes enchapeautées assises derrière Hardman. À présent, elle apercevait un troisième personnage qu'elle n'avait pas remarqué au premier abord, et qui marchait à grandes enjambées le long de l'allée, à la rencontre de la charrette anglaise. À coup sûr, ce devait être Robbie Turner qui rentrait chez lui. Il s'arrêta et, à l'approche des visiteurs, sa silhouette sembla se fondre avec les leurs. Elle imaginait bien la scène — les tapes viriles sur l'épaule, les bourrades. Cela l'ennuyait que son frère ne pût être prévenu que Robbie n'était plus en odeur de sainteté, et elle se détourna de la fenêtre en maugréant d'exaspération, pour se diriger vers sa chambre et y chercher une cigarette.

Il ne lui restait qu'un paquet, et ce n'est qu'au bout de quelques minutes d'un impatient ratissage de son fouillis qu'elle le trouva dans la poche d'un peignoir de soie bleue qui traînait par terre dans sa salle de bains. Elle alluma une cigarette en descendant l'escalier qui menait dans le hall d'entrée, sachant qu'elle n'aurait pas osé le faire si son père avait été à la maison. Il avait des idées précises sur le lieu et le moment où il était acceptable qu'une femme soit vue en train de fumer : ni dans la rue, ni dans aucun lieu public, ni en entrant dans une pièce, ni debout, et uniquement lorsqu'on lui en offrait une, jamais de son propre chef — des notions qui étaient pour lui aussi évidentes et naturelles que la justice. Trois années parmi les mijaurées de Girton[1] ne l'avaient pas armée d'un courage suffisant pour l'affronter. Les sarcasmes désinvoltes qu'elle aurait pu déployer au milieu de ses amis la désertaient en sa présence, et elle sentait sa voix s'altérer lorsqu'elle tentait mollement de le contredire. En fait, tomber en désaccord avec son père sur quoi que ce fût, même un détail domestique insignifiant, la mettait mal à l'aise, et rien de ce qu'avait pu faire la grande littérature pour infléchir ses susceptibilités, aucune leçon de critique appliquée ne pouvait la libérer tout à fait de sa soumission. Fumer dans l'escalier, alors que son père était à son ministère de Whitehall, était la seule forme de révolte que lui permettait son éducation, et encore, cela lui demandait un certain effort.

Au moment où elle atteignit le vaste palier qui dominait le hall, Leon faisait entrer Paul Marshall par la porte grande ouverte. Danny Hardman suivait derrière, avec leurs bagages. On apercevait son vieux père, resté dehors, occupé à considérer sans mot dire le billet de cinq livres qu'il avait dans la main. La lumière indirecte de l'après-midi, que renvoyait le gravier, filtrait à travers l'imposte, emplissant l'entrée des tons orange jaunâtre d'une gravure sépia. Les hommes avaient ôté leurs chapeaux et restaient debout à l'attendre, souriants. Cecilia se demanda, comme il lui arrivait parfois de le faire lorsqu'elle rencontrait un homme pour la première fois, si c'était celui qu'elle épouserait, et si c'était le moment précis dont elle se souviendrait jusqu'à la fin de ses jours — avec gratitude, ou avec un regret particulièrement intense.

1. Un des collèges universitaires de Cambridge.

« Ce-cilia! » lança Leon. Lorsqu'ils s'étreignirent, elle sentit contre sa clavicule, à travers le tissu de son veston, un gros stylo, et décela une odeur de pipe dans les plis de ses vêtements, ce qui suscita chez elle une brève nostalgie des visites à l'heure du thé qu'elle rendait aux garçons logés à l'université, occasions assez courtoises et anodines pour la plupart, mais également réjouissantes, surtout en hiver.

Paul Marshall lui serra la main et esquissa un léger salut. Son visage exprimait une sorte de préoccupation comique. Il fit une entrée en matière d'une banalité conventionnelle.

« J'ai beaucoup entendu parler de vous.

— Et moi de vous. » Tout ce dont elle se souvenait, c'était d'une conversation téléphonique avec son frère quelques mois plus tôt, lors de laquelle ils s'étaient demandé s'ils avaient déjà goûté ou goûteraient jamais une barre chocolatée Amo.

« Emily se repose. »

C'était superflu. Enfants, ils prétendaient deviner, depuis le fond du parc, si leur mère avait ses migraines au simple assombrissement de ses fenêtres.

« Le Patriarche reste en ville ?

— Il arrivera sans doute plus tard. »

Cecilia se rendit compte que Paul Marshall la regardait avec insistance, mais, avant de pouvoir lever les yeux sur lui, elle dut trouver quelque chose à dire.

« Les enfants étaient en train de monter une pièce, mais il semble bien que le projet soit tombé à l'eau.

— C'est sans doute votre sœur que j'ai aperçue plus bas, du côté du lac. Elle fouettait les orties avec énergie », dit Marshall.

Leon s'écarta pour laisser entrer le fils Hardman chargé des bagages. « Où va-t-on coucher Paul ?

— Au deuxième étage. » Cecilia avait incliné la

tête afin que ces mots s'adressent au jeune Hardman. Ce dernier, qui était arrivé au pied de l'escalier, s'arrêta et se retourna, une valise de cuir à chaque main, et fit face au groupe qu'ils formaient au centre du dallage en damier. Son visage exprimait une tranquille incompréhension. Elle avait remarqué que depuis peu il tournait autour des enfants. Peut-être s'intéressait-il à Lola. Il avait seize ans et n'était certes plus un petit garçon. Les joues rondes qu'elle gardait en mémoire avaient disparu et l'arc enfantin de ses lèvres s'était allongé, empreint désormais d'une innocente cruauté. Sur son front, une monnaie d'acné paraissait nouvellement frappée, son éclat excessif atténué par la lumière sépia. Toute la journée, elle s'en rendait compte, elle s'était sentie bizarre, avait vu les choses bizarrement, comme si tout relevait depuis longtemps d'un passé ravivé par des ironies posthumes qu'elle n'était pas à même d'appréhender totalement.

Patiemment, elle lui précisa : « La grande chambre de l'autre côté de la nursery.

— La chambre de tante Vénus », ajouta Leon.

Tante Vénus avait été pendant près d'un demi-siècle une présence infirmière irremplaçable dans une large fraction des Territoires du Nord, au Canada. Elle n'était la tante de personne en particulier, ou, plutôt, elle était celle d'un défunt cousin issu de germain de Mr Tallis, mais personne ne lui avait contesté le droit, une fois à la retraite, d'occuper la chambre du deuxième étage où, durant la plus grande partie de leur enfance, grabataire d'un naturel doux, elle s'était peu à peu desséchée pour mourir d'une mort sans plainte lorsque Cecilia avait dix ans. Une semaine plus tard, Briony naissait.

Cecilia mena les visiteurs dans le salon ; elle les fit

passer par la porte-fenêtre, puis le long des rosiers, pour rejoindre, derrière les écuries, la piscine, ceinte d'un épais taillis de bambous que l'on pénétrait par une trouée en forme de tunnel. Ils le franchirent, baissant la tête sous les cannes les plus basses, et débouchèrent sur une terrasse de pierre à la blancheur éblouissante d'où montait un souffle de chaleur. Dans l'ombre profonde, installée bien en retrait du bord, il y avait une table de fer peinte en blanc avec un pichet de punch glacé protégé par un carré d'étamine. Leon déplia les chaises de toile et, leur verre à la main, ils s'y installèrent en formant un vague demi-cercle face à la piscine. Placé entre Leon et Cecilia, Marshall prit la direction de la conversation en monologuant pendant dix minutes. Il leur confia à quel point il était merveilleux d'être loin de la ville, dans le calme, à l'air de la campagne ; depuis neuf mois, il n'avait pas eu une minute à lui dans la journée, esclave de sa vision, à faire la navette entre le siège social, son conseil d'administration et l'atelier de fabrication. Il avait fait l'acquisition d'une grande maison à Clapham Common et c'est à peine s'il avait eu le temps de la visiter. Le lancement du Rainbow Amo avait été un triomphe, mais seulement après quelques sérieux soucis de distribution, désormais réglés ; la campagne publicitaire avait choqué certains évêques trop conservateurs et il avait fallu en trouver une autre ; puis c'était le succès lui-même qui avait posé des problèmes : ventes incroyables, nouveaux quotas de production, discussions sur le taux des heures supplémentaires et recherche d'un site destiné à une deuxième usine, projet unanimement boudé par les quatre syndicats impliqués, qu'on avait dû charmer et cajoler tels des enfants ; et maintenant que tout avait porté ses fruits, planait le défi plus grand encore de l'Army Amo, la barre couleur kaki dont le slogan était « Amo la troupe ! » et dont le concept reposait sur l'hypothèse d'une augmentation des dépenses militaires si M. Hitler ne la bouclait pas ; il y avait même une chance que la barre chocolatée soit incluse dans les rations standard ; de sorte que, s'il devait se produire une mobilisation générale, cinq autres usines seraient nécessaires ; certains membres du conseil d'administration étaient convaincus qu'un arrangement avec l'Allemagne devait intervenir légitimement et forcément, auquel cas le produit Army Amo était condamné d'avance ; l'un des membres accusa même Marshall de bellicisme ; mais tout épuisé et vilipendé qu'il était, on ne le détournerait pas de son objectif, de sa vision des choses. Il termina en répétant qu'il était merveilleux de se retrouver « loin de tout ça », là où on pouvait, pour ainsi dire, reprendre souffle.

À l'observer pendant les toutes premières minutes de son discours, Cecilia éprouva une agréable impression de vertige au creux de l'estomac en songeant à quel point il serait merveilleusement suicidaire, presque érotique, d'être mariée à ce type si près d'être beau, si immensément riche et si insondablement bête. Il l'engrosserait d'enfants à large visage, tous communs, des crétins de garçons, passionnés d'armes à feu, de football et d'avions. Elle l'examina de profil pendant qu'il tournait la tête vers Leon. Un long muscle se crispait au-dessus du pourtour de sa mâchoire dès qu'il parlait. Quelques épais poils noirs torsadés s'échappaient de ses sourcils et, de l'orifice de ses oreilles, poussait la même végétation noire, comiquement frisée, une vraie toison pubienne. Il devrait en toucher un mot à son coiffeur.

À peine bougeait-elle les yeux que le visage de Leon entrait dans son champ de vision, mais, par politesse, il s'obstinait à regarder son ami, dans sa volonté de l'éviter. Enfants, ils avaient coutume de se provoquer mutuellement en se jetant le fameux « regard » lors de déjeuners dominicaux organisés par leurs parents à l'intention des vieilles personnes de la famille. Ces grandes occasions méritaient que l'on sorte l'argenterie : les vénérables grands-oncles, tantes et grands-parents maternels, gent déconcertée et sévère, tribu victorienne égarée, arrivaient à la maison en manteaux noirs après avoir erré, la mine pincée, pendant deux décennies dans un siècle étranger et frivole. Ils terrifiaient la Cecilia de dix ans et son frère de douze, et une crise de petits rires bébêtes n'était jamais bien loin. Celui qui interceptait le « regard » était sans défense contre lui, celui qui en était l'auteur, immunisé. La plupart du temps, c'était Leon qui l'emportait, avec sa grimace faussement solennelle qui consistait à abaisser les coins de la bouche tout en roulant des yeux. Il pouvait demander à Cecilia, sur le ton le plus innocent, de lui passer le sel, et bien qu'elle regardât ailleurs en le lui tendant, tournât la tête et prît une profonde inspiration, cela suffisait à lui faire comprendre qu'il lui adressait son *regard*, la condamnant ainsi à quatre-vingt-dix minutes d'un martyre fébrile. Pendant ce temps-là, Leon restait libre, se contentant d'en rajouter, à l'occasion, s'il la croyait sur le point de récupérer. Rarement l'avait-elle dompté par une moue pleine de morgue. Comme les enfants étaient parfois placés entre des adultes, le « regard » comportait certains dangers — les grimaces à table étaient susceptibles d'entraîner punition et coucher prématuré. L'astuce consistait à se risquer, entre — mettons — se lécher les lèvres et sourire largement, à intercepter le regard de l'autre. Une fois, ayant levé les yeux, ils s'étaient lancé leurs regards en même temps, avec le résultat que Leon avait éternué de la soupe sur le poignet d'une grand-tante. Les deux enfants furent consignés dans leurs chambres pour le reste de la journée.

Cecilia mourait d'envie de prendre son frère à part pour lui dire que des poils pubiens poussaient dans les oreilles de Mr Marshall. Ce dernier était en train de décrire son affrontement au conseil d'administration avec l'homme qui l'avait traité de belliciste. Elle leva à demi un bras, comme pour se lisser les cheveux. Automatiquement, le mouvement attira l'attention de Leon, et ce fut à cet instant qu'elle lui adressa le regard qu'il n'avait pas reçu depuis plus de dix ans. Il pinça les lèvres et se détourna, découvrant quelque chose d'intéressant à regarder près de son soulier. Alors que Marshall se tournait vers Cecilia, Leon leva une main en coupe pour se protéger le visage, sans réussir pour autant à cacher à sa sœur le frémissement qui lui parcourait les épaules. Heureusement pour lui, Marshall concluait.

« ... où l'on peut, pour ainsi dire, reprendre souffle. »

Immédiatement, Leon fut sur ses jambes. Il se dirigea vers le bord de la piscine pour examiner une serviette rouge trempée, abandonnée près du plongeoir. Puis il revint vers eux d'un pas nonchalant, les mains dans les poches, ayant pratiquement repris ses esprits.

« Devine qui nous avons rencontré en arrivant, dit-il à Cecilia.

— Robbie.

— Je lui ai dit de se joindre à nous ce soir.

— Oh, Leon, tu n'as pas fait ça ? »

Il était d'humeur taquine. Sa revanche, peut-être. Il dit à son ami : « Ainsi donc, le fils de la femme de ménage obtient une bourse pour étudier au collège local, une autre pour Cambridge, il entre à l'université en même temps que Cee — et c'est à peine si elle lui adresse la parole en l'espace de trois ans ! Elle l'aurait même empêché d'approcher ses amies de Roedean College.

— Tu aurais dû me demander avant. »

Elle était sincèrement contrariée et, le constatant, Marshall dit d'un ton conciliant : « À Oxford, j'ai connu ce genre de types sortis du collège, et certains étaient bougrement intelligents. Mais ils étaient parfois pleins de dépit, ce qui est tout de même un peu fort, je trouve. »

Elle lui demanda s'il avait une cigarette.

Il lui en offrit une de son étui en argent, en lança une autre à Leon et se servit à son tour. Ils s'étaient tous levés à présent, et, comme Cecilia se penchait au-dessus du briquet de Marshall, Leon commenta : « C'est un brillant cerveau, bon sang, je ne comprends vraiment pas ce qu'il fabrique dans les plates-bandes. »

Elle partit s'asseoir sur le plongeoir, affectant de se détendre, mais le ton de sa voix était forcé. « Il se demande s'il ne va pas faire médecine. Leon, j'aurais préféré que tu ne l'invites pas.

— Le Patriarche a dit oui ? »

Elle eut un haussement d'épaules. « Écoute, je trouve que tu devrais passer tout de suite au pavillon pour lui demander de ne pas venir. »

Leon s'était avancé jusqu'au petit bain et se tenait face à elle, de l'autre côté de la nappe d'eau d'un bleu onctueux qui oscillait doucement.

« Mais comment veux-tu que je fasse ?

« — Je m'en fiche, débrouille-toi. Trouve une excuse.

— Quelque chose s'est passé entre vous.

— Non. Rien.

— Il t'importune ?

— Pour l'amour du ciel ! »

Elle se leva, irritée, et s'éloigna en direction du kiosque, structure ouverte soutenue par trois colonnes cannelées. Elle s'adossa au pilier central, fumant et observant son frère. Deux minutes plus tôt, ils s'entendaient comme larrons en foire, et voilà qu'ils n'étaient plus d'accord — l'enfance revisitée, vraiment. Paul Marshall se tenait à mi-distance des deux, tournant la tête d'un côté, de l'autre, comme devant un match de tennis. Il arborait une expression neutre, vaguement inquisitrice, et ne semblait pas troublé de cette querelle entre frère et sœur. Voilà au moins, pensa Cecilia, qui plaidait en sa faveur.

« Tu penses qu'il n'est pas fichu de tenir convenablement son couteau et sa fourchette, dit son frère.

— Leon, arrête. Tu n'avais pas besoin de l'inviter.

— Quelle ineptie ! »

Le silence qui s'ensuivit fut en partie tempéré par le bourdonnement de la pompe. Il n'y avait rien que Cecilia puisse faire, rien qu'elle puisse imposer à Leon, et elle ressentit soudain l'inutilité de la discussion. Mollement adossée à la pierre tiède, elle termina paresseusement sa cigarette en contemplant la scène — la dalle d'eau chlorée en perspective, la chambre à air noire d'un pneu de tracteur appuyée contre une chaise longue, les deux hommes en costume de lin couleur crème d'une nuance infinitésimalement différente, la fumée gris-bleu s'élevant sur fond de bambous verts. Elle lui parut gravée, immuable, et, une fois encore, elle eut l'impression que cela s'était passé il y a longtemps, et que toutes les conséquences, à tous les niveaux — de la plus minuscule à la plus monumentale —, étaient déjà en place. Quoi qu'il pût advenir dans le futur, d'étrange ou de choquant en surface, cela aurait la même qualité familière qui l'inviterait à dire, à se dire à elle seule : Mais oui, bien sûr. Ça. J'aurais dû m'en douter.

Elle lança avec légèreté : « Tu sais ce que je pense ?

— Dis-moi.

— Qu'on devrait rentrer pour que tu nous prépares un cocktail de ton invention. »

Paul Marshall frappa dans ses mains et le son ricocha entre les colonnes et le mur du kiosque. « Il y a quelque chose que je fais assez bien, lança-t-il. À base de glace pilée, de rhum et de chocolat noir fondu. »

La suggestion inspira un tel échange de regards entre Cecilia et son frère que leur discorde se dissipa. Leon allait déjà de l'avant, tandis que Cecilia et Paul Marshall lui emboîtaient le pas, se rejoignant dans la trouée du petit bois, elle dit : « Je préférerais quelque chose d'amer. Ou même d'acide. »

Il sourit et, puisqu'il avait atteint la trouée le premier, il s'arrêta pour lui céder le passage comme à l'entrée d'un salon. Ce faisant, elle sentit qu'il lui effleurait l'avant-bras.

Mais après tout, ce n'était peut-être qu'une feuille.

Cinq

Ni les jumeaux ni Lola ne surent précisément ce qui amena Briony à abandonner les répétitions. Sur le moment, ils n'en furent même pas informés. Ils avaient attaqué la scène du lit de souffrances, celle où Arabella, alitée, reçoit pour la première fois dans son grenier le prince déguisé en bon docteur, et tout marchait à peu près bien, ou du moins pas plus mal qu'auparavant, et les jumeaux ne récitaient pas leur texte plus bêtement que d'habitude. Quant à Lola, soucieuse de ne pas salir son pull en cachemire en s'allongeant par terre, elle s'était affalée sur un siège, sans que le metteur en scène pût vraiment y trouver à redire. L'aînée exprimait si pleinement sa bonne volonté distanciée qu'elle se sentait au-dessus de tout reproche. Et puis Briony, qui était patiemment en train de donner des instructions à Jackson, marqua une pause, fronça les sourcils, comme sur le point de se reprendre, puis s'en fut. Il n'y eut aucun signe de quelque revirement créateur, ni coup de colère ni départ indigné. Elle tourna les talons, et quitta simplement la pièce comme pour se rendre aux toilettes. Les autres attendirent, sans se douter que le projet tout entier avait pris fin. Les jumeaux croyaient avoir fait de leur mieux, surtout Jackson qui, ayant l'impression de ne pas avoir regagné les faveurs de la maisonnée Tallis, pensait amorcer ainsi sa réhabilitation en satisfaisant Briony.

En attendant, les garçons jouaient au foot avec un cube de bois et leur sœur regardait par la fenêtre en fredonnant à mi-voix. Au bout d'un temps indéterminé, elle sortit dans le couloir qu'elle parcourut jusqu'à une porte restée ouverte sur une pièce inutilisée. De là, elle avait vue sur l'allée et sur la surface du lac qu'occupait une colonne de phosphorescence miroitante, chauffée à blanc par l'insupportable touffeur de fin d'après-midi. Se détachant sur la colonne, c'est à peine si elle parvint à distinguer Briony de l'autre côté du temple de l'île, debout au bord de l'eau. Peut-être même dans l'eau — dans une telle lumière, c'était difficile à dire. Elle n'avait pas l'air disposée à revenir. En sortant de la chambre, Lola nota la présence, à côté du lit, d'une valise d'apparence masculine, en cuir fauve, aux lourdes sangles et aux étiquettes pâlies de traversées maritimes. Cela lui rappela vaguement son père, elle s'arrêta devant la valise et capta la légère odeur de suie d'un wagon de chemin de fer. Elle appuya le pouce sur une des serrures, qu'elle fit glisser. Le métal poli était frais, et en le touchant elle y déposa des petites marques de condensation qui rétrécirent à vue d'œil. Le fermoir à ressort la fit tressaillir en sautant bruyamment. Elle le remit en place et sortit précipitamment de la pièce.

Il s'ensuivit pour les cousins un temps moins structuré. Lola expédia les jumeaux en bas pour voir si la piscine était libre — ils s'y sentaient mal à l'aise en présence d'adultes. Ils revinrent annoncer que Cecilia s'y trouvait avec deux autres grandes personnes, mais voilà que maintenant Lola n'était plus dans la nursery. Elle était dans sa petite chambre, en train de s'arranger les cheveux devant un miroir à main posé contre le rebord de la fenêtre. Les garçons se couchèrent sur son lit étroit avec force chatouilles, bagarres et solides hurlements. Elle n'allait pas se préoccuper de les renvoyer dans leur chambre. Il n'y avait plus de pièce à répéter, la piscine n'était pas libre, et cette vacance les accablait. La tristesse d'être loin de chez eux les saisit lorsque Pierrot annonça qu'il avait faim — ils ne dîneraient pas avant plusieurs heures, et il serait inconvenant de descendre maintenant et de réclamer à manger. Sans compter que les garçons n'entreraient certainement pas dans la cuisine, terrifiés par Betty qu'ils avaient aperçue dans l'escalier, l'air revêche et chargée d'alèses de caoutchouc rouge destinées à leur chambre.

Un peu plus tard, tous trois se retrouvèrent dans la nursery qui, à l'exception de leurs chambres, demeurait l'unique pièce qu'ils pensaient être en droit d'occuper. Le cube bleu éraflé était là où ils l'avaient laissé, et rien n'avait changé.

Ils étaient en plein désœuvrement. Jackson déclara : « J'aime pas être ici. »

La simplicité de la remarque perturba son frère, qui s'approcha de l'un des murs et découvrit quelque chose d'intéressant sur la plinthe, qu'il se mit à asticoter de la pointe de son soulier.

Lola lui passa le bras autour des épaules en disant : « Ne t'en fais pas. Nous allons bientôt rentrer chez nous. » Son bras était beaucoup plus mince et plus léger que celui de sa mère et Pierrot se mit à pleurer, quoique sans bruit, toujours conscient de se trouver dans une maison étrangère où la politesse passait avant tout.

Jackson était également en larmes, bien qu'encore

capable de parler. « Non, pas bientôt. Tu dis ça comme ça. On peut pas rentrer de toute façon... » Il s'interrompit pour rassembler son courage. « Parce qu'ils *divorcent*! »

Pierrot et Lola en restèrent saisis. Le mot n'avait jamais été utilisé devant les enfants qui, eux-mêmes, ne l'avaient jamais prononcé. Les discrètes consonnes étaient suggestives d'une impensable obscénité, la terminaison sifflante révélant tout bas la honte de la famille. Jackson lui-même eut l'air affolé lorsque le mot lui échappa, mais impossible de le rattraper à présent, et, à sa connaissance, le prononcer tout haut était une faute aussi grave que l'acte en lui-même, quel qu'il fût. Aucun d'entre eux, Lola comprise, n'était parfaitement au courant. Elle s'avança vers lui, ses yeux verts mi-clos comme ceux d'un chat.

« Comment *oses-tu* dire ça?

— Mais c'est vrai », dit-il en bafouillant, le regard ailleurs. Il se savait dans une situation délicate, bien méritée, et il s'apprêtait à s'enfuir en courant lorsqu'elle l'attrapa par une oreille et rapprocha son visage du sien.

« Si tu me frappes, dit-il très vite, j'irai le dire aux Parents. » Mais il avait lui-même rendu la formule inutile, totem détruit d'un âge d'or disparu.

« Ne répète plus jamais ce mot. Tu m'entends? »

Rempli de honte, il fit oui de la tête et elle le lâcha.

Les garçons, sous le choc, avaient cessé de pleurer, et voici que Pierrot, comme toujours désireux d'arranger les choses, lançait avec vivacité : « Et maintenant, qu'est-ce qu'on fait?

— C'est ce que je me demande toujours. »

Le grand type en costume blanc qui se tenait sur le seuil était peut-être là depuis plusieurs minutes, assez longtemps pour avoir entendu ce qu'avait dit Jackson, et c'est cette idée, plutôt que la surprise de sa présence, qui retint Lola elle-même de réagir. Était-il au courant, pour leur famille ? Ils restèrent là, les yeux ronds, attendant de le découvrir. Il vint vers eux et leur tendit la main.

« Paul Marshall. »

Pierrot, qui était le plus proche, la lui serra en silence, tout comme son frère. Lorsque vint le tour de la jeune fille, elle dit : « Lola Quincey. Voici Jackson et voilà Pierrot.

— Vous avez tous de merveilleux prénoms. Mais comment suis-je censé vous distinguer, tous les deux ?

— En général, c'est moi qu'on trouve le plus agréable », dit Pierrot. C'était une plaisanterie dans la famille, une saillie de leur père qui, d'habitude, faisait rire les étrangers quand ils leur posaient la question. Mais ce monsieur n'eut même pas un sourire en disant : « Vous êtes sûrement les cousins du Nord. »

Ils attendirent, anxieux de l'entendre dire ce qu'il savait d'autre, et le suivirent des yeux pendant qu'il arpentait toute la longueur du plancher nu de la nursery et se baissait pour ramasser le cube, qu'il jeta en l'air et rattrapa élégamment d'un coup sec, bois contre peau.

« Je loge dans une chambre qui donne sur ce couloir.

— Je sais, dit Lola. La chambre de tante Vénus.

— Exactement. Son ancienne chambre. »

Paul Marshall se laissa tomber dans le fauteuil qui avait récemment abrité les douleurs d'Arabella. Il avait réellement un curieux visage, aux traits ramassés autour des sourcils et au large menton nu comme celui de Dick Tracy. Un visage cruel, mais des manières agréables, une combinaison séduisante, pensa Lola. Il rajusta ses plis de pantalon tout en regardant alternativement un Quincey après l'autre. L'attention de Lola fut attirée par le cuir noir et blanc de ses souliers de golf et, voyant qu'elle les admirait, il remua un pied au rythme d'un air qu'il avait dans la tête.

« Je suis navré, pour votre pièce. »

Les jumeaux se rapprochèrent l'un de l'autre, poussés par leur inconscient à serrer les rangs du fait que, s'il était plus au courant qu'eux des répétitions, c'est qu'il devait en savoir encore long. Jackson aborda le fond de leur problème.

« Vous connaissez nos parents ?

— Mr et Mrs Quincey ?

— Oui !

— J'ai lu ce que l'on racontait sur eux dans le journal. »

Les garçons le regardèrent fixement tout en digérant l'information, sans pouvoir parler, car ils savaient que les journaux traitaient de choses sérieuses : tremblements de terre, collisions ferroviaires, ce que le gouvernement et les nations faisaient jour après jour, et si on devait dépenser plus d'argent pour les fusils au cas où Hitler attaquerait l'Angleterre. Ils étaient impressionnés, mais sans en être totalement surpris, que leur propre malheur fût au même niveau que ces affaires d'ordre divin. Il leur parut que cela venait confirmer la vérité.

Pour retrouver son aplomb, Lola mit les mains sur les hanches. Son cœur battait douloureusement, et elle ne s'estimait pas assez sûre d'elle-même pour parler, bien qu'elle sût qu'il le fallait. Elle pensait que se jouait là un jeu qu'elle ne comprenait pas, mais elle était sûre qu'il devait y avoir erreur, ou même affront. La voix lui manqua lorsqu'elle se lança, et elle dut se racler la gorge et reprendre.

« Qu'avez-vous lu sur eux ? »

Il haussa les sourcils, qui étaient épais et se rejoignaient au milieu, et manifesta son ignorance par un bruit de lèvres. « Oh, je n'en sais rien. Rien du tout. Des bêtises.

— Dans ce cas, je vous saurai gré de ne pas en parler devant les enfants. »

C'était une phrase qu'elle avait dû entendre et qu'elle avait lancée au jugé, comme un apprenti articule en silence l'incantation d'un mage.

Apparemment, c'était efficace. Marshall tressaillit, reconnaissant par là son erreur, et se pencha vers les jumeaux. « Maintenant, écoutez-moi bien, tous les deux. Il est clair pour tout le monde que vos parents sont absolument merveilleux, qu'ils vous aiment énormément et qu'ils ne cessent de penser à vous. »

Jackson et Pierrot hochèrent la tête en approuvant solennellement. Du coup, Marshall ramena son attention sur Lola. Après deux solides cocktails au gin dans le salon avec Leon et sa sœur, il était monté à la recherche de sa chambre afin de défaire ses valises et de se changer pour le dîner. Sans retirer ses chaussures, il s'était étendu sur l'énorme lit à colonnes et, apaisé par le silence de la campagne, la boisson et la chaleur du crépuscule, il s'était laissé aller à un petit somme pendant lequel lui étaient apparues ses jeunes sœurs, toutes quatre babillant, le palpant, tirant sur ses vêtements. Il s'était réveillé, la poitrine et le cou en nage, émoustillé de façon gênante et momentanément perdu dans cet environnement. C'est pendant qu'il buvait de l'eau, assis sur le rebord de son lit, qu'il avait entendu les voix, sans doute à l'origine de son rêve. Lorsqu'il avait traversé le couloir grinçant et qu'il était entré dans la nursery, il avait vu trois enfants. À présent, il se rendait compte que l'adolescente était presque une jeune femme, posée et impérieuse, une vraie petite princesse préraphaélite avec ses bracelets et ses tresses, ses ongles vernis et son collier de chien en velours.

« Vous avez un goût exquis en matière de vêtements. Ce pantalon vous va particulièrement bien, je trouve », lui dit-il.

Elle en fut plus ravie que confuse, et elle effleura légèrement l'étoffe là où elle bouffait sur ses hanches minces. « Nous l'avons trouvé chez Liberty's, quand ma mère m'a emmenée au spectacle à Londres.

— Et qu'avez-vous vu ?

— *Hamlet.* » En fait, elles avaient assisté à une pantomime en matinée au London Pavilion, pendant laquelle Lola avait renversé du sirop de fraise sur sa robe, et Liberty's se trouvait juste en face.

« Une de mes pièces préférées », dit Paul. Par bonheur, lui non plus n'avait ni lu ni vu la pièce, ayant fait des études de chimie. Mais il fut capable de dire d'un air songeur : « "Être ou ne pas être."

— C'est là toute la question, dit-elle en acquiesçant. Et moi, j'aime bien vos chaussures. »

Il inclina un pied pour en admirer la qualité. « Oui. De chez Ducker, sur le Turl. Ils fabriquent un truc en bois à la forme de votre pied qu'ils conservent sur une étagère jusqu'à perpète. Il y en a des milliers dans une pièce en sous-sol, la plupart pour des gens qui sont morts depuis longtemps.

— Mais c'est horrible.

— J'ai faim, dit de nouveau Pierrot.

— Eh bien, dit Paul Marshall en tapotant sa poche. J'ai quelque chose à te montrer, si tu devines ce que je fabrique pour gagner ma vie.

— Vous êtes chanteur, dit Lola. Du moins, vous avez une voix agréable.

— C'est gentil, mais c'est faux. Savez-vous que vous me rappelez ma sœur préférée... »

Jackson l'interrompit. « Vous fabriquez des chocolats dans une usine. »

Avant qu'un excès de félicitations ne s'abatte sur son frère, Pierrot ajouta : « Nous vous avons entendu en parler à la piscine.

— Alors, on n'a rien deviné. »

Il tira de sa poche un parallélépipède enveloppé de papier sulfurisé d'environ dix centimètres sur deux et demi. Il le posa sur ses genoux, le déballa avec précaution et le tendit à hauteur d'œil pour le soumettre à leur examen. Poliment, ils se rapprochèrent. Il était recouvert d'une croûte lisse d'un vert terne qu'il fit sonner d'un coup d'ongle.

« Garniture de sucre, vous voyez ? Avec du chocolat au lait à l'intérieur. Délicieuse en toutes circonstances, même quand elle fond. »

Il tendit la main plus haut, serrant plus fort, et ils purent voir le tremblement de ses doigts accentué par la barre.

« Il y en aura une dans le kit de ravitaillement de tous les soldats du pays. Ration standard. »

Les jumeaux se regardèrent. Ils savaient que les adultes ne s'intéressaient pas aux sucreries. Pierrot déclara : « Les soldats ne mangent pas de chocolat. »

Son frère ajouta : « Ils aiment les cigarettes.

— Et puis, de toute façon, pourquoi est-ce qu'ils auraient tous droit à des friandises gratuites et pas les enfants ?

— Parce qu'ils vont aller se battre pour leur pays.

— Papa dit qu'il ne va pas y avoir de guerre.

— Eh bien, il se trompe. »

Le ton de Marshall trahissait une certaine irritation, et Lola, conciliante, tempéra : « Peut-être qu'il y en aura une. »

Il releva la tête pour lui sourire. « Nous l'appelons Army Amo.

— Amo, amas, amat, dit-elle.

— Exactement. »

Jackson dit : « Je vois pas pourquoi il faudrait que tout ce qu'on achète se termine par "o".

— C'est vraiment pénible, dit Pierrot. C'est comme les bonbons *Polo* et le chocolat *Aero*.

— Le bouillon *Oxo* et les brosses *Brillo*.

— J'ai l'impression que ce qu'ils essaient de me faire comprendre, dit Paul Marshall en tendant la barre à Lola, c'est qu'ils n'en veulent pas. »

Elle l'accepta solennellement en décochant aux jumeaux un muet « bien-fait-pour-vous ». Ils s'en aperçurent. Maintenant, ils ne pouvaient plus quémander un Amo. Ils regardèrent sa langue virer au vert tandis qu'elle léchait les bords de la garniture au sucre. Paul Marshall, renversé dans le fauteuil, l'étudiait attentivement, les mains jointes en forme de clocher devant son visage.

Il croisa et décroisa les jambes. Puis il prit une profonde inspiration. « Croquez dedans, dit-il avec douceur. Il faut croquer dedans. »

La barre se rompit dans un craquement, cédant sous ses incisives sans défaut, et alors on put découvrir, sous la couche blanche du glacis de sucre, le chocolat sombre. Au même instant, ils entendirent une voix de femme s'élever de l'étage inférieur, puis réitérer son appel depuis le couloir avec plus d'insistance, et cette fois les jumeaux reconnurent la voix, et ils échangèrent un regard d'angoisse soudaine.

Lola riait, la bouche pleine de chocolat. « Voilà Betty qui vous cherche. C'est l'heure du bain ! Foncez vite, maintenant. Allez, foncez. »

Six

Peu après le déjeuner, s'étant assurée que les enfants de sa sœur et Briony avaient mangé convenablement et respecteraient leur promesse de rester au moins deux heures à l'écart de la piscine, Emily Tallis s'était retirée dans la pénombre d'une chambre fraîche, à l'abri de la blancheur aveuglante d'un après-midi torride. Elle ne souffrait pas, du moins pas encore, mais elle battait en retraite devant la menace. Sa vision était parsemée de points brillants, de petites piqûres d'épingle, comme si la trame usée du monde visible était tendue devant une lumière plus vive encore. À la pointe droite de son cerveau, elle sentait une lourdeur, le poids inerte d'un animal endormi, roulé en boule ; mais lorsqu'elle se touchait la tête et appuyait, cette présence disparaissait des coordonnées de l'espace réel. Pour l'heure, elle se situait dans l'angle supérieur droit de son esprit et, en imagination, Emily pouvait, en se dressant sur la pointe des pieds, allonger la main droite et l'atteindre. Il était important, malgré tout, de ne pas la provoquer ; dès lors que cette indolente créature se déplaçait de la périphérie vers le centre, des douleurs en coups de couteau annihilaient toute réflexion, et il ne serait plus question de dîner ce soir en famille avec Leon. Cette bête ne lui témoignait aucune malveillance, elle était indifférente à sa détresse. Elle s'agitait comme une panthère en cage parce qu'elle était réveillée, par ennui, par simple besoin de bouger, ou sans raison aucune, et sans en avoir nullement conscience. Emily était couchée à plat dos sur son lit sans oreiller, un verre d'eau à portée de main et, à ses côtés, un livre qu'elle se savait incapable de lire. Seule une longue bande de jour estompée, réfléchie sur le plafond au-dessus du lambrequin, rompait l'obscurité. Emily était allongée, raide d'appréhension, tenue à la pointe du couteau, sachant que l'angoisse l'empêcherait de dormir, et que son seul espoir était de rester immobile.

Elle pensa à l'énorme chaleur qui s'élevait au-dessus de la maison et du parc et recouvrait toute la région telle une fumée, asphyxiant fermes et villes, et elle pensa aux rails brûlants qui amenaient Leon et son ami, à l'étouffant wagon au toit noir dans lequel ils devaient être assis, près d'une vitre ouverte. Pour ce soir, elle avait commandé un rôti qu'il ferait bien trop chaud pour manger. Elle entendait la maison craquer en se dilatant. Ou bien étaient-ce les chevrons et les poutres qui, avec la sécheresse, se rétractaient le long de la maçonnerie? Ils rétrécissaient, tout rétrécissait. Les perspectives de Leon, par exemple, qui s'amenuisaient d'année en année, puisqu'il refusait que son père lui donne un coup de pouce, lui offre l'espoir de quelque chose de convenable dans la fonction publique, préférant jouer la cinquième roue du carrosse dans une banque privée et ne vivant que pour les week-ends et son équipe d'aviron à huit barré. Elle aurait pu être plus mécontente de lui s'il n'avait été d'une si bonne nature, heureux et entouré d'amis couronnés de succès. Trop beau garçon, trop apprécié, sans l'ombre d'une insatisfaction ou d'une ambition. Un de ces jours, il ramènerait peut-être un ami que Cecilia épouserait, si ses trois années à Girton n'avaient pas fait d'elle un parti impossible, avec ses prétentions à la solitude, ses tabagies en chambre, son improbable nostalgie d'un temps à peine révolu et ces grosses filles à lunettes de Nouvelle-Zélande avec lesquelles elle avait partagé un tutorat — ou bien était-ce un larbin? Tout ce folklore du Cambridge de Cecilia — les réfectoires, le bal des filles, le premier cours buissonnier, et ce narcissisme du sordide, les culottes qui séchaient devant le foyer électrique et la brosse à cheveux partagée — agaçait un peu Emily Tallis, bien qu'elle fût loin d'être jalouse. Elle aussi avait été élevée à la maison jusqu'à ses seize ans pour être ensuite expédiée deux années en Suisse — ramenées à une, par souci d'économie — et elle savait bien que toute cette pantomime, ces femmes qui fréquentaient la « fac », était réellement puérile, au mieux une farce, comme cette équipe féminine d'aviron, une façon de se pavaner aux côtés de leurs frères et de se parer de la solennité du progrès social. On ne décernait même pas de diplômes valables aux jeunes filles. Quand, en juillet, Cecilia rentra à la maison avec ses résultats définitifs — ce toupet d'en être déçue! —, elle n'avait ni situation ni compétence, outre qu'il lui restait encore à trouver un mari, à affronter la maternité; et que lui auraient donc enseigné de tout ça ses bas-bleus de professeurs, avec leurs surnoms idiots et leurs effroyables réputations? Ces femmes suffisantes atteignaient une immortalité locale grâce aux excentricités les plus ternes, les moins audacieuses — en promenant un chat au bout d'une laisse de chien, en circulant à bicyclette d'homme, en étant surprises dans la rue un sandwich à la main. Une génération plus tard, ces idiotes, ces ignorantes auraient disparu depuis longtemps, mais seraient encore respectées à la High Table, où l'on parlerait d'elles en baissant la voix.

Sentant que la créature fourrée de noir commençait à s'agiter, Emily laissa ses pensées se détacher de l'aînée de ses filles pour projeter les vrilles d'une humeur inquiète vers la plus jeune. Pauvre chérie de Briony, cette tendre petite chose qui faisait de son mieux pour distraire ses cousins filiformes, ces victimes du destin, avec la pièce qu'elle avait écrite de tout son cœur. L'aimer était un réconfort. Mais comment la protéger de l'échec, de cette Lola, incarnation même de la plus jeune sœur d'Emily, laquelle au même âge s'était montrée tout aussi précoce et intrigante, et venait récemment de comploter pour se sortir d'un mariage grâce à ce qu'elle présentait à tout le monde comme une dépression nerveuse ? Elle ne pouvait se permettre de laisser Hermione envahir ses pensées. Emily, respirant calmement dans l'obscurité, préféra juger de l'atmosphère de la maisonnée en s'obligeant à tendre l'oreille. Dans son état, c'était sa seule contribution possible. Elle posa une paume sur son front et entendit à nouveau craquer le bâtiment, qui continuait de travailler de plus belle. De loin, d'en bas lui parvint un fracas métallique, sans doute un couvercle de casserole qui tombait ; le rôti, qui n'avait plus de raison d'être, en était aux premiers stades de sa préparation. De là-haut, des piétinements sur le parquet et des voix d'enfants, deux ou trois au moins, parlant en même temps, ascendantes, descendantes, remontantes, peut-être en dissension, peut-être en accord enthousiaste. La nursery se trouvait à l'étage au-dessus, à seulement une pièce de distance. *Les Tribulations d'Arabella*. Si elle ne s'était pas sentie aussi mal, elle serait montée diriger les opérations ou donner un coup de main, car c'était trop pour eux, elle le savait. La maladie l'avait empêchée de donner à ses enfants tout ce qu'on attendait d'une mère. L'ayant compris, ils l'avaient toujours appelée par son prénom. Cecilia aurait dû leur donner ce coup de main, mais elle était trop repliée sur elle-même, trop intellectuelle pour se soucier d'enfants... Emily se retint victorieusement de poursuivre dans cette voie et il lui sembla alors dériver, sans s'abandonner totalement au sommeil, mais échappant à toute réflexion pour entrer dans une non-existence d'infirme, et bien des minutes s'écoulèrent avant qu'elle entende, près de sa chambre, des pas dans l'escalier, comme un son étouffé de pieds nus qui devaient forcément être ceux de Briony. L'adolescente refusait de porter des chaussures par temps chaud. Quelques minutes plus tard, encore une fois dans la nursery, d'énergiques bousculades et quelque chose de dur qui raclait sur le parquet. Les répétitions étaient à l'eau, Briony était partie bouder, les jumeaux faisaient des bêtises, quant à Lola, si elle ressemblait autant à sa mère que le croyait Emily, elle devait triompher, sereine.

Cette habitude de s'inquiéter pour ses enfants, son mari, sa sœur, les domestiques, avait mis tous ses sens à vif ; migraines, amour maternel et, avec les années, les innombrables heures passées allongée sur son lit avaient affûté cette sensibilité jusqu'à en faire un sixième sens, une conscience tentaculaire qui émergeait de la pénombre pour se déplacer à travers la maison, invisible et omnisciente. Seule la vérité lui était renvoyée, car ce qu'elle savait, elle le savait. Le murmure indistinct de voix entendues à travers un plancher recouvert de moquette l'emportait en clarté sur une transcription dactylographiée ; une conversation qui traversait une cloison, voire deux, lui arrivait dépouillée de tout, hormis de ses inflexions et de ses nuances essentielles. Ce qui, pour d'autres, n'eût été qu'un bruit assourdi constituait, pour ses sens en alerte aussi parfaitement réglés que les détecteurs d'une vieille TSF, une amplification presque intolérable. Elle était allongée dans le noir, et elle savait tout. Moins elle était en mesure d'agir, mieux elle était informée. Mais bien qu'elle languît parfois de se lever et d'intervenir, en particulier lorsqu'elle pensait que Briony avait besoin d'elle, la crainte de souffrir la clouait sur place. Au pire, sans relâche, une batterie de couteaux de cuisine affûtés lui lacérerait le nerf optique à coups répétés, s'enfonçant d'une pression sans cesse plus marquée, et elle serait entièrement confinée et seule. Même gémir accentuait la douleur.

Si bien qu'elle resta couchée là, tandis que s'écoulait la fin de l'après-midi. La porte d'entrée s'était ouverte et refermée. Briony devait être sortie, vu son humeur, sans doute pour se rendre au bord de l'eau, près de la piscine, ou du lac, peut-être même était-elle allée jusqu'à la rivière. Emily entendit que l'on montait précautionneusement l'escalier — Cecilia, enfin, qui emportait les fleurs dans la chambre d'amis, un modeste service qu'elle lui avait demandé à plusieurs reprises au cours de la journée. Puis, plus tard, Betty appelant Danny, et le bruit de la charrette anglaise sur le gravier, et Cecilia qui descendait à la rencontre des visiteurs, et bientôt, se répandant à travers l'obscurité, une très légère odeur de cigarette — on lui avait demandé un millier de fois de ne pas fumer dans les escaliers, mais elle devait avoir envie d'impressionner l'ami de Leon, et cela, en soi, pouvait ne pas être une mauvaise chose. Des voix qui résonnaient dans le couloir, Danny qui s'escrimait à monter les bagages et qui redescendait, puis un silence — Cecilia devait avoir mené Leon et Mr Marshall jusqu'à la piscine pour boire le punch qu'Emily avait elle-même préparé ce matin. Elle entendit la galopade d'une créature quadrupède descendant l'escalier — les jumeaux, qui convoitaient la piscine et allaient être déçus de la trouver occupée.

Elle tomba dans un demi-sommeil et fut réveillée par le bourdonnement d'une voix d'homme dans la nursery, et des enfants qui lui répondaient. Sûrement pas Leon, incapable de se séparer de sa sœur maintenant qu'ils s'étaient retrouvés. Ce devait être ce Mr Marshall, dont la chambre se trouvait juste à côté de la nursery, et qui s'adressait aux jumeaux — elle en décida ainsi — plutôt qu'à Lola. Emily se demanda s'ils ne se montraient pas insolents, car chacun d'eux semblait se comporter comme si ses obligations sociales étaient divisées par deux. À présent, Betty montait l'escalier en les appelant, un peu trop rudement peut-être, compte tenu de l'épreuve subie par Jackson ce matin. L'heure du bain, l'heure du thé, l'heure du lit — le moment charnière de la journée : ces sacrements enfantins de l'eau, de la nourriture et du sommeil avaient pratiquement disparu du train-train quotidien. La venue tardive et inattendue de Briony avait gardé active la maisonnée jusqu'à ce qu'Emily frise la cinquantaine, et comme elles avaient été apaisantes, ces années, comme elles avaient été réparatrices ; le savon à la lanoline et l'épais drap de bain blanc, le gazouillis de petite fille qui résonnait dans l'acoustique de la salle de bains embuée ; l'envelopper dans la serviette, lui emprisonner les bras et la prendre sur ses genoux, pour un moment d'impuissance de bébé dont Briony raffolait, il n'y a pas si longtemps encore : mais désormais le bébé et l'eau du bain avaient disparu derrière une porte fermée à clef, quoique assez rarement, car à voir la petite on se disait toujours qu'elle aurait bien besoin d'un bain et de vêtements propres. Elle avait disparu dans un monde intérieur intact dont l'écriture n'était guère que la surface visible, la carapace de protection que même, ou surtout, une mère aimante n'était pas apte à pénétrer. Sa fille était constamment partie, l'esprit ailleurs, aux prises avec quelque problème inexprimable qu'elle s'inventait, comme si le monde et sa pesanteur pouvaient être recréés par une enfant. Inutile de demander à Briony à quoi elle pensait. Autrefois, on aurait reçu une réponse intelligente et compliquée qui, à son tour, aurait donné lieu à des questions saugrenues et graves auxquelles Emily répondait de son mieux ; et, bien qu'il fût difficile à présent de se souvenir dans le détail des tortueuses hypothèses auxquelles elles donnaient lieu, elle savait qu'elle ne s'était jamais aussi bien exprimée qu'avec sa petite dernière de onze ans. Aucune table familiale, aucun court de tennis ombragé ne l'avait entendue associer les idées avec autant de facilité et d'abondance. Désormais, les démons de l'affectation et du talent avaient rendu sa fille muette, et, bien que Briony n'en fût pas moins aimante — au petit déjeuner elle s'était coulée près d'elle pour nouer ses doigts aux siens —, Emily s'affligeait de la disparition de cette période d'éloquence. Plus jamais elle ne s'entretiendrait ainsi avec qui que ce soit, et c'était tout le sens de son désir d'enfant. Bientôt, elle aurait quarante-sept ans.

Le tonnerre assourdi de la plomberie — elle ne l'avait pas entendu éclater — cessa dans une trépidation qui ébranla l'atmosphère. En ce moment, les garçons d'Hermione devaient être dans la salle de bains, leurs minces petits corps anguleux à chaque bout du tub, et les serviettes blanches identiques, pliées, posées sur le fauteuil en osier d'un bleu passé, et dessous le tapis de liège géant au coin rongé par un chien disparu depuis longtemps ; mais, au lieu du babil, un silence angoissé, et pas de mère, seulement Betty dont aucun enfant ne découvrirait jamais l'excellent cœur. Comment Hermione pouvait-elle faire une dépression nerveuse — euphémisme désignant son ami, celui qui travaillait à la TSF —, comment pouvait-elle faire le choix du silence, et donc de la crainte et du chagrin pour ses enfants ? Emily se dit qu'elle aurait dû superviser elle-même ce bain. Mais elle savait que même si les couteaux n'avaient pas été suspendus au-dessus de son nerf optique, elle ne se serait occupée de ses neveux que par devoir. Ils ne lui appartenaient pas. C'était aussi simple que ça. En plus, c'étaient des garçons, donc fondamentalement réservés, sans aucun don pour l'intimité, et, pire encore, leurs identités se confondaient, car elle n'avait jamais réussi à découvrir ce fameux triangle de chair manquant. On ne pouvait les connaître que superficiellement.

Elle se souleva sur un coude et porta le verre d'eau à ses lèvres. La présence de son bourreau animal était en train de se dissiper, et maintenant elle était capable de remonter deux oreillers contre le chevet de lit afin de se mettre en position assise. Ce fut une manœuvre lente et maladroite, car elle redoutait tout mouvement brusque, et c'est ainsi que le grincement des ressorts se prolongea, masquant à demi le bruit d'une voix d'homme. Appuyée sur le flanc, elle s'immobilisa, la main crispée sur un coin d'oreiller, et darda son attention à vif vers tous les coins et recoins de la maison. Il n'y avait rien, et puis, comme une lampe qu'on allume et qu'on éteint dans une obscurité totale, il y eut un petit rire aigu brusquement étouffé. Lola, sûrement, dans la nursery avec Marshall. Elle poursuivit son installation, réussit enfin à s'adosser, et but lentement son eau tiède. Après tout, ce jeune entrepreneur fortuné n'était sans doute pas si mauvais, puisqu'il était prêt à consacrer du temps à distraire les enfants. Bientôt, elle se risquerait peut-être à allumer la lampe de chevet, et dans vingt minutes elle serait en mesure de rejoindre la maisonnée et d'égrener le chapelet de ses diverses angoisses. Le plus urgent, c'était de faire une apparition à la cuisine, pour voir s'il n'était pas trop tard pour transformer le rôti en assiettes froides et salades, et ensuite elle devrait accueillir son fils, jauger son ami et lui faire sentir qu'il était le bienvenu. Dès que tout cela serait accompli, elle s'assurerait que les jumeaux étaient convenablement pris en charge, et peut-être leur offrirait-elle un petit extra compensatoire. Ensuite, il serait temps de passer un coup de fil à Jack, qui aurait certainement oublié de la prévenir qu'il ne rentrait pas à la maison. Elle se forcerait à affronter la standardiste au ton sec et le jeune homme pompeux du secrétariat, et elle rassurerait son mari sur l'inutilité pour lui d'éprouver une quelconque culpabilité. Elle dénicherait Cecilia pour vérifier qu'elle avait bien disposé les fleurs comme elle le lui avait demandé, et pour lui dire de bien vouloir s'efforcer pendant la soirée d'assumer quelques responsabilités d'hôtesse, de porter quelque chose de joli et de ne pas fumer dans toutes les pièces. Et enfin, le plus important de tout, elle se lancerait à la recherche de Briony, car la faillite de la pièce était un coup terrible, et l'enfant aurait besoin de tout le réconfort que pouvait dispenser une mère. Cette quête l'obligerait à s'exposer au soleil inchangé, car même les rayons affaiblis d'un début de soirée étaient capables de provoquer une crise. Il faudrait donc d'abord trouver les lunettes de soleil plutôt que de se rendre à la cuisine, parce qu'elles étaient quelque part dans cette pièce, dans un tiroir, dans un livre, dans une poche, et qu'il serait ennuyeux d'avoir à remonter les chercher. Et chausser des souliers plats au cas où Briony aurait parcouru tout ce chemin jusqu'à la rivière...

De sorte qu'Emily reposa sur ses oreillers quelques minutes encore, la créature s'étant éclipsée, et patiemment elle combina, révisa ses plans et affina leur succession. Elle calmerait la maisonnée qui lui paraissait, depuis la pénombre de la chambre, un continent inquiet, à la population dispersée, jungle immense dont les éléments concurrents sollicitaient et contre-sollicitaient son attention sans repos. Elle n'avait aucune illusion : les plans initiaux (à condition de s'en souvenir), ces plans déjà obsolètes tendaient à exercer une emprise fébrile et trop optimiste sur les événements. Si elle pouvait lancer des vrilles vers chacune des pièces de la maison, il lui était impossible de les envoyer dans le futur. Elle savait également que, au fond, c'était pour sa tranquillité d'esprit qu'elle luttait ; il était préférable qu'intérêt personnel et bonté aillent de pair. Avec précaution, elle se redressa, pivota sur son séant pour poser les pieds qu'elle glissa dans ses mules. Plutôt que de se risquer à tirer tout de suite les rideaux, elle alluma la lampe de chevet, et se mit avec une certaine hésitation en quête de ses lunettes noires. Elle savait déjà où chercher.

Sept

Le temple de l'île, érigé dans le style de Nicholas Revett[1] vers la fin du dix-huitième siècle, et conçu comme un centre d'intérêt, un détail visant à retenir l'œil et à mettre en valeur un idéal pastoral, n'avait bien entendu aucune destination religieuse. Il était tout proche de l'eau et s'élevait sur une berge en saillie afin de projeter dans le lac un reflet flatteur et, de la plupart des perspectives, la rangée de colonnes et le fronton qui les surmontait étaient plus ou moins cachés, de façon charmante, par les ormes et les chênes qui avaient grandi autour. De plus près, le temple n'était pas aussi reluisant : l'humidité, qui montait à travers la couche d'isolation, avait entraîné la chute de gros blocs de stuc. Vers la fin du dix-neuvième siècle, de grossières restaurations avaient été effectuées à coups de ciment brut qui avait viré au brun et donnait à l'édifice un aspect marbré et malsain. Ailleurs, les lattes découvertes, qui elles-mêmes pourrissaient, affleuraient comme les côtes d'une

1. Nicholas Revett, architecte anglais du XVIIIe siècle, coauteur avec James Stuart d'un ouvrage intitulé *The Antiquities of Athens* (1762) qui devait en partie influencer l'architecture de l'époque.

bête affamée. Les portes à double vantail, qui s'ouvraient sur une salle en rotonde, au plafond en coupole, avaient depuis longtemps disparu, et le dallage de pierre était recouvert d'une épaisse couche de feuilles, d'humus et de déjections des divers oiseaux et animaux qui s'y aventuraient. Tous les carreaux avaient disparu des jolies fenêtres d'époque géorgienne, brisés par Leon et ses comparses vers la fin des années vingt. Les hautes niches, qui avaient jadis abrité des statues, étaient vides, à l'exception d'immondes vestiges de toiles d'araignées. Le seul mobilier était un banc rapporté du terrain de cricket du village — une fois de plus par le jeune Leon et ses affreux camarades d'école. Les pieds du banc, démolis à coups de chaussures, avaient servi à briser les fenêtres et gisaient dehors, se désagrégeant lentement sur le sol parmi les orties et les éclats de verre imputrescibles.

Tout comme le kiosque de piscine qui, à l'arrière des écuries, reproduisait ses caractéristiques, le temple était censé faire écho à la demeure originale de style Adam, bien que personne chez les Tallis n'eût la moindre notion de ce que cela impliquait. Peut-être était-ce une question de colonnes, de fronton, ou de proportions des fenêtres. À diverses époques, mais le plus souvent à Noël, lorsqu'ils étaient en veine d'épanchement, les membres de la famille qui flânaient sur les ponts se promettaient d'approfondir la question, mais personne ne se préoccupait d'y consacrer le temps nécessaire dès que s'engageait la frénésie de l'année nouvelle. Plus encore que sa dégradation, c'était ce lien, ce souvenir perdu d'une autre demeure plus grandiose, qui prêtait au petit édifice inutile cet air de désolation. Le temple était l'orphelin d'une dame de la haute société, et n'ayant plus personne pour prendre soin de lui, personne à qui se référer, l'enfant avait vieilli avant l'âge et s'était laissé aller. Un cône de suie haut comme un homme maculait l'un des murs extérieurs, là où deux clochards avaient autrefois — scandaleusement — allumé un feu d'enfer pour griller une carpe qui ne leur appartenait pas. Pendant longtemps, un godillot racorni avait traîné dans l'herbe tondue ras par les lapins. Mais, lorsque Briony l'avait cherché aujourd'hui, il avait disparu, comme tout le reste, en fin de compte. L'idée que le temple portait son propre brassard noir, et qu'il était en deuil du manoir incendié, nostalgique d'une imposante et invisible présence, lui conférait un caractère vaguement religieux. La tragédie avait empêché le temple de se réduire à un simple décor.

Il est difficile d'étriller longtemps des orties sans qu'une histoire ne s'impose, et Briony fut bientôt absorbée et sombrement satisfaite, même si aux yeux du monde elle avait l'air d'une adolescente en proie à une humeur de chien. Elle avait trouvé une mince baguette de coudrier, mise à nu par ses soins. Il y avait de l'ouvrage, et elle s'y attelait. Une grande ortie, qui faisait la belle en inclinant modestement la tête, ses feuilles médianes tournées vers l'extérieur comme des mains protestant l'innocence — c'était Lola, et, bien que celle-ci eût imploré sa clémence, la trajectoire sifflante d'une badine longue de trois pieds la cisailla à hauteur des genoux et envoya promener son torse indigne. Trop satisfaisant pour s'arrêter en chemin. Plusieurs autres orties incarnèrent donc Lola ; celle qui se penchait pour chuchoter à l'oreille de son voisin fut tranchée, un mensonge éhonté sur les lèvres ; et voici qu'elle était de retour, se tenant à l'écart des autres, redressant une tête pleine de machinations perfides : là-bas, elle en imposait à un groupe de jeunes admirateurs et colportait des rumeurs sur Briony. Regrettable, mais il fallut que ses admirateurs meurent avec elle. Mais voilà qu'elle se relevait, avec l'impudence de ses divers péchés — orgueil, gloutonnerie, avarice, refus de coopération — qu'elle paya chacun d'une vie. Son ultime acte de malveillance fut de tomber aux pieds de Briony et de lui piquer les orteils. Une fois Lola suffisamment morte, trois couples de jeunes orties furent sacrifiés à cause de l'incompétence des jumeaux — le châtiment fut égal, et ne ménagea aucun traitement de faveur aux enfants. Ensuite, le fait même d'écrire une pièce se mua en ortie, en plusieurs, à vrai dire ; la superficialité, le temps perdu, le désordre des autres esprits, la vanité de faire semblant — au jardin des arts, la pièce n'était qu'une mauvaise herbe et devait mourir.

Ayant cessé d'être dramaturge et ne s'en sentant que mieux, traquant les éclats de verre, Briony s'enfonça plus loin autour du temple, progressant le long de la lisière où l'herbe rongée rejoignait la confusion des broussailles qui se déversaient des arbres. Flageller les orties devenait une forme de catharsis, et maintenant c'était à l'enfance qu'elle s'en prenait, n'en ayant plus besoin. Un spécimen maigrichon la représenta dans tout ce qu'elle avait été jusqu'à cet instant. Mais cela ne fut pas suffisant. Fermement campée sur ses jambes, Briony se débarrassa de son ancien moi, année après année, en treize coups. Elle trancha la dépendance maladive de la petite et de la grande enfance, et l'écolière avide d'en remontrer et d'être louangée, et la stupide fierté de la fille de onze ans, avec ses premiers contes et sa confiance en la bonne opinion de sa mère. Les orties voltigeaient par-dessus son épaule gauche et s'abattaient à ses pieds. La mince extrémité de la badine produisait un son binaire en cisaillant l'air. Fi-ni! lui faisait-elle dire. Ça suffit! Bien fait pour vous!

Bientôt, ce fut l'action elle-même qui l'absorba, et son compte rendu journalistique qu'elle corrigeait au rythme de ses coups. Personne au monde n'était capable de faire mieux que Briony Tallis, qui représenterait son pays l'an prochain aux jeux Olympiques de Berlin, où elle était certaine de décrocher l'or. Les gens l'observaient attentivement et s'émerveillaient de sa technique, de ce qu'elle préférât rester pieds nus, ce qui améliorait son équilibre — tellement important dans un sport aussi exigeant —, chaque orteil jouant son rôle; sa façon d'avancer le poignet et de ne ramener la main qu'en fin de frappe, de répartir son poids et d'exploiter la rotation de son bassin pour gagner en puissance, cette habitude singulière d'écarter les doigts de sa main libre — personne ne pouvait rivaliser. Autodidacte, fille cadette d'un haut fonctionnaire. Il fallait la voir se concentrer, juger de l'angle adéquat, ne ratant jamais un coup, enlevant chaque ortie avec une précision inhumaine. Atteindre ce niveau requérait que l'on y consacrât toute une vie. Et elle qui avait été si près de la gâcher, cette vie, en écrivant des pièces de théâtre!

Elle prit soudain conscience du fracas de la charrette anglaise derrière elle, sur le premier pont. Leon, enfin. Elle sentit qu'il la regardait. Était-ce donc cette gamine de sœur qu'il avait vue pour la dernière fois à Waterloo Station, trois mois plus tôt à peine, devenue à présent membre d'une élite internationale? Avec perversité, elle s'empêcha de se retourner pour accuser le coup; il devait savoir qu'elle était maintenant indépendante de l'opinion des autres, même de la sienne. Elle était un grand maître, perdu dans les arcanes de son art. Cela dit, il allait sûrement arrêter la charrette et dévaler la berge en courant, et elle devrait supporter cette interruption de bonne grâce.

Le bruit des roues et des sabots qui s'éloignait sur le deuxième pont prouvait — elle le supposa — que son frère possédait un sens de la distance et du respect professionnel. Malgré tout, une légère tristesse l'envahit tandis qu'elle s'évertuait à faucher, s'enfonçant vers le temple de l'île jusqu'à ne plus être visible de la route. Dans l'herbe, un sillon irrégulier d'orties hachées indiquait sa progression, tout comme les douloureuses cloques blanches sur ses pieds et ses chevilles. L'extrémité de la baguette de coudrier chantait dans sa trajectoire, feuilles et tiges volaient de part et d'autre, mais les encouragements des foules devenaient plus difficiles à susciter. Les couleurs refluaient de son fantasme, les plaisirs auxquels elle s'abandonnait dans le mouvement et l'équilibre s'estompaient, elle avait mal au bras. Elle se muait en une adolescente solitaire lançant à toute volée sa badine sur des orties, et finalement elle s'arrêta et l'expédia en direction des arbres, puis regarda autour d'elle.

Le prix de cette rêvasserie oublieuse était toujours l'instant du réveil, le réajustement avec ce qui avait précédé et qui n'en paraissait que pire. Sa rêverie, naguère luxe de détails plausibles, était devenue une sottise passagère au regard de la masse compacte du réel. Il était difficile de rentrer. *Reviens*, lui chuchotait sa sœur lorsqu'elle l'éveillait d'un mauvais rêve. Briony avait perdu son pouvoir sacré de création, mais ce n'est qu'en cet instant du retour que la perte devenait évidente ; une partie de l'enchantement du songe éveillé tenait à l'illusion d'être impuissante face à sa logique : forcée par la compétition internationale de concourir au plus haut niveau, parmi l'élite, et d'accepter les défis inséparables de sa supériorité dans sa discipline — lacération d'orties —, entraînée à dépasser ses limites pour satisfaire la foule rugissante, à être la meilleure et, plus important encore, l'unique. Mais, naturellement, tout cela n'était qu'elle — créé par elle et pour elle, et maintenant qu'elle était de retour dans le monde, non celui qu'elle pouvait fabriquer, mais celui qui l'avait faite, elle se sentait rapetisser sous le ciel du crépuscule. Fatiguée d'être dehors, sans être pour autant prête à rentrer. Était-ce donc à cela que se réduisait la vie, le dedans ou le dehors ? N'existait-il aucun autre endroit où les gens puissent aller ? Elle tourna le dos au temple et erra lentement, sur le gazon parfait tondu par les lapins, en direction du pont. Face à elle, illuminé par le soleil couchant, il y avait un nuage d'insectes, chacun rebondissant au hasard, comme retenu par un élastique invisible — mystérieuse danse amoureuse, ou simple exubérance animale qui la défaiait de lui trouver un sens. D'humeur rebelle, elle escalada la butte escarpée, envahie d'herbe, jusqu'au pont, et, une fois parvenue sur la chaussée, décida qu'elle resterait là à attendre que quelque chose d'important lui arrive. C'était le défi qu'elle lançait à l'existence : elle ne bougerait pas, ni pour le dîner ni même si sa mère la rappelait. Elle attendrait simplement sur le pont, calme et obstinée, jusqu'à ce que des événements, de vrais événements, et non ses fantasmes, relèvent son défi et dissipent son insignifiance.

Huit

En début de soirée, des nuages de haute altitude dans le ciel du couchant formèrent un mince lavis jaune qui gagna dans l'heure en somptuosité, puis s'épaissit jusqu'à ce qu'une lueur orange tamisée nimbât les crêtes géantes des arbres du parc ; les feuilles virèrent au brun noisette, les branches se dessinèrent dans la frondaison d'un noir gras et l'herbe grillée revêtit les couleurs du ciel. Un fauviste, voué à un chromatisme improbable, aurait pu imaginer un tel paysage, surtout lorsque le ciel et la terre eurent pris une plénitude rougeâtre et que les troncs renflés des vieux chênes devinrent si noirs qu'on eût dit qu'ils bleuissaient. Bien que le soleil perdît de sa force en descendant, la température parut monter car la brise, qui avait apporté un léger répit tout au long de la journée, s'était peu à peu dissipée et, à présent, l'air était immobile et lourd.

Ce spectacle, ou du moins un fragment de celui-ci, Robbie Turner aurait pu le voir à travers la lucarne scellée ; il lui aurait suffi de se relever de sa baignoire en pliant les genoux et en tordant le cou. La journée durant, sa petite chambre, sa salle de bains et le réduit coincé entre les deux, qu'il appelait son bureau, avaient cuit sous la pente sud du toit du pavillon. Pendant plus d'une heure, à son retour du travail, il était resté allongé dans un bain tiède dont l'eau s'était réchauffée au contact de son corps bouillonnant, et, semblait-il, de ses pensées. Au-dessus de lui, le rectangle de ciel encadré parcourait lentement et de bout en bout sa portion limitée du spectre, allant du jaune à l'orange, en même temps que le jeune homme passait au crible des impressions inhabituelles et revenait sans cesse sur certains souvenirs. Rien ne s'émoussait. De temps en temps, à deux centimètres au-dessous de la surface de l'eau, les muscles de son ventre se contractaient au souvenir d'un nouveau détail. Une goutte d'eau sur le haut de son bras. Humide. Une fleur brodée, une simple marguerite, cousue entre les bonnets de son soutien-gorge. Ses seins petits et largement écartés. Sur son dos, un grain de beauté à demi caché par une bretelle. Lorsqu'elle était sortie du bassin, une vision fugitive du triangle sombre théoriquement dissimulé par sa culotte. Humide. Il l'avait vu, et se concentra pour le revoir. La façon dont les os de son bassin tendaient l'étoffe en l'écartant de sa peau, la courbe profonde de sa taille, sa bouleversante blancheur. Quand elle avait tendu le bras pour ramasser sa jupe, un pied négligemment levé avait révélé une trace de terre sous la pulpe de chacun de ses orteils délicatement effilés. Un autre grain de beauté, de la taille d'une piécette, sur la cuisse, et quelque chose de violet sur le mollet — une tache de vin, une cicatrice. Pas des imperfections. Des ornements.

Il la connaissait depuis l'enfance, et il ne l'avait jamais regardée. À Cambridge, elle était passée une fois dans ses appartements, accompagnée d'une Néo-Zélandaise binoclarde et d'une autre fille de son école, alors que lui-même recevait un de ses amis de Downing. Ils avaient passé l'heure à plaisanter nerveusement et à s'offrir des cigarettes. À l'occasion, ils se croisaient dans la rue et se souriaient. Elle avait toujours l'air de trouver cela gênant — c'est le fils de notre femme de ménage, chuchotait-elle sans doute à l'oreille de ses amies en poursuivant sa route. Il aimait bien que les gens sachent qu'il s'en moquait — tiens, voilà la fille de la patronne de ma mère, avait-il confié une fois à un ami. Il s'abritait derrière ses opinions politiques, sa vision scientifique du système de classes, et les certitudes qu'il s'était forgées à son corps défendant. Je suis ce que je suis. Elle était comme une sœur, presque invisible. Ce long visage étroit, cette petite bouche — si jamais il avait pensé à elle, il aurait dit qu'elle avait une allure un peu chevaline. À présent, il la percevait comme une beauté insolite — avec quelque chose de sculptural et de statique dans le visage, surtout dans les pommettes aux plans inclinés, les narines audacieusement dilatées et la bouche charnue, luisante, en bouton de rose. Ses yeux étaient sombres, contemplatifs. Elle avait l'air d'une statue, mais ses mouvements étaient vifs, impatients — ce vase serait encore intact si elle ne le lui avait pas arraché si brusquement des mains. Elle ne tenait pas en place, c'était clair, elle crevait d'ennui, confinée qu'elle était par la famille Tallis, et bientôt elle partirait.

Il devait lui parler sans tarder. Il sortit enfin de son bain, frissonnant, ne doutant pas qu'un grand changement s'annonçait pour lui. Nu, il traversa son bureau et gagna sa chambre. Le lit défait, le désordre de vêtements éparpillés, une serviette éponge par terre, la chaleur équatoriale de la pièce étaient d'une sensualité paralysante. Il s'étala sur le lit, le visage plongé dans l'oreiller, et poussa un gémissement. Ce charme qu'elle avait, cette fragilité, son amie d'enfance qui risquait à présent de lui échapper ! Se dévêtir ainsi — oui, une touchante velléité d'excentricité, ce coup d'audace exagéré et gauche. À présent, elle devait s'en mordre les doigts, loin de savoir ce qu'elle lui avait fait. Et tout cela serait très bien, serait rattrapable, si elle n'était pas si furieuse contre lui à cause d'un vase brisé qui lui était resté dans les mains. Mais il aimait aussi sa fureur. Il roula sur le flanc, le regard fixe et dans le vague, et s'abandonna à un fantasme de cinéma : elle martelait de ses poings les revers de sa veste avant de céder, dans un petit sanglot, à la rassurante étreinte de ses bras, et de s'abandonner à son baiser ; elle ne lui pardonnait pas, elle abdiquait simplement. Il contempla la scène plusieurs fois avant de revenir à la réalité : elle était fâchée contre lui, et le serait davantage encore quand elle apprendrait sa présence au dîner. Là-bas, dans cette lumière impitoyable, il n'avait eu le temps ni de réfléchir ni de refuser l'invitation de Leon. Automatiquement, il avait bêlé son oui, et maintenant il aurait à affronter sa mauvaise humeur. Se moquant bien qu'on l'entendît d'en bas, il gémit de nouveau au souvenir de la manière dont elle s'était dévêtue devant lui — avec tant d'indifférence, comme s'il n'avait été qu'un petit enfant. Bien entendu. Il s'en rendait bien compte à présent. C'était dans l'intention de l'humilier. C'était ça, le fait indéniable. L'humiliation. Exactement ce qu'elle avait cherché à faire. Elle n'était pas que douceur, et il ne pouvait pas se permettre de la traiter de haut, car elle était forte, elle était capable de lui faire perdre pied et de l'enfoncer.

Mais peut-être — il avait roulé sur le dos — ne devait-il pas croire qu'elle avait voulu l'insulter.

C'était tellement théâtral ! Sûrement elle avait de meilleures intentions, même dans sa rage. Même dans sa rage, que voulait-elle, sinon lui montrer à quel point elle était belle, et se l'attacher ? Dans quelle mesure pouvait-il adhérer à une telle idée, née de l'espoir et du désir, et qui l'arrangeait tant ? Il le fallait. Il croisa les jambes, noua ses mains sous sa tête, sentant sa peau refroidir en séchant. Qu'est-ce que Freud aurait dit de ça ? En admettant qu'elle eût déguisé en manifestation de colère le désir inconscient de se montrer à lui. Espoir misérable ! C'était une émasculation, une condamnation, et cette torture — car voilà ce qu'il ressentait maintenant —, cette torture était son châtiment pour avoir brisé ce vase ridicule. Il ne la reverrait jamais. Il fallait qu'il la voie ce soir. Il n'avait pas le choix, de toute façon — il irait. Elle l'en mépriserait. Il aurait dû refuser l'invitation de Leon, mais, sur le moment, son pouls avait eu un raté et ce oui bêlé lui avait échappé des lèvres. Ce soir, il serait dans la même pièce qu'elle, et sous ses vêtements il y aurait ce corps qu'il avait vu, ses grains de beauté, sa blancheur, sa tache de vin. Lui seul saurait, et Emily, évidemment. Mais lui seul y penserait. Et Cecilia ne lui adresserait pas la parole, ne le regarderait pas. Même ainsi, cela vaudrait mieux que de rester vautré ici à gémir. Non. Ce serait pire, mais il le voulait quand même. Il le voulait à tout prix. Il voulait que ce soit pire.

Enfin il se leva et, à moitié vêtu, pénétra dans son bureau et s'installa devant sa machine, se demandant quel genre de lettre lui écrire. Comme la chambre et la salle de bains, le bureau était coincé sous le faîte du pavillon et n'était guère plus qu'un couloir d'à peine deux mètres de long sur un mètre cinquante de large. Comme dans les autres pièces, il y avait une lucarne encadrée de pin naturel. Entassé dans un coin, son équipement de randonneur — grosses chaussures, bâton ferré, sac à dos de cuir. Une table de cuisine couverte d'entailles occupait la plus grande partie de l'espace. Il se balança sur sa chaise et passa en revue son bureau comme on le ferait de sa vie. À un bout, empilés jusqu'au plafond mansardé, il y avait les classeurs et les cahiers de ses derniers mois de révisions. Il n'avait plus besoin de ces notes, mais trop de travail, trop de réussite y étaient liés, et il ne se décidait pas encore à les jeter. Les recouvrant à moitié, il y avait quelques cartes d'état-major du nord du pays de Galles, du Hampshire et du Surrey ainsi que de l'expédition avortée d'Istanbul. Et puis la boussole au verre fendu dont il s'était servi une fois pour marcher sans carte jusqu'à Lulworth Cove.

Au-delà de la boussole, il y avait les *Poèmes* d'Auden et *A Shropshire Lad* de Housman. À l'autre bout de la table, divers manuels d'histoire, des traités théoriques et des guides pratiques d'architecture paysagiste. Dix poèmes tapés à la machine reposaient sous une note de refus de la revue *Criterion*, portant les initiales de Mr Eliot soi-même. Plus près de lui se trouvaient les livres témoins de ses intérêts nouveaux. Son Manuel d'anatomie était ouvert près d'un bloc de ses propres dessins. Il s'était fixé la tâche de dessiner et de mémoriser les os de la main. Il tentait maintenant de se distraire en en passant certains en revue, murmurant leurs noms : le grand os, l'os crochu, le pyramidal, le semi-lunaire... Son meilleur dessin jusqu'ici, exécuté à l'encre et au crayon de couleur, une représentation en coupe de l'œsophage et des voies respiratoires, était punaisé sur une poutre au-dessus de la table. Une chope d'étain privée de son anse était remplie de tous ses crayons et stylos. La machine, une Olympia assez récente, lui avait été offerte par Jack Tallis à l'occasion de son vingt et unième anniversaire, célébré par un déjeuner dans la bibliothèque. Leon avait prononcé un discours, de même que son père, et Cecilia y assistait certainement. Mais Robbie était incapable de se rappeler quoi que ce soit de ce qu'ils avaient pu trouver à se dire. Était-ce la raison pour laquelle elle était furieuse maintenant, parce qu'il l'ignorait depuis tant d'années? Autre espoir grotesque.

Aux abords du bureau, diverses photographies : la troupe de *La nuit des rois*, sur la pelouse du collège, lui-même en Malvolio, les mollets entravés de rubans. Ça tombait bien. Il y avait une autre photo de groupe, de lui-même et des trente petites Françaises à qui il avait enseigné dans un pensionnat près de Lille ; dans un cadre en métal Belle Époque, teinté de vert-de-gris, une photo de Grace et d'Ernest, ses parents, trois jours après leur mariage. Derrière eux apparaissait vaguement l'aile avant d'une voiture — certainement pas la leur — et plus loin une sécherie à houblon se profilait au-dessus d'un mur en brique. Ça avait été une belle lune de miel, disait toujours Grace, deux semaines à récolter du houblon dans la famille de son mari et à dormir dans une roulotte garée dans une cour de ferme. Son père portait une chemise sans col. Le foulard au cou et le lien de corde qui ceignait son pantalon de flanelle étaient peut-être des détails destinés à jouer les bohèmes. Il avait le crâne et le visage ronds, sans donner pour autant une impression de jovialité, car son sourire face à l'objectif n'était pas assez spontané pour lui desserrer les lèvres et, plutôt que de tenir la main de sa jeune épouse, il croisait les bras. Elle, au contraire, se penchait vers lui et nichait la tête sur son épaule en s'agrippant gauchement des deux mains au coude de sa chemise. Grace, toujours courageuse et d'un bon naturel, souriait pour deux. Mais des mains volontaires et un esprit de bonne composition ne suffiraient pas. On aurait dit qu'Ernest avait déjà l'esprit ailleurs, déjà à sept étés de là, au soir où il quitterait son emploi de jardinier chez les Tallis, quitterait son pavillon, sans bagage, sans même un mot d'adieu sur la table de cuisine, laissant sa femme et leur fils de six ans s'interroger sur lui jusqu'à la fin de leur existence.

Ailleurs, dispersées entre les notes de cours, les piles de documents paysagistes et anatomiques, traînaient diverses lettres et cartes : frais universitaires en souffrance, lettres de professeurs et d'amis le félicitant de sa mention très bien, et qu'il prenait toujours plaisir à relire, et d'autres encore lui demandant — en passant — quelle serait sa prochaine étape. La plus récente, griffonnée à l'encre brunâtre sur du papier à en-tête de Whitehall, était un message de Jack Tallis, acceptant de financer en partie son inscription à la Faculté de médecine. Il y avait des formulaires de candidature de vingt pages d'épaisseur, des guides d'admission imprimés serré d'Édimbourg et de Londres, dont la prose méthodique et exigeante paraissait un avant-goût d'un nouveau type de rigueur universitaire. Mais, aujourd'hui, ils lui suggéraient non l'aventure ou un nouveau départ, mais l'exil. Il le voyait en perspective — la morne rue aux maisons uniformes, loin d'ici, une petite piaule au papier peint fleuri, à la penderie menaçante et au dessus-de-lit en chenille de coton, les nouveaux amis, si sérieux, pour la plupart plus jeunes que lui, les bacs à formol, l'amphithéâtre rempli d'échos — chaque élément privé d'*elle*.

Parmi les ouvrages traitant du paysage, il tira le

volume sur Versailles qu'il avait emprunté à la bibliothèque des Tallis. C'était le jour où, pour la première fois, il avait pris conscience de sa maladresse en sa présence. En s'agenouillant pour ôter ses souliers de travail à la porte d'entrée, il s'était rendu compte de l'état de ses chaussettes — trouées aux bouts et aux talons et, pour autant qu'il le sache, nauséabondes — et, impulsivement, il les avait retirées. Comme il s'était trouvé bête alors, en traversant le hall pieds nus derrière elle et en entrant dans la bibliothèque. Il n'avait eu qu'une idée : s'en aller dès que possible. Il avait fui par la cuisine et obtenu de Danny Hardman de faire le tour de la maison pour reprendre ses chaussures et ses chaussettes.

Elle n'avait sans doute pas lu ce traité des installations hydrauliques de Versailles, œuvre d'un Danois du dix-huitième siècle qui vantait en latin le génie de Le Nôtre. À l'aide d'un dictionnaire, Robbie en avait lu cinq pages en une matinée, avant d'abandonner et de se contenter des illustrations. Ce n'était pas un livre pour elle, ni pour qui que ce soit, à vrai dire, mais elle le lui avait tendu depuis l'escabeau de la bibliothèque, et quelque part sur la couverture de cuir il y avait ses empreintes digitales. Tout en s'interdisant de le faire, il porta le livre à ses narines et le huma. Poussière, vieux papier, l'odeur de savon sur ses mains, mais rien d'elle. Comment s'était-il emparé de lui à l'improviste, ce stade avancé de fétichisme pour l'objet d'amour ? Freud avait sûrement quelque chose à dire là-dessus dans ses *Trois essais sur la théorie de la sexualité*. De même que Keats, Shakespeare et Pétrarque et toute la bande, et c'était déjà dans *Le Roman de la Rose*. Il avait passé trois ans à étudier sans émotion les symptômes de ce qui ne lui paraissait que conventions littéraires, et voilà que maintenant, dans sa solitude, tel un courtisan portant fraise et panache parvenu en lisière de la forêt dans l'espoir de contempler quelque gage tombé, il était en train de vénérer ses traces — même pas un mouchoir, mais des empreintes ! — tout en s'étiolant sous le mépris de sa dame.

En dépit de tout ça, quand il inséra une feuille de papier dans sa machine à écrire, il n'oublia pas le carbone. Il tapa la date et les préambules de politesse, et se lança directement dans des excuses conventionnelles pour « sa conduite maladroite et irréfléchie ». Puis il s'interrompit. Allait-il lui révéler quelque sentiment que ce soit et, si oui, de quel ordre ?

« Je ne sais pas si c'est une excuse, mais je viens de me rendre compte que, ces temps-ci, je perds un peu la tête en ta présence. Ce que je veux dire, c'est que jamais je n'étais entré pieds nus chez quelqu'un. Ce doit être à cause de la chaleur ! »

Qu'elle paraissait mince, cette légèreté derrière laquelle il s'abritait. Il agissait comme un tuberculeux au stade terminal qui prétend avoir un rhume. Il donna deux petits coups sur le retour de chariot et recommença : « Ce n'est pas une excuse, je sais, mais ces temps-ci on dirait que je perds carrément la tête quand je suis avec toi. Qu'est-ce qui m'a pris d'entrer pieds nus chez toi ? Est-ce qu'il m'était jamais arrivé de briser le bord d'un vase ancien ? » Il laissa ses mains reposer sur les touches, confronté qu'il était à l'urgence de taper à nouveau son nom. « Cee, je ne crois pas pouvoir mettre ça sur le compte de la chaleur ! » À présent, voilà que l'esprit badin avait laissé place au mélo et au ton plaintif. Les questions rhétoriques avaient un côté sirupeux, le point d'exclamation était le recours typique de ceux qui crient pour se faire mieux comprendre. Il ne pardonnait ce genre de ponctuation que dans les lettres de sa mère, où une succession de cinq points de suspension indiquait une sacrée bonne blague. Il fit tourner le cylindre et tapa un « x ». « Cecilia, je ne crois pas pouvoir mettre ça sur le compte de la chaleur. » Maintenant, l'humour avait disparu et un élément d'auto-apitoiement s'était insinué. Il faudrait rétablir le point d'exclamation. Son utilité ne se réduisait pas à son seul volume sonore.

Il bricola son premier jet un quart d'heure de plus, puis inséra des feuilles vierges et mit un exemplaire au net. Les termes cruciaux étaient désormais ainsi libellés : « On ne t'en voudrait pas de me croire fou — à errer pieds nus chez toi ou à casser ton vase ancien. La vérité, Cee, c'est que je perds la tête et que je me sens tout bête en ta présence, et je ne crois pas pouvoir mettre ça sur le compte de la chaleur ! Peux-tu me pardonner ? Robbie. » Et puis, au bout de quelques instants de rêverie, renversé sur sa chaise, il pensa à la page à laquelle l'*Anatomie* avait tendance à s'ouvrir ces jours-ci, il retomba en avant et, sans pouvoir s'en empêcher, tapa : « Dans mes rêves, je te baise le con, ton tendre con mouillé. En esprit, je te fais l'amour à longueur de journée. »

Et voilà — fichue. La feuille était fichue. Il arracha la feuille de la machine, la mit de côté, et écrivit sa lettre à la main, ne doutant pas qu'une touche personnelle conviendrait pour l'occasion. En jetant un coup d'œil à sa montre, il se rappela qu'avant de s'en aller il devait cirer ses chaussures. Il se leva de son bureau, évitant soigneusement la poutre.

Il n'éprouvait aucune inhibition en société — à tort, de l'avis de beaucoup. Un jour, lors d'un dîner à Cambridge, pendant un silence soudain, quelqu'un qui n'aimait pas Robbie l'avait questionné à haute voix sur ses parents. Robbie, soutenant le regard de l'homme, lui avait répondu avec amabilité que son père était parti depuis longtemps et que sa mère, femme de ménage, complétait ses revenus en pratiquant la voyance à l'occasion. Il traitait l'ignorance de son interlocuteur sur un ton de tolérance accommodante. Robbie avait décrit sa situation dans le détail, puis terminé en s'enquérant poliment des parents de l'autre type. Certains disaient que c'était son innocence, ou sa méconnaissance du monde qui protégeait Robbie de ses blessures, qu'il était une sorte de saint naïf, capable de traverser indemne un salon entier de charbons ardents. La vérité, comme le savait Cecilia, était beaucoup plus simple. Il avait passé son enfance à naviguer librement entre le pavillon et la maison de maître. Jack Tallis était son protecteur, Leon et Cecilia, ses meilleurs amis, du moins jusqu'au collège. À l'université, où Robbie découvrit qu'il était beaucoup plus intelligent que bien des gens qu'il rencontrait, sa libération fut totale. Il n'éprouva même pas le besoin de manifester une quelconque arrogance.

Grace Turner se faisait un plaisir d'entretenir son linge — sinon, en dehors des repas chauds, comment aurait-elle pu prouver son amour maternel à son unique petit, qui avait à présent vingt-trois ans? — mais Robbie préférait cirer ses chaussures lui-même. En maillot de corps et pantalon de costume, il descendit en chaussettes le petit escalier raide, une paire de souliers noirs à la main. Près du seuil de la salle de séjour, il y avait un espace étroit qui aboutissait à la porte de verre dépoli de l'entrée, à travers laquelle une lumière diffuse couleur d'orange sanguine gaufrait le papier beige et vert olive d'ardents motifs en nid-d'abeilles. Il marqua une pause, une main sur la poignée, surpris de la transformation quand il entra. Dans la pièce régnait une atmosphère d'humidité et de moiteur, légèrement salée. Une séance de voyance venait sans doute de s'achever. Sa mère était sur le sofa, les pieds surélevés, ses chaussons se balançant au bout de ses orteils.

« Molly est venue, dit-elle en se redressant pour lui faire honneur. Et je suis contente de t'apprendre que tout va bien se passer pour elle. »

Robbie alla chercher le nécessaire à cirer dans la cuisine, prit place sur le fauteuil le plus proche de sa mère et étala sur le tapis une page d'un *Daily Sketch* vieux de trois jours.

« Bravo à toi, dit-il. Je t'ai entendue à l'œuvre et je suis monté prendre un bain. »

Il savait qu'il devait bientôt s'en aller et qu'il lui fallait cirer ses chaussures, mais, au lieu de ça, il se renversa dans le fauteuil et s'étira de tout son long en bâillant.

« Désherber ! Voilà ce que je fais de mon existence ! »

Il y avait davantage d'humour que d'angoisse dans le ton. Il croisa les bras et regarda le plafond tout en se massant l'intérieur d'un pied avec le gros orteil.

Sa mère fixait l'espace au-dessus de sa tête. « Allons, dis-moi. Il se passe quelque chose. Tu n'as pas l'air dans ton assiette. Et ne me réponds pas qu'il n'y a "rien". »

Grace Turner était devenue femme de ménage chez les Tallis la semaine qui avait suivi la fuite d'Ernest. Jack n'eut pas le cœur de chasser la jeune femme et son enfant. Au village, il trouva un autre jardinier, homme à tout faire qui n'avait pas besoin d'un logement de fonction. À l'époque, il pensait que Grace garderait le pavillon un an ou deux avant de déménager ou de se remarier. Sa bonne nature et son habileté à astiquer — ce dévouement à la surface des choses était un sujet de plaisanterie dans la famille — avaient fait sa réputation, mais c'est l'adoration qu'elle éveilla chez la petite Cecilia, âgée de six ans, et chez son frère, qui en avait huit, qui fut son salut et la chance de Robbie. Pendant les vacances scolaires, Grace fut autorisée à amener son garçon du même âge que Cecilia. Robbie grandit avec la libre disposition de la nursery et des autres parties de la maison autorisées aux enfants, ainsi que du parc. Leon grimpa aux arbres avec lui, Cecilia fut la petite sœur qui lui tenait la main avec confiance, lui donnant l'impression d'être immensément raisonnable. Quelques années plus tard, lorsque Robbie reçut sa bourse pour l'école locale, Jack Tallis entama la première étape d'un parrainage durable en lui payant l'uniforme et les manuels scolaires. La même année Briony venait au monde. La naissance — difficile — fut suivie de la longue maladie d'Emily, la serviabilité de Grace la conforta dans sa situation : la même année — 1922 —, à Noël, Leon, coiffé d'un haut-de-forme et en culotte de cheval, traversa la neige jusqu'au pavillon, lui apportant une enveloppe verte de la part de son père. Une lettre de notaire l'informait que la propriété du pavillon lui était désormais acquise indépendamment de sa situation chez les Tallis. Mais elle était restée, reprenant l'entretien de la maison tandis que les enfants grandissaient, et se chargeant en particulier de l'astiquage.

Elle avait dans l'idée qu'Ernest s'était fait expédier au front sous un nom d'emprunt et qu'il n'en était jamais revenu. Autrement, son manque de curiosité à l'égard de son fils aurait été inhumain. Souvent, pendant les minutes de répit dont elle disposait chaque jour en se rendant à pied du pavillon jusqu'à la maison, il lui arrivait de penser aux petits accidents de son existence. Elle avait toujours eu un peu peur d'Ernest. Peut-être n'auraient-ils pas été aussi heureux ensemble qu'elle ne l'avait été, seule, avec son génie de fils chéri, chez elle, dans sa petite maison. Si Mr Tallis n'avait pas été de cette trempe... Certaines des femmes qui venaient entrevoir l'avenir pour le prix d'un shilling avaient été abandonnées par leur mari, davantage encore l'avaient perdu au front. C'était une vie bien chiche que celle de ces femmes, et qui aurait facilement pu être la sienne.

« Non, rien, dit-il en réponse à sa question. Tout va bien pour moi. » Comme il attrapait une brosse et une boîte de cirage, il ajouta : « Alors l'avenir s'annonce bien pour Molly.

— Elle va se remarier dans les cinq ans. Et elle sera très heureuse. Avec quelqu'un du Nord qui a des compétences.

— Elle ne mérite pas moins. »

Ils restèrent assis, agréablement silencieux, pendant qu'elle le regardait lustrer ses souliers à l'aide d'un chiffon jaune. Près de ses belles pommettes, les muscles frémissaient en rythme, et le long de ses avant-bras ils se déployaient sous la peau en une complexe redistribution. Il devait y avoir eu du bon chez Ernest pour lui donner un tel garçon.

« Alors comme ça, tu sors.

— Leon est arrivé juste au moment où je m'en allais. Il était avec son ami, tu sais, le magnat du chocolat. Ils m'ont persuadé de me joindre à eux au dîner de ce soir.

— Oh, et moi qui ai passé mon après-midi à nettoyer l'argenterie. Et à faire sa chambre. »

Il ramassa ses souliers et se leva. « Quand je me

regarderai dans ma cuiller, c'est toi seule que je verrai.

— Dépêche-toi. Tes chemises sont pendues dans la cuisine. »

Il remballa le nécessaire à cirer, le rangea, et choisit une chemise de lin couleur crème parmi les trois qui étaient sur le séchoir. Au moment de sortir, il repassa par la salle de séjour, mais elle eut envie de le retenir un peu plus longtemps.

« Et les enfants Quincey. Ce petit qui a mouillé son lit et tout ça. Pauvres petits agneaux. »

Il s'attarda sur le seuil et haussa les épaules. En jetant un coup d'œil, il les avait vus autour de la piscine, pousser des cris et rire dans la chaleur de la fin de matinée. Ils auraient bien précipité sa brouette dans le grand bain s'il ne s'était interposé. Danny Hardman était là aussi, à lorgner leur sœur au lieu de travailler.

« Ils s'en sortiront », dit-il.

Pressé de partir, il monta les marches trois par trois. De retour dans sa chambre, il acheva de s'habiller en hâte, en sifflant faux, se baissant pour se gominer et se coiffer devant le miroir intérieur de la penderie. Il n'avait aucune oreille, et était incapable de dire si une note était plus aiguë ou plus grave que l'autre. Maintenant qu'il était partant pour cette soirée, il se sentait tout excité et, étrangement, libre. Ce ne serait sans doute pas pire que ça ne l'était déjà. Méthodiquement, heureux de sa propre efficacité, comme s'il se préparait pour une expédition dangereuse ou un exploit militaire, il s'acquitta des petites corvées familières — repéra ses clefs, trouva un billet de dix shillings dans son portefeuille, se lava les dents, sentit son haleine au creux de sa main, attrapa sa lettre sur le bureau et la mit sous enveloppe, remplit son étui à cigarettes et vérifia son briquet. Une dernière fois, il bomba le torse devant la glace. Il découvrit ses gencives, se tourna pour examiner son profil et jeta un coup d'œil sur son reflet par-dessus son épaule. Enfin, il tapota ses poches, puis redescendit les marches au pas de course, de nouveau trois par trois, lança un au revoir à sa mère, et emprunta l'étroit chemin de brique qui menait entre les plates-bandes à un passage dans la palissade.

Dans les années à venir, il reviendrait souvent en pensée sur ce moment, celui où il avait marché le long du sentier, qui offrait un raccourci à travers un angle du bois de chênes, et rejoint la grande allée là où elle s'incurvait vers le lac et la maison. Il n'était pas en retard, et pourtant il trouvait difficile de ralentir l'allure. Des plaisirs immédiats et d'autres, moins proches, se mêlaient dans la richesse de ces minutes : le crépuscule rougeâtre qui s'estompait, l'air tiède, immobile, saturé des parfums d'herbe sèche et de terre brûlée, les membres dégourdis par la journée de travail aux jardins, la peau adoucie par le bain, le contact de sa chemise et de ce costume, le seul qu'il possédât. L'impatience et l'appréhension qu'il ressentait de la voir étaient aussi comme un plaisir sensuel, et une exaltation générale l'encerclait, telle une étreinte — sans doute cela serait-il douloureux, cela tombait affreusement mal, sans doute que rien de bon ne sortirait de toute cette affaire, mais il venait de découvrir tout seul ce que c'était que d'être amoureux, et cela l'électrisait. D'autres affluents venaient gonfler son bonheur ; il tirait encore de la satisfaction à la pensée de sa mention — la plus prestigieuse de sa classe, lui avait-on dit. Et maintenant, il se confirmait que Jack Tallis continuerait à l'aider. Une nouvelle aventure à vivre, en aucun cas un exil, il en était soudain convaincu. Il était juste et bien qu'il étudie la médecine. Sans pouvoir expliquer son optimisme, il était heureux, et donc sur la voie du succès.

Un seul mot résumait tout ce qu'il ressentait, et expliquait pourquoi il s'attarderait plus tard sur ce moment. La liberté. Dans sa vie comme dans ses membres. Il y a longtemps, avant même qu'il ait entendu parler des écoles secondaires, on l'avait inscrit à un examen qui l'avait mené à l'une d'elles. Cambridge, bien qu'il l'eût apprécié, avait été le choix de son ambitieux proviseur. Même sa spécialité avait en fait été choisie à sa place par un mentor charismatique. À présent, enfin, avec l'exercice de la volonté, sa vie adulte avait commencé. C'était une histoire qu'il concoctait, avec lui-même dans le rôle du héros, et dont le début avait d'ores et déjà provoqué un léger choc parmi ses amis. Le métier de paysagiste n'était guère plus qu'un fantasme bohème, autant que l'ambition boiteuse — c'est ainsi qu'il l'avait analysée avec l'aide de Freud — de remplacer ou de surpasser son père absent. Diriger un établissement scolaire — dans une quinzaine d'années, être directeur de la section d'anglais, Mr R. Turner, diplômé de Cambridge — ne figurait pas non plus dans cette histoire, l'enseignement universitaire pas davantage. En dépit de sa mention, l'étude de la littérature anglaise lui apparaissait rétrospectivement comme un jeu de société absorbant, et lire des livres, avoir des opinions sur eux, l'appoint souhaitable à une existence civilisée. Mais pas l'essentiel, quoi qu'en dise le professeur Leavis dans ses cours magistraux. Ce n'était pas un sacerdoce nécessaire, ni la quête la plus vitale d'un esprit en recherche, ni le premier ou l'ultime rempart contre les hordes barbares, pas plus que l'étude de la peinture ou de la musique, de l'histoire ou des sciences. Lors de diverses conférences au cours de sa dernière année, Robbie avait entendu un psychanalyste, un syndicaliste communiste et un physicien défendre chacun son domaine avec autant de passion et de conviction que Leavis défendait le sien. Ces prétentions à la primauté valaient sans doute aussi pour la médecine, mais pour Robbie l'affaire était plus simple et plus personnelle : son esprit pratique et ses aspirations scientifiques frustrées y trouveraient un exutoire, il aurait des compétences beaucoup plus affinées que celles qu'il avait acquises grâce à la critique appliquée, et par-dessus tout c'est lui qui en aurait pris la décision. Il trouverait un logement dans une ville inconnue — et il se lancerait.

Au sortir des arbres, il atteignit l'endroit où le sentier rejoignait l'allée. La lumière en déclin magnifiait l'obscure étendue du parc, et derrière le lac l'embrasement des fenêtres, d'un jaune atténué, conférait presque à la demeure une apparence de noblesse et de beauté. Elle était à l'intérieur, peut-être dans sa chambre en train de se préparer pour le dîner — invisible, à l'arrière du bâtiment, au deuxième étage. Avec vue sur la fontaine. Il repoussa ces visions d'elle en plein jour, ne voulant pas arriver l'esprit troublé. La semelle rigide de ses souliers martelait bruyamment, telle une horloge géante, la route empierrée et il se mit à penser au temps, à son trésor secret, au luxe d'une fortune non dépensée. Jamais auparavant il n'avait eu conscience d'être aussi jeune, n'avait éprouvé un tel appétit, une telle impatience de voir l'histoire commencer. Il y avait des gens à Cambridge qui, tout en jouissant d'agilité mentale en tant que professeurs, restaient capables d'honorer une partie de tennis, de pratiquer l'aviron, avec vingt ans de plus que lui. Vingt ans au minimum pour déployer son histoire à un niveau de forme physique à peu près égal — presque autant de temps que ce qu'il avait déjà vécu. Vingt années l'entraîneraient jusqu'à la date futuriste de 1955. Que saurait-il alors d'important qui lui était encore obscur ? Y aurait-il pour lui trente années de plus à vivre, à un rythme plus sage, au-delà de cette époque ?

Il se vit en 1962, à cinquante ans, quand il serait vieux, mais pas assez pour être inutile, et en médecin chevronné, compréhensif, qu'il serait alors, histoires secrètes, drames et réussites accumulés derrière lui. Également accumulés, des livres par milliers, car il y aurait un bureau, vaste et sombre, amplement encombré des trophées d'une vie de voyages et de réflexion — de plantes rares venues des forêts équatoriales, de flèches empoisonnées, d'inventions électriques inabouties, de statuettes en stéatite, de têtes réduites, d'art aborigène. Sur les étagères, à coup sûr des références et réflexions médicales, mais aussi les livres qui remplissaient actuellement le réduit dans le grenier du pavillon — les poètes du dix-huitième, qui l'avaient presque convaincu de devenir paysagiste, sa troisième édition de Jane Austen, ses Eliot, Lawrence et Wilfred Owen, l'intégrale de Conrad, l'édition de 1783, inestimable, du *Village* de Crabbe, son Housman, son exemplaire signé par Auden de *The Dance of Death*. Car là était l'intérêt, sûrement : il ne serait que meilleur médecin d'avoir étudié la littérature. Quelle lecture approfondie sa sensibilité remodelée ne ferait-elle pas de la souffrance humaine, de la folie autodestructrice ou de la simple malchance qui conduisait les hommes à la maladie ! Naissance, mort, et fragilité dans l'intervalle. Grandeur et décadence — c'était l'affaire du médecin, autant que celle de la littérature. Il pensait au roman du dix-neuvième siècle. Esprit de tolérance et vision à long terme, le cœur sur la main (discrètement) et la tête froide ; un médecin qui serait réceptif aux schémas monstrueux du destin et à la dénégation vaine et comique de l'inévitable ; qui prendrait le pouls affaibli, recueillerait le dernier soupir, sentirait la main enfiévrée se refroidir et réfléchirait, de la seule façon que puissent l'enseigner littérature et religion, à la petitesse et à la noblesse de l'espèce humaine...

Il accélérait le pas, en cette calme soirée estivale, au rythme de ses pensées exultantes. Devant lui, à une centaine de mètres, il y avait le pont et, dessus, lui sembla-t-il, en découpe sur le noir de la route, une forme blanche qui parut d'abord ne faire qu'une avec la pierre pâle du parapet. À force de la fixer, ses contours devinrent flous, mais au bout de quelques pas elle prit une forme vaguement humaine. À cette distance, il n'aurait su dire si elle regardait ailleurs ou vers lui. Elle était immobile, et il supposa qu'on l'observait. Il s'amusa une seconde ou deux à imaginer un fantôme, mais il ne croyait pas au surnaturel, ni même en l'être suprêmement indulgent qui présidait à l'église romane du village. C'était une enfant, il s'en rendait compte à présent, ce devait donc être Briony, vêtue de la robe blanche qu'il l'avait vue porter plus tôt dans la journée. Il la distinguait nettement à présent, il leva la main et l'appela en disant : « C'est moi, Robbie », mais elle ne bougeait toujours pas.

En approchant, il lui vint à l'esprit qu'il serait sans doute préférable de se faire précéder de sa lettre. Autrement, il serait obligé de la transmettre en public à Cecilia, peut-être sous l'œil de sa mère, qui s'était montrée plutôt froide à son égard depuis son arrivée. Ou peut-être n'aurait-il aucune possibilité de la lui remettre, car elle garderait ses distances. Si Briony s'en chargeait, elle aurait le temps de la lire et d'y réfléchir en privé. Les quelques minutes gagnées sauraient l'amadouer.

« Je me demandais si tu voudrais bien me rendre un service », dit-il en arrivant à sa hauteur.

Elle hocha la tête en signe d'acquiescement et attendit.

« Peux-tu courir donner ce mot à Cee ? »

Il lui remit l'enveloppe tout en parlant, et elle la prit sans un mot.

« Je serai là-bas dans quelques minutes », commença-t-il, mais elle avait déjà tourné les talons et traversait le pont en courant. Il s'adossa au parapet et sortit une cigarette, en suivant du regard la dansante silhouette qui s'éloignait dans le crépuscule. C'était l'âge difficile pour une fille, pensa-t-il, avec satisfaction. Était-ce douze ou treize ans qu'elle avait ? Il la perdit de vue une seconde ou deux, puis la vit traverser l'île, tache claire sur la masse sombre des arbres. Puis la perdit de nouveau de vue, et ce n'est que lorsqu'elle reparut, à l'extrémité du deuxième pont, et qu'elle quitta l'allée pour prendre un raccourci à travers le gazon, qu'il se redressa soudain, frappé d'horreur et d'une certitude absolue. Involontairement, un cri muet lui échappa tandis qu'il s'engageait fiévreusement dans l'allée, hésitant, se mettant à courir puis s'arrêtant de nouveau, persuadé de l'inutilité de sa poursuite. Briony était hors de vue lorsqu'il arrondit ses mains en porte-voix autour de sa bouche pour hurler son nom. Ce fut tout aussi inutile. Il resta planté là, à s'esquinter les yeux pour la voir — comme si cela pouvait changer quoi que ce soit — et aussi à se creuser la mémoire, dans le vain espoir de s'être trompé. Mais il n'y avait pas d'erreur.

La lettre manuscrite, il l'avait posée sur l'exemplaire de l'*Anatomie* de Gray, au chapitre de splanchnologie, à la page 1546, celle du vagin. La feuille dactylographiée, laissée près de la machine, c'était celle-là qu'il avait prise et mise sous enveloppe. Inutile de jouer les Freud — l'explication était simple et mécanique —, la lettre inoffensive était posée en travers de la figure 1236, laquelle s'étalait avec audace, surmontée de sa polissonne toison pubienne, alors que son brouillon obscène était resté sur la table, à portée de main. Il appela de nouveau Briony à grands cris, bien qu'il sût qu'elle était sans doute déjà à la porte. Et de fait, un rhombe lointain de lumière ocre renfermant sa silhouette s'évasa, se figea, puis se réduisit à néant, tandis qu'elle pénétrait dans la maison et que la porte se refermait sur elle.

Neuf

À deux reprises en l'espace d'une demi-heure, Cecilia sortit de sa chambre, surprit son reflet dans le miroir doré du palier et, aussitôt insatisfaite, retourna à sa penderie pour réfléchir. Son premier recours fut une robe noire en crêpe de Chine qui, d'après le miroir de la coiffeuse, possédait une certaine sévérité de forme grâce à une coupe astucieuse. Son aura d'invulnérabilité était accentuée par le regard sombre de la jeune fille. Plutôt que d'en nuancer l'effet par un rang de perles, elle allongea le bras, sous l'inspiration du moment, pour attraper un collier de jais pur. L'arc des lèvres dessiné au rouge avait été parfait dès la première application. Diverses inclinations de tête, pour se voir en perspective dans le triptyque, lui donnèrent l'assurance que son visage n'était pas trop long, du moins pas ce soir. Elle était censée descendre à la cuisine à la place de sa mère, et Leon l'attendait, elle le savait, dans le salon. Pourtant, elle trouva le temps, au moment où elle s'apprêtait à sortir, de revenir à la coiffeuse et de s'appliquer un peu de parfum à la pointe du coude, une touche coquine en harmonie avec son humeur tandis qu'elle tirait derrière elle la porte de sa chambre.

Mais le regard du public que renvoya le miroir du palier tandis qu'elle se hâtait vers lui lui révéla une femme en route pour un enterrement, une femme austère et sans joie, qui plus est, dont la carapace noire n'était pas sans évoquer quelque insecte dans une boîte d'allumettes. Un carabe! Ce serait elle, plus tard, à quatre-vingt-cinq ans, en tenue de veuve. Elle ne s'attarda pas — elle tourna les talons, noirs eux aussi, et regagna sa chambre.

Elle doutait, sachant les tours que son esprit était capable de lui jouer. En même temps, c'était dans son esprit — à tous les sens du terme — qu'elle allait devoir passer la soirée, et elle devait s'y sentir à l'aise. Elle enjamba la robe de crêpe noir qu'elle avait laissée choir et, plantée là, en talons et sous-vêtements, fit l'inventaire des ressources de la penderie, attentive aux minutes qui défilaient. L'idée de paraître sévère lui faisait horreur. Détendue, c'est ainsi qu'elle se voulait, en même temps que réservée. Par-dessus tout, elle voulait donner l'impression de ne pas avoir accordé trop de réflexion à la chose, et cela prendrait du temps. En bas, le nœud d'impatience devait se resserrer à la cuisine, tandis que s'écoulaient les quelques minutes qu'elle projetait de passer seule avec son frère. Bientôt sa mère apparaîtrait et voudrait discuter du plan de table, Paul Marshall descendrait de sa chambre et aurait besoin de compagnie, et puis Robbie se présenterait à la porte. Comment pouvait-on exiger qu'elle ait les idées claires?

Elle effleura de la main toute l'étendue de son passé, une brève chronique de ses goûts. Il y avait là les robes de garçonne de ses années d'adolescence, ridicules, asexuées désormais, et pourtant, bien que l'une d'elles fût tachée de vin et une autre brûlée par sa première cigarette, elle ne se résolvait pas à les éliminer. Là, une première suggestion d'épaulettes, bien timide encore, puis d'autres robes qui suivaient avec plus d'assurance, sœurs aînées musclées rejetant les années de garçon manqué, redécouvrant taille et courbes, rallongeant en signe d'indépendance et de dédain pour les espérances masculines. Sa dernière pièce, et la plus réussie, achetée pour fêter les diplômes avant qu'elle ne découvrît sa mention pitoyable, était sa robe du soir moulante vert foncé, taillée dans le biais, dos nu et attachée autour du cou. Trop habillée pour être inaugurée à la maison. Elle laissa sa main revenir en arrière et exhuma une robe de soie moirée, au corsage plissé et à l'ourlet festonné — un choix sans risque, car d'un rose éteint et suffisamment vieillot pour le soir. Le triple miroir rendit le même verdict. Elle changea de chaussures, troqua le jais contre les perles, retoucha son maquillage, réarrangea ses cheveux, s'appliqua un soupçon de parfum à la base du cou, à présent un peu plus visible, et fut de retour dans le couloir en moins de quinze minutes.

Plus tôt dans la journée, elle avait vu le vieil Hardman se promener dans toute la maison avec un panier d'osier et remplacer les ampoules électriques. Sans doute l'éclairage était-il un peu plus intense sur le palier, car jamais auparavant elle n'avait rencontré autant de difficulté avec le miroir qui s'y trouvait. Même à dix mètres de distance, elle sut qu'il ne la laisserait pas passer ; le rose était en réalité d'une pâleur ingénue, la taille trop haute, la jupe évasée comme la robe de fête d'une enfant de huit ans. Il ne manquait plus que des petits lapins en guise de boutons. En se rapprochant, un défaut de la glace ancienne rapetissa son image, et elle fut confrontée à la petite fille qu'elle avait été quinze ans plus tôt. Elle s'arrêta et, pour essayer, releva ses cheveux en masses de chaque côté de la tête. Ce même miroir avait dû la voir emprunter ainsi l'escalier des douzaines de fois, prête à se rendre à une énième fête d'anniversaire chez des amis. Cela n'arrangerait pas son humeur de descendre en ayant un faux air, du moins à ses yeux, de Shirley Temple.

Plus par résignation que par irritation ou panique, elle retourna dans sa chambre. Il n'y avait aucune confusion dans son esprit : ces impressions trop vives, trompeuses, ses doutes vis-à-vis d'elle-même, cette lucidité visuelle importune et ces mystérieuses différences qui s'étaient drapées autour du familier n'étaient guère plus que des prolongements, des variations de ce qu'elle avait vu et ressenti au cours de la journée. Vivant les choses, mais préférant ne pas penser. Par ailleurs, elle savait ce qu'elle avait à faire, et ce depuis longtemps. Seule une robe lui plaisait vraiment, et c'était celle-là qu'elle devait mettre. Elle laissa choir la robe rose par-dessus la noire et, les foulant avec dédain, se saisit de la robe du soir, la robe verte à dos nu, celle du diplôme. En l'enfilant, elle se félicita de la ferme caresse de la coupe en biais à travers la soie de son jupon et se sentit devenir lisse, insaisissable et sûre d'elle ; c'est une sirène qui vint à sa rencontre dans son miroir en pied. Elle laissa les perles en place, remit les chaussures noires à talons, rectifia une fois de plus sa coiffure et son maquillage, renonça à sa goutte de parfum supplémentaire, ouvrit la porte et laissa échapper un cri de terreur. Tout proches d'elle, un visage et un poing levé. Immédiate, vertigineuse, sa perception fut celle d'une perspective hardie à la Picasso dans laquelle les larmes, les yeux aux pourtours gonflés, les lèvres humides et le nez morveux formaient une navrante bouillie rouge. Ayant recouvré ses esprits, elle posa les mains sur les épaules anguleuses et, avec précaution, fit pivoter le corps tout entier afin de vérifier l'oreille gauche. C'était Jackson qui s'apprêtait à frapper à sa porte. Dans l'autre main, il tenait une chaussette grise. En reculant d'un pas, elle nota qu'il portait une culotte grise et une chemise blanche bien repassées, mais qu'en revanche il était pieds nus.

« Mon petit ! Qu'est-ce qui t'arrive ? »

Pour le moment, il n'osait parler. Au lieu de ça, il brandit sa chaussette qu'il agita en direction du couloir. Cecilia, en se penchant, aperçut Pierrot un peu plus loin, pieds nus, lui aussi, avec une chaussette à la main, et qui observait la scène.

« Vous avez une chaussette chacun, c'est ça ? »

Le petit hocha la tête, ravala sa salive et finit par annoncer : « Miss Betty a dit qu'on allait recevoir une fessée si on ne descendait pas tout de suite pour le thé, mais il n'y a qu'une seule paire de chaussettes.

— Et vous vous l'êtes disputée. »

Jackson hocha la tête énergiquement.

En parcourant le couloir pour raccompagner les garçons l'un après l'autre jusqu'à leur chambre, ils lui donnèrent la main et elle fut surprise de s'en trouver aussi flattée. Mais sa robe occupait toujours ses pensées.

« Vous n'avez pas demandé à votre sœur de vous aider ?

— Elle veut pas nous parler en ce moment.

— Et pourquoi ça ?

— Elle nous *déteste.* »

Leur chambre était un chaos lamentable de vêtements, de serviettes mouillées, de pelures d'orange, de lambeaux de bande dessinée disposés autour d'une feuille de papier, de chaises renversées, en partie cachées par des couvertures, et de matelas de travers. Entre les lits s'étalait une large tache d'humidité sur le tapis, au milieu duquel traînait un pain de savon et des paquets de papier hygiénique trempés. Un des rideaux pendait de guingois sous le lambrequin et, malgré les fenêtres ouvertes, l'atmosphère était suffocante, pleine d'exhalaisons. Tous les tiroirs de la commode à linge étaient ouverts et vides. Le tout exprimait un ennui confiné, ponctué de bagarres et de complots — sauts d'un lit à l'autre, construction d'un camp, jeux de société toujours avortés. Personne chez les Tallis ne s'occupait des jumeaux Quincey, et, pour cacher son embarras, elle lança gaiement : « On ne trouvera jamais rien dans une chambre en pareil état. »

Elle s'attela à remettre de l'ordre, refaisant les lits, envoyant promener ses hauts talons pour grimper sur une chaise et rattacher le rideau, et fixant aux jumeaux de modestes tâches faciles à exécuter. Ils obéissaient à la lettre, mais restaient silencieux et le dos rond tout en accomplissant leur travail, comme si elle leur dispensait un châtiment plutôt qu'une délivrance, une réprimande plutôt qu'une gentillesse. Ils avaient honte de leur chambre. Debout sur la chaise dans sa robe moulante vert foncé, suivant des yeux le mouvement de balancier de ces deux têtes d'un roux éclatant au gré de leurs corvées, il lui vint à l'esprit qu'il devait être bien désespérant et terrifiant pour eux d'être privés d'amour, d'avoir à se construire une existence à partir de rien, dans une maison étrangère.

Avec difficulté, car elle avait du mal à plier les genoux, elle descendit de la chaise et s'installa au bord d'un lit en tapotant l'espace de chaque côté d'elle. Pourtant, les garçons restèrent debout, la regardant, dans l'expectative. Elle prit le ton un peu chantant d'une maîtresse de l'école maternelle qu'elle avait admirée autrefois.

« Est-ce que ça vaut vraiment la peine de pleurer pour des chaussettes ? »

Pierrot déclara : « En fait, on préférerait rentrer chez nous. »

Un peu refroidie, elle reprit le ton d'une conversation adulte. « Ce n'est pas possible pour le moment. Votre mère est à Paris avec... elle prend de courtes vacances, et votre père est occupé à l'université, alors il faut que vous restiez là encore un peu. On vous a un peu négligés, j'en suis désolée. Malgré tout, vous vous êtes quand même bien amusés à la piscine... »

Jackson dit : « On voulait jouer dans la pièce de théâtre, mais Briony est partie et elle est pas encore rentrée.

— Vous en êtes sûrs ? » Un souci de plus. Briony aurait dû être rentrée depuis longtemps. Ce qui lui rappela les gens qui attendaient en bas : sa mère, la cuisinière, Leon, l'invité, Robbie. Même la tiédeur de la soirée, qui envahissait la pièce par les fenêtres ouvertes derrière elle, lui imposait des responsabilités ; c'était le genre de soirée estivale dont on rêvait toute l'année et maintenant qu'elle était enfin là, lourde de ses parfums, de sa charge de plaisirs, Cecilia se sentait trop distraite par ses obligations et une vague détresse pour en profiter. Mais il le fallait bien. C'était un crime de ne pas en profiter. Ce serait divin dehors, sur la terrasse, de boire des gin-tonic avec Leon. Ce n'était tout de même pas sa faute si tante Hermione avait filé avec ce sale type qui débitait des sermons au coin du feu toutes les semaines à la radio. Suffit, la tristesse ! Cecilia se releva et frappa dans ses mains.

« Oui, c'est trop bête, cette histoire de théâtre, mais on n'y peut rien. On va trouver des chaussettes, et en avant. »

Après enquête, on découvrit que celles qu'ils portaient en arrivant étaient à la lessive et que, dans l'amnésie de sa passion, tante Hermione avait oublié d'en mettre une paire de plus dans les bagages. Cecilia se dirigea vers la chambre de Briony et fouilla dans un tiroir à la recherche de quelque chose qui ne fasse pas trop « fille » — des socquettes blanches bordées d'un motif de fraises rouges et vertes. Elle pensait que les garçons se disputeraient les chaussettes grises, mais ce fut le contraire, et, pour éviter tout désespoir supplémentaire, elle fut contrainte de retourner en chercher une autre paire dans la chambre de Briony. Cette fois, elle s'arrêta devant la fenêtre pour sonder la nuit tombante, se demandant où pouvait bien être sa sœur. Noyée dans le lac, enlevée par des romanichels, renversée par une voiture, pensa-t-elle selon le rituel, partant du principe que rien n'était jamais comme on l'imaginait, et que c'était là un moyen efficace d'exclure le pire.

De retour auprès des garçons, elle remit de l'ordre dans les cheveux de Jackson à l'aide d'un peigne trempé dans l'eau d'un vase, lui maintenant fermement le menton entre le pouce et l'index pendant qu'elle divisait son cuir chevelu par une belle raie bien droite. Pierrot attendit patiemment son tour, puis, sans un mot, tous deux descendirent l'escalier au galop pour affronter Betty.

Cecilia suivit au ralenti, jetant au passage un coup d'œil au miroir critique, et fut parfaitement satisfaite de ce qu'elle y vit. Ou plutôt s'en préoccupa moins, car elle avait changé d'humeur en compagnie des jumeaux, et l'horizon de ses pensées s'était élargi jusqu'à inclure une vague résolution, qui prenait forme sans aucun contenu particulier et ne suggérait aucun projet spécifique ; il fallait qu'elle parte. Y penser était apaisant et agréable, et n'avait rien de désespérant. Elle arriva sur le palier du premier étage et fit une pause. En bas, sa mère, se sentant coupable de laisser la famille à l'abandon, devait répandre angoisse et confusion autour d'elle. À ce mélange s'ajouterait la nouvelle, si tel était le cas, de la disparition de Briony. On perdrait du temps et on se ferait du souci avant de la retrouver. Il y aurait un appel du département d'État pour dire que Mr Tallis devait travailler tard et qu'il resterait en ville. Leon, qui avait le chic pour fuir les responsabilités, ne tiendrait pas le rôle de son père. Nommément, ce rôle reviendrait à Mrs Tallis, mais, en dernier ressort, le succès de la soirée dépendrait du bon vouloir de Cecilia. Tout cela était clair et ne méritait pas que l'on y oppose une quelconque résistance — elle ne s'abandonnerait pas à une voluptueuse nuit d'été, il n'y aurait pas de longs moments avec Leon, elle ne marcherait pas pieds nus sur les pelouses sous les étoiles de minuit. Elle sentait sous sa main le pin verni noir de la balustrade, vaguement néo-gothique, immuablement solide et artificielle. Au-dessus de sa tête pendait au bout de ses trois chaînes un grand lustre de fer forgé qu'elle n'avait jamais vu allumé de sa vie. On se contentait d'une paire d'appliques terminées par des glands et tamisées par un quart de cercle en faux parchemin. Dans leur éclairage d'un jaune brumeux, elle s'avança silencieusement sur le palier pour jeter un coup d'œil en direction de la chambre de sa mère. La porte entrouverte, la colonne de lumière en travers de la moquette du couloir lui confirmèrent qu'Emily Tallis avait quitté son lit de repos. Cecilia regagna l'escalier, hésita de nouveau, réticente à descendre. Mais elle n'avait pas le choix.

Rien de neuf dans ces dispositions, et elle ne s'en émouvait pas. Deux ans plus tôt, son père avait été englouti par la préparation de mystérieux rapports destinés au ministère de l'Intérieur. Sa mère habitait depuis toujours le monde d'ombres d'une invalide. Briony avait toujours eu besoin d'être maternée par sa grande sœur, et Leon évoluait en toute liberté, et elle l'en avait toujours aimé pour cela. Elle n'avait pas imaginé qu'il serait aussi facile de se glisser dans les rôles qu'elle tenait autrefois. Cambridge l'avait profondément changée, et elle pensait être immunisée. Toutefois, personne dans la famille n'avait remarqué sa transformation, et elle n'était pas capable de résister au pouvoir de leurs attentes. Elle n'en accusait personne, mais elle avait traîné à la maison tout l'été, avec le vague espoir de renouer des liens essentiels avec sa famille. Or ils n'avaient jamais été rompus, elle le voyait bien maintenant, et, quoi qu'il en soit, ses parents étaient absents, chacun à sa manière, Briony était plongée dans ses fantasmes et Leon habitait en ville. À présent, il était temps pour elle de partir. Elle avait besoin d'aventure. Il y avait cette invitation d'un oncle et d'une tante à les accompagner à New York. Tante Hermione était à Paris. Elle pouvait se rendre à Londres et trouver une situation — c'était ce que son père attendait d'elle. C'était de l'excitation qu'elle ressentait, non de l'impatience, et elle refusait d'être frustrée par cette soirée. Il y en aurait d'autres comme celle-ci et, pour en profiter pleinement, il faudrait qu'elle soit ailleurs.

Animée de cette nouvelle certitude — le choix de la robe idoine y contribuait certainement —, elle traversa le couloir, repoussa la portière de feutrine et emprunta le passage en damier qui menait à la cuisine. Elle pénétra dans un nuage où des visages sans corps flottaient à des hauteurs diverses comme dans un carnet de croquis, tous les yeux braqués sur le spectacle de la table que le large dos de Betty cachait à Cecilia. La lueur rouge, diffuse au niveau des chevilles, venait du feu de charbon de la double cuisinière, dont au même moment la porte fut refermée d'un coup de pied, avec fracas et exclamation irritée. La vapeur montait, épaisse, d'un faitout d'eau bouillante auquel personne ne prêtait attention. Debout devant l'évier, l'aide de cuisine, Doll, une fille du village, toute mince et au petit chignon sévère, récurait les couvercles de casseroles bruyamment et avec humeur, mais elle aussi tournait la tête pour voir ce que Betty avait posé sur la table. L'un des visages était celui d'Emily Tallis, un autre celui de Danny Hardman, un troisième celui de Hardman père. Flottant au-dessus du reste, peut-être debout sur des tabourets, Jackson et Pierrot arboraient une expression solennelle. Cecilia sentit le regard du jeune Hardman se poser sur elle. Elle le lui rendit d'un air féroce, satisfaite de le voir se détourner. À la cuisine, le labeur avait été long et pénible, toute la journée dans cette chaleur, et on en voyait les effets un peu partout : les dalles de pierre luisaient de giclures de graisse de viande rôtie et d'épluchures piétinées ; les torchons détrempés, hommages à des travaux héroïques oubliés, pendouillaient au-dessus de la cuisinière tels des étendards militaires tombant en lambeaux à l'église ; frôlant le tibia de Cecilia, un panier débordait de pelures de légumes que Betty remporterait chez elle pour nourrir sa Gloucester Old Spot, engraissée pour décembre. La cuisinière jeta un coup d'œil par-dessus son épaule pour identifier la nouvelle venue, et, avant qu'elle ne se détourne, on eut le temps d'entrevoir de la colère dans des yeux que le gras des joues réduisait à des fentes gélatineuses.

« Ôtez-le d'là ! » dit-elle dans un hurlement. Aucun doute, l'irritation visait Mrs Tallis. Doll bondit de l'évier au fourneau, dérapa, faillit glisser, et se saisit de deux chiffons pour tirer le chaudron hors du feu. La visibilité s'améliorant, on découvrit Polly, la femme de chambre que chacun trouvait simplette, et qui restait le soir toutes les fois qu'il y avait de l'ouvrage. De ses grands yeux confiants, elle fixait elle aussi la table. Cecilia contourna Betty pour voir ce que tout le monde regardait — une énorme lèche-frite noircie que l'on venait de sortir du four, remplie d'une masse de pommes de terre sautées qui grésillaient encore légèrement. Il y en avait peut-être une centaine, en irrégulières rangées d'or pâle que la spatule en métal de Betty détachait, raclait et retournait. En dessous, elles luisaient d'un éclat jaune un peu plus caramélisé, ici et là un bord luminescent était réchampi d'un brun nacré et d'une passementerie en filigrane qui s'épanouissait autour d'une peau fendue. Elles étaient — ou seraient — parfaites.

La dernière rangée fut retournée et Betty jeta un : « Et vous voulez ça en salade, Madame ?

— Oui, exactement. Ôtez les parties brûlées, épongez le gras, mettez-les dans le grand saladier toscan et arrosez-les d'une bonne dose d'huile d'olive et ensuite... » Emily esquissa un geste vers un étalage de fruits près de la porte du garde-manger où il y avait, peut-être, un citron.

Betty, les yeux au ciel : « Et avec ça, vous voulez une salade de choux de Bruxelles ?

— Vraiment, Betty.

— Une salade de chou-fleur au gratin ? Une salade à la sauce au raifort ?

— Vous faites toute une histoire pour rien.

— Une salade au pudding ? »

L'un des jumeaux pouffa.

Bien que Cecilia devinât ce qui allait suivre, tout se mit en branle. Betty se tourna vers elle, l'agrippa par le bras et, la prenant à témoin : « Miss Cee, c'est un rôti qui avait été commandé, et on y a travaillé toute la journée avec des températures à vous échauffer les *sangs.* »

La scène était originale, les spectateurs en étaient un élément inhabituel, mais le dilemme demeurait assez familier : comment faire régner la paix sans humilier sa mère. Et puis, Cecilia était une fois de plus résolue à rejoindre son frère sur la terrasse ; il importait donc de se trouver du côté gagnant et de pousser à une conclusion rapide. Elle prit sa mère à part, et Betty, qui connaissait les formes, ordonna à chacun de retourner à ses affaires. Emily et Cecilia Tallis se tenaient auprès de la porte ouverte qui menait au potager.

« Chérie, par cette chaleur on ne me dissuadera pas des salades.

— Emily, je sais qu'il fait beaucoup trop chaud, mais Leon a une envie folle d'un rôti cuisiné par Betty. Il nous en rebat constamment les oreilles. Je l'ai entendu s'en vanter auprès de Mr Marshall.

— Oh mon Dieu ! dit Emily.

— Je suis de ton avis. Ça ne me tente pas beaucoup non plus. Le mieux, c'est de laisser les gens choisir. Envoie Polly couper quelques laitues. Il y a de la betterave dans le garde-manger. Betty peut faire cuire des pommes de terre nouvelles et les laisser refroidir.

— Tu as raison, chérie. Tu sais, cela m'ennuierait beaucoup de décevoir notre Leon. »

C'est ainsi que tout fut résolu et que le rôti fut sauvé. Avec bonne grâce et tact, Betty fit gratter les pommes de terre nouvelles par Doll et Polly sortit avec un couteau.

Tandis qu'elles s'éloignaient de la cuisine, Emily, après avoir mis ses lunettes noires, déclara : « Je suis contente que tout soit réglé, parce que ce qui me préoccupe vraiment, c'est Briony. Je sais qu'elle est malheureuse. Elle broie du noir quelque part dehors et je vais la faire rentrer.

— Bonne idée. Je me faisais du souci, moi aussi », dit Cecilia. Elle n'allait certainement pas dissuader sa mère de s'aventurer loin de la terrasse.

Le salon, qui avait hypnotisé Cecilia le matin même par ses losanges de lumière, baignait maintenant dans la pénombre, avec pour seul éclairage celui d'une lampe auprès du feu. Les portes-fenêtres encadraient un ciel verdâtre, et au loin se détachaient, en ombres chinoises, la tête et les épaules si reconnaissables de son frère. Tandis qu'elle se frayait un chemin dans la pièce, elle entendit tinter les glaçons dans son verre et, dès qu'elle posa le pied dehors, elle sentit le parfum du pouliot, des matricaires et de la camomille piétinés, plus entêtant encore que ce matin. Personne ne se souvenait plus du nom, ni même des traits du jardinier de passage qui s'était mis en tête de garnir les joints du pavement. À l'époque, personne n'avait compris son intention. Peut-être était-ce pour cela qu'on l'avait chassé.

« Sœurette ! Je suis dehors depuis quarante minutes et je suis à moitié cuit.

— Désolée. Où as-tu mis mon verre ? »

Sur une table basse en bois, disposée le long du

mur de la maison, se dressait une lampe à pétrole qu'entourait un bar improvisé. Enfin, elle avait en main son gin-tonic. Elle alluma sa cigarette à la sienne et ils trinquèrent.

« J'aime cette robe.

— Tu arrives à la voir ?

— Tourne-toi. Superbe. J'avais oublié ce grain de beauté.

— Comment va la banque ?

— Ennuyeuse et parfaitement agréable. On ne vit que pour les soirées et les week-ends. Quand penses-tu venir ? »

Ils s'aventurèrent hors de la terrasse et s'engagèrent dans l'allée de gravier entre les rosiers. La fontaine au Triton se dressait devant eux, masse couleur d'encre dont les contours torturés s'aiguisaient sur un fond de ciel qui virait au vert sombre à mesure que le jour déclinait. Ils entendaient le filet d'eau, et Cecilia crut en percevoir l'odeur, argentée et subtile. Sans doute était-ce celle de la boisson qu'elle tenait à la main.

Après un silence, elle lui dit : « Je deviens chèvre ici.

— À jouer encore les mamans pour tout le monde. Tu sais, il y a des jeunes filles qui obtiennent toutes sortes de situations de nos jours. Il y en a même qui passent les concours de la Fonction publique. Ça plairait au Patriarche.

— On ne voudra jamais de moi, avec cette mention minable.

— Une fois lancée dans la vie, tu t'apercevras que ce genre de chose ne veut absolument rien dire. »

Ils atteignirent la fontaine, se tournèrent vers la maison, et gardèrent un temps le silence, accoudés au parapet, sur les lieux de son déshonneur. Téméraire, ridicule et, par-dessus tout, mortifiant. Seul le temps, un pudique voile d'heures, empêchait son frère de la voir telle qu'elle s'était montrée. Mais elle ne bénéficiait pas d'une telle protection vis-à-vis de Robbie. Il l'avait vue, il serait à jamais capable de la voir, même lorsque le temps aurait ramené ce souvenir à la dimension d'un propos de bistro. Elle en voulait encore à son frère de l'invitation, mais elle avait besoin de lui, elle revendiquait une part de sa liberté. Avec sollicitude, elle lui demanda de ses nouvelles.

Dans la vie de Leon, ou plutôt dans la description qu'il en faisait, personne n'était mesquin, personne n'intriguait, ne mentait ou ne trahissait. Chacun était célébré, dans une certaine mesure au moins, comme s'il fallait s'émerveiller de son existence. Il se souvenait des meilleurs traits de ses amis. Les anecdotes de Leon avaient pour effet d'attendrir son auditeur sur le genre humain et ses défaillances. Chacun était, au minimum, « un chic type » ou faisait partie des « gens bien », et une motivation n'était jamais jugée en décalage avec l'apparence extérieure. S'il existait quelque mystère ou contradiction chez un ami, Leon avait les idées larges et trouvait une explication bienveillante. La littérature, la politique, les sciences et la religion ne l'ennuyaient nullement — elles n'avaient simplement aucune place dans son univers, non plus qu'aucun sujet sur lequel les gens étaient en sérieux désaccord. Il avait étudié le droit, et était bien heureux d'avoir tout oublié. Difficile de l'imaginer souffrir de solitude, d'ennui ou d'abattement : son équanimité était sans limites, de même que son absence d'ambition, et il supposait que tout le monde était comme lui. En dépit de tout, son affabilité était parfaitement tolérable, et même reposante.

Il lui parla d'abord de son club d'aviron. Récemment, il avait été chef de nage dans le second huit barré, et, bien que tout le monde se fût montré gentil, il préférait que quelqu'un d'autre donne la cadence. De même, à la banque, on avait évoqué la possibilité d'une promotion, et, rien n'étant venu, il en avait pour ainsi dire éprouvé du soulagement. Quant aux filles : Mary, la comédienne, tellement merveilleuse dans *Les Amants terribles,* elle s'était soudain éclipsée à Glasgow sans donner d'explication, et personne ne connaissait la raison de son départ. Il la soupçonnait de prendre soin d'un parent moribond. Francine, qui parlait un français impeccable et avait scandalisé le monde en portant monocle, l'avait accompagné à une opérette de Gilbert et Sullivan, la semaine précédente, et pendant l'entracte il leur avait semblé que le Roi regardait dans leur direction. La douce Barbara, digne de confiance et de bonne famille, que Jack et Emily auraient aimé le voir épouser, l'avait invité à passer une semaine au château de ses parents dans les Highlands. Selon lui, il serait malséant de ne pas y aller.

Dès qu'il semblait être à court de sujets, Cecilia l'aiguillonnait par une autre question. Sans raison, son loyer à l'Albany avait baissé. Un vieil ami avait engrossé une jeune fille qui zézayait, l'avait épousée et s'en trouvait joliment bien. Un autre était en train de se payer une moto. Le père d'un camarade venait de faire l'acquisition d'une fabrique d'aspirateurs et disait qu'elle offrait la possibilité de faire sans effort de gros bénéfices. La grand-mère d'un autre était une vieille dame courageuse capable de marcher un kilomètre et demi avec une jambe cassée. Aussi sereine que l'air du soir, cette conversation la traversait et se déplaçait autour d'elle, évocatrice d'un monde de bonnes intentions et d'heureux dénouements. Épaule contre épaule, ni debout ni assis, ils faisaient face à leur maison d'enfance, dont l'architecture vaguement médiévale semblait maintenant d'une légèreté fantasque ; les migraines de leur mère n'étaient qu'un interlude comique d'opérette, la tristesse des jumeaux, une extravagance sentimentale, l'incident de la cuisine, guère plus qu'une joyeuse bousculade d'esprits échauffés.

Quand vint le tour de Cecilia de résumer ces derniers mois, il lui fut impossible de ne pas se laisser influencer par le ton de Leon, bien que sa version des choses fût, malgré elle, moqueuse. Elle tourna en dérision ses tentatives de généalogiste : l'arbre de la famille était nu comme en hiver, autant que sans racines. Grand-père Harry Tallis était le fils d'un ouvrier de ferme qui, on ne sait trop pourquoi, avait changé son nom de Cartwright, et dont la naissance et le mariage n'avaient pas été enregistrés. Quant à *Clarissa* — toutes ces heures de la journée recroquevillée sur son lit avec des fourmillements dans le bras — cela prouvait sûrement l'inverse du *Paradis perdu* — l'héroïne devenait de plus en plus détestable à mesure que l'on découvrait sa vertu morbide. Leon hochait la tête et pinçait les lèvres ; il ne prétendait aucunement savoir de quoi elle parlait, pas plus qu'il ne l'interrompait. Elle donna une coloration burlesque à ses semaines d'ennui et de solitude, à la manière dont elle avait dû se comporter en famille pour se faire pardonner d'être restée au loin, avant de découvrir que ses parents et sa sœur étaient absents, eux aussi, chacun à sa façon. Encouragée par la générosité amusée de son frère, elle s'essaya à des sketches drolatiques que lui inspirait son besoin croissant de cigarettes, Briony en train d'arracher son affiche, les jumeaux devant sa porte avec une chaussette chacun, et le désir de sa mère qu'un miracle se produisît pour le festin — des pommes sautées changées en salade. Leon ne saisit pas la référence biblique. Il y avait du désespoir dans tout ce qu'elle disait, un vide au cœur de ses mots, ou bien quelque chose d'exclu, de non dit qui la faisait parler plus vite et exagérer avec moins de conviction. L'agréable nullité de la vie de Leon était un objet lisse, son aisance trompeuse, ses limites atteintes grâce à une masse de travail invisible et aux hasards de son caractère, avec lesquels elle ne pouvait espérer rivaliser. Elle noua son bras au sien et le serra. Autre trait de Leon : il était doux et charmant en compagnie, mais à travers son veston son bras avait la compacité des bois exotiques. Elle se sentait fragile à tout niveau, et transparente. Il la contemplait avec affection.

« Que se passe-t-il, Cee ?

— Rien. Rien du tout.

— Tu devrais vraiment venir chez moi quelque temps pour faire le point. »

Une silhouette bougea sur la terrasse et les lumières s'allumèrent dans le salon. Briony appela son frère et sa sœur.

Leon répondit. « On est là.

— On devrait rentrer », dit Cecilia, et bras dessus, bras dessous ils repartirent vers la maison. Comme ils longeaient les rosiers, elle se demanda s'il y avait vraiment quelque chose qu'elle avait envie de lui dire. Lui confesser sa conduite de ce matin n'était certainement pas possible.

« J'adorerais venir en ville. » Tout en prononçant ces mots, elle se voyait tirée en arrière, incapable de faire ses bagages ou de prendre le train. Peut-être qu'elle n'avait aucune envie de partir, mais elle se répéta, sur un ton un peu plus catégorique :

« J'aimerais venir. »

Briony attendait sur le perron, impatiente d'accueillir son frère. Quelqu'un s'adressa à elle de l'intérieur du salon et elle répondit par-dessus son épaule. Comme Cecilia et Leon approchaient, ils entendirent de nouveau la voix — c'était leur mère s'efforçant à la sévérité.

« Je ne le répéterai pas. Tu montes immédiatement te laver et te changer. »

Le regard s'attardant dans leur direction, Briony s'avançait vers les portes-fenêtres. Elle tenait quelque chose à la main.

Leon disait : « On pourrait te trouver une situation en un rien de temps. »

Quand ils entrèrent dans la pièce, à la lumière de plusieurs lampes, Briony était toujours là, toujours pieds nus, dans sa robe blanche souillée, et sa mère se tenait près de la porte à l'autre bout de la pièce, souriant avec indulgence. Leon tendit les bras et imita l'accent cockney qu'il réservait à Briony.

« Ce serait-y pas ma p'tite sœur ? »

En passant devant Cecilia en toute hâte, Briony lui fourra dans la main un bout de papier plié en quatre, et se jeta dans les bras de son frère en poussant des cris d'orfraie.

Consciente du regard de sa mère, Cecilia adopta une expression de curiosité amusée en dépliant la feuille. Louablement, elle réussit à la garder en déchiffrant le court texte dactylographié qu'elle appréhenda d'un coup d'œil — une unité de sens dont la force et la couleur venaient de l'unique mot répété. À ses côtés, Briony parlait à Leon de la pièce qu'elle avait écrite à son intention et se lamentait de son incapacité à la monter. *Les Tribulations d'Arabella,* répétait-elle. *Les Tribulations d'Arabella.* Jamais elle n'avait paru aussi animée, aussi bizarrement excitée. Ses bras étaient encore noués autour du cou de son frère, et, sur la pointe des pieds, elle frottait sa joue à la sienne.

Tout d'abord, une simple phrase tourna et retourna dans la tête de Cecilia : *Bien sûr, bien sûr.* Comment ne s'en était-elle pas rendu compte ? Tout s'expliquait. La journée entière, les semaines précédentes, son enfance. Une vie. Tout s'éclairait pour elle. Sinon, pourquoi aurait-elle mis tant de temps à choisir sa robe, se serait-elle battue pour un vase, aurait-elle tout trouvé si différent, ou serait-elle incapable de partir ? Qu'est-ce qui avait pu la rendre aussi aveugle, aussi stupide ? Bien des secondes avaient passé, et il n'était plus vraisemblable de garder les yeux fixés sur la feuille de papier. En la repliant, elle comprit l'évidence : on n'avait pas pu l'envoyer décachetée. Elle se tourna pour dévisager sa sœur.

Leon était en train de lui dire : « Qu'en penses-tu ? Je suis doué pour faire les voix, et toi encore plus. Nous la lirons ensemble à haute voix. »

Cecilia contourna son frère pour être vue de Briony.

« Briony ? Briony, tu as lu ça ? »

Mais Briony, tout occupée à pousser des cris à la suggestion de son frère, se tortilla dans ses bras et détourna la tête pour l'enfouir à demi dans le veston de Leon.

À l'autre bout de la pièce, d'une voix apaisante, Emily lançait un : « Du calme, du calme. »

De nouveau, Cecilia tenta de contourner Leon. « Où est l'enveloppe ? »

Briony détourna le visage une fois de plus, et se mit

à rire comme une folle de quelque chose que lui racontait son frère.

C'est alors que Cecilia prit conscience d'une autre silhouette qui venait les rejoindre, à la limite de son champ de vision, se mouvant derrière elle, et lorsqu'elle se retourna elle se trouva nez à nez avec Paul Marshall. D'une main, il portait un plateau d'argent surmonté de cinq verres de cocktail, chacun à moitié plein d'une substance brune et sirupeuse. Il souleva un verre et le lui présenta.

« J'insiste pour vous faire goûter. »

Dix

La complexité même de ses sentiments conforta
Briony dans l'idée qu'elle accédait à un domaine
d'émotions et de dissimulations adultes dont son écriture allait certainement profiter. Quel conte de fées
aurait jamais été porteur d'autant de contradictions?
Une folle curiosité irréfléchie la poussa à décacheter
l'enveloppe, elle lut le message dans le hall après que
Polly l'eut fait entrer et, bien que choquée, cela ne
l'empêcha pas d'éprouver une certaine culpabilité. Il
était mal d'ouvrir le courrier des autres, mais il était
juste, il était essentiel qu'elle sache tout. Elle était
certes ravie de revoir son frère, mais elle n'en avait
pas moins exagéré ses sentiments dans le but d'éviter
la question accusatrice de sa sœur. Et, par la suite, elle
avait simplement fait mine d'obéir avec empressement à l'ordre de sa mère en se précipitant dans sa
chambre; autant pour échapper à Cecilia que par
besoin de solitude, afin d'envisager Robbie sous un
nouveau jour et de caler le paragraphe d'introduc-
tion d'une histoire pénétrée de réalisme. Finies les
princesses! La scène à la fontaine, son apparence
d'odieuse menace et, à la fin, lorsqu'ils étaient partis
chacun de leur côté, cette absence lumineuse, cha-

toyante, au-dessus de la trace d'humidité laissée sur le gravier — tout cela serait à revoir. Avec la lettre, quelque chose d'élémentaire, de brutal, voire de criminel, était venu s'ajouter, quelque principe d'obscurité et même, aussi exaltée qu'elle l'était par tous ces possibles, elle ne doutait pas qu'une certaine menace pesât sur sa sœur, qui aurait donc besoin de son aide.

Ce mot : elle essayait de l'empêcher de résonner dans ses pensées, et pourtant il les hantait d'une danse obscène, démon typographique, jonglant en vagues anagrammes suggestifs — un oncle et une conque, le latin pour « avec », ou un antique héros du Nord tentant de faire reculer la marée. Les rimes tiraient leurs formes des livres pour enfants — ballons de fête foraine, clairons des militaires, avirons des rameurs sur la Cam, le long du pré de Grantchester. Naturellement, elle n'avait jamais entendu prononcer le mot, pas plus qu'elle ne l'avait vu imprimé ou n'était tombée dessus, représenté par des astérisques. Nul n'avait jamais fait allusion à son existence devant elle, et le plus fort c'est que personne, même sa mère, n'avait jamais fait référence à cette partie d'elle-même à laquelle — Briony en était certaine — le mot se rapportait. Elle ne doutait pas qu'il s'agît de cela. Le contexte aidait, mais plus encore, le mot collait au sens, et était quasiment de l'ordre de l'onomatopée. Les formes douces, en creux, presque refermées de ses trois lettres étaient aussi lisibles qu'une série de planches anatomiques. Trois silhouettes ramassées sur elles-mêmes, comme au pied d'une croix. Que le mot eût été écrit par un homme qui confessait l'image qu'il avait en tête, avouant sa préoccupation solitaire, la dégoûtait profondément.

Elle avait lu la lettre, debout, sans se gêner, au milieu du hall, immédiatement sensible au danger qu'impliquait une telle crudité. Quelque chose d'irréductiblement humain, ou de masculin, menaçait le bon ordre de la maison, et Briony savait que, à moins d'aider sa sœur, ils en souffriraient tous. Il était manifeste aussi qu'il allait falloir le faire avec délicatesse, avec tact. Sinon, et Briony en avait fait l'expérience, Cecilia se retournerait contre elle.

Ces pensées l'obnubilèrent tout le temps qu'elle se lava les mains et la figure et choisit une nouvelle robe. Les socquettes qu'elle voulait porter restèrent introuvables, mais elle ne perdit pas de temps à les chercher. Elle en mit d'autres, attacha la bride de ses chaussures et s'installa à son bureau. En bas, on buvait des cocktails, elle avait donc au moins vingt minutes à elle. Elle pouvait se brosser les cheveux en sortant. Dehors, par la fenêtre ouverte, on entendait chanter un grillon. Une rame de papier ministre du bureau de son père était posée devant elle, la lampe de bureau déversait sa réconfortante flaque jaune, elle avait son stylo en main. La troupe impeccable des animaux de ferme alignés sur le rebord de fenêtre et les poupées, collet monté, en équilibre dans les diverses pièces de leur demeure en coupe, attendaient le bijou de sa première phrase. En cet instant précis, l'urgence d'écrire était plus forte que toute notion préalable de ce qu'elle allait écrire. Son désir, c'était de se perdre dans le déroulement d'une idée irrésistible, en voir le fil noir se dévider en crissant du bout de sa plume d'argent et s'enrouler en mots. Mais comment rendre justice aux changements qui avaient enfin fait d'elle un véritable écrivain, à la confuse ribambelle d'impressions, au dégoût et à la fascination qu'elle ressentait? Il fallait procéder par ordre.

Elle devait commencer, comme elle en avait décidé plus tôt, par le simple récit de ce qu'elle avait vu devant la fontaine. Mais cet épisode en plein soleil n'était pas aussi intéressant qu'il aurait pu l'être à la tombée du jour, les minutes d'oisiveté perdues à rêvasser sur le pont, puis Robbie qui apparaissait dans la pénombre et l'appelait, le petit carré blanc à la main, qui contenait la lettre, qui elle-même contenait le mot. Et que contenait ce mot?

Elle écrivit : « Il était une fois une vieille dame qui avait avalé une mouche... »

Sûrement on pouvait dire, sans tomber dans la puérilité, qu'il fallait une histoire, laquelle serait celle d'un homme aimé de tous, mais sur lequel l'héroïne entretiendrait des doutes depuis toujours et qui était, en fin de compte — elle allait pouvoir le révéler —, l'incarnation du mal. Mais n'était-elle pas — elle, Briony, l'écrivain — censée avoir assez d'expérience désormais pour être au-dessus de notions telles que le bien et le mal, dignes de contes pour enfants ? Il devait bien exister quelque haut lieu, quelque Olympe depuis lequel tous les gens étaient jugés sur un pied d'égalité, non pas confrontés les uns aux autres comme dans un match de hockey qui se poursuivrait à longueur de vie, mais observés en train de se bousculer bruyamment dans toute leur glorieuse imperfection. Si un tel lieu existait, elle ne le méritait pas. Elle ne pourrait jamais pardonner à Robbie ses mœurs dégoûtantes.

Prise entre l'urgence de rédiger un simple compte rendu intime de ses expériences de la journée et l'ambition d'en faire quelque chose de supérieur, qui serait ciselé, autonome et obscur, elle resta assise de longues minutes, le sourcil froncé devant sa feuille de papier et sa citation infantile, sans rien ajouter d'autre. Les actions, elle pensait pouvoir les décrire assez bien, et elle avait le don du dialogue. Elle savait évoquer les bois en hiver et l'aspect sinistre d'une muraille de château. Mais comment traiter les sentiments ? C'était bien joli d'écrire « *Elle se sentait triste* », ou de dépeindre ce dont on était capable dans cet état, mais qu'en était-il de la tristesse par elle-même, comment saurait-elle s'exprimer de manière à la faire percevoir dans toute son immédiateté déprimante ? Plus difficile à rendre encore était le danger, ou le désarroi d'éprouver des choses contradictoires. Le stylo à la main, elle avait les yeux fixés de l'autre côté de la pièce sur ses poupées aux traits sévères, compagnes désormais étrangères d'une enfance qu'elle considérait comme terminée. Grandir donnait le frisson. Elle ne monterait plus jamais sur les genoux d'Emily ou de Cecilia, ou alors juste pour rire. Deux étés plus tôt, à l'occasion de ses onze ans, ses parents, son frère et sa sœur, ainsi qu'une cinquième personne dont elle ne se souvenait plus, l'avaient emportée dans une couverture sur la pelouse pour la projeter en l'air onze fois de suite, plus une pour lui porter chance. Saurait-elle à l'avenir être assez confiante pour se laisser joyeusement rebondir, se fier aveuglément à la bienveillante poigne des adultes, alors que la cinquième personne aurait très bien pu être Robbie ?

Au léger raclement de gorge d'une voix féminine, elle leva les yeux, saisie. C'était Lola. Elle se penchait timidement à l'intérieur de la pièce et, lorsque leurs regards se croisèrent, elle frappa un petit coup à la porte.

« Je peux entrer ? »

Elle entrait de toute façon, un peu entravée dans ses mouvements par son fourreau de satin bleu. Elle avait les cheveux lâchés et les pieds nus. Comme elle s'approchait, Briony rangea son stylo et dissimula sa phrase sous un coin de livre. Lola prit place au bord du lit et, l'air tragique, poussa un gros soupir. C'était comme si de tout temps elles avaient papoté régulièrement comme de vraies sœurs.

« J'ai passé une soirée épouvantable. »

Lorsque Briony fut contrainte, sous le regard férocement insistant de sa cousine, de lever un sourcil, elle poursuivit : « Les jumeaux ont passé leur temps à me martyriser. »

Elle crut que c'était une façon de parler, jusqu'à ce que Lola se tourne pour lui montrer son épaule et la longue éraflure en haut de son bras.

« Quelle horreur ! »

Elle tendit ses poignets. Encerclant chacun, des anneaux rouges d'irritation.

« Le supplice chinois !

— Exactement !

— Je vais chercher du désinfectant pour ton bras.

— Je m'en suis déjà chargée. »

De fait, l'arôme de féminité du parfum de Lola ne parvenait pas à couvrir l'odeur enfantine du Germolene. Le moins que Briony pût faire fut d'abandonner son bureau et d'aller s'asseoir auprès de sa cousine.

« Ma pauvre ! »

La compassion de Briony fit monter les larmes aux yeux de Lola, et sa voix s'enroua.

« Tout le monde les prend pour des anges parce qu'ils se ressemblent, mais ce ne sont que des petites *brutes*. »

Elle retint un sanglot, parut le ravaler avec une crispation de la mâchoire, puis elle respira profondément, à plusieurs reprises, les narines dilatées. Briony lui prit la main et crut comprendre pourquoi on pouvait si aisément se prendre d'affection pour Lola. Alors elle se dirigea vers sa commode, dans laquelle elle prit un mouchoir qu'elle déplia et tendit à sa cousine. Lola était sur le point de l'utiliser mais, à la vue du joyeux motif de cow-girls et de lassos, elle se mit à ululer en crescendo comme le font les enfants quand ils jouent aux fantômes. En bas, la sonnette retentit, suivie, quelques instants plus tard, tout juste audible, du claquement pressé de hauts talons sur le sol carrelé de l'entrée. Ce devait être Robbie, et Cecilia allait ouvrir. Inquiète que l'on pût entendre d'en bas les pleurs de Lola, Briony se leva pour refermer la porte de la chambre. Le désarroi de sa cousine provoquait en elle un état de nervosité et d'agitation proche de l'exultation. Elle revint près du lit et entoura de son bras Lola, qui porta ses mains à son visage et fondit en larmes. Que cette fille, si sèche et si dominatrice, fût abattue à ce point par deux gamins de neuf ans paraissait incroyable à Briony, et lui donnait le sentiment de sa propre puissance. C'était ce qui se cachait derrière cette émotion proche de la joie. Peut-être n'était-elle pas aussi faible qu'elle l'avait supposé ; en fin de compte, il fallait se comparer aux autres — il n'y avait que ça de vrai. Parfois, sans le vouloir, quelqu'un vous apprenait quelque chose sur vous. Les mots lui manquant, elle caressa avec douceur l'épaule de sa cousine tout en pensant qu'il était impossible que Jackson et Pierrot fussent les seuls responsables d'un tel chagrin ; elle se rappela qu'il y en avait un autre dans la vie de Lola. La demeure familiale, dans le Nord — Briony imagina des rues entières d'usines textiles encrassées et d'hommes moroses se rendant au travail d'un pas pesant, avec leurs sandwiches dans des boîtes en fer-blanc. La maison des Quincey était fermée et ne serait peut-être plus jamais rouverte.

Lola commençait à se reprendre. Briony demanda avec douceur : « Qu'est-ce qui s'est passé ? »

L'aînée se moucha et réfléchit un instant. « Je m'apprêtais à prendre mon bain. Ils sont arrivés comme des fous et ils ont foncé sur moi. Ils m'ont fait tomber par terre... » À ce souvenir, elle s'arrêta pour retenir un sanglot qui montait.

« Mais pourquoi tu crois qu'ils ont fait ça ? »

Elle respira profondément et reprit contenance. Elle regardait quelque part dans la pièce, les yeux dans le vague. « Ils veulent rentrer à la maison. Je leur ai dit que c'était impossible. Ils pensent que c'est moi qui les retiens ici. »

Les jumeaux se défoulant de leur frustration sur leur sœur — tout cela était logique pour Briony. Mais ce qui dérangeait maintenant son esprit méthodique, c'était l'idée qu'on allait bientôt leur demander de descendre et qu'il fallait à tout prix que sa cousine se ressaisisse.

« C'est simple, ils ne comprennent pas », dit Briony avec sagesse, tout en se dirigeant vers le lavabo qu'elle remplit d'eau chaude. « Ils sont encore petits et ils ont pris un sacré coup. »

Envahie de tristesse, Lola baissa la tête, qu'elle hocha de telle façon que Briony ressentit pour elle une bouffée de tendresse. Elle guida Lola jusqu'au lavabo et lui mit un gant dans les mains. Ensuite, pour un ensemble de raisons — un besoin pratique de changer de sujet, une envie de partager un secret et de montrer à cette fille plus âgée qu'elle aussi avait l'expérience du monde, mais par-dessus tout parce qu'elle commençait à s'attacher à Lola et voulait que cette dernière se rapproche d'elle —, Briony lui parla de sa rencontre avec Robbie sur le pont, de la lettre, comment elle en était venue à la décacheter, et ce qu'il y avait dedans. Plutôt que de prononcer le mot tout haut, ce qui était impensable, elle l'épela, à l'envers. L'effet sur Lola fut gratifiant. Elle leva la tête du lavabo, ruisselante, bouche bée. Briony lui passa une serviette. Quelques secondes s'écoulèrent, le temps que Lola fasse semblant de chercher ses mots. Elle en rajoutait un peu, mais ce fut parfait, tout comme son murmure enroué.

« Il y pense *tout le temps*? »

Briony opina et détourna la tête, comme si elle était aux prises avec le drame. Elle devait s'entraîner à être un peu plus expressive en prenant exemple sur sa cousine qui, à son tour, posait une main consolatrice sur l'épaule de Briony.

« C'est affreux pour toi. Ce type est un déséquilibré. »

Un déséquilibré. Le mot avait un certain raffinement, et le poids d'un diagnostic médical. Tant d'années qu'elle le connaissait, et voilà ce qu'il était. Petite, il la prenait sur son dos et jouait à faire la bête. Elle était restée bien des fois seule à se baigner avec lui dans le plan d'eau où, un été, il lui avait appris à faire des battements et à nager la brasse. Maintenant que son état portait un nom, elle se sentait un peu rassérénée, bien que le mystère de l'épisode à la fontaine se fût épaissi. Elle avait d'ores et déjà pris la décision de ne pas ébruiter l'histoire, soupçonnant que l'explication en était simple, et qu'il était préférable de ne pas révéler son ignorance.

« Que va faire ta sœur? »

— Je n'en sais strictement rien. » Là encore, elle ne mentionna pas qu'elle redoutait sa prochaine confrontation avec Cecilia.

« Tu sais, pendant notre premier après-midi ici, je l'ai trouvé monstrueux de hurler après les jumeaux, au bord de la piscine. »

Briony tenta de se souvenir de moments où de tels symptômes de folie auraient pu être observés. Elle dit : « Il a toujours eu l'air assez gentil. Il nous trompe depuis des années. »

Le changement de conversation avait fait des miracles, car le tour rougi des yeux de Lola avait retrouvé ses taches de rousseur et sa pâleur, et elle était presque redevenue comme avant. Elle prit la main de Briony. « Je pense qu'il serait bon d'avertir la police. »

Le policier du village était un brave homme à moustache cirée, et son épouse élevait des poules dont elle allait livrer les œufs frais à vélo. Lui parler de la lettre, et du mot qu'elle contenait, même en le lui épelant à l'envers, était inconcevable. Elle allait retirer sa main, mais Lola resserra son étreinte, semblant lire dans les pensées de sa cadette.

« Nous n'avons qu'à lui montrer la lettre.

— Elle ne sera peut-être pas d'accord.

— Je te parie que si. Les déséquilibrés peuvent s'attaquer à n'importe qui. »

Lola paraissait soudain songeuse, et sur le point de raconter à sa cousine quelque chose de neuf. Mais, au lieu de cela, elle bondit chercher la brosse de Briony et alla se coiffer vigoureusement devant le miroir. À peine commençait-elle qu'elles entendirent Mrs Tallis les appeler pour le dîner. Lola se montra immédiatement irritable, et Briony présuma que ces brusques changements d'humeur participaient de son récent traumatisme.

« C'est désespérant. Je ne suis absolument pas prête, dit-elle, de nouveau au bord des larmes. Je n'ai même pas commencé à me faire une beauté.

— Je descends tout de suite, dit Briony pour l'apaiser. Je leur dirai que tu en as encore pour un petit moment. » Mais Lola était déjà en route vers sa chambre, apparemment sans l'avoir entendue.

Après que Briony eut mis de l'ordre dans sa chevelure, elle resta devant la glace, à s'étudier le visage, se demandant comment elle en viendrait à « se faire une beauté », ce qui arriverait bientôt, elle le savait. Encore une perte de son précieux temps. Au moins, elle n'avait pas de taches de rousseur à cacher ou à estomper, et sûrement cela épargnait du travail. Il y a longtemps, à dix ans, elle avait décidé que le rouge à lèvres lui donnait l'air d'un clown. Il allait falloir revoir la question. Mais pas maintenant, alors qu'il y avait tant d'autres choses à prendre en considération. Debout devant son bureau, elle reboucha distraitement son stylo. Écrire était une entreprise désespérante et dérisoire, alors que tant de forces puissantes et confuses évoluaient autour d'elle et que, toute la journée, des événements successifs avaient absorbé et transformé ce qui avait précédé. Il était une fois... Elle se demanda si elle n'avait pas commis une grave erreur en se confiant à sa cousine — Cecilia ne serait vraiment pas contente si l'émotive Lola se mettait à étaler ce qu'elle savait de la missive de Robbie. Et comment descendre à présent, et s'asseoir à table en compagnie d'un fou ? Si la police procédait à une arrestation, elle, Briony, serait peut-être appelée à comparaître au tribunal et à prononcer le mot tout haut, en guise de preuve.

À contrecœur, elle quitta sa chambre et suivit le sombre couloir lambrissé jusqu'au bord de l'escalier, où elle s'arrêta pour tendre l'oreille. Des voix venaient toujours du salon — elle entendit celles de sa mère et de Mr Marshall, puis, séparément, les jumeaux qui conversaient. Pas de Cecilia donc, pas de déséquilibré. Briony sentit son rythme cardiaque s'accélérer lorsque, de mauvaise grâce, elle commença à descendre. Sa vie avait cessé d'être simple. Il y a seulement trois jours, elle mettait la dernière main aux *Tribulations d'Arabella* et attendait ses cousins. Elle avait voulu que tout soit différent, et voilà le résultat : non seulement ça allait mal, mais ça promettait d'être pire encore. Elle fit une nouvelle pause sur le palier du premier pour consolider son plan : elle resterait soigneusement à l'écart de sa fantasque cousine, éviterait de croiser son regard — il était hors de question de se laisser entraîner dans une conspiration, pas plus qu'elle ne souhaitait inspirer une sortie désastreuse. Quant à Cecilia, qu'elle devait protéger, elle n'oserait pas s'en approcher. Robbie, de toute évidence, elle l'éviterait pour plus de sûreté. Sa mère, avec tous ses embarras, ne lui serait d'aucune aide. Impossible d'avoir les idées claires en sa présence. C'était les jumeaux qu'il fallait rechercher — ils seraient son refuge. Elle resterait près d'eux et s'en occuperait. Ces dîners d'été commençaient toujours si tard — il était dix heures passées — et les garçons seraient fatigués. Autrement, elle devrait tenir compagnie à Mr Marshall et s'enquérir de ses friandises — qui les avait créées, comment on les fabriquait. C'était un plan de lâche, mais aucun autre ne lui venait à l'esprit. Le dîner étant sur le point d'être servi, ce n'était franchement pas le moment de faire venir Vockins, le policier.

Elle poursuivit sa descente. Elle aurait dû conseiller à Lola de se changer pour dissimuler l'éraflure de son bras. Mais le lui demander aurait vraisemblablement déclenché une nouvelle crise de larmes. Et ensuite, il aurait sans doute été impossible de la persuader de quitter une robe qui rendait la marche aussi périlleuse. Atteindre l'âge adulte revenait à accepter de bonne grâce de tels inconvénients. Elle-même les acceptait. Cette éraflure n'était pas la sienne, mais elle s'en sentait responsable, de même que de tout ce qui allait arriver. Lorsque son père était là, la maisonnée s'ancrait autour d'un point fixe. Il n'organisait rien, il ne parcourait pas la maison à se faire du souci pour les autres, il était rare qu'il dicte sa conduite à qui que ce soit — en fait, il restait la plupart du temps assis dans la bibliothèque. Pourtant, sa présence imposait de l'ordre et autorisait toute liberté. Les fardeaux s'allégeaient. Quand il était là, peu importait que sa mère se retire dans sa chambre ; il suffisait qu'il soit en bas, avec un livre sur les genoux. Lorsqu'il prenait place à table, calme, affable, extrêmement sûr de lui, une crise en cuisine se réduisait à un spectacle plein d'humour ; sans lui, c'était un drame qui vous serrait le cœur. Il savait presque tout ce qui valait la peine d'être su et, lorsqu'il ne savait pas, il avait une juste notion de l'expert à consulter, et l'emmenait dans la bibliothèque pour l'aider à trouver. S'il n'avait pas été, selon ses termes, esclave du ministère et du Plan prévisionnel, s'il était resté à la maison, expédiant Hardman à la cave chercher les vins, menant la conversation, décidant mine de rien quand il était temps « d'en finir », elle ne serait pas maintenant en train de traverser le hall avec autant de lassitude.

C'est la pensée de son père qui lui fit ralentir le pas comme elle longeait la porte de la bibliothèque qui, contrairement à l'habitude, était close. Elle s'arrêta pour écouter. Depuis la cuisine, le tintement du métal contre la porcelaine, depuis le salon, la conversation feutrée de sa mère, et, plus proche, l'un des jumeaux qui disait d'une voix haute et claire : « En vrai, ça s'écrit avec un "u" », et son frère qui lui répondait : « Je m'en fiche. Mets-la dans l'enveloppe. »

Et puis, derrière la porte de la bibliothèque, un bruit de frottement, suivi d'un coup sourd et d'un murmure qui aurait pu aussi bien être celui d'un homme que d'une femme. Dans son souvenir — Briony devait plus tard réfléchir à la question —, elle ne s'attendait à rien lorsqu'elle avait posé la main sur la poignée de laiton. Mais elle avait vu la lettre de Robbie et s'était assigné le rôle de protectrice de sa sœur, et puis sa cousine l'avait renseignée : ce qu'elle vit devait être en partie l'effet de ce qu'elle savait déjà, ou croyait savoir.

Tout d'abord, lorsqu'elle poussa la porte et entra, elle ne distingua rien du tout. La seule lumière venait d'une lampe de bureau en opaline verte qui n'éclairait guère que la surface de cuir repoussé sur laquelle elle était posée. Au bout de quelques pas, elle les découvrit, formes sombres dans l'angle le plus reculé. Bien qu'ils soient immobiles, sa première impression fut qu'elle venait d'interrompre une agression, un corps à corps. La scène correspondait tellement à la réalisation de ses pires craintes qu'elle crut que son imagination trop inquiète avait projeté ces silhouettes sur les dos serrés des livres. Cette illusion, ou l'espoir que c'en fût une, se dissipa en même temps que ses yeux s'habituaient à la pénombre. Personne ne bougeait. Briony avait les yeux fixés, par-dessus l'épaule de Robbie, sur le regard terrifié de sa sœur. Il s'était retourné pour voir qui entrait, mais il ne lâchait pas Cecilia. Il pesait de tout son corps contre le sien, lui retroussant sa robe pratiquement jusqu'au genou et la retenant prisonnière dans l'angle droit des étagères. De sa main gauche passée autour de son cou, il lui empoignait les cheveux, et, de la droite, il retenait son avant-bras, lequel était levé en un geste de protestation, ou d'autodéfense.

Il paraissait tellement immense, impétueux, et Cecilia, avec ses épaules dénudées et ses bras minces, si fragile, que Briony n'eut aucune idée de ce qu'elle allait pouvoir faire quand elle marcha droit sur eux. Elle voulut crier, mais resta figée, le souffle coupé, la langue nouée. Robbie bougea, de sorte qu'il lui cacha totalement sa sœur. Puis Cecilia réussit à se dégager sans qu'il la retienne. Briony s'immobilisa et prononça le nom de sa sœur. Quand elle la frôla au passage, Cecilia ne lui manifesta aucun signe de gratitude ou de soulagement. Son visage était sans expression, presque calme, et elle avait les yeux fixés droit devant elle sur la porte par laquelle elle allait sortir. Puis elle disparut, et Briony fut seule avec lui. Lui aussi évita son regard. Au lieu de cela, tourné dans l'angle, il s'occupait à rajuster son veston et à arranger sa cravate. Prudemment, elle s'éloigna de lui à reculons, sans qu'il esquisse le moindre geste contre elle, et il ne leva même pas les yeux. De sorte qu'elle fit demi-tour et se rua hors de la pièce à la recherche de Cecilia. Mais le hall d'entrée était vide, et il fut difficile de dire de quel côté elle était partie.

Onze

Malgré un ultime ajout de menthe fraîche ciselée au mélange de chocolat fondu, de jaune d'œuf, de lait de coco, de rhum, de gin, de purée de banane et de sucre glace, le cocktail n'était pas particulièrement rafraîchissant. Les appétits, déjà coupés par la chaleur de la nuit, en furent d'autant moins grands. La plupart des adultes qui pénétraient dans la salle à manger à l'atmosphère étouffante avaient la nausée à la perspective d'un rôti, ou même d'une viande froide accompagnée de salade, et se seraient bien contentés d'un verre d'eau fraîche. Mais celle-ci fut réservée aux seuls enfants, alors que les grands étaient censés reprendre des forces grâce à un vin de dessert chambré. Trois bouteilles déjà ouvertes trônaient sur la table — en l'absence de Jack Tallis, c'était à Betty que revenait d'habitude l'inspiration du choix. Impossible d'ouvrir aucune des trois hautes croisées, dont les châssis étaient gauchis depuis longtemps, et la chaude odeur de poussière du tapis persan assaillit les convives dès l'entrée. Une consolation toutefois : la camionnette du poissonnier qui livrait les entrées au crabe était tombée en panne.

L'effet de suffocation était accentué par les

sombres lambris montant du sol jusqu'au plafond qu'ils recouvraient, et par l'unique tableau de la pièce, une vaste toile suspendue au-dessus de la cheminée, laquelle n'avait jamais servi depuis sa construction — les plans de l'architecte n'ayant prévu ni conduit ni tuyau d'évacuation. Le portrait, peint à la manière de Gainsborough, représentait une famille d'aristocrates — les parents, deux adolescentes et un nourrisson, tous la bouche pincée et d'une pâleur de goules — posant devant un paysage vaguement toscan. Personne ne savait qui étaient ces gens, mais sans doute Harry Tallis avait-il pensé qu'ils conféreraient à cette maisonnée un air de solidité.

Emily, qui se tenait en bout de table, plaça les invités au fur et à mesure de leur arrivée. Elle installa Leon à sa droite et Paul Marshall à sa gauche. Leon avait à sa droite Briony et les jumeaux, tandis que Cecilia siégeait à la gauche de Marshall, puis Robbie, et enfin Lola. Robbie, debout derrière sa chaise sur laquelle il prenait désespérément appui, était surpris que personne ne parût entendre son cœur battre encore à tout rompre. Bien qu'ayant échappé au cocktail, lui non plus n'avait pas faim. Il s'était détourné légèrement pour ne pas avoir à faire face à Cecilia et, tandis que les autres prenaient place, il nota avec soulagement qu'on l'avait mis avec les enfants.

Sur un signe de tête de sa mère, Leon marmonna un court bénédicité — *Pour la nourriture que nous allons recevoir* — laissé en suspens, auquel succéda un *amen* en forme de remue-ménage de chaises. Le silence qui s'ensuivit, alors qu'ils s'installaient et dépliaient leurs serviettes, aurait été aisément rompu par Jack Tallis, qui aurait lancé la conversation sur un sujet banal, tandis que Betty aurait passé le rôti de bœuf autour de la table. Au lieu de cela, les convives suivaient des yeux cette dernière et l'écoutaient murmurer à l'oreille de chacun, raclant le plat d'argent avec les couverts du service. Qu'auraient-ils pu faire d'autre, quand toute l'animation de la pièce se réduisait à leur silence ? Emily Tallis n'avait jamais eu de conversation, et ne s'en souciait guère. Leon, parfaitement bien dans sa peau, nonchalamment renversé sur sa chaise, la bouteille de vin à la main, en examinait l'étiquette. Cecilia, perdue dans les événements qui s'étaient déroulés dix minutes plus tôt, n'aurait pu prononcer la moindre phrase. Robbie, habitué de la maison, se serait bien lancé, mais lui aussi était en plein émoi. Il se contentait de faire mine d'ignorer le bras nu de Cecilia à côté de lui — malgré la chaleur qu'il dégageait — et le regard hostile de Briony, assise de l'autre côté de la table, en diagonale par rapport à lui. Et quand bien même il eût été convenable que les enfants engagent la conversation, eux non plus n'en auraient pas été capables : Briony ne pensait qu'à ce qu'elle venait de surprendre, Lola était éteinte, à la fois sous le coup de son agression physique et d'un ensemble d'émotions contradictoires, quant aux jumeaux, ils étaient absorbés par leur plan.

Ce fut Paul Marshall qui brisa un long silence étouffant de plus de trois minutes. Il se recula sur sa chaise pour s'adresser à Robbie, dans le dos de Cecilia.

« Dites-moi, ça tient toujours, le tennis, pour demain ? »

Une égratignure longue de deux pouces, Robbie le nota, partait de l'angle de l'œil de Marshall en une ligne parallèle à l'arête de son nez, attirant l'attention sur ses traits, qui, concentrés dans le haut de son visage, étaient comme ramassés sous ses yeux. Seuls quelques millimètres le séparaient d'une beauté

cruelle. Au lieu de cela, son physique était absurde —
la plage déserte du menton nuisait à un front soucieux, trop encombré. Par politesse, Robbie s'était lui
aussi reculé sur sa chaise pour entendre la remarque,
mais, en dépit de son état, il sourcilla. Il était malvenu
que, dès le début du repas, Marshall se détourne de
son hôtesse pour se livrer à un aparté.

Robbie répondit sèchement : « Je pense que
oui », puis, soucieux de rattraper l'impolitesse de son
interlocuteur, il ajouta au bénéfice de l'assemblée :
« A-t-on jamais vu l'Angleterre sous une canicule
pareille ? »

S'écartant de la zone de chaleur qu'irradiait Cecilia, et détournant les yeux de ceux de Briony, il se
surprit à adresser la fin de sa question à un Pierrot
au regard affolé, placé en biais sur sa gauche. Le
jeune garçon ouvrit la bouche, se débattant comme
il l'aurait fait pour une composition d'histoire. Ou
peut-être de géographie ? De sciences ?

Briony se pencha au-dessus de Jackson pour toucher l'épaule de Pierrot, sans quitter Robbie des yeux
un instant. « Laisse-le tranquille, s'il te plaît », dit-
elle dans un chuchotement péremptoire, puis elle
s'adressa avec douceur au petit, en lui disant : « Tu
n'es pas obligé de répondre. »

Emily éleva la voix depuis le bout de la table.
« Briony, c'était une remarque parfaitement anodine
à propos du temps. Présente tes excuses, sinon tu
montes immédiatement dans ta chambre. »

Chaque fois que Mrs Tallis exerçait son autorité en
l'absence de son mari, les enfants se croyaient tenus
d'éviter qu'elle paraisse inefficace. Briony, qui en
aucun cas n'aurait laissé sa sœur sans défense, baissa
la tête et dit en s'adressant à la nappe : « Pardon. Je
regrette ce que j'ai dit. »

Servis dans des légumiers ou sur des plats de porcelaine de Spode aux tons pâlis, les légumes furent passés à la ronde, et l'inattention collective ou le désir poli de cacher un manque d'appétit furent tels que presque tous reçurent, pour finir, pommes sautées avec pommes en salade, choux de Bruxelles avec betterave et feuilles de laitue noyées dans la sauce.

« Le Patriarche ne va pas être très content, dit Leon en se levant. C'est un barsac 1921, enfin c'est trop tard maintenant. » Il remplit le verre de sa mère, puis ceux de sa sœur et de Marshall, et, quand il fut près de Robbie, il dit : « Et un peu de potion curative pour le bon docteur. J'ai hâte d'entendre parler de ce nouveau projet. »

Mais il n'attendait pas de réponse. En regagnant sa place, il déclara : « J'aime l'Angleterre sous la canicule. C'est un tout autre pays. Toutes les règles sont changées. »

Emily Tallis leva son couteau et sa fourchette, et chacun en fit autant.

Paul Marshall intervint : « Quelles sornettes. Cite-moi donc une seule règle changée.

« D'accord. Au club, la salle de billard est le seul endroit où l'on puisse rester en bretelles. Mais si la température atteint 32 degrés avant trois heures, on peut tomber la veste au bar de l'étage le jour suivant.

— Le jour suivant ! Un tout autre pays, en effet.

— Tu vois bien ce que je veux dire. Les gens se sentent plus à leur aise — deux jours de soleil et nous devenons italiens. La semaine dernière, dans Charlotte Street, on dînait dehors sur le trottoir.

— Mes parents étaient toujours de l'avis, dit Emily, que la chaleur incite les jeunes gens au relâchement des mœurs. Moins d'épaisseurs de vêtements, mille nouveaux lieux de rencontre. Hors de chez soi, pas de salut. Ta grand-mère, en particulier, s'inquiétait dès qu'arrivait l'été. Elle imaginait mille raisons de nous retenir à la maison, mes sœurs et moi.

— Eh bien, dit Leon. Qu'en penses-tu, Cee? T'es-tu conduite encore plus mal que d'habitude, aujourd'hui? »

Tous les yeux se braquèrent sur elle. Le persiflage fraternel s'exerçait sans relâche.

« Ma parole, tu rougis. La réponse doit être oui. »

Sentant qu'il devait intervenir à sa place, Robbie commençait à dire : « En fait... »

Mais Cecilia parla plus fort : « J'ai horriblement chaud, c'est tout. Et la réponse est "oui". Je me suis très mal conduite. J'ai convaincu Emily malgré elle que nous aurions un rôti en ton honneur, quel que soit le temps. Et maintenant, tu te cantonnes à la salade pendant que nous souffrons à cause de toi. Alors passe-lui les légumes, Briony, et peut-être qu'il se taira. »

Robbie crut déceler un léger tremblement dans sa voix.

« Ma vieille Cee. C'est la grande forme », dit Leon.

Et Marshall d'ajouter : « Te voilà remis en place. »

— Je crois que je ferais mieux de chercher noise à quelqu'un de moins coriace. » Leon adressait un sourire à Briony qui était à ses côtés. « As-tu fait quelque chose de mal aujourd'hui, à cause de cette vilaine chaleur? As-tu enfreint les règles? S'il te plaît, dis-nous que oui. » Il lui prit la main, faisant mine de la supplier, mais elle la lui retira.

Elle n'était encore qu'une enfant, pensa Robbie, bien capable d'avouer ou de lâcher qu'elle avait lu son message, ce qui à son tour l'entraînerait à décrire ce qu'elle avait interrompu. Il l'observait avec attention tandis qu'elle cherchait à gagner du temps, prenant sa serviette, se tamponnant les lèvres, mais il n'éprouvait aucune crainte particulière. Advienne que pourrait. Bien qu'épouvantable, le dîner ne s'éterniserait pas, et il trouverait un moyen de rejoindre Cecilia ce soir et, ensemble, ils seraient confrontés à ce fait nouveau et extraordinaire de leur vie — de leur vie bouleversée — et ils continueraient. À cette idée, son estomac chavira. En attendant ce moment, tout n'était que vague inconséquence, et il n'avait peur de rien. Il but à longs traits le vin liquoreux et tiédasse, et attendit.

Briony déclarait : « Je vais vous paraître ennuyeuse, mais *moi* je n'ai rien fait de mal aujourd'hui. »

Il l'avait sous-estimée. La force du ton ne pouvait que leur être destinée, à lui et à sa sœur.

Jackson, à ses côtés, lâcha tout haut un : « Ah, mais si ! Tu n'as pas voulu qu'on monte la pièce. On voulait jouer dedans. » Le petit englobait la tablée d'un regard circulaire, ses yeux verts étincelant de rancune. « En plus, tu nous avais dit que tu voulais qu'on soit dedans. »

Son frère approuva d'un signe de tête. « Oui. Tu voulais qu'on joue dedans. » Personne ne pouvait juger de l'étendue de leur déception.

« Tiens, tu vois, dit Leon. Une impétueuse décision de Briony. S'il avait fait plus frais, nous serions maintenant dans la bibliothèque en train d'assister au spectacle. »

Ces riens inoffensifs, de loin préférables au silence, permirent à Robbie de s'abriter derrière un masque d'attention amusée. Cecilia dissimulait le haut de son visage derrière sa main gauche en visière, sans doute pour l'exclure de sa vision périphérique. En faisant mine d'écouter Leon, qui racontait à présent avoir aperçu le Roi dans un théâtre du West End, Robbie avait tout loisir de contempler son bras nu et son épaule, et, ce faisant, se dit qu'elle sentait son souffle sur sa peau, une idée qui le troubla. Au sommet de l'épaule, il y avait une petite dépression évidée dans l'os, ou suspendue entre deux os, avec un flou d'ombre sur son pourtour. Sa langue en suivrait bientôt les contours en ovale et pousserait jusqu'à ce creux. Son émoi était proche de la douleur, et aiguisé par le poids des contradictions : elle lui était familière comme une sœur, elle avait l'exotisme d'une amante ; il la connaissait depuis toujours, il ne savait rien d'elle ; elle était ordinaire, elle était très belle ; elle était solide — avec quelle aisance elle s'était protégée de son frère — et, vingt minutes plus tôt, elle avait pleuré ; sa lettre idiote l'avait rebutée, mais l'avait ouverte à lui. Tout en la regrettant, il se réjouissait de son erreur. Ils seraient bientôt seuls ensemble, avec d'autres contradictions encore — gaieté et sensualité, désir et peur de leur témérité, crainte et impatience de se lancer. Dans une chambre inutilisée, quelque part au deuxième étage, ou loin de la maison, sous les arbres près de la rivière. Où aller ? La mère de Mrs Tallis n'était pas folle. Dehors. Ils se draperaient de l'obscurité de satin et recommenceraient. Et ce n'était pas un fantasme, c'était réel, c'était son futur proche, à la fois désirable et inévitable. Mais c'était ce que pensait ce misérable Malvolio, rôle qu'il avait interprété autrefois sur la pelouse du collège — « Rien de ce qui existe ne peut s'interposer entre moi et le plein horizon de mes espoirs. »

Une demi-heure plus tôt, aucun espoir n'était envisageable. Une fois Briony disparue dans la maison avec sa lettre, il avait continué de marcher, mourant d'envie de tourner les talons. Même une fois parvenu à la porte, encore incapable de se décider, il s'était attardé plusieurs minutes sous la lanterne du portique et son seul et fidèle papillon de nuit, à tenter de choisir la moins désastreuse de deux piètres solutions, qui revenaient à ceci : entrer maintenant et affronter sa colère et son dégoût, donner une explication qui ne serait pas acceptée, et être très probablement renvoyé — humiliation insupportable ; ou faire demi-tour, dès maintenant, sans un mot, laissant croire que la lettre correspondait à ses intentions ; se torturer la nuit entière et ruminer pendant des jours, ignorant tout de sa réaction — plus insupportable encore. Et lâche. Il reconsidéra les choses, mais sans rien trouver de changé. Pas moyen d'en sortir, il devait lui parler. Il posa la main sur le bouton de la sonnette. Malgré tout, il était tentant de s'en aller. Il pourrait toujours lui écrire des excuses depuis le havre de son bureau. Le lâche ! Le bout de son index reposait sur la fraîche porcelaine et, avant que tous ces débats ne le reprennent, il se força à appuyer dessus. Il se tenait en retrait de la porte, avec l'impression d'avoir avalé une pilule mortifère — rien à faire, sinon attendre. À l'intérieur, il entendit des pas, un martèlement de pas féminins dans le hall.

Lorsqu'elle ouvrit la porte, il vit le message plié dans sa main. Pendant quelques secondes, ils ne se quittèrent pas des yeux, sans prononcer un mot. Malgré ses tergiversations, il n'avait rien prévu de lui dire. Sa seule pensée fut qu'elle était plus belle encore que dans son imagination. Sa robe de soie semblait rendre hommage à chaque courbe, à chaque inflexion de son corps souple, mais la petite bouche sensuelle était pincée de désapprobation, peut-être même d'aversion. Derrière elle, les éclairages de la maison l'éblouissaient, ce qui rendait difficile de déchiffrer son expression avec précision.

Enfin il se décida : « Cee, c'était une erreur.

— Une erreur ? »

Des voix lui parvenaient par la porte ouverte du salon. Il entendit celle de Leon, puis celle de Marshall. Ce fut sans doute la crainte qu'on les dérange qui la fit reculer et ouvrir plus largement la porte à son intention. Il la suivit dans le hall jusqu'à la bibliothèque, qui était plongée dans le noir, et il attendit sur le seuil pendant qu'elle cherchait l'interrupteur d'une lampe de bureau. Dès qu'elle s'alluma, il poussa la porte derrière lui. Il pressentait que, dans quelques minutes, il serait en train de rebrousser chemin à travers le parc en direction du pavillon.

« Ce n'était pas la version que j'avais l'intention de t'envoyer.

— Non.

— J'ai mis la mauvaise version dans l'enveloppe.

— Oui. »

Il ne pouvait jurer de rien, d'après ces brèves réponses, et il ne parvenait toujours pas à distinguer son expression avec netteté. Elle se déplaçait au-delà de la lumière, le long des étagères. Il pénétra plus avant dans la pièce, sans la suivre tout à fait, mais soucieux de ne pas la laisser s'éloigner. Elle aurait pu l'envoyer promener dès la porte d'entrée, et à présent il avait espoir de lui fournir une explication avant de partir.

« Briony l'a lue, dit-elle.

— Oh, mon Dieu. J'en suis navré. »

Il s'apprêtait à évoquer pour elle un moment intime d'exubérance, une impatience passagère vis-à-vis des conventions, un souvenir de lecture de *L'amant de Lady Chatterley,* dans l'édition Orioli qu'il avait achetée sous le manteau à Soho. Mais cet élément nouveau — l'enfant innocente — situait son erreur au-delà de toute excuse. Il eût été frivole de poursuivre. Il ne put que se répéter, cette fois dans un murmure.

« Je suis navré... »

Elle s'enfonçait, vers un angle de la pièce, dans l'ombre plus épaisse. Tout en pensant qu'elle cherchait à lui échapper, il avança de deux autres pas dans sa direction.

« C'était une bêtise. Tu n'étais pas censée la lire. Ni personne d'autre d'ailleurs. »

Pourtant, elle se dérobait. Un coude posé sur les étagères, elle semblait glisser le long de celles-ci, comme si elle allait disparaître au milieu des livres. Il entendit un léger bruit mouillé, comme quand on s'apprête à parler et que la langue se décolle du palais. Mais elle resta muette. C'est seulement à ce moment-là que l'idée l'effleura : loin de se dérober, elle l'entraînait dans l'ombre. Depuis l'instant où il avait appuyé sur la sonnette, il n'avait plus rien à perdre. Si bien qu'il marcha lentement vers elle, en même temps qu'elle s'effaçait vers le fond où, une fois dans l'angle, elle s'arrêta et le regarda s'approcher. Il s'arrêta aussi, à quelques pas à peine. Assez près, dans la lumière, pour se rendre compte que, les yeux pleins de larmes, elle essayait de parler. Pour l'instant, cela lui était impossible, et elle secouait la tête pour lui faire signe d'attendre. Elle se détourna et joignit les mains au-dessus de son nez et de sa bouche, les doigts appuyés au creux de ses yeux.

Elle se reprit et dit : « Ça fait des semaines que c'est là... » Sa gorge se serra, et elle dut s'interrompre. Aussitôt, il saisit ce qu'elle voulait dire, mais en repoussa l'idée. Elle inspira profondément, puis continua d'un ton plus posé : « ... peut-être des mois. Je n'en sais rien. Mais aujourd'hui... toute la journée m'a semblé étrange. Ce que je veux dire, c'est que j'ai vu les choses d'un autre œil, comme pour la première fois. Tout m'a paru différent — trop précis, trop réel. Même mes mains m'ont paru différentes. À d'autres moments, j'ai eu l'impression d'assister à des choses qui se seraient passées il y a longtemps. Toute la journée j'ai été furieuse contre toi — et contre moi. Je pensais être contente de ne plus jamais te revoir ni te parler. Je me disais que tu partirais à l'École de médecine et que j'en serais bien contente. Je t'en voulais tellement. J'imagine que ça a été une façon de ne pas y penser. Plutôt commode, vraiment... »

Elle eut un petit rire tendu.

« Penser à quoi ? » dit-il.

Jusque-là, elle avait les yeux baissés. Quand elle reprit la parole, elle le regarda. Il ne voyait que le reflet du blanc de ses yeux.

« Tu l'as su avant moi. Il s'est passé quelque chose, non ? Et tu l'as su avant moi. C'est comme lorsqu'on est trop près de quelque chose de si énorme qu'on ne le voit pas. Même maintenant, je ne suis pas certaine d'en être capable. Mais je sais que c'est là. »

Elle baissa les yeux et il attendit.

« Je sais que c'est là, parce c'est ça qui m'a fait me conduire de manière ridicule. Et toi, bien sûr... Mais, avant ce matin, je n'avais jamais rien fait de pareil. Ensuite, j'en ai été tellement contrariée. Même au moment où ça se passait. Je me suis dit que je t'avais fourni une arme contre moi. Et puis, ce soir, quand j'ai commencé à comprendre — enfin, comment ai-je pu aussi mal me connaître ? Et être aussi sotte ? » Elle tressaillit, prise d'un doute déplaisant. « Tu sais de quoi je parle, évidemment. Dis-moi que tu sais. » Elle craignait que rien ne soit partagé et que toutes ses suppositions soient fausses, que par ses paroles elle se soit encore isolée un peu plus, et qu'il la trouve idiote.

Il se rapprocha. « Je sais. Je sais exactement. Mais pourquoi tu pleures ? Il y a autre chose ? »

Il pensa qu'elle allait lui révéler un obstacle infranchissable, autrement dit *quelqu'un*, évidemment, mais elle ne comprit pas. Elle ne sut que répondre et le regarda, tout à fait démontée. Pourquoi pleurait-elle ? Comment aurait-elle pu entreprendre de le lui dire, alors qu'une telle émotion, que tant d'émotions l'envahissaient tout simplement ? À son tour, il sentit que sa question était injuste, déplacée, et il tenta désespérément de la reformuler. Ils se dévisageaient, éperdus, incapables de dire un mot, devinant que quelque chose de délicatement établi pouvait leur échapper. Qu'ils fussent des amis de longue date ayant partagé leur enfance était maintenant un obstacle — ce qu'ils avaient été les gênait. Leur amitié était devenue vague, et même forcée, ces dernières années, mais elle demeurait une habitude ancienne, et la briser maintenant pour devenir des étrangers au lien intime demandait une clarté d'intention qui les avait temporairement quittés. Pour l'heure, il semblait que les mots soient impuissants à trouver une issue.

Il posa les mains sur ses épaules et rencontra la fraîcheur de sa peau nue. Lorsque leurs visages se rapprochèrent, il était si peu sûr de lui qu'il crut qu'elle allait s'enfuir, ou le gifler du plat de la main, comme dans les films. Sa bouche avait un goût de rouge à lèvres et de sel. Ils s'écartèrent, le temps d'une seconde, il la prit dans ses bras et ils échangèrent un nouveau baiser, plus confiants cette fois. Avec audace, ils se touchèrent du bout de la langue, et c'est alors qu'elle laissa échapper ce soupir de défaillance qui, il le comprit plus tard, était le signe d'une transformation. Jusque-là, le ridicule d'avoir un visage familier si près du sien avait perduré. Ils se sentaient observés par les yeux stupéfaits des enfants qu'ils avaient été. Mais le contact des langues, muscles vivants et fuyants, chair humide contre chair, et l'étrange plainte qu'il lui arracha changèrent tout. Il eut l'impression d'être pénétré, transpercé de haut en bas, de sorte que son corps s'ouvrait et qu'il fut capable de sortir de lui-même et de l'embrasser librement. Cette conscience de soi était maintenant devenue quelque chose d'impersonnel, de presque abstrait. Le gémissement qu'elle avait poussé était avide, et le rendait avide à son tour. Il la poussa brutalement dans l'angle, entre les livres. Pendant qu'ils s'embrassaient, elle tira sur ses vêtements, s'acharnant sans résultat sur sa chemise, sa ceinture. Leurs têtes roulèrent et chavirèrent l'une contre l'autre tandis que leurs baisers se faisaient plus dévorants. Elle le mordit à la joue, pas vraiment par jeu. Il s'arracha d'elle, puis revint et elle lui mordit profondément la lèvre inférieure. Il lui baisa la gorge, lui renversant la tête contre les étagères, elle le saisit par les cheveux, guidant son visage vers sa poitrine. Après quelques tâtonnements maladroits, il trouva la pointe de son sein, petite et dure, et l'entoura de sa bouche. Le dos de Cecilia se raidit, puis frémit tout du long. Un instant, il crut qu'elle s'était évanouie. Elle lui entoura la tête de ses bras et, lorsqu'elle resserra son étreinte, il se redressa de toute sa taille, pour tenter de reprendre souffle, et l'enveloppa, lui écrasant la tête contre sa poitrine. Elle le mordit de nouveau et tira sur sa chemise. Lorsqu'ils entendirent un bouton rebondir sur le parquet avec un léger bruit, ils durent réprimer un petit sourire et détourner les yeux. Un effet comique aurait tout gâché entre eux. Elle emprisonna son téton entre ses dents ; la sensation fut insupportable. Il lui renversa le visage et, l'enserrant contre sa poitrine, lui baisa les yeux et sépara ses lèvres avec sa langue. Frappée d'impuissance, elle laissa de nouveau échapper comme un soupir de déception.

Enfin, ils étaient étrangers, leur passé oublié. Et étrangers à eux-mêmes, ayant oublié qui et où ils étaient. La porte de la bibliothèque était massive, et aucun des sons ordinaires qui auraient pu le leur rappeler ne pouvait les retenir, ne pouvait les atteindre. Ils étaient au-delà du présent, en dehors du temps, sans souvenirs et sans futur. Il n'y avait plus qu'une sensation qui effaçait tout, excitante et envahissante, et le son de l'étoffe sur l'étoffe et de la peau sur l'étoffe tandis que leurs membres se coulaient l'un par-dessus l'autre dans cette lutte sensuelle et sans relâche. Il n'avait guère d'expérience, il savait juste par ouï-dire qu'il ne leur était pas nécessaire de s'allonger. Quant à elle, au-delà de tous les films qu'elle avait vus, de tous les romans et les poèmes lyriques qu'elle avait lus, elle n'en avait pas du tout. En dépit de ces limites, ils ne furent pas surpris de connaître aussi clairement leurs propres nécessités. Ils s'embrassèrent de nouveau, les bras de Cecilia noués derrière la tête de Robbie. Elle lui lécha l'oreille, puis en mordilla le lobe. Accumulées, ces morsures l'aiguillonnèrent, l'enragèrent, le stimulèrent. Sous sa robe, il chercha ses fesses et les serra violemment, et la retourna à moitié pour la frapper en représailles, mais l'espace leur manquait. Les yeux dans les siens, elle allongea le bras pour ôter ses chaussures. Une agitation désordonnée s'installait à présent, recherche de boutons, de position de jambes et de bras. Elle n'avait vraiment aucune expérience.

Sans dire un mot, il guida son pied sur l'étagère la plus basse. Ils étaient gauches, mais trop oublieux d'eux-mêmes à présent pour ressentir une quelconque gêne. Lorsqu'il retroussa de nouveau la robe de soie moulante, il pensa que son expression d'incertitude reflétait la sienne. Mais il n'y avait plus que l'inévitable, et il ne leur restait plus qu'à l'atteindre.

Pesant de tout son poids, il la maintint dans l'angle, et de nouveau elle noua les mains autour de sa nuque, et, les coudes reposant sur ses épaules, elle continua de lui baiser le visage. L'instant en lui-même fut aisé. Ils retinrent leur souffle jusqu'à ce que la membrane se rompe. Et lorsque cela arriva, elle se détourna vivement, mais sans un cri — son point d'honneur, semble-t-il. Ils se rapprochèrent, au plus profond, et puis, au bout d'interminables secondes, tout cessa. Au lieu de l'ivresse extasiée, ce fut l'immobilité. Immobilisés, non du fait étonnant de l'aboutissement, mais d'un sentiment affolant de retour — ils étaient face à face dans la pénombre, scrutant le peu qu'ils distinguaient des yeux de l'autre, et maintenant c'était l'impersonnel qui s'effaçait. Bien sûr, un visage n'avait rien d'abstrait. Le fils de Grace et d'Ernest Turner, la fille d'Emily et de Jack Tallis, ces amis d'enfance, ces condisciples, dans un état de joie détendue, tranquille, assumaient le changement capital auquel ils étaient parvenus. La proximité d'un visage familier n'était pas ridicule, elle était prodigieuse. Robbie ne quittait pas des yeux la femme, la jeune fille qu'il connaissait de tout temps, croyant que le changement ne tenait qu'à lui, et qu'il était aussi fondamental, fondamentalement biologique, qu'une naissance. Rien d'aussi singulier ou d'aussi important ne lui était arrivé depuis le jour de sa naissance. Elle lui rendit son regard, frappée de la sensation de sa propre transformation, anéantie par la beauté d'un visage qu'une accoutumance de toujours lui avait appris à ignorer. Elle murmura son nom avec la circonspection d'un enfant qui s'essaie à des sons distincts. Lorsqu'il énonça le sien en réponse, on aurait dit un mot nouveau — les syllabes restaient les mêmes, le sens était différent. Enfin, il prononça ces trois mots simples que nul art médiocre, nulle mauvaise foi ne réussiront jamais à déprécier tout à fait. Elle les répéta, avec exactement la même légère insistance sur le dernier mot, comme si elle était la première à les dire. Il n'avait pas de conviction religieuse, mais il lui fut impossible d'écarter l'idée d'une présence invisible ou d'un témoin dans la pièce, de ne pas penser que ces mots prononcés tout haut étaient des signatures au bas d'un contrat virtuel.

Ils étaient immobiles depuis trente secondes peut-être. S'attarder plus longtemps aurait demandé une redoutable maîtrise de quelque art tantrique. Ils se mirent à faire l'amour contre les étagères de la bibliothèque, qui gémirent au gré de leurs mouvements. Il est assez courant, en de pareils moments, de s'imaginer parvenu à une hauteur lointaine. Il se vit en train de flâner au moelleux sommet d'une montagne arrondie, en suspens entre deux pics plus élevés. Il était d'une humeur nonchalante, en reconnaissance, avec tout loisir d'atteindre une falaise et d'entrevoir l'éboulis presque à pic sur lequel il se lancerait bientôt. Il était tentant de sauter dès maintenant dans l'espace limpide, mais, en homme galant, il sut prendre du recul, attendre. Ce ne fut pas facile, car on l'attirait, et il dut résister. Tant qu'il ne penserait pas au sommet, il ne s'en approcherait pas, et ne serait pas tenté. Il s'obligea à se souvenir des choses les plus banales qui soient — de cirage noir, d'un formulaire d'inscription, d'une serviette mouillée sur le parquet de sa chambre. Il y eut aussi ce couvercle de poubelle retourné, rempli de deux centimètres d'eau de pluie, et cette tache de thé en demi-cercle sur la couverture de ses poèmes de Housman. Ce précieux inventaire fut interrompu par le son de la voix de Cecilia. Elle l'appelait, pressante, lui chuchotait à l'oreille. Oui, exactement. Ils sauteraient le pas en même temps. Il était avec elle à présent, à sonder un abîme, et ils voyaient comment l'éboulis plongeait à travers une couverture de nuages. Main dans la main, ils tombe-raient à la renverse. Elle se répétait, lui murmurant à l'oreille, et cette fois il l'entendit clairement.

« Quelqu'un vient d'entrer. »

Il ouvrit les yeux. C'était une bibliothèque, dans une maison, dans un silence total. Il portait son plus beau costume. Oui, tout lui revenait avec une relative facilité. Il fit un effort pour regarder par-dessus son épaule et ne vit que le bureau faiblement éclairé, comme avant, comme sorti d'un rêve. De là où ils se trouvaient, de leur coin, il n'était pas possible de voir la porte. Mais il n'y avait aucun bruit, rien. Elle se trompait, il espéra qu'elle s'était trompée, elle se trompait. Il se retourna vers elle et allait le lui dire lorsqu'elle serra son bras plus fort, et il se retourna de nouveau. Briony s'avança lentement sous leurs yeux, s'arrêta près du bureau et les vit. Elle se tint là, bête-ment, les yeux rivés sur eux, les bras pendants, comme un pistolero dans un duel de western. En cet instant qui s'étiolait, il découvrit qu'il n'avait jamais éprouvé de haine envers quiconque jusqu'ici. C'était un sentiment aussi pur que l'amour, mais exempt de passion, et d'une rationalité glacée. Il n'y avait là rien de personnel, car il aurait haï quiconque serait entré. Il y avait des boissons dans le salon ou sur la terrasse, et c'était là que Briony aurait dû se trouver — avec sa mère, son frère adoré et les petits cousins. Aucune bonne raison ne justifiait sa présence dans la bibliothèque, sinon pour le surprendre et lui refuser ce qui était sien. Il voyait clairement ce qui s'était passé : elle avait ouvert l'enveloppe cachetée pour lire son message, en avait été dégoûtée, et s'était sentie confusément trahie. Elle était venue chercher sa sœur — sans doute dans l'intention exaltante de la protéger, ou de la mettre en garde, et avait entendu du bruit derrière la porte close de la bibliothèque. Propulsée hors des abysses de son ignorance, de sa sotte imagination et de sa rectitude de petite fille, elle était entrée pour leur demander d'en finir. C'est à peine si elle eut à le faire — d'eux-mêmes ils s'étaient séparés et détournés et, à présent, tous deux remettaient discrètement de l'ordre dans leurs vêtements. Tout était terminé.

Les assiettes du plat de résistance étaient débarrassées depuis longtemps, et Betty revenait avec le pudding. Était-ce son imagination, se demanda Robbie, ou une intention maligne de cette femme, qui faisait paraître les parts des adultes deux fois plus grosses que celles des enfants ? Leon servait la troisième bouteille de barsac. Il avait retiré sa veste, autorisant ainsi les deux autres hommes à en faire autant. Il y avait de légers chocs contre les carreaux de la fenêtre : divers volatiles nocturnes se jetaient contre la vitre. Mrs Tallis se tamponna le visage avec une serviette en regardant tendrement les jumeaux. Pierrot chuchota à l'oreille de Jackson.

« Pas de messes basses à table, les garçons. Nous avons tous envie d'entendre, si cela ne vous ennuie pas. »

Jackson, le porte-parole, ravala sa salive. Son frère regardait obstinément ses cuisses.

« Nous voudrions te demander une permission, tante Emily. S'il te plaît, est-ce que nous pouvons aller aux toilettes ?

— Naturellement. Mais inutile de le préciser. »

Les jumeaux se glissèrent hors de leur chaise. Comme ils atteignaient la porte, Briony poussa un cri aigu en pointant le doigt.

« Mes socquettes ! Ils portent mes socquettes avec les fraises ! »

Les garçons s'immobilisèrent et se retournèrent, honteux, regardant tour à tour leurs chevilles et leur tante. Briony était à moitié levée. Robbie supposa que les émotions de la petite trouvaient ainsi un exutoire.

« Vous êtes allés dans ma chambre et vous les avez prises dans mon tiroir. »

Cecilia intervint, pour la première fois du repas. Elle aussi libérait ainsi des sentiments plus profonds.

« Tais-toi donc, pour l'amour du ciel ! Tu es vraiment pénible, avec tes airs de princesse. Les garçons n'avaient pas de chaussettes propres, c'est pour ça que j'en ai pris chez toi. »

Briony la regarda, les yeux ronds, estomaquée. Attaquée, trahie, par celle qu'elle n'aspirait qu'à protéger. Jackson et Pierrot restaient tournés vers leur tante qui les congédiait à présent, inclinant la tête d'un air moqueur, d'un léger signe d'approbation. Ils refermèrent la porte derrière eux avec un soin exagéré, à la limite de l'ironie, et, à l'instant même où ils libérèrent la poignée, Emily leva sa cuiller et la compagnie l'imita.

Elle dit avec douceur : « Tu pourrais te montrer un peu moins brusque avec ta sœur. »

Comme Cecilia se tournait vers sa mère, Robbie

perçut une odeur d'aisselle qui évoqua pour lui celle d'une herbe fraîchement coupée. Bientôt ils seraient dehors. Un bref instant, il ferma les yeux. Une verseuse d'un litre de crème anglaise fut déposée à côté de lui, et il s'émerveilla d'avoir la force de la soulever.

« Je suis désolée, Emily. Mais elle a franchement exagéré toute la journée. »

Briony prit la parole avec un calme d'adulte. « C'est tout de même un peu fort, venant de toi.

— Ce qui veut dire ? »

Ce n'était pas, Robbie le savait, la question à poser. À ce stade de son existence, Briony occupait un espace de transition mal défini entre le monde de la nursery et celui des adultes, qu'elle franchissait et refranchissait de façon imprévisible. En la circonstance, elle était moins dangereuse en petite fille indignée.

En réalité, Briony elle-même n'avait pas une idée très nette de ce qu'elle voulait dire, mais Robbie ne pouvait pas le deviner quand il intervint rapidement pour changer de sujet. Il se tourna vers Lola, qui était à sa gauche, et déclara de manière à inclure la tablée entière : « Vos frères sont de bons petits.

— Ha ! dit Briony, furieuse, ne laissant pas à sa cousine le temps de répondre. On voit bien que tu ne sais pas grand-chose. »

Emily posa sa cuiller. « Chérie, si ça continue, je vais te demander de quitter la table.

— Mais regarde ce qu'ils lui ont fait. Ils lui ont griffé la figure et fait subir le supplice chinois ! »

Tous les yeux se braquèrent sur Lola. Sous les taches de rousseur, son teint prit une nuance plus sombre, rendant ainsi l'éraflure moins apparente.

« Ça n'a pas l'air trop sérieux », dit Robbie.

Briony le foudroya du regard. Sa mère ajouta : « Des ongles de petits garçons. Il faut qu'on te trouve de la pommade. »

Lola faisait mine d'être courageuse. « En fait, j'en ai déjà mis. Ça va beaucoup mieux. »

Paul Marshall s'éclaircit la voix. « Je les ai vus de mes yeux — j'ai dû les faire cesser et les séparer d'elle. Je dois dire que j'ai été surpris de la part de garnements aussi jeunes. C'était une attaque en bonne et due forme... »

Emily s'était levée de sa chaise. Elle s'approcha de Lola et prit ses mains dans les siennes. « Regardemoi ces bras ! Ce ne sont pas de simples égratignures. Tu es meurtrie jusqu'aux coudes. Comment diable ont-ils réussi à te faire ça ?

— Je n'en sais rien, tante Emily. »

Une fois de plus, Marshall se renversait sur son siège. Il s'adressa, derrière la tête de Cecilia et de Robbie, à la jeune fille qui le dévisagea, les yeux remplis de larmes. « Il n'y a aucune honte à en faire toute une histoire, vous savez. Vous êtes terriblement courageuse, mais vous avez encaissé un sale coup. »

Lola faisait des efforts pour ne pas pleurer. Emily attira sa nièce contre elle et lui caressa la tête.

Marshall dit à Robbie : « Vous avez raison, ce sont de bons petits. Mais j'imagine qu'ils en ont vu de toutes les couleurs ces temps derniers. »

Robbie voulut savoir pourquoi Marshall n'avait pas fait mention plus tôt de toute cette affaire si Lola avait été autant malmenée, mais la tablée était maintenant en pleine agitation. Leon interpella sa mère pour lui demander : « Veux-tu que je téléphone à un médecin ? » Cecilia se levait de table. Robbie lui effleura le bras, elle se retourna et, pour la première fois depuis la bibliothèque, leurs regards se croisèrent. Faute de temps, rien ne put s'établir au-delà du contact lui-même, puis elle se hâta de contourner la table pour rejoindre sa mère, qui commençait à donner des instructions en vue d'une compresse froide. Emily murmura des paroles de réconfort au-dessus de la tête de sa nièce. Marshall, resté sur sa chaise, remplit son verre. Briony se leva aussi et, ce faisant, elle poussa un autre de ses cris puérils et perçants. Elle ramassa une enveloppe sur la chaise de Jackson et la brandit pour la leur montrer.

« Une lettre ! »

Elle était sur le point de l'ouvrir. Robbie ne put se retenir de lui demander : « À qui est-elle adressée ?

— Il y a marqué : "Pour tout le monde". »

Lola se dégagea de sa tante et s'essuya le visage avec sa serviette. Contre toute attente, Emily trouvait une nouvelle source d'autorité. « Tu ne l'ouvriras pas. Fais ce qu'on te dit et apporte-la-moi. »

Briony remarqua le ton inhabituel de sa mère et, soumise, fit le tour de la table avec l'enveloppe. Emily s'éloigna d'un pas de Lola, tout en en extrayant un bout de papier ligné. Lorsqu'elle en fit la lecture, Robbie et Cecilia purent la déchiffrer en même temps.

On veux se sauver parce que Lola et Betty sont afreuse avec nous et qu'on veux rentrer à la maison. Pardon d'avoir pri dé fruits. En plus ya pas eu de pièce de théâtre.

Ils avaient tous deux signé de leur prénom paraphé de zigzags.

Le silence se fit après qu'Emily eut lu la lettre à haute voix. Lola se leva et fit deux pas en direction d'une fenêtre, puis changea d'idée et retourna au bout de la table. Elle regardait à gauche et à droite, l'air affolé, en répétant à mi-voix : « Oh mon Dieu, oh mon Dieu... »

Marshall vint poser la main sur son bras. « Tout va bien se passer. Nous allons former des groupes de recherche et nous les retrouverons vite fait.

— Absolument, dit Leon. Ils ne sont partis que depuis quelques minutes. »

Mais Lola n'écoutait pas, elle semblait avoir pris une décision. Comme elle se dirigeait à grands pas vers la porte, elle dit : « Maman va me tuer. »

Lorsque Leon tenta de la prendre par l'épaule, elle se dégagea, puis passa la porte. Ils l'entendirent traverser le hall en courant.

Leon se tourna vers sa sœur. « Cee, allons-y ensemble, toi et moi.

— Il n'y a pas de lune. Il fait noir comme dans un four dehors », dit Marshall.

Le groupe s'avançait vers la porte et Emily déclara : « Puisqu'il faut que quelqu'un reste ici, autant que ce soit moi. »

Cecilia indiqua qu'il y avait des torches électriques derrière la porte de la cave.

Leon dit à sa mère : « Je crois que tu devrais appeler la police. »

Robbie fut le dernier à quitter la salle à manger, et le dernier, selon lui, à s'adapter à la nouvelle situation. Sa première réaction, qui ne s'atténua pas lorsqu'il pénétra dans la relative fraîcheur du hall, fut de se sentir floué. Il ne pouvait croire que les jumeaux soient en danger. La peur des vaches les ferait rentrer. L'immensité de la nuit au-delà de la maison, les arbres sombres, les ombres accueillantes, l'herbe fraîche récemment tondue — tout cela était exclusivement réservé, il l'avait désigné comme leur revenant de droit, à lui et à Cecilia. Tout cela les attendait, c'était à eux, à leur disposition. Demain ? Plus tard ? Pas question. C'était maintenant. Mais voilà que soudain la maison déversait son contenu dans une nuit devenue celle d'une crise familiale vaguement burlesque. Ils resteraient dehors pendant des heures à s'interpeller et à agiter leurs torches, on finirait par retrouver les jumeaux, fatigués et sales, Lola serait calmée, et, après quelques mots d'autosatisfaction autour d'un dernier verre, la soirée prendrait fin. Dans quelques jours, quelques heures même, elle serait devenue un souvenir amusant à ressortir dans les réunions de famille : « Le soir où les jumeaux se sont sauvés. »

Les équipes de recherche s'ébranlaient au moment où il atteignit la porte d'entrée. Cecilia était au bras de son frère et, lorsqu'ils se mirent en route, elle lança un coup d'œil derrière elle et le vit debout en pleine lumière. Elle lui jeta un regard, leva les épaules comme pour lui signifier : impossible de rien faire à présent. Avant qu'il n'ait pu lui adresser un quelconque geste d'amoureuse résignation, elle avait déjà tourné les talons, et s'en allait avec Leon en appelant les jumeaux. Marshall, qui était déjà en avant, s'enfonçait dans l'allée principale et n'était visible que grâce à la lumière de sa torche. Lola n'était pas en vue. Briony prenait par le côté de la maison. Naturellement, elle refuserait la compagnie de Robbie, ce qui le soulagea, car il avait déjà décidé que s'il ne pouvait être avec Cecilia, s'il ne pouvait pas l'avoir pour lui tout seul, alors, lui aussi, comme Briony, se lancerait seul dans les recherches. Cette décision, comme il devait le reconnaître tant de fois, bouleversa sa vie.

Douze

Si élégante qu'ait été l'ancienne construction de style Adam, si superbement qu'elle dominât jadis le parc, il était impossible que ses murs aient pu rivaliser avec ceux de la construction seigneuriale qui la remplaçait, et ses pièces posséder la même qualité de silence tenace que celui qui s'emparait parfois de la maison Tallis. Emily sentit le poids de sa présence, tandis qu'elle refermait la porte derrière les équipes de recherche et se retournait pour traverser le hall. Elle supposa que Betty et ses aides, tout à leur dessert dans la cuisine, ne devaient pas savoir que la salle à manger était désertée. Il n'y avait aucun bruit. Les murs, les lambris, la lourdeur envahissante du mobilier presque neuf, les chenets colossaux, les énormes manteaux des cheminées de pierre neuve renvoyaient, par-delà les siècles, à une époque de châteaux retirés au fond de forêts muettes. Son beau-père avait sans doute eu pour intention de créer une atmosphère de solidité et de tradition familiales. Un homme qui avait passé sa vie à inventer des verrous et des serrures devait avoir le sens de l'intimité. Les bruits du dehors étaient totalement exclus, et même ceux du dedans, plus modestes, étaient amortis, parfois même magiquement éliminés.

Emily poussa un soupir qu'elle entendit à peine, et elle soupira de nouveau. Debout près du téléphone posé sur une table de fer forgé en demi-lune à la porte de la bibliothèque, elle avait la main posée sur le récepteur. Avant de s'entretenir avec Vockins, le policier, elle aurait d'abord à subir son épouse, personne volubile qui aimait parler de ses œufs et de tout ce qui allait avec — le prix du grain, les renards, le manque de solidité des sacs en papier actuels. Son mari refusait de manifester la déférence qu'on aurait pu attendre d'un gardien de l'ordre public. À sa façon, il maniait la platitude avec une bonne foi qu'il faisait résonner, telle une sagesse acquise à la dure, dans son poitrail étroitement boutonné : la pluie ne se contentait pas de tomber, elle tombait à seaux, l'oisiveté était la mère de tous les vices, une brebis galeuse gâchait tout le troupeau. Le bruit courait au village qu'il avait été syndicaliste avant de rejoindre les forces de police et de se laisser pousser la moustache. Au temps de la grève générale, on l'avait vu chargé de tracts dans un train.

D'ailleurs, que pourrait-elle demander au policier ? Le temps qu'il lui raconte qu'il fallait que jeunesse se passe et qu'il réunisse une équipe constituée d'une demi-douzaine d'autochtones sortis de leur lit, une heure serait passée, et les jumeaux rentrés d'eux-mêmes, ramenés à la raison par l'immensité du monde, la nuit. En fait, ce n'étaient pas les garçons qui l'inquiétaient, mais leur mère, sa sœur, ou plutôt sa réincarnation sous la fragile ossature de Lola. Lorsque Emily s'était levée de table, au dîner, pour réconforter la jeune fille, elle s'était surprise à éprouver du ressentiment. Plus elle l'éprouvait et plus elle faisait des embarras autour de Lola pour le cacher. L'écorchure du visage était indéniable, la meurtrissure du bras vraiment choquante, surtout infligée par de si jeunes garçons. Pourtant un vieil antagonisme s'était emparé d'Emily. C'était sa sœur Hermione qu'elle apaisait — Hermione, qui lui volait la vedette, cette petite reine des comédiennes qu'elle serrait contre son sein. Comme autrefois, plus Emily bouillait, plus elle se montrait attentive. Et lorsque la malheureuse Briony découvrit la lettre des garçons, ce fut le même conflit qui la poussa à se retourner contre elle avec une dureté inhabituelle. Quelle injustice ! Mais l'idée que sa fille, que n'importe quelle autre femme plus jeune qu'elle ouvrît la lettre, fasse monter la tension, rien qu'en retardant le moment, pour la lire ensuite à haute voix à la compagnie, et qu'elle annonce la nouvelle tout en se plaçant au centre du drame, faisait remonter d'anciens souvenirs et des pensées mesquines.

Hermione avait zozoté, piaffé et pirouetté tout au long de leur enfance, se mettant en valeur dès qu'elle en avait l'occasion — du moins c'est ce que croyait sa sœur aînée dans sa silencieuse réprobation — sans penser à quel point elle se rendait ridicule et odieuse. Il y avait toujours des adultes pour l'encourager dans ses sempiternelles minauderies. Et lorsque, de célèbre mémoire, une Emily de onze ans avait choqué une pièce entière d'invités en se jetant contre une porte-fenêtre, et s'était coupé si grièvement la main qu'un jet de sang s'était étalé en bouquet pourpre sur la robe de mousseline blanche d'une petite fille à côté d'elle, c'était Hermione, neuf ans à l'époque, qui avait occupé le devant de la scène en rivalisant de hurlements. Pendant qu'Emily, allongée dans l'obscurité à l'ombre d'un sofa, subissait un efficace garrot d'un oncle médecin, une douzaine de parents s'affairaient à calmer sa sœur. Et maintenant elle était à Paris en train de folâtrer avec un type qui travaillait à la TSF pendant qu'Emily s'occupait de ses enfants. *Plus ça change, plus c'est la même chose**[1], aurait dit Vockins, le policier.

Et Lola, comme sa mère, serait impossible à contenir. À peine la lettre lue, elle relégua ses fugitifs de frères au second plan grâce à sa sortie théâtrale. Maman me tuera, allons donc. Mais c'était l'esprit de maman qu'elle perpétuait. Une fois les jumeaux rentrés, il était à parier qu'il faudrait encore retrouver Lola. Prisonnière d'un amour-propre inflexible, elle s'attarderait dehors dans la nuit, à se draper de quelque malheur imaginaire, afin que le soulagement général à son apparition soit encore plus intense et qu'elle monopolise toute l'attention. Cet après-midi, sans même bouger de son divan, Emily avait deviné que Lola sabotait la pièce de Briony, soupçon confirmé par l'affiche déchirée en travers du chevalet. Et, comme elle l'avait prédit, Briony était dehors, en train de bouder quelque part, introuvable. Elle ressemblait tellement à Hermione, cette Lola, à jouer les innocentes alors qu'elle incitait les autres à se détruire.

Indécise, Emily était debout dans l'entrée, incapable de choisir une pièce plutôt qu'une autre, à l'écoute des voix à l'extérieur et — pour être tout à fait franche avec elle-même — soulagée de ne rien entendre. Vraiment toute une comédie pour rien, ces petits qui manquaient à l'appel; c'était la vie d'Hermione qui s'imposait à la sienne. Il n'y avait aucune raison de s'inquiéter pour les jumeaux. Il était peu probable qu'ils aillent au bord de la rivière. À coup sûr, ils se fatigueraient et rentreraient. Elle était

1. Les mots ou phrases en italique suivis d'un astérisque sont en français dans le texte.

encerclée d'épais murs de silence qui lui sifflaient aux oreilles, augmentant et diminuant de volume selon un motif propre. Elle ôta la main du téléphone, se massa le front — aucune trace de cette saleté de migraine, Dieu merci — et se dirigea vers le salon. Une autre bonne raison de ne pas appeler la police, c'est que Jack allait bientôt téléphoner pour lui offrir ses excuses. L'appel passerait par la standardiste du ministère ; elle entendrait alors la voix nasale et hennissante du jeune adjoint et, enfin, celle de son mari, à son bureau, résonnant dans l'immense pièce au plafond à caissons. Qu'il travaillât jusqu'à des heures indues, elle n'en doutait pas, pourtant elle savait qu'il ne dormait pas à son club, et il savait qu'elle le savait. Mais il n'y avait rien à dire. Ou, au contraire, trop à dire. Ils se ressemblaient dans leur horreur du conflit, et la régularité de ses appels du soir, si peu qu'elle y prêtât foi, les soulageait tous deux. Si cette comédie était d'une hypocrisie de convention, Emily devait reconnaître qu'elle avait son utilité. Elle avait des sources de satisfaction dans sa vie — la maison, le parc, et par-dessus tout les enfants — qu'elle avait l'intention de protéger en se refusant à provoquer Jack. Et ce n'était pas tant sa présence qui lui manquait que sa voix au téléphone. Qu'on lui mentît constamment, ce qui n'était guère une preuve d'amour, était au moins le signe d'une attention durable ; il devait tenir à elle pour élaborer de tels mensonges, et ce, depuis si longtemps. D'une certaine façon, sa duplicité rendait hommage à l'importance qu'il donnait à leur mariage.

Enfant lésée, épouse lésée. Mais elle n'était pas aussi malheureuse qu'elle aurait pu l'être. Le premier rôle l'avait préparé au second. Elle s'arrêta au seuil du salon et constata que les verres à cocktail barbouillés de chocolat n'avaient pas encore été débarrassés, et que les portes-fenêtres donnant sur le jardin étaient restées ouvertes. À présent, le moindre souffle de brise faisait bruire le bouquet de roseaux placé devant la cheminée. Deux ou trois gros papillons de nuit tournaient autour de la lampe qui trônait sur le clavecin. Quand en rejouerait-on ? Que des créatures nocturnes fussent attirées par les lumières où d'autres s'empresseraient de les dévorer, voilà un de ces mystères qui lui procurait un modeste plaisir. Malgré tout, elle préférait qu'il ne fût pas élucidé. Lors d'un dîner guindé, quelque professeur de sciences, soucieux d'entretenir la conversation, avait montré du doigt des insectes tournoyant au-dessus d'un candélabre. C'était, disait-il, l'impression visuelle d'une obscurité plus dense au-delà de la lumière qui les attirait à l'intérieur. Même s'ils risquaient d'être dévorés, ils obéissaient à l'instinct qui les poussait vers l'endroit le plus obscur au-delà de la lumière — et, dans le cas présent, c'était une illusion. Ce qui lui était apparu comme un pur sophisme, ou une explication gratuite. Comment pouvait-on se prévaloir de connaître le monde vu par des yeux d'insectes ? Il n'y avait pas nécessairement de cause à tout, et prétendre qu'il en fût autrement, c'était vouloir s'immiscer dans les rouages de l'univers, futilité qui pouvait conduire à la désolation. Certaines choses existaient, voilà tout.

Elle ne souhaitait pas savoir pourquoi Jack passait tant de nuits consécutives à Londres. Ou plutôt, elle préférait qu'on ne le lui dise pas. Pas plus qu'elle ne souhaitait en apprendre davantage sur le travail qui le retenait si tard au ministère. Quelques mois plus tôt, peu après Noël, elle était allée le réveiller de sa sieste dans la bibliothèque et avait vu un dossier ouvert sur son bureau. Ce n'est que poussée par la plus naturelle des curiosités conjugales qu'elle y avait jeté un coup d'œil, car elle s'intéressait peu à l'administration civile. Sur une page, elle vit une liste de titres : contrôle des changes, rationnement, évacuation en masse des grandes villes, embauche de main-d'œuvre. La page en regard était manuscrite. Une série de calculs arithmétiques intercalés de parties de texte. Bien droite, l'écriture de Jack, calligraphiée à l'encre brune, lui indiquait d'envisager un multiplicateur de cinquante. Pour chaque tonne d'explosif tombée, prévoir cinquante victimes. Envisager cent mille tonnes de bombes tombées en deux semaines. Résultat : cinq millions de victimes. Elle ne l'avait pas encore réveillé, et le sifflement de ses légères expirations se mêlait au chant des oiseaux d'hiver qui venait de quelque part, de l'autre côté de la pelouse. Le soleil liquide ondulait sur le dos des livres et une chaude odeur de poussière régnait partout. Elle se dirigea vers la fenêtre et chercha à repérer l'oiseau parmi les branches de chêne dépouillées qui se détachaient en noir sur un ciel entrecoupé du gris et du bleu le plus pâle. Elle savait bien que de telles conjectures bureaucratiques étaient nécessaires. Et, oui, les administrateurs devaient prendre des précautions afin de se prémunir contre toute éventualité. Mais ces chiffres extravagants étaient sûrement une façon de se donner de l'importance, téméraire jusqu'à l'irresponsabilité. On pouvait compter sur Jack, le protecteur de la maisonnée, le garant de sa tranquillité, pour envisager le long terme. Mais c'était idiot. Lorsqu'elle le réveilla, il grogna et se pencha en avant d'un mouvement brusque pour refermer les dossiers, puis, toujours assis, attira la main de sa femme vers ses lèvres et y déposa un baiser sans chaleur.

Elle décida de ne pas refermer les portes-fenêtres et prit place à un bout du Chesterfield. Elle n'avait pas exactement l'impression d'attendre. Personne, à sa connaissance, ne possédait cet art de garder l'immobilité, sans même un livre sur les genoux, de vagabonder avec nonchalance dans ses pensées comme on explorerait un jardin inconnu. Elle avait appris la patience tout au long de ces années passées à esquiver la migraine. S'inquiéter, se concentrer, lire, contempler, vouloir — tout cela devait être évité au profit d'une lente dérive d'une idée à l'autre, tandis que les minutes s'additionnaient tel un amoncellement de neige et que le silence autour d'elle se faisait plus profond. À présent, assise là, elle sentait l'air de la nuit taquiner l'ourlet de sa robe sur ses jambes. Son enfance était aussi tangible qu'une soie chatoyante — une saveur, un son, une odeur, tous mélangés en une entité qui était sûrement bien plus qu'une simple humeur. Il y avait une présence dans la pièce, la sienne, petite fille chagrine de dix ans, trop ignorée, plus sage encore que Briony, et qui s'interrogeait sur l'immense vacuité du temps, s'émerveillant que le dix-neuvième siècle prît bientôt fin. C'était bien dans sa nature de se tenir assise dans une pièce comme celle-ci, sans « participer ». Ce fantôme n'avait été convoqué ni par Lola, qui imitait Hermione, ni par les impénétrables jumeaux disparus dans la nuit. C'était ce lent désengagement, ce retrait dans l'autonomie qui signalaient la fin proche de l'enfance de Briony. Ce qui hantait Emily une fois de plus. Briony était sa petite dernière, et plus rien entre le présent et la tombe ne serait aussi important et agréable que la charge d'un enfant. Elle ne se faisait pas d'illusions. Elle savait que ce mûr abandon n'était qu'un apitoiement sur soi, tandis qu'elle envisageait ce qui lui apparaissait comme sa propre décrépitude : Briony irait certainement à Girton, l'université de sa sœur, et elle, Emily, deviendrait de plus en plus raide dans ses membres, plus inutile jour après jour ; l'âge et la lassitude lui rendraient Jack et rien ne serait dit, rien n'aurait à l'être. Et voilà que le fantôme de son enfance se diffusait partout dans la pièce pour lui rappeler la trajectoire limitée d'une existence. Avec quelle rapidité l'histoire parviendrait à sa fin ! En aucun cas immense et vide, mais à toute allure. Impitoyable.

Son moral n'était pas particulièrement affecté par ces banales réflexions. Elle flottait au-dessus d'elles, les contemplant de haut avec neutralité, les rattachant distraitement à d'autres préoccupations. Elle projetait de planter une touffe de ceanothus aux abords de la piscine. Robbie voulait la persuader de construire une pergola et d'y faire grimper une glycine à croissance lente dont il aimait le parfum et les fleurs. Mais Jack et elle seraient enterrés depuis longtemps avant que l'effet en soit pleinement sensible. L'histoire aurait pris fin. Elle repensa à Robbie pendant le dîner, et à cet éclat fou qu'il avait eu dans le regard. Fumait-il de ces cigarettes à la marijuana dont on parlait dans une revue qu'elle avait lue, de celles qui entraînaient les jeunes de tempérament un peu artiste à côtoyer la folie ? Elle l'aimait bien, et se réjouissait pour Grace Turner qu'il se fût révélé intelligent. Mais, en réalité, il n'était qu'une marotte de Jack, la preuve vivante de quelque principe égalitaire auquel ce dernier s'était attaché toutes ces années. Lorsqu'il parlait de Robbie, ce qui n'arrivait pas souvent, c'était avec un soupçon de suffisance et d'autosatisfaction. Quelque chose s'était établi qu'Emily interprétait comme une critique à son endroit. Elle s'était opposée à Jack lorsqu'il avait proposé de payer les études du jeune homme, ce qu'elle avait pris comme une ingérence et une injustice à l'égard de Leon et des filles. Elle ne pensait pas avoir eu tort, même si Robbie était sorti major de Cambridge. En fait, cela n'avait rendu les choses que plus difficiles pour Cecilia et sa piètre mention, bien qu'il eût été absurde de sa part de prétendre être déçue. L'ascension de Robbie. « Rien de bon n'en sortira », une phrase qu'elle répétait souvent, à laquelle Jack rétorquait d'un air suffisant que, d'ores et déjà, beaucoup de bon en était sorti.

En dépit de tout cela, Briony avait été vraiment malvenue au dîner de parler sur ce ton à Robbie. Si elle éprouvait des ressentiments personnels, Emily le comprenait. Il fallait s'y attendre. Mais les exprimer manquait de dignité. Et à propos de dîner — avec quelle habileté Mr Marshall avait mis tout le monde à l'aise. Était-il un parti convenable ? Dommage qu'il ait ce physique, avec sa moitié de visage encombrée comme une chambre trop meublée. Peut-être qu'avec le temps il prendrait de la rudesse, ce menton en forme de bout de fromage. Ou de chocolat. S'il devait vraiment fournir toute l'armée britannique en barres chocolatées, il allait sans doute devenir immensément riche. Mais Cecilia, ayant appris à Cambridge les formes modernes du snobisme, considérait qu'un diplômé de chimie n'était pas un homme accompli. Selon ses propres termes. Elle avait traîné trois ans à Girton avec le genre de lectures qu'elle aurait pu aussi bien faire chez elle — Jane Austen, Dickens, Conrad, tous en bas dans la bibliothèque, la collection complète. Comment ce passe-temps, la lecture de romans que d'autres considéraient comme un plaisir, pouvait-il lui laisser croire qu'elle était supérieure à tout le monde? Même un chimiste avait son utilité. Et celui-ci avait trouvé le moyen de fabriquer du chocolat à partir de sucre, de produits chimiques, de colorant marron et d'huile végétale. Et sans beurre de cacao. Fabriquer une tonne de ce truc, avait-il expliqué par-dessus son surprenant cocktail, ne coûtait presque rien. Il couperait l'herbe sous le pied de ses concurrents et augmenterait sa marge de bénéfices. Vulgairement exprimé, mais quel confort, quelles années sans trouble s'écouleraient peut-être de ces cuves bon marché.

Plus de trente minutes passèrent à son insu tandis que ces bribes — souvenirs, jugements, vagues résolutions, questions — se dévidaient tranquillement devant elle, qui changea à peine de position et n'entendit pas l'horloge sonner les quarts d'heure. Elle eut conscience que la brise enflait, refermait l'une des portes-fenêtres, avant de retomber une fois de plus. Elle fut dérangée plus tard par Betty et ses aides qui débarrassaient la salle à manger, puis ces bruits se dissipèrent à leur tour, et Emily repartit à la dérive dans les ramifications de ses rêveries, avec l'habileté née d'un millier de migraines, évitant tout sujet soudain ou désagréable. Lorsque, enfin, le téléphone sonna, elle se leva immédiatement, sans tressaillement de surprise, regagna le hall d'entrée, souleva le récepteur et répondit comme elle le faisait toujours sur la note ascendante d'une question.

« Allô? »

Puis ce fut le standard, le collaborateur à la voix nasale, une pause, la friture d'un appel lointain et enfin le ton neutre de Jack.

« Très chère. Encore plus de retard que d'habitude. Je suis vraiment désolé. »

Il était onze heures trente. Mais elle s'en moquait,

car il rentrerait pour le week-end, et un beau matin il serait à la maison pour toujours, sans qu'aucune parole désobligeante ait été prononcée.

Elle répondit : « Ce n'est pas grave.

— Ce sont les révisions de la Déclaration relative à la Défense. Il va falloir qu'on en sorte une deuxième mouture. Et puis des petites choses à régler.

— Le réarmement, dit-elle, apaisante.

— Je le crains.

— Tu sais bien que tout le monde est contre. »

Il eut un petit rire. « Pas dans ce bureau.

— Moi, je le suis.

— Eh bien, ma chère. J'espère te convaincre un de ces jours.

— Et moi te convaincre du contraire. »

L'échange n'était pas sans affection, et sa familiarité était réconfortante. Comme à l'accoutumée, il lui demanda un compte rendu de sa journée. Elle l'entretint de la grande chaleur, de la pièce de Briony en déconfiture et de l'arrivée de Leon avec son ami, dont elle dit : « Il est dans ton camp. Mais il veut davantage de soldats pour mieux vendre sa barre de chocolat au gouvernement.

— Je vois. Des socs de charrue transformés en papier d'argent. »

Elle décrivit le dîner et l'expression de folie de Robbie. « Devons-nous vraiment lui laisser faire sa médecine ?

— Oui. C'est audacieux. Mais typique de lui. Je sais qu'il réussira. »

Enfin, elle lui décrivit la manière dont le dîner s'était terminé, avec le message des jumeaux et le départ des équipes de recherche à travers la propriété.

« Les petits voyous. Et où étaient-ils en fin de compte ?

— Je n'en sais rien. Je n'ai toujours pas de nouvelles. »

Il y eut un silence sur la ligne, que seuls interrompirent de lointains déclics mécaniques. Lorsque le haut fonctionnaire parla enfin, il avait déjà pris sa décision. L'usage rarissime de son prénom trahissait son sérieux.

« Emily, je vais raccrocher à présent, car j'appelle la police.

— Est-ce bien nécessaire ? Le temps qu'ils reviennent ici...

— Si tu as des nouvelles, fais-le-moi savoir immédiatement.

— Attends... »

Un bruit l'avait fait se retourner. Leon entrait par la grande porte. Tout de suite derrière arrivait Cecilia, dont le visage exprimait un affolement muet. Ensuite venait Briony, un bras passé autour des épaules de sa cousine. Le visage de Lola était si pâle, si rigide, tel un masque d'argile, qu'Emily, incapable d'y lire une expression, sut aussitôt que le pire était arrivé. Où étaient les jumeaux ?

Leon traversa le hall dans sa direction, la main tendue vers le téléphone. Une traînée sale montait des revers de son pantalon jusqu'aux genoux. De la boue, par un temps aussi sec. Il respirait avec effort, et une mèche de cheveux gras lui balaya le visage quand il lui arracha le récepteur des mains et lui tourna le dos.

« C'est toi, papa ? Oui. Écoute, je crois qu'il vaudrait mieux que tu rentres. Non, et il y a pire. Non, non, je ne peux rien te dire maintenant. Si cela t'est possible, ce soir. Il faut qu'on les appelle, de toute façon. Il vaut mieux que ce soit toi qui le fasses. »

Elle porta la main à son cœur et recula de deux pas, là où Cecilia et les filles se tenaient en spectatrices. Leon avait baissé le ton et parlait rapidement dans le récepteur, qu'il cachait de sa main. Emily ne comprit pas un mot et elle ne voulut pas écouter.

Elle aurait préféré se retirer à l'étage, dans sa chambre, mais Leon termina sa communication sur un bruyant déclic de bakélite et se tourna vers elle. Il avait le regard aminci et dur, et elle se demanda si c'était de la colère qu'elle y lisait. Il essayait de respirer à fond et un étrange rictus lui découvrait les dents.

Il déclara : « Allons dans le salon, on pourra s'asseoir. »

Elle saisit précisément ce qu'il voulait dire. Il ne lui raconterait rien maintenant, il n'avait pas envie de la voir s'effondrer sur les dalles et se fracasser le crâne. Elle le regarda fixement, mais sans bouger.

« Allez viens, Emily », dit-il.

La main de son fils était chaude et pesante sur son épaule et elle en sentit la moiteur à travers la soie. Sans force, elle se laissa guider vers le salon, toute sa terreur concentrée sur le simple fait qu'il voulait qu'elle fût assise avant de lui annoncer la nouvelle.

Treize

Dans la demi-heure, Briony accomplirait son crime. Consciente de partager l'espace nocturne avec un fou, elle se tint, au début, près des murs envahis d'ombre de la maison, plongeant brusquement sous l'appui des fenêtres éclairées devant lesquelles elle passait. Elle savait qu'il mettait le cap vers l'allée principale, car c'était par là qu'était partie sa sœur, accompagnée de Leon. Dès qu'elle se jugea à distance raisonnable, Briony s'écarta hardiment de la maison selon un grand arc de cercle qui la conduisit vers les écuries et la piscine. Il était logique, sûrement, de vérifier que les jumeaux n'étaient pas là-bas en train de folâtrer avec les tuyaux d'arrosage, ou de flotter la tête en bas dans la mort, indiscernables jusqu'au bout. Elle imaginait la description qu'elle pourrait en faire, la façon dont ils oscilleraient au gré de la légère ondulation de l'eau illuminée, la façon dont leurs cheveux s'étaleraient en vrilles et dont leurs cadavres habillés viendraient doucement cogner l'un contre l'autre pour se repousser ensuite. L'air sec de la nuit s'insinuait entre l'étoffe de sa robe et sa peau, et elle se sentait lisse et agile dans l'obscurité. Il n'y avait rien qu'elle ne pût décrire : le pas feutré d'un maniaque se déplaçant avec souplesse le long de l'allée, se cantonnant en bordure pour étouffer son approche. Mais son frère était avec Cecilia, et cela la soulagea d'un poids. Elle saurait également dépeindre l'atmosphère délicieuse, l'herbe qui dégageait sa subtile odeur de bétail, la terre chauffée à blanc qui retenait encore les tisons d'une journée brûlante, exhalait l'odeur minérale de la glaise et la faible brise chargée de la saveur verte et argentée du lac.

Elle se lança dans une course à petits bonds à travers l'herbe en pensant qu'elle aimerait passer la nuit à fendre l'air soyeux, projetée en avant par l'inflexible rebond du sol ferme sous ses pieds et par l'impression de vitesse redoublée que donnait l'obscurité. Dans certains de ses rêves, elle courait de même, puis se penchait en avant, les bras étendus et, confiante — la seule partie délicate, mais relativement aisée dans le sommeil —, se contentait de pédaler pour quitter le sol et survoler en rase-mottes haies, barrières et toits, s'élançant plus haut et planant avec exultation sous le plancher de nuages, au-dessus des champs, avant de replonger. Elle comprenait maintenant comment cela se pouvait, il suffisait de le vouloir ; le monde qu'elle parcourait l'aimait et lui accorderait ce qu'elle voudrait, le laisserait advenir. Ensuite, une fois arrivée, elle le décrirait. L'écriture n'était-elle pas un genre d'essor, une forme d'envol, de fantaisie réalisable de l'imagination ?

Mais il y avait un fou qui s'avançait dans la nuit, l'âme noire, inassouvie — elle l'avait déjà frustré une fois —, et il fallait qu'elle garde les pieds sur terre pour le décrire aussi. Elle se devait d'abord de protéger sa sœur contre lui, et ensuite trouver un moyen de l'évoquer en toute sécurité sur le papier. Briony ralentit le pas et pensa qu'il devait la haïr de l'avoir interrompu dans la bibliothèque. Et bien qu'elle en fût horrifiée, ce fut une nouvelle découverte, un moment qui prenait vie, une autre première que d'inspirer de la haine à un adulte. Les enfants haïssaient en abondance, par caprice. Cela n'avait guère d'importance. Mais incarner l'objet d'une haine adulte constituait une initiation à un univers solennel, neuf. C'était une promotion. Il avait très bien pu faire un brusque crochet pour l'attendre, animé de pensées meurtrières, derrière le bâtiment des écuries. Mais elle s'efforçait de ne pas avoir peur. Elle avait soutenu son regard, là-bas, dans la bibliothèque, pendant que sa sœur passait devant elle sans donner de signe manifeste de sa délivrance. Il n'était pas question de remerciements, elle le savait, il n'était pas question de récompenses. En matière d'amour désintéressé, rien n'avait besoin d'être dit, et elle protégerait sa sœur, même si Cecilia manquait de reconnaître ce qu'elle lui devait. Et Briony ne pouvait plus avoir peur de Robbie, désormais ; il valait beaucoup mieux qu'il devînt l'objet de sa détestation et de son dégoût. Toutes sortes d'avantages lui avaient été concédés chez les Tallis : la maison même où il avait grandi, d'innombrables voyages en France, son uniforme et ses livres scolaires pour le lycée, et ensuite pour Cambridge — et, en échange, il avait utilisé un mot affreux à l'égard de sa sœur et, abusant de leur hospitalité de façon inimaginable, avait également usé de sa force contre elle, s'était assis à leur table, insolent, faisant comme si rien n'était changé. Quelle comédie, elle grillait d'envie de la révéler ! La vraie vie, cette vie qui commençait vraiment pour elle, lui avait envoyé un félon déguisé en vieil ami de la famille, aux membres vigoureux et gauches, au visage rude et amical, qui autrefois la portait sur son dos et se baignait avec elle dans la rivière, l'aidant à remonter le courant. Cela paraissait à peu près juste — la vérité était étrange et trompeuse, il fallait lutter pour elle, à contre-courant du flot quotidien. C'était exactement ce à quoi personne ne se serait attendu, forcément : les méchants ne s'annonçaient pas par des sifflements ou des soliloques, ils n'arrivaient pas drapés de noir, l'expression mauvaise. De l'autre côté de la maison, s'éloignant d'elle, il y avait Leon et Cecilia. Elle lui racontait peut-être l'agression. Si c'était le cas, il devait lui entourer les épaules de son bras. Ensemble, les enfants Tallis veilleraient à faire partir cette brute, à la voir sans dommage sortir de leur vie. Il leur faudrait affronter et convertir leur père, et le réconforter dans sa rage et sa déception. Que son protégé se fût révélé un malade ! Le mot même de Lola soulevait la poussière d'autres mots autour de lui — type, timbré, arme, attaque, accusation —, et confirmait le diagnostic.

Elle passa par le bâtiment des écuries et s'arrêta sous l'entrée en arche, au pied de la tour de l'horloge. Elle appela les jumeaux et n'entendit en réponse qu'un remue-ménage et un frottement de sabots, ainsi que le bruit sourd d'un corps massif pesant contre le box. Elle se félicita de ne s'être jamais attachée à un cheval ou à un poney, car elle l'aurait sûrement négligé, parvenue à ce stade de son existence. Elle ne s'approchait plus des animaux, même s'ils devinaient sa présence. De leur point de vue, un génie, un dieu, s'attardait à la périphérie de leur univers, et ils essayaient d'attirer son attention. Mais elle bifurqua et poursuivit en direction de la piscine. Elle se demanda si avoir la responsabilité finale de quelqu'un, même d'une créature telle

qu'un cheval ou un chien, ne s'opposait pas radicale-
ment au voyage débridé, intérieur, de l'écriture. Le
souci de protéger, de communiquer avec un autre
esprit que l'on pénétrait, d'assumer un rôle dominant en guidant le destin d'un autre être, ne contribuait guère à garder l'esprit libre. Qui sait si elle ne
deviendrait pas une de ces femmes — plaintes ou
enviées — qui choisissent de ne pas avoir d'enfants.
Elle suivit l'allée de brique qui contournait le bâtiment des écuries. Comme le sol, les briques ensablées
dégageaient la chaleur emprisonnée au cours de la
journée. Elle la sentit au passage sur sa joue et le long
de son mollet nu. Elle trébucha en se hâtant dans
l'obscurité du tunnel de bambous, et déboucha sur la
rassurante géométrie des dalles du pavement.

Les éclairages aquatiques, installés ce printemps
même, étaient encore une nouveauté. La projection
de lumière bleutée faisait paraître incolore, lunaire,
tout ce qui entourait la piscine, comme une photo-
graphie. Une carafe de verre, deux gobelets et un
linge traînaient sur la vieille table en fer. Un troisième
gobelet, contenant des morceaux de fruits ramollis,
se détachait, posé à l'extrémité du plongeoir. Il n'y
avait aucun signe de cadavre dans la piscine, de rires
étouffés dans l'obscurité du pavillon, de chuchotements parmi les ombres des bosquets de bambous.
Elle fit lentement le tour de la piscine, sans plus chercher, mais attirée par la luminosité et l'immobilité
cristalline de l'eau. En dépit de toute cette menace
que faisait peser le déséquilibré sur sa sœur, il était
délicieux d'être dehors si tard, et avec permission.
Elle ne croyait pas que les jumeaux soient vraiment
en danger. Même s'ils avaient vu la carte de la région
encadrée dans la bibliothèque, en admettant qu'ils
eussent été assez malins pour la lire et qu'ils aient eu

pour intention de quitter le parc et de marcher toute la nuit vers le nord, ils devraient suivre l'allée jusque dans les bois, le long de la voie ferrée. À cette époque de l'année, quand la voûte des arbres dominait la route de toute son épaisseur, le trajet se faisait dans une obscurité totale. Le seul autre chemin passait par le tourniquet, plus bas vers la rivière. Mais, là non plus, il n'y aurait pas de lumière, aucun moyen de suivre fidèlement le sentier, d'éviter les branches basses qui l'encombraient, ou d'échapper aux orties qui poussaient dru de chaque côté. Ils ne seraient pas assez téméraires pour s'exposer au danger.

Ils étaient sains et saufs, Cecilia était avec Leon, et elle-même, Briony, avait toute liberté de vagabonder dans le noir et de revenir sur son extraordinaire journée. Son enfance s'était terminée, décida-t-elle en s'éloignant de la piscine, dès l'instant où elle avait arraché son affiche. Les contes de fées étaient derrière elle, et en l'espace de quelques heures elle avait été témoin de mystères, avait découvert un mot innommable, interrompu une conduite bestiale et, en s'attirant la haine d'un adulte en qui tout le monde avait eu confiance, elle participait désormais au drame de la vie au-delà de la nursery. Tout ce qui lui restait maintenant à faire, c'était de découvrir des histoires, non seulement les sujets, mais une façon de les déployer qui rendrait justice à sa nouvelle compétence. Ou voulait-elle parler du sentiment plus raisonné de sa propre ignorance?

Sa contemplation de l'eau pendant de longues minutes lui avait fait penser au lac. Peut-être les garçons se cachaient-ils dans le temple, sur l'île. Il était obscur, sans être trop éloigné de la maison, niche accueillante à côté de l'eau consolatrice, sans excès d'ombres. Les autres avaient pu traverser directe-

212

ment le pont sans aller y jeter un coup d'œil. Elle décida de poursuivre son chemin et d'atteindre le lac en faisant le tour par l'arrière de la maison.

Deux minutes plus tard, elle traversait les parterres de roses et le sentier de gravier devant la fontaine au Triton, théâtre d'un autre mystère clairement annonciateur des brutalités à venir. Comme elle passait devant, elle crut entendre un faible appel, et entrevit du coin de l'œil l'éclat intermittent d'un point lumineux. Elle s'arrêta et tendit l'oreille pour percer le bruit de l'eau qui ruisselait. L'appel et la lumière venaient des bois en bordure de rivière, à quelques centaines de mètres de là. Elle marcha dans cette direction une demi-minute, s'arrêta pour écouter de nouveau. Mais il n'y avait rien, rien que la sombre masse chaotique des bois tout juste distincte sur le bleu-gris du ciel, à l'ouest. Elle attendit un moment, puis décida de faire demi-tour. Dans le but de retrouver son chemin, elle marcha directement vers la maison, vers la terrasse où une lampe à pétrole sphérique brillait parmi les verres, les bouteilles et un seau à glace. Les portes-fenêtres du salon étaient toujours grandes ouvertes sur la nuit. Elle distinguait parfaitement l'intérieur de la pièce. Et, sous l'unique éclairage, elle put voir, en partie caché par la chute d'un rideau de velours, un bout du sofa en travers duquel reposait selon un angle bizarre un objet cylindrique qui semblait comme suspendu. Ce n'est qu'après avoir parcouru cinquante mètres de plus qu'elle comprit que ce qu'elle voyait était une jambe humaine privée de corps. De plus près encore, elle appréhenda mieux les perspectives; c'était la jambe de sa mère, bien sûr, laquelle devait être en train d'attendre les jumeaux. Emily était en grande partie cachée par les tentures, et l'une de ses jambes gainées de soie s'appuyait sur l'autre genou, paraissant bizarrement à l'oblique, comme en lévitation.

En arrivant devant la maison, Briony se dirigea vers une fenêtre située à sa gauche, de façon à ne pas se trouver dans le champ visuel d'Emily. Elle était trop loin derrière sa mère pour voir ses yeux. Elle ne distinguait que la dépression de la pommette autour de l'orbite. Briony était certaine qu'elle devait fermer les yeux. La tête renversée en arrière, Emily avait les mains légèrement jointes sur ses cuisses. Son épaule droite se soulevait et s'abaissait imperceptiblement au rythme de sa respiration. Briony ne voyait pas sa bouche, mais elle en connaissait la courbe tombante, facilement prise pour un signe — le hiéroglyphe — de réprobation. Mais il n'en était rien, car sa mère était inlassablement bienveillante, douce et bonne. La voir assise seule, tard dans la nuit, l'emplissait d'une délicieuse tristesse. Briony se laissa aller à la regarder à travers la fenêtre avec l'idée d'un adieu. Sa mère avait quarante-six ans, ce qui était désespérément vieux. Un jour elle mourrait. Lors des funérailles au village, la digne retenue de Briony suggérerait l'immensité de son chagrin. À mesure que ses amis viendraient lui murmurer leurs condoléances, ils se sentiraient impressionnés par l'ampleur de son drame. Elle se voyait debout, seule, au milieu de la grande arène d'un immense Colisée, observée non seulement de tous les gens qu'elle connaissait, mais aussi de tous ceux qu'elle connaîtrait, toute la troupe de sa vie, rassemblée là pour la chérir dans son deuil. Et au cimetière, à l'endroit qu'ils appelaient le coin des grands-parents, Leon, Cecilia et elle s'étreindraient interminablement, debout dans l'herbe haute auprès de la pierre tombale toute neuve, toujours sous les regards. Il fallait des témoins. C'était la compassion de ces gens en train de lui souhaiter du bien qui lui picotait les yeux.

À cet instant, elle aurait pu entrer pour voir sa mère et se blottir contre elle afin de lui narrer sa journée. Si elle l'avait fait, elle n'aurait pas commis son crime. Tant de choses ne seraient pas arrivées, rien ne serait arrivé, et c'est à peine si la main apaisante du temps aurait rendu la soirée mémorable : la nuit où les jumeaux s'étaient sauvés. Était-ce en 34, 35 ou 36 ? Mais sans raison particulière, sinon la vague obligation de chercher et le plaisir d'être dehors si tard, elle s'éloigna, et ce faisant son épaule se prit dans un des montants d'une porte-fenêtre qui se referma brutalement. Dans un claquement bref — pin bien sec sur bois dur — qui résonna comme un blâme. Si elle restait, elle devrait s'expliquer, de sorte qu'elle s'éclipsa prestement dans les ténèbres, franchissant rapidement sur la pointe des pieds les dalles de pierre et les plantes parfumées qui poussaient dans les interstices. Elle se retrouva alors sur la pelouse, entre les parterres de roses, où on pouvait courir sans bruit. Elle déboucha devant la maison sur le gravier qu'elle avait parcouru en clopinant pieds nus l'après-midi même.

Arrivée là, elle ralentit et bifurqua le long de l'allée qui menait au pont. Elle était revenue à son point de départ, pensant y retrouver les autres, ou du moins entendre leurs appels. Mais il n'y avait personne. Les silhouettes obscures des arbres disséminés de l'autre côté du parc la firent hésiter. Quelqu'un la haïssait — impossible de l'oublier —, quelqu'un d'imprévisible et de violent. Leon, Cecilia et Mr Marshall devaient être loin à présent. Les arbres les plus proches, ou du moins leurs troncs, avaient une forme humaine. Ou pouvaient en cacher une. Même si quelqu'un se tenait devant un tronc, elle ne pourrait pas le voir. Pour la première fois, elle prit conscience de la brise qui se déversait à travers les cimes des arbres, et ce son familier la troubla. Des millions d'agitations distinctes et précises bombardaient ses sens. Lorsque le vent se leva brièvement pour mourir ensuite, le son s'éloigna d'elle, voyageant à travers le parc assombri comme quelque chose de vivant. Elle s'arrêta et se demanda si elle aurait le courage d'aller jusqu'au pont, de le traverser et de le quitter pour descendre la berge escarpée jusqu'au temple de l'île. D'autant qu'il n'y avait vraiment pas grand-chose en jeu — simplement l'idée qui lui était venue que les garçons avaient pu s'aventurer jusque-là. À l'inverse des adultes, elle n'avait pas de torche électrique. On ne lui avait rien demandé, après tout elle n'était qu'une enfant à leurs yeux. Les jumeaux n'étaient pas en danger.

Elle s'attarda une minute ou deux sur le gravier, pas assez effrayée pour faire demi-tour, mais pas assez sûre d'elle non plus pour continuer. Elle aurait pu retourner auprès de sa mère et lui tenir compagnie dans le salon, pendant qu'elle attendait. Elle pouvait aussi emprunter un chemin plus sûr, le long de l'allée, et revenir avant que celui-ci ne pénètre dans les bois — tout en donnant l'impression de chercher sérieusement. Et puis, précisément parce que la journée lui avait prouvé qu'elle n'était pas une enfant, qu'elle était désormais un personnage dans une histoire plus captivante et qu'elle devait s'en montrer digne, elle s'obligea à poursuivre sa marche et à traverser le pont. En dessous d'elle, amplifié par l'arche de pierre, se fit entendre le sifflement de la brise qui agitait les roseaux, puis un soudain battement d'ailes sur l'eau, qui cessa tout aussi brusquement. C'étaient des bruits de tous les jours qu'amplifiait l'obscurité.

Et l'obscurité n'était rien — ce n'était pas une substance, ce n'était pas une présence, ce n'était guère
plus qu'une absence de lumière. Le pont ne menait
nulle part, sinon à une île artificielle sur un lac artificiel. Il était là depuis presque deux cents ans, son
isolement le démarquait du reste des terres, et il lui
appartenait plus qu'à tout autre. Elle était la seule à
jamais s'aventurer ici. Pour les autres, il n'était guère
plus qu'une desserte de la maison, un pont entre
les ponts, un décor si familier qu'il en devenait invisible. Deux fois par an, Hardman venait avec son
fils faucher l'herbe autour du temple. Les vagabonds
l'avaient traversée. Des oies migratrices égarées hono-
raient parfois la petite rive envahie de végétation.
Autrement, c'était un royaume solitaire de lapins,
d'oiseaux aquatiques et de rats d'eau.

Ainsi aurait-il été simple de prendre le chemin de
la berge et de marcher dans l'herbe jusqu'au temple.
Mais, une fois de plus, elle hésita, et se contenta de
regarder sans même appeler les jumeaux. La masse
blafarde et indistincte de l'édifice miroitait dans la
nuit. Lorsqu'elle gardait les yeux rivés sur lui, il se
dissolvait entièrement. Il se dressait à une trentaine
de mètres de là, et plus près, au centre de l'étendue
d'herbe, il y avait un buisson dont elle n'avait pas le
souvenir. Ou, du moins, elle se le rappelait plus
proche de la rive. Les arbres n'allaient pas non plus,
du moins ce qu'elle pouvait en voir. Le chêne était
trop bulbeux, l'orme trop confus, et, dans leur étrangeté, ils donnaient l'impression de se liguer. Comme
elle tendait la main pour toucher le parapet du pont,
un canard la fit sursauter par un cri perçant, déplaisant, presque humain dans sa sonorité descendante,
chuintante. C'était la raideur de la pente, bien sûr,
qui la retenait, l'idée de la descendre, et le fait que

cela n'était pas vraiment indispensable. Mais elle avait pris sa décision. Elle descendit à reculons, se retenant aux touffes d'herbe, et une fois en bas elle ne fit une pause que pour s'essuyer les mains sur sa robe.

Elle marcha directement vers le temple et s'apprêtait, au bout de six ou sept pas, à appeler les jumeaux, lorsque le buisson qui était situé directement sur sa route — celui dont elle pensait qu'il aurait dû se trouver plus près de la rive — se mit à se brouiller devant elle, à se dédoubler, ou à vaciller, pour enfin se diviser. Il changea de forme de manière complexe, s'affinant à la base tandis que se dressait une colonne verticale de près de deux mètres. Elle se serait aussitôt arrêtée, n'était sa conviction d'avoir affaire à un buisson et d'être témoin de quelque illusion due à l'obscurité et à la perspective. Une ou deux secondes encore, deux pas de plus, et elle vit qu'il n'en était rien. Alors elle s'arrêta. La masse verticale était une silhouette, une personne qui à présent reculait loin d'elle et commençait à s'estomper dans le décor plus obscur des arbres. La tache plus sombre demeurée à terre était elle aussi quelqu'un, qui changeait de nouveau de forme en se redressant sur son séant et qui l'appelait par son nom.

« Briony? »

Elle perçut de la faiblesse dans le ton de Lola — c'était l'appel qu'elle avait pris pour celui d'un canard —, et en un instant Briony comprit tout. Elle eut envie de vomir de dégoût et de peur. À présent, la silhouette plus imposante réapparaissait, faisait le tour en bordure de clairière et se dirigeait vers la berge qu'elle venait elle-même de descendre. Elle savait qu'elle aurait dû s'occuper de Lola, pourtant elle ne put s'empêcher de suivre des yeux cette ombre qui escaladait le talus avec rapidité et sans effort, et disparaissait sur la chaussée. Elle entendit le bruit de ses pas, de grandes enjambées en direction de la maison. Aucun doute. Elle était capable de le décrire. Il n'y avait rien qu'elle n'aurait pu décrire. Elle s'agenouilla à côté de sa cousine.

« Lola, tout va bien ? »

Briony lui toucha l'épaule, cherchant vainement sa main. Assise, penchée en avant, Lola, les bras croisés autour de sa poitrine, se balançait légèrement. La voix presque inaudible et déformée, comme bloquée par une sorte de bulle, de mucus dans la gorge. Il fallut qu'elle s'éclaircisse la voix. Elle prononça un vague : « Je suis désolée, je n'ai pas... je suis désolée... »

Dans un chuchotement, Briony demanda : « Qui était-ce ? » et, avant de recevoir une réponse, elle ajouta avec tout le calme dont elle se croyait capable : « Je l'ai vu. Je *l'ai vu.* »

Faiblement, Lola répondit : « Oui. »

Pour la seconde fois ce soir-là, Briony éprouvait une tendresse grandissante envers sa cousine. Ensemble, elles affrontaient des terreurs réelles. Sa cousine et elle étaient proches l'une de l'autre. À genoux, Briony tenta d'entourer Lola de ses bras et de l'attirer contre elle, mais le corps anguleux lui résista, enroulé étroitement sur lui-même comme un coquillage. Un bigorneau. Lola se tenait tout en se balançant.

« C'était lui, tu crois ? » demanda Briony.

Elle eut l'impression, plutôt qu'elle ne la vit, que sa cousine acquiesçait d'un signe de tête contre sa poitrine, lentement, pensivement. Peut-être d'épuisement.

Au bout de longues secondes, Lola dit de la même voix ténue, soumise : « Oui. C'était lui. »

Soudain, Briony voulut l'entendre prononcer le

nom de l'homme. Pour stigmatiser le crime, le définir par la malédiction de la victime, afin que la magie du nom scelle son destin.

« Lola, dit-elle dans un chuchotement, sans pouvoir nier l'étrange exaltation qu'elle ressentait. Lola. Qui était-ce ? »

Le balancement cessa. L'île ne fut plus que silence. Sans changer tout à fait de position, Lola sembla s'éloigner, ou bouger les épaules, dans une sorte de saccade, d'oscillation, pour se dégager du contact affectueux de Briony. Elle tourna la tête et regarda du côté du vide, là où se trouvait le lac. Sans doute avait-elle été sur le point de parler, sans doute avait-elle été sur le point de se lancer dans une longue confession, au cours de laquelle elle aurait appréhendé ses sentiments à mesure qu'elle les formulait, et elle se serait secouée de son engourdissement au profit de quelque chose qui tiendrait à la fois de la terreur et de la joie. Se détourner pouvait être, non une mise à distance, mais un geste d'intimité, une façon de se reprendre pour commencer à exprimer ses impressions à la seule personne à qui, si loin de sa maison, elle pensait avoir le courage de parler. Peut-être avait-elle déjà repris son souffle et ouvert les lèvres. Mais peu importait, car Briony allait l'interrompre et l'occasion serait manquée. Tant de secondes s'étaient écoulées — trente ? quarante-cinq ? —, la cadette fut incapable de se retenir plus longtemps. Tout collait. Elle le découvrait. C'était bien son histoire, celle qui s'écrivait autour d'elle.

« C'était Robbie, n'est-ce pas ? »

Le déséquilibré. Elle brûlait de prononcer le mot. Lola ne bougea pas et ne dit rien.

Briony le répéta, cette fois sans la moindre trace d'interrogation. Une affirmation. « C'était Robbie. »

Bien qu'elle ne se soit pas retournée, n'ait absolument pas bougé, il fut clair que quelque chose se modifiait en Lola, une tiédeur montait de sa peau, et de sa gorge un bruit de déglutition à vide, un haut-le-cœur convulsif, une série de cliquetis musculaires.

Briony le prononça de nouveau. Simplement. « Robbie. »

Du milieu du lac parvint le gros *plouf* arrondi d'un poisson qui sautait, un son exact et solitaire, car la brise était entièrement tombée. Rien de redoutable, à présent, dans la cime des arbres ou dans les roseaux. Enfin, Lola tourna lentement son visage pour lui faire face.

Elle dit : « Tu l'as vu.

— Comment a-t-il pu, gémit Briony. Comment a-t-il osé. »

Lola posa la main sur son avant-bras nu et le serra. Les mots anodins se détachèrent les uns des autres : « Tu l'as vu. »

Briony se rapprocha d'elle et recouvrit de sa main celle de Lola. « Et tu ne sais même pas ce qui s'est passé dans la bibliothèque, avant le dîner, juste après notre conversation. Il était en train d'attaquer ma sœur. Si je n'étais pas entrée, je ne sais pas ce qu'il aurait fait ... »

Bien qu'elles fussent très rapprochées l'une de l'autre, il était impossible de déchiffrer les expressions. Le disque sombre du visage de Lola ne révélait absolument rien, mais Briony sentait qu'elle n'écoutait qu'à moitié, ce qui lui fut confirmé lorsqu'elle l'interrompit pour lui répéter : « Mais tu l'as vu. Tu l'as bien vu.

— Bien sûr que oui. Comme en plein jour. C'était lui. »

Malgré la douceur de la nuit, Lola commençait à

trembler et Briony regretta de ne pas avoir un vêtement à ôter pour lui en couvrir les épaules.

Lola disait : « Il est arrivé derrière moi, tu sais. Il
m'a fait tomber par terre... et puis... il m'a renversé la
tête en arrière, m'a mis la main sur les yeux. Je n'ai
pas pu, en réalité, je n'ai pas été fichue de...

— Oh, Lola. » Briony tendit la main pour toucher
le visage de sa cousine et elle rencontra sa joue. Elle
était sèche, mais plus pour très longtemps, elle le
savait. « Écoute-moi. Je n'ai pas pu me tromper. Je
le connais depuis toujours. Je l'ai vu.

— Parce que je ne peux pas l'affirmer. Ce que
je veux dire, c'est que j'ai pensé que c'était peut-être
lui, à cause de la voix.

— Qu'est-ce qu'il a dit ?

— Rien. Il m'a semblé que c'était le son de sa voix,
sa respiration, ses bruits. Mais je n'ai rien vu. Je ne
peux rien affirmer.

— Eh bien moi, si. Et je le dirai. »

Et ainsi leurs positions respectives, qui trouveraient leur expression publique dans les semaines et
les mois à venir, puis se poursuivraient en privé, tels
des démons, bien des années après, furent confortées
lors de ces moments au bord du lac, la certitude de
Briony se renforçant chaque fois que sa cousine
paraissait elle-même douter. On demanda peu de
choses à Lola par la suite, car elle put s'abriter derrière une expression de désarroi blessé et, telle une
malade dorlotée, victime convalescente, enfant perdue, elle se laissa baigner dans l'inquiétude et la culpabilité des adultes au cours de sa vie. Comment
avons-nous pu laisser une chose pareille arriver à une
enfant ? Lola fut incapable de les aider, et n'en eut pas
besoin. Briony lui fournissait cette chance, et elle s'en
saisit instinctivement ; moins que ça — elle la laissa

simplement s'emparer d'elle. Elle n'eut qu'à garder le silence en s'abritant derrière le zèle de sa cousine. Lola n'eut pas besoin de mentir, de regarder droit dans les yeux son supposé agresseur et de rassembler son courage pour l'accuser, car tout ce travail fut fait à sa place, innocemment, et sans malice, par la cadette. On ne demandait à Lola que de garder le silence sur la vérité, de la chasser et de l'oublier entièrement, et de se persuader, non pas d'un récit contradictoire, mais simplement de sa propre incertitude. Elle n'avait rien vu, il lui avait posé la main sur les yeux, elle était terrifiée, elle ne pouvait rien affirmer.

Briony fut là pour l'aider à chaque étape. En ce qui la concernait, tout correspondait ; le terrible présent complétait le passé récent. Des événements dont elle avait elle-même été témoin annonçaient le malheur de sa cousine. Si seulement, elle, Briony, avait été moins naïve, moins stupide. Maintenant elle le voyait bien, toute l'affaire était trop cohérente, trop symétrique pour être autre chose que ce qu'elle avait dit. Elle se reprochait d'avoir supposé, puérilement, que Robbie limiterait ses attentions à Cecilia. Que croyait-elle donc ? C'était un déséquilibré, après tout. N'importe qui faisait l'affaire. Et il était susceptible de s'attaquer à la plus vulnérable — une fluette adolescente, trébuchant dans le noir en un lieu inconnu, pendant qu'elle cherchait courageusement ses frères autour du temple de l'île. Exactement ce que Briony s'apprêtait à faire. Briony elle-même aurait pu être sa victime, ce qui augmentait son indignation et son ardeur. Si sa malheureuse cousine n'était pas capable de maîtriser la vérité, alors elle le ferait pour elle. *Je le peux. Et je le ferai.*

Dès la semaine qui suivit, la surface lisse de la conviction ne se révéla pas sans défauts ni fêlures.

Lorsqu'il lui arrivait d'en être consciente, ce qui n'était pas fréquent, elle revenait en arrière, avec une petite sensation qui la frappait au creux de l'estomac, sur l'idée que ce qu'elle savait n'était pas littéralement, ou pas seulement, fondée sur le visible. Ce n'était pas simplement ses yeux qui lui avaient dit la vérité. Il faisait trop sombre pour cela. Même à quelques centimètres, le visage de Lola n'était qu'un ovale vide, et cette silhouette, bien qu'à distance, lui tournait le dos tandis qu'elle s'en retournait en longeant la clairière. Mais elle n'était pas non plus invisible, et sa stature, sa façon de se déplacer lui étaient familières. Ses yeux confirmaient la somme de tout ce qu'elle savait, ajouté à sa récente expérience. La vérité était dans la symétrie, ce qui revenait à dire qu'elle reposait sur le bon sens. La vérité instruisait ses yeux. Ainsi, lorsqu'elle répétait : « Je l'ai vu », elle était sincère et parfaitement honnête, autant que passionnée. Ce qu'elle entendait par là était plus complexe que ce que chacun comprenait avec tant d'empressement, et parfois le malaise s'emparait d'elle lorsqu'elle avait l'impression de ne pas pouvoir exprimer ces nuances. Elle n'essaya même pas de le faire sérieusement. Elle n'en eut ni l'occasion, ni le temps, ni la permission. En l'espace de deux jours — non, en l'affaire de quelques heures —, un processus la dépassant largement s'était très vite mis en branle. Ses déclarations convoquèrent les redoutables puissances de la familière et pittoresque bourgade. C'était comme si ces autorités terrifiantes, ces agents en uniforme étaient restés en attente, derrière les façades de coquets bâtiments, d'un désastre qu'ils savaient devoir arriver. Ils avaient leur idée, ils savaient ce qu'ils voulaient et comment procéder. Elle fut interrogée sans relâche et, tandis qu'elle se répétait, on fit peser sur elle l'obligation d'être cohérente. Ce qu'elle avait dit, elle devait le redire. De minimes divergences lui attiraient de légers froncements de sourcils entendus, ou un certain degré de froideur, une baisse de sympathie. Elle devint soucieuse de faire plaisir, et apprit vite que les moindres réserves qu'elle aurait pu ajouter interrompraient le processus qu'elle avait elle-même mis en train.

Elle était comme une future mariée qui commence à éprouver des nausées à mesure que le grand jour approche, et n'ose pas avouer le fond de sa pensée à cause de tous ces préparatifs faits en son nom. La joie et le bon plaisir de tant de braves gens seraient menacés. Ce sont des moments fugitifs de tourment intime qui ne se dissipent que lorsqu'on s'abandonne à la joie et à l'émotion de ceux qui vous entourent. Tant de gens convenables ne pouvaient tous se tromper, et des doutes tels que les siens, lui avait-on dit, étaient à prévoir. Briony ne souhaitait pas annuler toute l'affaire. Elle ne croyait pas avoir le courage, après sa certitude initiale et deux ou trois jours d'interrogatoire patient et bienveillant, de retirer son témoignage. Néanmoins, elle aurait préféré faire des réserves ou rendre plus complexe l'usage qu'elle faisait du mot « voir ». Moins le fait de voir que celui de savoir. Ainsi aurait-elle laissé le choix à ses inquisiteurs de décider s'ils poursuivaient ensemble au nom de cette forme de vision. Ils restaient impassibles quand il lui arrivait d'hésiter, et la ramenaient avec fermeté à ses premières déclarations. N'était-elle donc qu'une petite idiote, sous-entendaient leurs façons, qui avait fait perdre du temps à tout le monde ? Et ils avaient une attitude stricte quant au visuel. Il y avait assez de lumière, fut-il établi, en raison des étoiles, et parce que la couverture de nuages renvoyait les éclairages de la ville la plus proche. Soit elle avait vu, soit elle n'avait pas vu. Il n'y avait rien entre les deux ; sans en dire autant, leur brusquerie le suggérait. C'était à ces moments-là, lorsqu'elle sentait leur froideur, qu'elle revenait en arrière pour ranimer son ardeur première et se répétait : Je l'ai vu. Je sais que c'était lui. Alors elle avait le sentiment réconfortant de confirmer ce qu'ils savaient déjà.

Elle ne se serait jamais consolée d'avoir subi des pressions ou de s'être fait bousculer. Ce ne fut jamais le cas. Elle se piégea elle-même, elle s'avança dans le labyrinthe de ses propres constructions, étant trop jeune, trop timorée, trop désireuse de bien faire, pour imposer qu'on la laissât faire son propre retour en arrière. Elle n'était pas dotée d'une telle indépendance d'esprit ni d'un âge suffisant. Une imposante assistance s'était massée autour de ses premières certitudes, et, à présent qu'elle attendait, Briony ne pouvait la décevoir devant l'autel. Ses doutes ne pouvaient être neutralisés qu'en s'enfonçant plus avant. En s'accrochant étroitement à ce qu'elle croyait savoir, en resserrant ses pensées, en réaffirmant son témoignage, elle pouvait ainsi écarter de son esprit le mal qu'elle n'avait qu'obscurément l'impression de faire. Lorsque l'affaire fut close, lorsque le jugement fut prononcé et l'assistance dispersée, un oubli juvénile et impitoyable, une volonté d'effacement la protégèrent bien avant dans son adolescence.

« Eh bien, je le peux. Et je le ferai. »

Elles demeurèrent assises un moment, et les tremblements de Lola s'apaisèrent. Briony pensait qu'elle aurait dû ramener sa cousine à la maison, mais elle était réticente pour l'instant à briser cette proximité — elle entourait les épaules de son aînée et cette dernière semblait maintenant s'abandonner au contact de Briony. Elles aperçurent au loin, de l'autre côté du lac, un point de lumière qui oscillait — une torche électrique promenée le long de l'allée — mais elles ne firent aucun commentaire. Quand, enfin, Lola parla, le ton de sa voix était réfléchi, comme si elle pesait les courants subtils d'arguments contraires.

« Mais cela n'a aucun sens. C'est un ami tellement proche de ta famille. Il se peut que ça ne soit pas lui. »

Briony murmura : « Tu ne dirais pas ça si tu avais été avec moi dans la bibliothèque. »

Lola poussa un soupir et secoua lentement la tête, comme si elle tentait de se réconcilier avec l'inacceptable vérité.

Elles retombèrent dans le silence et seraient restées assises plus longtemps sans l'humidité — pas encore tout à fait de la rosée — qui commençait à se déposer sur l'herbe à mesure que les nuages se dissipaient et que la température baissait.

Lorsque Briony chuchota à sa cousine : « Tu penses pouvoir marcher ? » cette dernière hocha courageusement la tête. Briony l'aida à se relever, et bras dessus, bras dessous, au début, puis Lola appuyée sur l'épaule de Briony, elles se frayèrent un chemin à travers la clairière en direction du pont. Elles atteignirent le bas du talus, et c'est alors que Lola se mit enfin à pleurer.

« Je suis incapable de monter là-haut, essaya-t-elle plusieurs fois de dire. Je me sens trop faible. » Il vaudrait mieux, décida Briony, courir jusqu'à la maison pour chercher de l'aide, et elle s'apprêtait justement à l'expliquer à Lola et à l'installer par terre lorsqu'elles entendirent des voix qui venaient de la route au-dessus, puis la lumière d'une torche les aveugla. C'est un miracle, pensa Briony en entendant la voix de son frère. En vrai héros qu'il était, il descendit la berge en quelques enjambées et, sans même demander ce qui se passait, prit Lola dans ses bras et l'emporta comme si elle avait été une petite fille. Cecilia appelait de là-haut, d'une voix rauque d'angoisse. Personne ne lui répondit. Leon était déjà en train de remonter la pente à une telle allure qu'il était difficile de rester à sa hauteur. Malgré tout, avant même d'avoir atteint l'allée, avant qu'il ait eu le temps de déposer Lola, Briony entreprenait de lui raconter ce qui s'était passé, exactement comme elle l'avait vu.

Quatorze

Ses souvenirs de l'interrogatoire, des déclarations signées et de la déposition, ou encore de son anxiété devant la salle d'audience d'où sa jeunesse l'excluait, la perturberaient moins, dans les années à venir, que le souvenir fragmenté de cette soirée prolongée et de ce petit matin d'été. À quel point la culpabilité raffinait-elle les façons de se torturer, enfilant les perles du détail en une boucle sans fin, un chapelet à égrener pour la vie !

Une fois rentrée, enfin, à la maison, commença pour elle une période de rêve éveillé, de visiteurs graves et solennels, de larmes et de voix basses, de pas précipités dans le hall, sans parler de sa propre surexcitation mauvaise qui l'empêcha de s'assoupir. Bien sûr, Briony était en âge de comprendre que le moment appartenait entièrement à Lola, laquelle fut bientôt guidée vers sa chambre par des mains féminines bienveillantes afin d'attendre le médecin et son examen. Au pied de l'escalier, Briony regarda Lola monter en sanglotant avec bruit, flanquée d'Emily et de Betty, elles-mêmes suivies de Polly chargée d'une cuvette et de serviettes. La disparition de sa cousine laissa Briony au centre de la scène — Robbie ne s'était pas encore manifesté — et la manière dont elle fut écoutée, dont on se déféra à elle et dont on lui souffla les mots avec gentillesse, lui parut ne faire qu'une avec sa maturité toute neuve.

C'est sans doute à ce moment-là qu'une Humber s'arrêta devant la maison et que deux inspecteurs de police et deux agents furent invités à entrer. Briony étant leur unique source d'informations, elle fit en sorte de s'exprimer avec calme. Son rôle, capital, était nourri de certitude. Cela eut lieu lors de cette période informelle qui précéda les entretiens en bonne et due forme, alors qu'elle se tenait face aux autorités dans le hall d'entrée, avec Leon d'un côté et sa mère de l'autre. D'ailleurs, comment se faisait-il que cette dernière soit parvenue à se matérialiser aussi rapidement, alors qu'elle était au chevet de Lola ? L'inspecteur principal avait le visage lourd, abondamment raviné, comme sculpté dans un granit accidenté. Briony eut peur de lui pendant qu'elle confiait son histoire à ce masque attentif et impassible ; ce faisant, elle eut l'impression d'être délivrée d'un poids, et un chaud désir de soumission se répandit de son ventre jusqu'à ses membres. Ce fut comme de l'amour, un amour soudain pour cet homme attentif qui soutenait la cause du bien sans se poser de questions, qui sortait à n'importe quelle heure pour batailler en son nom avec le soutien de tous les pouvoirs et de toute la sagesse humaine existants. Sous le regard neutre de cet homme, sa gorge se serrait et sa voix se mettait à se voiler. Elle aurait voulu que l'inspecteur l'embrasse, la réconforte et lui pardonne, si peu coupable qu'elle fût. Mais il se contentait de la regarder attentivement et de l'écouter. *C'était lui. Je l'ai vu.* Ses larmes étaient une preuve supplémentaire de la vérité qu'elle ressentait et formulait, et, lorsque la main de sa mère vint caresser sa nuque, elle s'effondra complètement et fut conduite au salon.

Mais si elle se trouvait là en train de se faire consoler par sa mère sur le canapé Chesterfield, comment se pouvait-il qu'elle se souvînt de l'arrivée du docteur McLaren, avec son gilet noir et sa chemise démodée à faux col, chargé de son Gladstone, témoin des trois naissances et de toutes les maladies d'enfant de la maisonnée Tallis? Leon s'entretint avec le médecin, se penchant vers lui pour lui confier discrètement un sommaire tout masculin des événements. Où avait donc disparu l'insouciante légèreté de Leon? Cette silencieuse consultation fut typique des heures à venir. Chaque nouvel arrivant fut mis au courant de la même façon; les gens — la police, le médecin, les membres de la famille, les domestiques — formèrent des nœuds qui se défirent et se refirent dans des angles de pièces, dans l'entrée et sur la terrasse derrière les portes-fenêtres. Il n'y eut ni confrontation ni formulation en public. Chacun connaissait les atrocités du viol, mais cela demeurait le secret de chacun, partagé avec des chuchotements par les groupes fluctuants qui se séparaient avec suffisance en vue d'une autre besogne. Plus sérieuse encore, du moins en principe, restait l'affaire des enfants disparus. Mais de l'avis général, dit et redit telle une incantation magique, ils dormaient sains et saufs quelque part dans le parc. Si bien que l'attention resta surtout concentrée sur le triste état de l'adolescente qui se trouvait là-haut.

Au retour de ses recherches, Paul Marshall apprit la nouvelle de la bouche des inspecteurs. Il arpenta la terrasse de long en large, flanqué des deux hommes auxquels il offrait des cigarettes d'un étui en or à chaque aller et retour. Une fois leur conversation terminée, il tapota sur l'épaule de l'inspecteur principal, donnant l'impression qu'il les congédiait. Puis il entra pour conférer avec Emily Tallis. Leon conduisit à l'étage le médecin, qui redescendit un moment plus tard, imperceptiblement infatué de sa confrontation personnelle avec le cœur de leurs inquiétudes. Lui aussi tint longuement conférence avec les deux hommes en civil, puis avec Leon, et pour finir avec Leon et Mrs Tallis. Peu de temps avant son départ, le médecin vint poser sa petite main sèche et familière sur le front de Briony, lui tâta le pouls et fut satisfait. Il prit sa sacoche à soufflets mais, avant qu'il ne parte pour de bon, un dernier conciliabule se tint près de la porte d'entrée.

Où était Cecilia? Elle errait aux alentours, sans adresser la parole à qui que ce soit, fumant à la chaîne, portant la cigarette à ses lèvres d'un geste rapide, avide, puis l'ôtant fébrilement, dégoûtée. À d'autres moments, elle bouchonnait un mouchoir dans sa main tout en arpentant le hall d'entrée à grands pas. En temps normal, elle se serait chargée de contrôler une situation semblable en indiquant des soins à donner à Lola, en rassurant sa mère, en écoutant l'avis du médecin, en délibérant avec Leon. Briony se trouvait tout près lorsque son frère vint parler à Cecilia, laquelle se détourna, incapable d'aider ni même de parler. Quant à leur mère, contrairement à l'ordinaire, elle affrontait la crise sans migraine et sans besoin de solitude. En fait, elle tenait de mieux en mieux le choc devant l'effondrement de sa fille aînée, intimement malheureuse. Il y eut des moments pendant lesquels Briony, rappelée pour donner sa version, ou certains détails, vit sa sœur s'approcher à portée d'oreille et l'observer, l'œil brûlant, impénétrable. Briony, de plus en plus inquiète à cause d'elle, ne lâchait pas sa mère. Les yeux de Cecilia étaient injectés de sang. Alors que les autres restaient debout en groupes à murmurer, elle ne cessait de faire les cent pas dans la pièce, d'aller d'une pièce à l'autre et, au moins à deux reprises, de sortir devant la porte d'entrée. Nerveusement, elle faisait passer son mouchoir d'une main dans l'autre, le nouait entre ses doigts, le dépliait, le roulait en boule, le prenait dans l'autre main, allumait une autre cigarette. Lorsque Betty et Polly apportèrent du thé, Cecilia refusa d'y toucher.

La nouvelle, venue de l'étage, que Lola, calmée par le sédatif du médecin, avait fini par s'endormir, apporta un soulagement temporaire. Contrairement à l'habitude, tout le monde s'était rassemblé, exténué, dans le salon, où l'on prit le thé en silence. Personne ne disait mot, mais tout le monde attendait Robbie. On s'attendait également à ce que, à tout moment, Mr Tallis rentrât de Londres. Leon et Marshall étaient penchés au-dessus d'une carte du parc qu'ils traçaient au bénéfice de l'inspecteur. Celui-ci la prit, l'étudia et la passa à son adjoint. Les deux gardiens avaient été envoyés à la rescousse de ceux qui cherchaient Pierrot et Jackson, et d'autres policiers étaient censés être en route vers le pavillon au cas où Robbie s'y serait rendu. Tout comme Marshall, Cecilia était assise à l'écart, sur le tabouret du clavecin. À un moment, elle se leva pour demander du feu à son frère, mais ce fut l'inspecteur principal qui obligeamment lui présenta son propre briquet. Briony était auprès de sa mère sur le sofa, et Betty et Polly passaient le plateau. Briony ne garderait aucun souvenir de ce qui la poussa soudain. Une illumination d'une grande force de persuasion lui vint d'on ne sait où, et elle n'eut aucun besoin d'annoncer ses intentions ni de demander de permission à sa sœur. Une preuve décisive, parfaitement indépendante de sa propre version. Une vérification. Ou même un autre crime, distinct. Elle fit sursauter l'assistance sous l'effet de son inspiration et faillit presque, en se levant, heurter la tasse de thé posée sur les genoux de sa mère.

Tous la suivirent des yeux lorsqu'elle quitta précipitamment la pièce, mais personne ne lui posa de question, tant la fatigue était générale. Elle, en revanche, grimpait les marches quatre à quatre, stimulée à présent par le sentiment de bien agir et de faire son devoir, sur le point de produire une surprise qui ne pourrait que lui rapporter des compliments. Cela ressemblait presque au sentiment que l'on éprouve un matin de Noël lorsqu'on est sur le point d'offrir un cadeau qui va sûrement faire plaisir : une joyeuse impression d'innocent égoïsme.

Elle se précipita dans le couloir du deuxième étage jusqu'à la chambre de Cecilia. Cette saleté, ce désordre dans lequel vivait sa sœur ! Les deux portes de la penderie étaient grandes ouvertes. Diverses robes étaient rangées de travers, dont certaines à moitié dégagées de leur cintre. Par terre, deux robes, l'une noire, l'autre rose, chiffes soyeuses d'apparence coûteuse, étaient emmêlées et, autour de ce tas, des chaussures jetées n'importe comment. Briony enjamba et contourna le désordre pour atteindre la coiffeuse. Qu'est-ce qui empêchait Cecilia de remettre les bouchons, les couvercles, les bouchons à vis sur ses produits de maquillage et ses parfums ? Pourquoi ne vidait-elle jamais son cendrier qui puait ? Ou ne faisait-elle jamais son lit ni n'ouvrait sa fenêtre pour faire entrer de l'air frais ? Le premier tiroir qu'elle essaya ne s'ouvrit que de quelques centimètres — il était coincé, rempli de bouteilles et d'emballages en carton. Cecilia avait beau avoir dix ans de plus, il y avait quelque chose de parfaitement désespérant et d'impossible chez elle. Même si Briony avait peur du regard farouche que sa sœur lui avait jeté en bas, il était bien, pensait la petite en tirant sur un autre tiroir, qu'elle soit là à réfléchir à sa place avec lucidité.

Cinq minutes plus tard, lorsqu'elle revint triomphante dans le salon, personne ne lui prêta attention, tout étant exactement en l'état — les adultes fatigués, pitoyables, sirotaient leur thé et fumaient en silence. Dans son excitation, elle n'avait pas pensé à qui remettre la lettre ; par la magie de son imagination, il lui semblait que tout le monde la lirait en même temps. Elle décida que c'était à Leon qu'il faudrait la donner. Elle traversa la pièce en direction de son frère, mais lorsqu'elle arriva devant les trois hommes, changeant d'avis, elle remit la feuille de papier pliée entre les mains du policier au visage de granit. S'il avait exprimé quoi que ce fût, rien de son visage ne changea lorsqu'il la prit, ni lorsqu'il la lut, ce qu'il fit très rapidement, pratiquement d'un coup d'œil. Son regard croisa le sien, puis se déplaça afin d'enregistrer Cecilia qui regardait ailleurs. D'un imperceptible mouvement du poignet, il fit signe à l'autre policier de prendre la lettre. Lorsque celui-ci l'eut terminée, il la transmit à Leon qui la lut, la replia et la rendit à l'inspecteur principal. Briony fut impressionnée par leur réaction muette — tel était donc l'attachement des trois hommes aux biens de ce monde. Ce n'est qu'à ce moment-là qu'Emily Tallis prit conscience de l'objet de leur intérêt. En réponse à sa faible requête, Leon dit : « Ce n'est qu'une lettre.

— Je veux la lire. »

Pour la seconde fois ce soir-là, Emily était obligée de faire valoir ses droits sur les messages écrits qui circulaient dans sa maison. Sentant qu'on n'attendait plus rien d'elle, Briony alla s'asseoir sur le Chesterfield et observa, vu sous l'angle de sa mère, le malaise courtois dont étaient pris alternativement Leon et les policiers.

« Je veux la lire. »

De façon inquiétante, le ton restait égal. Leon haussa les épaules et eut un sourire d'excuse forcé — quelle objection pouvait-il lui opposer ? Et le regard vague d'Emily se posa sur les deux inspecteurs. Elle appartenait à cette génération qui traitait les policiers en inférieurs, quel que soit leur rang. Obéissant au signe de tête de son supérieur, le plus jeune franchit la pièce et lui présenta la lettre. Enfin Cecilia, qui devait être partie loin dans ses pensées, manifestait un intérêt. Alors la lettre fut exposée à tous, étalée sur les genoux de sa mère, et Cecilia bondit du tabouret de musique pour se diriger vers eux.

« Comment osez-vous ! Comment osez-vous tous ! »

Leon se leva et fit un geste d'apaisement, les paumes tendues.

« Cee... »

Lorsqu'elle allongea la main pour arracher la lettre à sa mère, elle trouva en chemin non seulement son frère, mais les deux policiers. Marshall était également debout, mais sans intervenir.

« Elle m'appartient, dit-elle en hurlant. Vous n'avez absolument pas le droit ! »

Emily ne leva même pas les yeux de sa lecture, se donna le temps de lire la lettre plusieurs fois. Lorsqu'elle l'eut terminée, elle répondit à la colère de sa fille par la sienne, plus froide.

« Si tu avais fait ce qu'il convenait, jeune fille, avec

toute ta bonne éducation, et si tu étais venue me montrer ceci, nous aurions pu agir à temps et éviter ce cauchemar à ta cousine. »

Un instant, Cecilia debout, seule au milieu de la pièce, la main droite levée, hésitante, les dévisagea les uns après les autres, refusant de croire qu'elle avait quelque chose de commun avec ces gens, incapable de commencer à leur dire ce qu'elle savait. Et, bien que Briony se sentît vengée par la réaction des adultes, et fût en train de vivre le début d'un délicieux ravissement intérieur, elle fut également bien heureuse d'être assise sur le sofa avec sa mère, en partie protégée du regard fulminant de sa sœur par les hommes restés debout. Que Cecilia retint comme captifs pendant quelques secondes avant de tourner les talons et de sortir de la pièce. En traversant le hall, elle lâcha un cri de pur dépit qui fut amplifié par l'acoustique naturelle des dalles nues. Dans le salon, il y eut comme un sentiment de soulagement, de détente presque, quand on l'entendit monter l'escalier. Lorsque Briony se souvint enfin de regarder, la lettre était dans les mains de Marshall qui la rendait à l'inspecteur, lequel à son tour la plaçait non pliée dans une chemise que le plus jeune tenait grande ouverte pour lui.

Les heures de la nuit défilèrent sans qu'elle ressentît aucune fatigue. Il ne vint à l'esprit de personne de l'envoyer au lit. Au bout d'un temps difficile à évaluer après que Cecilia fut partie dans sa chambre, Briony se rendit avec sa mère dans la bibliothèque pour y subir le premier de ses interrogatoires en bonne et due forme. Mrs Tallis resta debout, tandis que Briony était assise d'un côté du bureau et les inspecteurs de l'autre. Celui qui avait un visage de pierre antique, celui qui interrogeait, se révéla infiniment humain, posant ses questions sans hâte d'une voix bourrue, pleine de gentillesse et de tristesse. Du fait qu'elle avait été capable de leur montrer l'endroit précis où Robbie avait assailli Cecilia, ils s'aventurèrent tous dans le coin des étagères pour mieux se rendre compte. Briony se serra dans l'angle, le dos aux livres, pour leur montrer la position de sa sœur, et elle entrevit les premières touches du bleu moyen de l'aurore sur les vitres des hautes fenêtres de la bibliothèque. Elle se dégagea, puis se retourna pour expliquer la posture de l'agresseur et leur indiqua l'endroit où elle-même s'était tenue.

Emily lui demanda : « Mais pourquoi ne m'as-tu rien dit ? »

Les policiers regardèrent Briony et attendirent. C'était une bonne question, mais il ne lui serait jamais venu à l'esprit de déranger sa mère. Il n'en aurait résulté qu'une migraine.

« Nous avons été appelés pour le dîner, et ensuite les jumeaux se sont sauvés. »

Elle expliqua comment la lettre lui était parvenue, sur le pont, à la tombée du jour. Comment avait-elle été amenée à l'ouvrir ? Difficile de décrire l'impulsion du moment, alors qu'elle ne s'était pas autorisée à réfléchir aux conséquences avant d'agir, ni de dire pourquoi l'écrivain qu'elle était devenue précisément ce jour-là avait eu besoin de savoir, de comprendre tout ce qu'elle rencontrait en chemin.

Elle dit : « Je n'en sais rien. J'étais poussée par une affreuse curiosité. Je m'en suis voulu. »

C'est à peu près à ce moment-là qu'un agent passa la tête par la porte pour donner des nouvelles qui parurent ne faire qu'un avec la catastrophe de la nuit. Le chauffeur de Mr Tallis avait appelé d'une cabine téléphonique près de l'aéroport de Croydon. La voi-

238

ture de service, mise à disposition sans délai grâce à la bonté du ministre, était tombée en panne en banlieue. Jack Tallis dormait sous une couverture, allongé sur la banquette arrière, et devrait sans doute prendre le premier train du matin. Une fois digérés et déplorés tous ces faits, Briony fut ramenée en douceur à la scène elle-même, aux événements survenus dans l'île. À ce stade précoce, l'inspecteur veilla à ne pas bousculer l'adolescente par un interrogatoire serré, et, dans cet espace créé avec sensibilité, elle put construire et donner forme à son récit selon ses propres mots et établir les faits essentiels : il y avait juste assez de lumière pour qu'elle puisse reconnaître un visage familier ; lorsqu'il avait donné l'impression de rapetisser en s'éloignant d'elle et fait le tour de la clairière, ses gestes et sa taille, eux aussi, lui avaient paru familiers.

« Vous l'avez vu alors ?

— Je sais que c'était lui.

— Oublions ce que vous savez. Vous dites que vous l'avez vu.

— Oui, je l'ai vu.

— Exactement comme vous me voyez.

— Oui.

— Vous l'avez vu de vos yeux.

— Oui. Je l'ai vu. Je l'ai vu. »

C'est ainsi que se termina son premier véritable interrogatoire. Pendant qu'elle était assise au salon, ressentant enfin sa fatigue, mais refusant d'aller au lit, on interrogea sa mère, puis Leon et Paul Marshall. On fit entrer le vieux Hardman et son fils Danny en vue d'un entretien. Briony entendit Betty dire que Danny était resté chez lui toute la soirée avec son père, lequel fut à même de se porter garant de lui. Divers agents se présentèrent à la porte d'entrée après leur recherche des jumeaux et furent dirigés vers la cuisine. À l'époque confuse et immémoriale de cette aube précoce, Briony crut comprendre que Cecilia refusait de quitter sa chambre, refusait de descendre pour être interrogée. Dans les jours qui suivirent, on ne lui laissa pas le choix, et lorsque enfin elle capitula et donna sa propre version de ce qui s'était passé dans la bibliothèque — à sa manière, beaucoup plus choquante que celle de Briony, si consensuelle que la rencontre ait pu être — cela ne fit que confirmer l'impression générale qui s'en dégageait : Mr Turner était un homme dangereux. Bien que Cecilia ait suggéré plusieurs fois de s'adresser plutôt à Danny Hardman, on l'écouta en silence. Il était compréhensible, bien que maladroit, que cette jeune femme couvrît son ami en jetant la suspicion sur un innocent.

Un peu après cinq heures, lorsqu'on évoqua la préparation d'un petit déjeuner, au moins pour les agents puisque personne d'autre n'avait faim, circula dans la maison la nouvelle fulgurante qu'une silhouette susceptible d'être celle de Robbie approchait dans le parc. Peut-être quelqu'un avait-il fait le guet à une fenêtre de l'étage. Briony ne sut pas comment fut prise la décision d'aller tous ensemble l'attendre dehors. Soudain, ils furent tous là, la famille, Paul Marshall, Betty et ses aides, les policiers, un comité d'accueil étroitement regroupé devant l'entrée principale. Seules Lola, dans son coma médicamenteux, et Cecilia, dans sa fureur, restèrent en haut. Peut-être Mrs Tallis ne souhaitait-elle pas que cette présence impure mît les pieds chez elle. L'inspecteur avait sans doute craint des débordements qu'il serait plus facile de maîtriser dehors, où il y avait plus d'espace pour procéder à une arrestation. Toute la magie de l'aurore avait à présent disparu, et un petit matin gris lui avait succédé, que seule distinguait une brume estivale sans doute bientôt dissipée.

Au début, ils ne virent rien, bien que Briony eût l'impression de distinguer un bruit de pas dans l'allée. Puis tout le monde put l'entendre, et il y eut un murmure collectif et un frémissement quand on aperçut une forme indéfinie, guère plus qu'une tache grisâtre se détachant sur le blanc, à une bonne centaine de mètres de distance. Comme la silhouette prenait forme, le groupe en attente retomba dans le silence. Personne n'arrivait tout à fait à croire à cette apparition. C'était probablement une illusion de la brume et de la lumière. Personne, en ces temps de téléphones et d'automobiles, ne croyait à l'existence de géants de plus de deux mètres dans le populeux Surrey. Mais elle était là, cette apparition aussi inhumaine que déterminée. La chose était impossible, quoique indéniable, et se dirigeait vers eux. Betty, que l'on savait catholique, se signa tandis que la petite foule se serrait plus près de l'entrée. Seul l'inspecteur principal fit deux pas en avant et, ce faisant, tout se clarifia. Le fin mot c'était qu'une deuxième petite forme sautillait aux côtés de la première. Puis l'évidence s'imposa — c'était Robbie, avec un des garçons juché sur ses épaules et l'autre, un peu à la traîne, qui lui donnait la main. Lorsqu'il fut à moins d'une dizaine de mètres, Robbie s'arrêta et parut sur le point de parler, mais, au lieu de cela, il attendit pendant que l'inspecteur et l'autre policier approchaient. Le garçon qui était sur ses épaules paraissait dormir. L'autre dodelinait de la tête contre la taille de Robbie et ramenait la main de l'homme sur sa poitrine en quête de protection et de chaleur.

Le premier sentiment qu'éprouva Briony fut un

soulagement que les garçons fussent sains et saufs. Mais, en voyant Robbie qui attendait calmement, elle eut une bouffée d'indignation. Croyait-il pouvoir dissimuler son crime derrière une bienveillance de façade, derrière sa mascarade de bon pasteur ? C'était sûrement une cynique tentative destinée à s'attirer le pardon de ce qui ne saurait jamais être pardonné. De nouveau, elle trouva confirmée son opinion que le mal était complexe et trompeur. Soudain, les mains de sa mère pesèrent avec fermeté sur ses épaules, la faisant pivoter vers la maison et la confiant aux bons soins de Betty. Emily souhaitait que sa fille fût loin de Robbie Turner. L'heure du coucher était enfin arrivée. Betty l'empoigna fermement par la main et la conduisit à l'intérieur, pendant que sa mère et son frère s'avançaient pour accueillir les jumeaux. En regardant une dernière fois par-dessus son épaule, Briony entrevit, tandis qu'on l'entraînait, Robbie qui levait les deux mains comme pour se rendre. Il souleva le garçon au-dessus de sa tête et le déposa doucement à terre.

Une heure plus tard, elle était couchée dans son lit à baldaquin, vêtue de la chemise de nuit propre en coton blanc que lui avait trouvée Betty. Les rideaux étaient tirés, mais la lumière du jour qui filtrait sur les côtés était vive, et, malgré la sensation d'étourdissement due à la fatigue, elle ne put s'endormir. Des voix et des images s'alignaient autour de son lit, présences agitées, harcelantes, se bousculant, se confondant, résistant à l'effort qu'elle faisait pour les ordonner. Étaient-elles vraiment toutes liées par une seule journée, par une séquence de veille ininterrompue, depuis les innocentes répétitions de sa pièce jusqu'à l'irruption du géant hors de la brume ? Tout ce qui les séparait était trop bruyant, trop mouvant à comprendre, bien qu'elle eût le sentiment d'avoir réussi, et même triomphé. D'un coup de pied, elle dégagea ses jambes du drap et retourna l'oreiller afin de trouver un endroit plus frais pour ses joues. Dans son état de vertige, elle n'était pas capable de dire exactement en quoi avait consisté sa réussite ; si c'était d'avoir acquis une nouvelle maturité, elle en avait maintenant à peine conscience, tant elle se sentait vulnérable, puérile même, par manque de sommeil, au point d'être tentée de se laisser aller aux larmes. S'il était courageux d'avoir confondu un individu foncièrement mauvais, alors il était mal de sa part de se présenter ainsi avec les jumeaux, et elle se sentait flouée. Qui la croirait désormais, alors que Robbie se posait en généreux sauveteur d'enfants égarés ? Toute cette peine, tout ce courage et cette lucidité, tout ce qu'elle avait fait pour ramener Lola à la maison — pour rien. Ils lui tourneraient le dos, sa mère, les policiers, son frère, et s'en iraient avec Robbie Turner se livrer à quelque cabale d'adultes. Elle voulait sa mère, voulait nouer ses bras autour du cou de sa mère et rapprocher son ravissant visage du sien, mais sa mère ne viendrait plus maintenant, plus personne ne viendrait voir Briony, plus personne ne lui parlerait, désormais. Elle enfouit son visage dans l'oreiller et laissa ses larmes le détremper, avec l'impression d'une perte d'autant plus grande que personne n'était là pour assister à son chagrin.

Elle était couchée dans la pénombre à entretenir cette savoureuse tristesse depuis une demi-heure, lorsqu'elle entendit démarrer la voiture de police garée sous sa fenêtre. Cette dernière roula sur le gravier puis s'arrêta. Il y eut des bruits de voix, puis des pas qui crissaient sur le gravier. Briony se leva et écarta les rideaux. La brume était toujours là, mais plus intense, comme illuminée de l'intérieur, et elle referma à demi les yeux le temps de s'habituer à la clarté trop vive. Les quatre portes de la voiture de police étaient grandes ouvertes et trois agents se tenaient tout près. Les voix provenaient d'un groupe qui se trouvait directement au-dessous d'elle, près de la porte d'entrée, bien qu'invisible. Puis de nouveau un bruit de pas, et ils apparurent, les deux inspecteurs, avec Robbie entre eux. Menotté! Elle le vit forcé de tendre les bras devant lui et, de son observatoire privilégié, elle entrevit un éclair argenté d'acier sous le poignet de sa chemise. Cette infamie l'horrifia. C'était une confirmation de plus de sa culpabilité, et le début de son châtiment. Cela avait tout l'air d'une damnation éternelle.

Ils arrivèrent à la voiture, puis s'arrêtèrent. Robbie se tourna à demi, mais elle ne put déchiffrer son expression. Il se tenait droit, dominant l'inspecteur de plusieurs centimètres, la tête redressée. Peut-être était-il fier de ce qu'il avait fait. Un des inspecteurs s'installa au volant. Son adjoint fit le tour jusqu'à la portière opposée et son chef s'apprêtait à guider Robbie sur la banquette arrière lorsqu'un remue-ménage se fit entendre directement sous la fenêtre de Briony, ainsi que la voix impérieuse d'Emily Tallis qui appelait, et soudain une silhouette se précipita sur la voiture aussi vite que le lui permettait sa robe moulante. Cecilia ralentit en approchant. Robbie se retourna et esquissa un pas vers elle et, chose étonnante, l'inspecteur recula. Les menottes étaient bien visibles, mais Robbie ne semblait en avoir ni honte ni même conscience face à Cecilia, en écoutant gravement ce qu'elle lui disait. Les policiers, impassibles, assistaient à la scène. Si elle prononçait l'amer reproche que méritait Robbie, son visage n'en révélait rien. Bien que Cecilia fût de dos, Briony trouva qu'elle manifestait très peu d'animation en parlant. Ses accusations devaient être d'autant plus fortes qu'elle étaient murmurées. Ils s'étaient rapprochés, et à son tour Robbie lui parla brièvement, levant à demi ses mains emprisonnées qu'il laissa retomber ensuite. Elle les toucha de la sienne et pianota sur le revers de son veston, puis s'en saisit et le secoua avec douceur. À le voir, ce geste était aimant, et Briony fut touchée de la capacité de pardon de sa sœur, si c'était bien de cela qu'il s'agissait. De pardon. Le mot n'avait jamais eu de sens à ses yeux jusqu'ici, quoique Briony l'eût entendu célébré en mille circonstances, que ce soit à l'école ou à l'église. Et de tout temps, sa sœur l'avait compris. Il y avait naturellement beaucoup de choses qu'elle ignorait au sujet de Cecilia. Mais cela se ferait avec le temps, car ce drame était susceptible de les rapprocher.

Le brave inspecteur au visage de granit dut penser qu'il s'était montré suffisamment patient, car il s'avança pour écarter la main de Cecilia et s'interposa. Robbie lui dit rapidement quelque chose par-dessus l'épaule du policier, puis se tourna vers la voiture. Plein d'égards, l'inspecteur, la main levée, appuya fortement sur la tête de Robbie afin qu'il ne se cogne pas en se baissant pour s'asseoir à l'arrière. Les deux inspecteurs se serrèrent de chaque côté de leur prisonnier. Les portes claquèrent et le seul agent qui restait toucha son casque pour saluer tandis que la voiture démarrait. Cecilia demeura sur place, face à l'allée, suivant tranquillement des yeux la voiture qui s'éloignait, mais les tremblements qui secouaient la ligne de ses épaules révélèrent qu'elle pleurait, et Briony sut qu'elle n'avait jamais aimé autant sa sœur qu'en cet instant.

Elle aurait dû se terminer là, cette journée sans couture qui s'était drapée autour d'une nuit d'été, elle aurait dû trouver sa conclusion avec la disparition de la Humber dans l'allée. Mais une dernière confrontation s'annonçait. La voiture n'avait pas fait plus de vingt mètres qu'elle se mit à ralentir. Une silhouette que Briony n'avait pas remarquée se présentait au milieu de l'allée, sans manifester la moindre intention de se ranger sur le côté. C'était une femme plutôt courtaude, à la démarche pesante et vêtue d'une robe imprimée à fleurs, qui étreignait un objet pareil à un bâton — en fait un parapluie d'homme terminé par d'une tête d'oie. La voiture stoppa et le klaxon se fit entendre lorsque la femme vint se planter devant la grille de radiateur. C'était Grace Turner, la mère de Robbie. Elle brandit le parapluie et se mit à crier. Le policier assis à l'avant, qui était sorti, lui parla puis la prit par le coude. L'autre gardien, celui qui avait salué, arriva en toute hâte. Mrs Turner agita son bras libre, leva de nouveau le parapluie, des deux mains cette fois, et l'abattit, tête d'oie la première, avec un bruit qui résonna comme un coup de feu sur le capot luisant de la Humber. Tandis que les gardiens l'entraînaient tant bien que mal vers le bas-côté de l'allée, elle se mit à hurler un seul mot, avec tant de force que Briony l'entendit de sa chambre.

« Menteurs ! Menteurs ! Menteurs ! »

La portière avant grande ouverte, la voiture passa lentement devant elle, marquant un temps d'arrêt pour récupérer le policier. Resté seul, son collègue eut des difficultés à la retenir. Elle réussit à manier de nouveau son parapluie, mais le coup dérapa sur le toit de la voiture. Il lui arracha l'objet et l'envoya promener par-dessus son épaule sur l'herbe.

« Menteurs! Menteurs! » cria de nouveau Grace Turner en faisant vainement quelques pas vers la voiture qui s'en allait, puis elle s'arrêta, les mains sur les hanches, pour la voir franchir le premier pont, franchir l'île, puis le deuxième pont, et enfin disparaître dans la blancheur.

DEUXIÈME PARTIE

Il y avait eu bien des horreurs, mais c'est un détail inattendu qui devait l'ébranler et ne plus le lâcher par la suite. Lorsqu'ils atteignirent le passage à niveau, au bout de cinq kilomètres de marche le long d'une route étroite, il vit le chemin qu'il cherchait serpenter vers la droite, pour plonger ensuite et remonter vers un petit bois qui couvrait une colline basse au nord-ouest. Tous trois s'arrêtèrent pour lui permettre de consulter la carte. Mais elle n'était pas là où il pensait la trouver. Elle n'était ni dans sa poche ni prise dans sa ceinture. L'avait-il perdue ou posée au dernier arrêt? Il laissa tomber sa capote à terre et glissa une main à l'intérieur de sa veste lorsqu'il s'en rendit compte. La carte était dans sa main gauche et devait y être depuis plus d'une heure. Il jeta un coup d'œil aux deux autres hommes, mais ils regardaient ailleurs, à distance l'un de l'autre, occupés à fumer en silence. Il l'avait toujours à la main. Il l'avait arrachée des doigts d'un capitaine du West Kents, couché dans un fossé près de... près d'où? Ces cartes de l'arrière-pays étaient rares. Il avait également pris le revolver du mort. Il n'essayait pas de jouer les officiers. N'ayant plus de fusil, son intention était simplement de survivre.

Le sentier qui l'intéressait commençait le long d'une maison bombardée, assez récente, sans doute celle d'un cheminot rebâtie depuis la dernière fois. Il y avait des empreintes d'animaux dans la boue qui entourait une flaque d'eau accumulée dans une ornière de pneu. Probablement des chèvres. Épars alentour, des lambeaux de tissu rayé aux bords noircis, vestiges de rideaux ou de vêtements, et un bâti de fenêtre défoncé étalé en travers d'un buisson, et partout une odeur de suie mouillée. C'était bien la route, leur raccourci. Il replia la carte et la rempocha, et, comme il se redressait après avoir ramassé sa capote, qu'il jeta sur ses épaules, il la découvrit. Les autres, devinant son geste, se retournèrent et suivirent son regard. C'était une jambe, dans un arbre. Un platane adulte qui commençait tout juste à être en feuilles. La jambe était à cinq ou six mètres de hauteur, prise dans la première fourche du tronc, nue, tranchée net au-dessus du genou. De là où ils étaient, on ne voyait ni trace de sang ni chair déchiquetée. C'était une jambe parfaite, blême, lisse, assez menue pour être celle d'un enfant. À la façon dont elle se présentait sur la fourche, on aurait dit qu'elle était exposée là pour leur bénéfice ou leur édification : ceci est une jambe.

Les deux caporaux eurent un *pouah* de dégoût et ramassèrent leur barda. Ils refusaient de se laisser prendre. Ces derniers jours, ils en avaient assez vu.

Nettle, le chauffeur du camion, prit une autre cigarette et dit : « Alors, on va où, chef ? »

C'est ainsi qu'ils l'appelaient pour régler l'affaire délicate du grade. Il s'engagea sur le chemin en toute hâte, presque en courant. Il voulait s'éloigner, à l'abri des regards, afin de pouvoir vomir ou chier, allez savoir. À l'arrière d'une grange, à côté d'un tas d'ardoises brisées, son corps décida pour lui en optant pour la première solution. Il avait tellement soif qu'il ne pouvait plus se permettre de perdre de liquide. Il but à même sa gourde et fit le tour de la grange. Il profita de cet instant de solitude pour examiner sa plaie. Située sur le côté droit, juste au-dessous de la cage thoracique, elle était de la taille d'une demi-couronne. Elle n'avait plus si mauvaise allure depuis hier, une fois lavée de son sang séché. Quoique la peau tout autour fût rouge, l'enflure n'était pas très importante. Mais il y avait quelque chose là-dedans qu'il sentait bouger en marchant. Un éclat d'obus, peut-être.

Le temps que les caporaux le rattrapent, il avait rentré sa chemise et faisait semblant d'étudier la carte. En leur compagnie, elle constituait sa seule intimité.

« Pourquoi il a foncé comme ça ?

— Il a repéré une nénette.

— C'est la carte. Il doute encore, putain.

— Pas de doute, messieurs. C'est bien la route. »

Il sortit une cigarette et le caporal Mace la lui alluma. Puis, afin de cacher le tremblement de ses mains, Robbie Turner se remit en marche et ils lui emboîtèrent le pas comme ils le faisaient depuis maintenant deux jours. Ou était-ce trois ? Il était moins gradé, mais ils le suivaient et faisaient tout ce qu'il suggérait et, pour conserver leur dignité, ils le chambraient. Lorsqu'ils erraient sur la route ou coupaient à travers champs et qu'il restait silencieux trop longtemps, Mace lançait un : « Chef, vous êtes encore en train de penser à une nénette ? » que reprenait Nettle en disant : « Putain, oui, c'est sûrement ça. » C'étaient des gars de la ville qui détestaient la campagne et s'y sentaient perdus. Les relevés de boussole n'avaient aucun sens pour eux. Cette partie de l'entraînement de base leur avait échappé. Ils avaient décidé que pour atteindre la côte ils auraient besoin de lui. Ce n'était pas facile pour eux. Il se comportait en officier sans posséder le moindre galon. La première nuit, lorsqu'ils s'étaient réfugiés dans le garage à vélos d'une école incendiée, le caporal Nettle lui avait demandé : « Comment ça se fait qu'un simple soldat comme vous parle comme un aristo ? »

Il ne leur devait aucune explication. Son obsession c'était de survivre, il avait une bonne raison de le faire, et il se fichait bien qu'ils traînent derrière ou non. Les deux hommes s'étaient accrochés à leurs armes. C'était déjà quelque chose, et Mace était grand, large de carrure, avec des mains qui auraient pu couvrir une octave et demie sur le piano du pub dont il disait jouer. Et Turner ne se souciait pas davantage de leurs sarcasmes. Tout ce qu'il voulait, maintenant qu'ils suivaient ce chemin qui les éloignait de la route, c'était oublier cette jambe. Leur sentier rejoignait une piste qui filait entre deux murs de pierre et plongeait dans une vallée qui n'avait pas été visible de la route. Au fond coulait un cours d'eau marron, qu'ils traversèrent par un gué de pierres serties dans un tapis de ce qui ressemblait à du persil d'eau miniature.

Leur route bifurqua vers l'ouest tandis qu'ils quittaient la vallée en montant, toujours entre les vieux murs. Devant eux, le ciel commençait à se dégager un peu et avait l'éclat d'une promesse. Partout ailleurs, il faisait gris. Comme ils approchaient du sommet par un petit bois de châtaigniers, le soleil couchant bascula au-dessous de la couverture de nuages et envahit la scène, éblouissant les trois soldats tandis qu'ils y accédaient. Comme il aurait été bien de terminer une journée de vagabondage à travers la campagne française en marchant face au soleil couchant. Toujours un acte porteur d'espérance.

En émergeant du bois, ils entendirent des bombardiers, si bien qu'ils retournèrent sur leurs pas et fumèrent sous les arbres en attendant. De là où ils étaient, ils ne pouvaient voir les avions, mais le spectacle était beau. C'était à peine des collines, ce qui s'étendait à perte de vue devant eux. Ce n'étaient que des ondulations du paysage, de faibles échos de quelques vastes bouleversements intervenus ailleurs. Chaque crête était plus pâle que celle qui la précédait. Il voyait un lavis de gris et de bleu s'éloigner en s'estompant dans une brume vers le soleil couchant, telle une délicatesse orientale sur une assiette.

Une demi-heure plus tard, ils effectuaient une longue traversée d'une pente plus profonde qui s'insérait plus au nord, et qui les fit déboucher enfin sur une autre vallée, un autre petit cours d'eau. Celui-là coulait avec plus de vigueur, et ils le franchirent par un pont de pierre damé d'une épaisse couche de bouse. Les caporaux, qui n'étaient pas aussi épuisés que lui, blaguèrent, faisant mine d'être dégoûtés. L'un d'eux lui lança un morceau de bouse sèche dans le dos. Turner ne se retourna pas. Les lambeaux de tissu, réfléchissait-il, avaient peut-être été ceux d'un pyjama d'enfant. D'un jeune garçon. Les bombardiers passaient quelquefois peu de temps après le lever du jour. Il essaya de repousser cette idée, mais elle ne le quittait pas. Un petit Français qui dormait dans son lit. Turner voulait mettre davantage de distance entre lui et cette maison bombardée. Ce n'était plus seulement l'armée allemande et les forces aériennes qui le poursuivaient désormais. Si la lune avait brillé, il aurait été heureux de marcher toute la nuit. Les caporaux n'auraient pas apprécié. Peut-être était-il temps de se débarrasser d'eux.

En aval du pont, il y avait une rangée de peupliers dont les cimes palpitaient, étincelantes sous les dernières lueurs. Les soldats prirent l'autre direction, et bientôt la piste redevint sentier et quitta la rivière. Ils firent des détours, se forçant un passage à travers des buissons aux épaisses feuilles vernissées. Il y avait aussi des chênes rabougris, à peine feuillus. La végétation sous leurs pieds sentait bon l'humidité, et Turner pensa qu'il y avait probablement quelque chose qui n'allait pas dans ce paysage, pour le rendre si différent de tout ce qu'ils avaient vu.

Droit devant eux s'élevait un ronflement de machines. Il s'amplifia, de plus en plus furieux, suggérant un mouvement ultra-rapide d'hélices ou de turbines électriques tournant à une vitesse impossible. Ils étaient en train de pénétrer dans un grand espace de bruit et de puissance.

« Des abeilles ! » s'écria-t-il. Il dut se retourner et se répéter avant qu'ils puissent l'entendre. L'air était déjà plus sombre. Il connaissait bien le refrain. Si l'une d'elles se mettait dans vos cheveux et vous piquait, elle transmettait en mourant un message chimique et toutes celles qui le recevaient étaient contraintes d'arriver, de piquer et de mourir au même endroit. Conscription générale ! Après tous ces dangers vécus, c'était presque leur faire injure. Ils levèrent leurs capotes au-dessus de leur tête et traversèrent l'essaim au pas de course. Toujours au milieu des abeilles, ils parvinrent à un fossé de boue nauséabonde qu'ils franchirent sur une planche branlante. Ils arrivèrent derrière une grange où tout redevint soudain paisible. Au-delà se dressait une ferme. Dès leur arrivée, des chiens se mirent à aboyer et une vieille femme accourut vers eux en les repoussant des deux mains comme des poules qu'elle aurait chassées. Les caporaux comptaient sur le français de Turner. Il s'avança et attendit qu'elle arrive à sa hauteur. Des rumeurs couraient que des civils vendaient des bouteilles d'eau pour dix francs, mais il n'avait jamais vu ça. Les Français qu'il avait rencontrés étaient généreux quand leurs propres malheurs ne les égaraient pas. La bonne femme était frêle et énergique. Elle avait le visage crochu d'une sorcière et l'air farouche. Le ton était criard.

« *C'est impossible, m'sieur. Vous ne pouvez pas rester ici** .

— Nous irons dans la grange. Nous avons besoin d'eau, de vin, de pain, de fromage et de tout ce que vous avez à nous donner.

— *Impossible !* »

Il lui dit avec douceur : « Nous avons combattu pour la France.

— Vous ne pouvez pas rester ici.

— Nous serons partis aux aurores. Les Allemands sont encore...

— Ce n'est pas les Allemands, m'sieur. Ce sont mes fils. Ce sont des bêtes. Et ils seront bientôt de retour. »

Turner écarta la femme et se dirigea vers la pompe qui était dans l'angle de la cour, près de la cuisine. Nettle et Mace le suivirent. Pendant qu'il buvait, une fillette d'une dizaine d'années et son petit frère, qui lui donnait la main, le regardèrent depuis l'entrée. Lorsqu'il eut terminé, il remplit sa gourde, leur sourit, mais ils s'enfuirent. Les caporaux étaient ensemble sous la pompe, à boire en même temps. La femme fut soudain derrière lui, cramponnée à son coude. Avant qu'elle ne puisse recommencer, il lui dit : « S'il vous plaît, apportez-nous ce que je vous ai demandé, ou bien nous viendrons le chercher nous-mêmes.

— Mes fils sont des brutes. Ils me tueront. »

Il aurait aimé lui dire : Qu'ils le fassent donc, mais, au lieu de cela, il s'éloigna et lança par-dessus son épaule : « Je vais leur parler.

— Alors, m'sieur, ils vous tueront. Ils vous mettront en pièces. »

Le caporal Mace était cuistot dans la même unité du Royal Army Service Corps que le caporal Nettle. Avant de s'engager, il avait été magasinier chez Heal's à Tottenham Court Road. Il disait s'y connaître en matière de confort, et dans la grange il se mit en devoir d'organiser leurs quartiers. Turner se serait bien jeté dans la paille. Mace dénicha un tas de sacs et, avec l'aide de Nettle, en remplit trois pour en faire des matelas. Il fit des dossiers avec des balles de foin qu'il descendit d'une main. Il installa une porte sur des piles de briques en guise de table. Il sortit une moitié de bougie de sa poche.

« Autant avoir le confort », marmonnait-il. C'était la première fois qu'ils s'écartaient de toute insinuation sexuelle. Les trois hommes se retrouvèrent couchés sur leur lit, à fumer et à attendre. Maintenant qu'ils n'avaient plus soif, leurs pensées allaient vers la nourriture qu'ils allaient recevoir, et ils entendaient mutuellement leur estomac gronder et gargouiller dans la pénombre, ce qui les fit rire. Turner leur rapporta sa conversation avec la vieille et ce qu'elle lui avait dit à propos de ses fils.

« Peut-être qu'ils sont de la cinquième colonne », dit Nettle. Il ne paraissait petit qu'en comparaison de son camarade couché à ses côtés, mais il avait les traits aigus d'un petit homme et l'expression amicale d'un rongeur qu'accentuait sa façon d'avancer les dents du haut au-dessus de sa lèvre inférieure.

« Ou bien des Français nazis. Des sympathisants des Allemands. Comme Mosley, chez nous », dit Mace.

Ils restèrent silencieux un moment, puis Mace ajouta : « Ou comme ils sont tous à la campagne, dégénérés à force de se marier entre eux.

— Quoi qu'il en soit, dit Turner, je pense que vous devriez vérifier tout de suite vos armes et les tenir prêtes. »

Ils obéirent. Mace alluma la bougie et ils effectuèrent l'inspection de routine. Turner vérifia son pistolet et le posa à portée de main. Lorsque les caporaux eurent terminé, ils appuyèrent leurs Lee-Enfield contre un cageot de bois et se recouchèrent. Bientôt, la petite se présenta avec un panier. Elle le déposa près de la porte de la grange et détala en courant. Nettle alla prendre le panier et ils en étalèrent le contenu sur leur table. Une miche ronde de pain bis, un petit morceau de fromage frais, un oignon et une bouteille de vin. Le pain était dur à couper et avait un goût de moisi. Le fromage était bon, mais il disparut en quelques secondes. Ils se passèrent la bouteille à la ronde mais bientôt elle aussi eut disparu. Il ne leur resta plus que le pain moisi qu'ils mâchèrent avec l'oignon.

Nettle déclara : « J'en donnerais même pas à mon couillon de chien.

— Je vais là-bas, dit Turner, chercher quelque chose de mieux.

— On vient aussi. »

Mais ils se recouchèrent un temps sur leur lit en silence. Personne ne se sentait encore le courage d'affronter la vieille.

Puis, entendant un bruit de pas, ils se retournèrent

et virent deux hommes campés dans l'ouverture de la porte. Chacun d'eux tenait quelque chose à la main, un gourdin, peut-être, ou un fusil de chasse. Dans la lumière tombante, impossible de dire. Pas plus qu'ils ne pouvaient distinguer les visages des frères français.

La voix était amène : « *Bonsoir, messieurs.*

— *Bonsoir**. »

Tandis que Turner se levait de sa paillasse, il prit son revolver. Les caporaux allongèrent le bras vers leurs fusils. Il leur chuchota : « Allez-y doucement.

— Anglais ? Belges ?

— Anglais.

— Nous avons quelque chose pour vous.

— Quel genre de chose ?

— Qu'est-ce qu'il raconte ? demanda un des caporaux.

— Il dit qu'il a quelque chose pour nous.

— Bon Dieu. »

Les hommes se rapprochèrent de deux pas et brandirent ce qu'ils avaient à la main. Des fusils sûrement. Turner dégagea le cran d'arrêt. Il entendit Mace et Nettle en faire autant. « Doucement, dit-il dans un murmure.

— Rangez vos armes, messieurs.

— Et vous de même.

— Attendez un instant. »

La silhouette qui parlait mit la main à sa poche. Elle en tira une torche électrique qu'elle dirigea non sur les soldats, mais sur son frère, sur ce qu'il avait à la main. Un pain français. Et sur ce qu'elle tenait dans l'autre main, un sac de toile. Puis elle leur montra les deux baguettes qu'elle-même tenait.

« Nous avons aussi des olives, du fromage, du pâté, des tomates et du jambon. Et, bien sûr, du vin. *Vive l'Angleterre.*

— Heu... *Vive la France**. »

Ils s'installèrent à la table de Mace, que les Français, Henri et Jean-Marie Bonnet, admirèrent poliment, ainsi que les matelas. C'étaient des hommes petits, râblés, autour de la cinquantaine. Henri portait des lunettes qui, décréta Nettle, avaient l'air bizarre sur un fermier. Turner s'abstint de traduire. En même temps que le vin, ils avaient apporté des gobelets de verre. Les cinq hommes portèrent des toasts aux armées françaises et britanniques, et à l'écrasement de l'Allemagne. Les frères regardèrent les soldats manger. Par l'intermédiaire de Turner, Mace déclara qu'il n'avait jamais goûté ni même entendu parler de pâté de foie d'oie et qu'à partir de maintenant il ne mangerait plus rien d'autre. Les Français sourirent, mais ils restaient sur la réserve et ne semblaient pas d'humeur à s'enivrer. Ils dirent qu'ils avaient fait tout le trajet jusqu'à un hameau proche d'Arras dans leur camion de ferme pour retrouver une jeune cousine et ses enfants. La ville avait fait l'objet d'une vaste attaque, mais ils n'avaient pas la moindre idée des assaillants, ni des défenseurs, ni des vainqueurs. Ils avaient roulé sur des routes secondaires pour éviter le chaos des réfugiés. Ils avaient vu des fermes en flammes et étaient tombés sur une douzaine de soldats anglais morts sur la route. Ils avaient dû descendre et traîner les hommes sur le bas-côté pour éviter d'avoir à rouler dessus. Mais deux des corps étaient pratiquement coupés en deux. Ç'avait dû être une grosse attaque à la mitrailleuse, peut-être aérienne, peut-être une embuscade. De retour dans le camion, Henri avait vomi dans la cabine et Jean-Marie, qui était au volant, pris de panique, était allé dans le fossé. Ils avaient marché jusqu'au village, emprunté deux chevaux à un

261

fermier et dégagé le véhicule. Ç'avait demandé deux heures. De nouveau en route, ils avaient vu des tanks et des voitures blindées incendiés, allemands autant que britanniques et français. Mais n'avaient pas aperçu de soldats. La bataille s'était déplacée.

Quand ils étaient parvenus au hameau, il était tard dans l'après-midi. Les lieux, entièrement détruits, étaient déserts. La maison de leur cousine était éventrée, avec des impacts de balles partout sur les murs, mais elle avait conservé son toit. Ils avaient exploré toutes les pièces et avaient été soulagés de n'y trouver personne. Elle devait avoir emmené les enfants et rejoint les milliers de gens sur les routes. Craignant de rouler de nuit, ils s'étaient garés dans un bois pour tenter de dormir dans la cabine. Toute la nuit, ils avaient entendu l'artillerie pilonner Arras. Il semblait impossible que quiconque ait survécu là-bas. Ils étaient revenus par un autre chemin, beaucoup plus long, pour éviter de repasser devant les soldats morts. À présent, expliquait Henri, son frère et lui étaient très fatigués. Dès qu'ils fermaient les yeux, ils revoyaient ces corps mutilés.

Jean-Marie remplit de nouveau les verres. Le récit, accompagné de sa traduction par Turner, avait pris presque une heure. Toute la nourriture avait été mangée. Il pensa leur raconter l'unique expérience personnelle qui le hantait, mais ne voulut pas ajouter à l'horreur, non plus qu'il ne voulut redonner vie à l'image qui restait à distance, cantonnée là par le vin et la camaraderie. Il leur raconta plutôt comment il avait été séparé de son unité au début de la retraite, lors d'une attaque de Stuka. Il ne fit pas mention de sa blessure, car il ne souhaitait pas que les caporaux en prennent connaissance. Il choisit plutôt de leur expliquer qu'ils marchaient à travers la campagne jusqu'à Dunkerque pour éviter les raids aériens sur les grandes routes.

Jean-Marie dit : « Alors c'est vrai ce qu'ils racontent. Vous partez.

— Nous reviendrons. » Il le dit, mais sans y croire vraiment.

Le vin prenait possession du caporal Nettle. Il se lança dans un panégyrique extravagant de ce qu'il appelait les « *nénettes françaises* » — comme elles étaient généreuses, accessibles, délicieuses. Tout n'était qu'imagination débordante. Les frères regardèrent Turner.

« Il dit que les Françaises sont les plus belles femmes du monde. »

Ils hochèrent la tête avec solennité et levèrent leurs verres.

Ils gardèrent un moment le silence. Leur soirée était sur le point de s'achever. Ils tendaient l'oreille aux bruits de la nuit auxquels ils avaient appris à s'habituer — le grondement de l'artillerie, les balles perdues à distance, le tonnerre d'une explosion dans le lointain — probablement des sapeurs qui faisaient sauter un pont au cours de leur retraite.

« Demande-leur, pour leur maman, suggéra le caporal Mace. Pour qu'on y voie un peu plus clair.

— Nous étions trois frères, expliqua Henri. L'aîné, Paul, son premier-né, est mort dans les environs de Verdun, en 1915. Il a reçu un obus. Il n'y a rien eu à enterrer, à part son casque. Nous deux, nous avons eu de la veine. On s'en est sortis sans une égratignure. Depuis ce temps-là, elle a toujours eu horreur des soldats. Mais à présent qu'elle a quatre-vingt-trois ans et qu'elle perd la tête, c'est devenu son obsession. Les Français, les Anglais, les Belges, les Allemands. Elle ne fait pas de différence. Vous êtes tous du pareil au même pour elle. Nous avons peur que, lorsque les Allemands arriveront, elle les accueille avec une fourche et qu'ils la tuent. »

Visiblement épuisés, les frères se remirent debout. Les soldats en firent autant.

Jean-Marie dit : « Nous vous aurions bien reçus à notre table. Mais pour ça, il aurait fallu l'enfermer dans sa chambre.

— Ç'a été un splendide festin », dit Turner.

Nettle chuchota quelque chose à l'oreille de Mace qui hocha la tête.

Nettle tira de son sac deux cartouches de cigarettes. Naturellement, c'était la chose à faire. Les Français firent mine de refuser, mais Nettle, contournant la table, leur fourra les cadeaux dans les bras. Il voulut que Turner traduise.

« Vous auriez dû voir ça, quand on a reçu l'ordre de détruire les stocks. Vingt mille cigarettes. On a pris ce qu'on voulait. »

Une armée au complet s'enfuyait vers la côte, bardée de cigarettes pour museler sa faim.

Les Français remercièrent courtoisement, complimentèrent Turner sur son français, puis se penchèrent au-dessus de la table pour remballer les bouteilles et les verres vides dans le sac de toile. On ne se promit pas de se revoir.

« Nous serons partis à la première heure, dit Turner. Alors, nous vous disons au revoir. »

Ils se serrèrent la main.

Henri Bonnet dit : « Toute cette guerre que nous avons faite il y a vingt-cinq ans. Tous ces morts. Et maintenant, les Allemands sont de retour en France. Dans deux jours, ils seront ici à nous prendre tout ce que nous avons. Qui l'aurait cru ? »

Turner ressentit pour la première fois la totale

ignominie de la retraite. Il eut honte. Il répéta, avec encore moins de conviction : « Nous reviendrons les flanquer dehors, je vous le promets. »

Les frères acquiescèrent d'un signe de tête puis, avec un dernier sourire d'adieu, quittèrent le cercle indistinct de la lueur de bougie et franchirent l'obscurité en direction de la porte béante, les verres tintant contre les bouteilles tandis qu'ils s'en allaient.

Pendant un long moment, il demeura allongé sur le dos, à fumer, les yeux rivés sur l'obscurité de la haute voûte. Les ronflements des caporaux montaient et descendaient en contrepoint. Il était exténué sans ressentir l'envie de dormir. Sa blessure l'élançait désagréablement, chaque pulsation précise et tendue. Quelle que fût la nature de ce qu'il y avait là, c'était pointu et près de la surface et il voulut le palper du bout d'un doigt. L'épuisement le rendait vulnérable aux pensées les plus indésirables. Il repensait au petit Français qui dormait dans son lit et à l'indifférence des types qui étaient capables de balancer des obus dans le paysage. Ou de vider leur charge de bombes sur une fermette endormie près d'une voie ferrée, sans chercher à savoir ni se préoccuper de qui se trouvait là. C'était un processus industriel. Il avait vu leurs propres unités d'artillerie, groupées serré, travailler à n'importe quelle heure, fières de leur promptitude à se mettre en ligne et fières de leur discipline, de leurs entraînements, de leur travail d'équipe. Ils n'avaient jamais à voir le résultat — un gamin disparu. Disparu. Comme il formait les mots mentalement, le sommeil le prit par surprise, mais seulement quelques secondes. Puis il fut réveillé, sur son lit, couché sur le dos, sondant du regard l'obscurité de sa cellule. Il avait l'impression d'y être revenu. Il sentait l'odeur du sol bétonné, de la pisse dans le seau, et de la peinture laquée sur les murs, et avait l'impression d'entendre les ronflements des hommes de la rangée. Trois années et demie de nuits semblables, sans pouvoir dormir, en pensant à un autre garçon disparu, à une autre vie enfuie qui avait été autrefois la sienne, à attendre l'aube, le seau que l'on vidait et une autre journée fichue. Il ignorait comment il avait survécu à cette bêtise quotidienne. À la bêtise et à la claustrophobie. À cette main qui le prenait à la gorge. Être là, réfugié dans une grange, avec une armée en déroute, alors qu'une jambe d'enfant dans un arbre était quelque chose que tout un chacun pouvait ignorer, alors qu'un pays entier, une civilisation entière, était sur le point de tomber, valait encore mieux que d'être là-bas, sur une couche étroite sous un maigre éclairage, à attendre pour rien. Ici, il y avait des vallées boisées, des cours d'eau, du soleil sur les peupliers qu'on ne pouvait lui prendre à moins de le tuer. Et il y avait de l'espoir. *Je t'attendrai. Reviens.* Il y avait une chance, une petite chance de pouvoir rentrer. Il avait sa dernière lettre dans sa poche et sa nouvelle adresse. Voilà pourquoi il devait survivre et user d'astuce pour rester à l'écart des grandes routes où des bombardiers tournaient en rond en attendant, pareils à des rapaces.

Plus tard, il se dégagea de sa capote, enfila ses brodequins et traversa la grange à tâtons pour aller se soulager dehors. La tête lui tournait de fatigue et pourtant il n'était toujours pas prêt à dormir. Ignorant les chiens de ferme qui grondaient, il trouva un chemin menant à une élévation herbeuse, pour regarder les éclairs dans le ciel, au sud. C'était l'orage des blindés allemands qui approchaient. Il toucha sa poche poitrine où le poème qu'elle lui avait envoyé était plié dans sa lettre. *Dans le cauchemar des ténèbres, Tous les chiens de l'Europe aboient.* Le reste de ses lettres était dans la poche boutonnée de l'intérieur de sa capote. En se juchant sur la roue d'une remorque à l'abandon, il put voir d'autres parties du ciel. Les éclairs des fusils brasillaient partout, sauf au nord. L'armée vaincue empruntait en courant un couloir qui allait forcément se rétrécir et être bientôt coupé. Il n'y aurait plus aucune chance de s'en sortir pour les traînards. Au mieux, ce serait de nouveau la prison. Le camp de prisonniers. Cette fois-ci, il ne tiendrait pas. Lorsque la France tomberait, on ne verrait plus le bout de la guerre. Aucune lettre d'elle et aucun moyen de rentrer. Aucun marchandage de libération anticipée en échange d'un enrôlement dans l'infanterie. Pris une fois de plus à la gorge. S'offrait la perspective de mille, de milliers de nuits en prison, à ressasser le passé dans son insomnie, à attendre que sa vie reprenne, à se demander si elle reprendrait jamais. Peut-être serait-il plus intelligent de partir maintenant, avant qu'il ne soit trop tard et de continuer à avancer, toute la nuit, toute la journée jusqu'à la Manche. De se défiler, d'abandonner les caporaux à leur destin. Il fit demi-tour, entreprit de redescendre la pente et changea d'avis. C'est à peine s'il distinguait le sol devant lui. Il n'avancerait pas du tout dans le noir et risquait de se rompre une jambe. Et peut-être les caporaux n'étaient-ils pas aussi nigauds que ça — Mace, avec ses paillasses, Nettle, avec son cadeau aux deux frères.

Guidé par leurs ronflements, il retourna à pas hésitants jusqu'à son lit. Pourtant, le sommeil ne venait toujours pas, ou ne venait que par brefs plongeons dont il émergeait étourdi de pensées qu'il ne pouvait ni choisir ni orienter. Elles le poursuivaient, ses vieilles obsessions. Voilà qu'elle lui revenait, son unique rencontre avec elle. Six jours hors de prison, un jour avant qu'il se présente à l'appel, près d'Aldershot. Lorsqu'ils étaient convenus de se retrouver chez Joe Lyons, le salon de thé du Strand, en 1939, ils ne s'étaient pas vus depuis trois ans et demi. Il était arrivé de bonne heure et s'était installé sur une banquette d'angle avec vue sur la porte. La liberté était encore une nouveauté. La vitesse, le vacarme, la couleur des manteaux, des vestes et des jupes, les conversations vives et bruyantes des chalands du West End, l'amabilité de la jeune fille qui l'avait servi, le confort d'une absence de menace — assis, détendu, il savourait l'étreinte du quotidien. Lequel était empreint d'une beauté que lui seul était capable d'apprécier.

Pendant son temps de prison, l'unique visite féminine qu'on lui avait autorisée avait été celle de sa mère. Au cas où ça l'aurait échauffé, avait-on dit. Cecilia écrivait toutes les semaines. Amoureux d'elle, décidé pour elle à rester sain d'esprit, il était naturellement amoureux de ses mots. Lorsqu'il répondait, il feignait d'être égal à lui-même, se forçait à garder toute sa tête. Par crainte de son psychiatre qui était également leur censeur, ils ne pouvaient manifester ni sensualité ni même émotion. Sa prison était considérée comme moderne, avec des idées éclairées en dépit de sa froideur victorienne. D'après le diagnostic d'une précision clinique dont il avait fait l'objet, il était doté d'une sexualité débordante et morbide, et avait besoin autant d'aide que de rééducation. On ne devait pas le stimuler. Certaines lettres — les siennes et celles de Cecilia — étaient confisquées en raison de quelque expression timide de leur affection. Si bien qu'ils se parlaient de littérature, et utilisaient certains personnages en guise de code. À Cambridge, ils s'étaient croisés dans la rue. Ils ne s'étaient jamais rencontrés pour débattre de tous ces livres, de tous ces couples heureux ou tragiques ! Tristan et Iseult, le duc Orsino et Olivia (et aussi Malvolio), Troïlus et Cressida, Mr Knightley et Emma, Vénus et Adonis. Turner et Tallis. Une fois, désespéré, il avait fait allusion à Prométhée enchaîné à son rocher, le foie dévoré quotidiennement par un vautour. Quelquefois, elle était la patiente Griselde. Toute mention d'« un coin tranquille dans une bibliothèque » était leur code pour l'extase sexuelle. Ils mesuraient la ronde des jours avec amour jusque dans le détail le plus ennuyeux. Il décrivait la routine de la prison sous tous ses aspects, mais n'en commentait jamais la stupidité. Elle était assez évidente. Jamais il ne lui disait qu'il avait peur de sombrer. C'était trop manifeste. Elle ne lui écrivait jamais qu'elle l'aimait, elle l'aurait fait si elle avait pensé que cela passerait au travers. Mais il le savait.

Elle lui dit qu'elle s'était coupée de sa famille. Qu'elle n'adresserait plus jamais la parole à ses parents, à son frère ou à sa sœur. Il suivit de près chaque étape de ses études d'infirmière. Lorsqu'elle écrivait « aujourd'hui, je suis allée à la bibliothèque emprunter le livre d'anatomie dont je t'ai parlé. J'ai trouvé un coin tranquille et j'ai fait semblant de lire », il savait qu'elle se nourrissait des mêmes souvenirs qui le consumaient chaque nuit sous ses minces couvertures de prison.

Lorsqu'elle pénétra dans le café, vêtue de sa cape d'infirmière, le faisant sortir brutalement d'une agréable torpeur, il se releva trop vite et renversa son thé. Il était conscient du costume trop grand dans lequel sa mère avait mis toutes ses économies. La veste ne semblait pas toucher ses épaules. Ils s'assirent, se regardèrent, sourirent et détournèrent les yeux. Robbie et Cecilia faisaient l'amour depuis des années — par courrier. Dans leurs échanges codés, ils s'étaient rapprochés, mais comme il leur paraissait artificiel maintenant, ce rapprochement, au moment même où ils se lançaient dans leur bavardage, leur impuissant catéchisme de demandes et de réponses polies. Comme la distance s'installait entre eux, ils comprirent à quel point ils s'étaient avancés dans leurs lettres. Ce moment avait été imaginé et désiré depuis trop longtemps pour être à leur mesure. Robbie avait vécu à l'écart du monde et manquait de confiance pour revenir en arrière et adopter une certaine largeur de vues. *Je t'aime et tu m'as sauvé la vie.* Il la questionna sur son logement. Elle le lui décrivit.

« Et tu t'entends bien avec ta propriétaire ? »

Il n'avait rien trouvé de mieux et craignit le silence qui pourrait s'ensuivre, l'embarras qui conduirait Cecilia à lui dire qu'elle avait eu plaisir à le revoir. À présent il fallait qu'elle retourne au travail. Tout ce qui existait entre eux tenait aux quelques minutes passées dans une bibliothèque des années plus tôt. Était-ce trop fragile ? Elle pouvait facilement redevenir une sorte de sœur. Était-elle déçue ? Il avait perdu du poids. Il avait rétréci dans tous les sens du terme. La prison l'avait fait se mépriser alors qu'elle avait l'air aussi adorable qu'il se la rappelait, tout particulièrement dans son uniforme d'infirmière. Mais elle était terriblement anxieuse, elle aussi, incapable d'éviter les banalités. Au lieu de cela, elle s'efforça de traiter avec légèreté le mauvais caractère de sa logeuse. Au bout de quelques échanges supplémentaires du même genre, elle se mit vraiment à consulter la petite montre suspendue au-dessus de son sein gauche en lui disant que sa pause du déjeuner allait bientôt se terminer. Ils avaient eu une demi-heure.

Il l'accompagna à pied jusqu'à Whitehall, jusqu'à l'arrêt d'autobus. Dans les dernières et précieuses minutes, il inscrivit son adresse à son intention, une morne succession de sigles et de nombres. Il lui expliqua qu'il n'aurait aucun congé avant la fin des classes. Après cela, il aurait droit à deux semaines. Elle le regardait en secouant la tête, comme exaspérée, et enfin il lui prit la main et l'étreignit. Le geste devait être chargé de tout ce qui n'avait pas été dit et elle lui répondit d'une pression de la main. Son autobus arrivait et elle ne le lâchait pas. Ils se tenaient face à face. Il l'embrassa, légèrement au début, mais ils se rapprochèrent et, lorsque leurs langues se touchèrent, une partie désincarnée de lui en fut bassement reconnaissante, car il sut qu'il détenait maintenant un souvenir en réserve et qu'il s'en nourrirait pour les mois à venir. Il s'en nourrissait actuellement, dans une grange en France, aux premières heures du jour. Ils s'étreignirent plus fort et prolongèrent leur baiser tandis que les gens les doublaient dans la file. Un plaisantin lui corna dans l'oreille. Elle pleurait contre sa joue et son chagrin écrasait ses lèvres contre les siennes. Un autre autobus arrivait. Elle s'écarta, lui étreignit le poignet, monta sans un mot et sans se retourner. Il la regarda chercher où s'asseoir et, comme le bus démarrait, il comprit qu'il aurait dû partir avec elle, faire toute la route jusqu'à l'hôpital. Il avait fichu en l'air quelques minutes de sa compagnie. Il allait falloir qu'il réapprenne à penser et à agir par lui-même. Il se mit à courir le long de White-

271

hall, dans l'espoir de la rattraper au prochain arrêt. Mais son bus était déjà loin et disparut bientôt en direction de Parliament Square.

Pendant toute la durée de ses classes, ils continuèrent de s'écrire. Libérés de la censure et de la nécessité de faire preuve d'invention, ils agirent avec précaution. Impatients de vivre sur la page, conscients des difficultés, ils se méfiaient d'aller au-delà du contact de leurs mains et d'un baiser unique d'arrêt de bus. Ils se disaient qu'ils s'aimaient, utilisaient « chéri » et « amour », et savaient que leur avenir serait ensemble, mais ils se tenaient à distance d'une intimité plus débridée. Ils se souciaient maintenant de rester en relation jusqu'à ces deux semaines. Par l'intermédiaire d'une amie de Girton, elle trouva à emprunter une maison dans le Wiltshire, et, bien qu'ils eussent du mal à penser à autre chose dans leurs moments de liberté, ils essayèrent de ne pas trop en rêver dans leurs lettres. Ils préférèrent parler de leur train-train habituel. Elle était à présent affectée à la maternité, et chaque jour y apportait ses miracles ordinaires, autant de moments de drame que d'hilarité. Il y avait aussi des tragédies, au regard desquelles leurs propres ennuis se réduisaient à néant : des bébés mort-nés, des mères qui mouraient, des jeunes types qui pleuraient dans les couloirs, des mères hébétées, en pleine adolescence, rejetées par leurs familles, des malformations infantiles qui évoquaient honte et amour à égale mesure. Lorsqu'elle décrivait une issue heureuse, ce moment où la bataille était terminée et où une mère épuisée prenait son enfant dans ses bras pour la première fois en contemplant avec ravissement un visage neuf, c'était une évocation muette du propre futur de Cecilia, celui qu'elle partagerait avec lui, et qui donnait à l'écriture sa force simple, bien qu'à la vérité ses pensées se fussent moins attardées sur la naissance que sur la conception.

À son tour, il décrivait le terrain de manœuvres, le champ de tir, les exercices, « la corvée d'astiquage », la caserne. Il n'était pas admis à bénéficier d'un entraînement d'officier, ce qui n'était pas plus mal, car tôt ou tard il aurait rencontré quelqu'un au mess des officiers qui serait au courant de son passé. Dans le rang, il restait anonyme, et il se révéla qu'avoir fait de la prison lui conférait un certain statut. Il découvrit qu'il était déjà bien adapté à un régime militaire, aux terreurs de la revue d'inspection et de la mise au carré des couvertures avec les étiquettes alignées. À l'inverse de ses camarades, il ne trouvait pas du tout la nourriture mauvaise. Les journées, bien que fatigantes, lui semblaient très variées. Les marches à travers la campagne lui procuraient un plaisir qu'il n'osait pas exprimer aux autres recrues. Il gagnait en poids et en force. Sa culture et son âge jouaient contre lui, mais son passé compensait et personne ne lui donnait de fil à retordre. Au lieu de cela, on le considérait comme un vieux marabout bien au courant de « leurs » façons et qui avait son utilité quand il s'agissait de remplir un formulaire. Comme elle, il limitait ses lettres à la routine de tous les jours que seule rompait l'anecdote amusante ou angoissante : la recrue qui s'était présentée à la parade avec une chaussure manquante ; le mouton qui était devenu fou dans la caserne et qu'on n'avait pu chasser, le sergent instructeur qui avait failli être touché par une balle au champ de tir.

Malgré tout, quelque chose couvait, une ombre au tableau dont il était obligé de parler. Après Munich, l'année précédente, comme tout un chacun, il avait acquis la certitude qu'il y aurait une guerre. On affinait et on accélérait leur entraînement, on agrandissait un autre camp pour accueillir plus de recrues. Son angoisse n'était pas tant d'avoir à se battre s'il le fallait que la menace qui pesait sur leur rêve du Wiltshire. Elle reflétait ses craintes dans ses descriptions des dispositions d'urgence à l'hôpital — davantage de lits, cours spéciaux, exercices d'alerte. Mais pour tous deux il y avait aussi quelque chose de fantastique dans tout ça, de lointain bien que probable. Ça ne recommencerait sûrement pas, à en croire bien des gens. Si bien qu'ils continuaient de se raccrocher à leurs espoirs.

Quelque chose d'autre, de plus personnel, le tracassait. Cecilia n'avait pas adressé la parole à ses parents, à ses frère et sœur, depuis novembre 1935, époque où Robbie avait été condamné. Elle refusait de leur écrire et de leur communiquer son adresse. Des lettres parvenaient à la jeune fille par l'intermédiaire de Grace, qui avait vendu le pavillon et avait déménagé dans un autre village. C'est par Grace qu'elle faisait savoir à sa famille qu'elle allait bien et qu'elle ne souhaitait pas qu'on entrât en contact avec elle. Leon était venu une fois à l'hôpital, mais elle n'avait pas voulu lui parler. Il avait attendu tout l'après-midi devant les grilles. Quand elle le vit, elle se réfugia à l'intérieur jusqu'à ce qu'il fût parti. Le lendemain matin, il était devant le foyer des infirmières. Elle l'avait écarté au passage sans même jeter un regard dans sa direction. Il lui avait saisi le coude, mais elle avait dégagé son bras avec force et poursuivi sa route, ouvertement insensible à ses supplications.

Robbie savait mieux que personne à quel point elle chérissait son frère, à quel point elle était proche de sa famille, et ce que signifiaient pour elle la maison et le parc. Il n'y retournerait jamais, mais cela l'ennuyait de penser qu'elle détruisait une partie d'elle-même à son profit. Au bout d'un mois d'entraînement, il lui confia ce qu'il avait sur le cœur. Ce n'était pas la première fois qu'ils abordaient la question, mais le problème était devenu plus aigu.

En réponse, elle lui écrivit : « Ils se sont retournés contre toi, tous, même mon père. En saccageant ta vie, ils ont saccagé la mienne. Ils ont choisi de croire au témoignage d'une petite idiote, d'une petite hystérique. En fait, ils l'y ont poussée en ne lui laissant aucune possibilité de retour en arrière. Elle était jeune pour ses treize ans, je sais, mais je ne veux plus jamais lui parler. Quant aux autres, je ne leur pardonnerai jamais ce qu'ils ont fait. Maintenant que j'ai rompu, je commence à comprendre qu'il y avait du snobisme derrière leur bêtise. Ma mère ne t'a jamais pardonné tes mentions. Mon père a préféré se perdre dans le travail. Leon s'est révélé être un idiot béat, un invertébré, et qui a marché avec tout le monde. Lorsque Hardman a décidé de couvrir Danny, personne de la famille n'a voulu que la police lui pose les questions qui s'imposaient. La police disposait de toi comme coupable. Elle ne voulait pas qu'on lui gâche son affaire. Je sais que je peux paraître amère, mais, mon chéri, je refuse de l'être. Je suis franchement heureuse de ma nouvelle vie et de mes nouveaux amis. J'ai maintenant l'impression de pouvoir respirer. Par-dessus tout, j'ai toi pour qui vivre. Soyons réalistes, il fallait faire un choix — toi ou eux. Comment les deux auraient-ils été possibles ? Je n'ai jamais douté, à aucun moment. Je t'aime. Je crois totalement en toi. Tu es ce que j'ai de plus cher, la raison de ma vie. Cee. »

Il connaissait par cœur ces dernières lignes et les prononçait maintenant en silence dans le noir. La raison de ma vie. Non de vivre, mais de sa vie. C'était la nuance. Et elle était la raison de sa vie, celle pour laquelle il devait survivre. Couché sur le flanc, l'œil rivé sur ce qu'il pensait être l'entrée de la grange, il attendait les premiers signes du jour. Il était trop agité pour dormir maintenant. Il ne voulait qu'une chose : marcher jusqu'à la côte.

Il n'y eut pas pour eux de maison de campagne dans le Wiltshire. Trois semaines avant la fin de son entraînement, la guerre fut déclarée. La réaction militaire fut automatique, comme par réflexe, comme chez la palourde. Tous les congés furent annulés. Quelque temps plus tard, ils furent modifiés et différés. On leur indiqua une date, qui fut changée, puis annulée. Ensuite, avec notification sous vingt-quatre heures, on leur délivra des cartes de train. Ils eurent droit à quatre jours de permission avant de revenir se présenter à leur nouveau régiment. La rumeur courut qu'ils allaient être mobilisés. Elle avait essayé de réorganiser les dates de ses congés et y réussit en partie. Une nouvelle tentative se solda par un échec. Lorsque sa carte arriva lui annonçant qu'il viendrait, elle était en route pour Liverpool pour suivre un cours sur les traumatismes sévères à l'hôpital d'Alder Hey. Le lendemain de son arrivée à Londres, il se mit en tête de la rejoindre dans le Nord, mais les trains étaient d'une lenteur invraisemblable. On réservait la priorité à la circulation des militaires qui descendaient dans le Sud. À Birmingham, à la gare de New Street, il manqua une correspondance et le train suivant fut annulé. Il devrait attendre jusqu'au lendemain matin. Il arpenta les quais une demi-heure durant, agité, indécis. Pour finir, il choisit de rentrer. Se présenter en retard à l'appel était chose grave.

Au moment où elle revenait de Liverpool, il débarquait à Cherbourg, et l'hiver le plus sinistre de son existence s'annonçait. Le désarroi, bien sûr, fut égal des deux côtés, mais elle sentit qu'il était de son devoir de se montrer positive et rassurante. « Je ne vais pas disparaître, écrivit-elle dans sa première lettre après Liverpool. Je t'attendrai. Reviens. » Elle reprenait ses propres termes. Elle savait qu'il s'en souviendrait. À partir de ce moment-là, c'est ainsi qu'elle termina chacune des lettres qu'elle adressa à Robbie, en France, jusqu'à la dernière qui arriva juste avant l'ordre de se replier sur Dunkerque.

Ce fut un long hiver que celui qu'endurèrent les Forces expéditionnaires britanniques dans le nord de la France. Rien de spécial ne se passa. Ils creusèrent des tranchées, assurèrent les voies de ravitaillement et on les expédia faire des manœuvres de nuit, grotesques pour des soldats d'infanterie, car le but de l'opération ne leur fut jamais expliqué et, en outre, les armes manquaient. En dehors du service, chacun devenait général. Même l'appelé le moins gradé décrétait que la guerre ne serait plus menée dans les tranchées. Mais les armes antichars qu'on attendait n'arrivèrent jamais. En fait, ils ne disposaient que de très peu d'artillerie lourde. Ce fut une période d'ennui et de matchs de football contre d'autres unités, de marches d'une journée sur les routes de campagne avec tout le barda, et rien à faire à longueur de temps que de garder la cadence et de rêvasser au rythme des brodequins sur l'asphalte. Il se perdait dans ses pensées de Cecilia, et projetait sa prochaine lettre, peaufinant ses phrases, essayant de trouver quelque drôlerie dans tout cet ennui.

Sans doute les premières touches de vert le long des chemins français et la brume de campanules entr'aperçues à travers bois lui firent-elles éprouver un besoin de réconciliation et de recommencements. Il décida d'essayer de la convaincre de reprendre contact avec ses parents. Elle n'aurait pas nécessairement à leur pardonner où à revenir sur d'anciennes dissensions. Il lui suffirait simplement de leur écrire une courte lettre pour qu'ils sachent où elle se trouvait et comment elle allait. Qui pourrait dire ce qui se passerait au cours des années à venir ? Il savait que si elle ne faisait pas la paix avec ses parents avant que l'un d'eux ne meure, ses remords seraient sans fin. Il ne se pardonnerait jamais de ne pas la pousser à le faire.

Si bien qu'il lui écrivit en avril, et sa réponse ne lui parvint qu'à la mi-mai, au moment où ils se rabattaient déjà sur leurs propres lignes, peu de temps avant qu'on leur donnât l'ordre de se replier tout du long jusqu'à la Manche. Il n'y avait pas eu de baptême du feu contre l'ennemi. La lettre était dans sa poche poitrine à présent. Ce fut la dernière d'elle à l'atteindre avant que le système de livraison postale se détraque.

> ... Je n'allais pas te parler de ça maintenant. Je ne sais toujours pas quoi penser et j'aurais aimé attendre que nous soyons ensemble. Mais j'ai ta lettre désormais, et cela n'aurait plus de sens de ne pas t'en parler. La première surprise, c'est que Briony n'est pas à Cambridge. Elle ne s'y est pas présentée à l'automne dernier, elle n'a pas occupé son logement. J'en ai été étonnée car j'avais appris par le professeur Hall qu'elle y était attendue. L'autre surprise, c'est qu'elle suit une formation d'infirmière dans mon ancien hôpital. Imagines-tu Briony avec un bassin à la main ? J'imagine qu'ils ont tous dit la même

chose à mon sujet. Mais elle est tellement fantaisiste, nous avons payé pour le savoir. Je plains le malade à qui elle fait des piqûres. Sa lettre est confuse et perturbante. Elle désire que nous nous rencontrions. Elle commence à se rendre pleinement compte de ce qu'elle a fait et de ce que cela a impliqué. Il est clair que le refus de se présenter à l'université a quelque chose à voir avec ça. Elle raconte qu'elle veut se rendre utile de façon pratique. Mais j'ai l'impression qu'elle a embrassé le métier d'infirmière pour se punir, en quelque sorte. Elle veut venir me voir pour parler. Il se peut que je me trompe et c'est la raison pour laquelle je vais attendre, afin de faire le point sur tout ça avec toi, face à face, mais je crois qu'elle désire revenir là-dessus. Je pense qu'elle veut reprendre sa déposition et le faire officiellement ou légalement. Il est possible que ce ne soit même pas faisable, étant donné que ton appel a été rejeté. Il serait bon d'en savoir plus au sujet de la loi. Peut-être devrais-je voir un avocat. Je ne voudrais pas que nous reprenions espoir pour rien. Elle ne veut peut-être pas dire ce que je crois qu'elle veut dire, ou il est possible qu'elle ne soit pas prête à aller jusqu'au bout. Rappelle-toi à quel point elle vit dans ses rêves.

Je ne ferai rien tant que je n'aurai pas de nouvelles de toi. Je ne t'aurais rien dit de tout ça si tu ne m'avais pas écrit pour me demander de renouer avec mes parents (j'admire ta générosité d'esprit), mais il fallait que je t'avertisse que la situation était susceptible de changer. S'il est impossible à Briony de comparaître légalement devant un juge pour lui dire qu'elle revient sur ses déclarations, du moins peut-elle aller en faire part à nos parents. Alors ils jugeront de ce qu'ils veulent faire. S'ils se résolvent à te présenter des excuses convenables par écrit, peut-être aurons-nous le loisir de repartir de zéro.

Je pense constamment à elle. Choisir de devenir infirmière, se couper de son milieu représentent une démarche plus importante pour elle qu'elle ne l'a été pour moi. Moi, au moins, j'ai eu mes trois années de Cambridge, et des raisons évidentes de rejeter ma famille. Elle doit également avoir les siennes. Je ne nie pas être curieuse de les connaître. Mais, mon chéri, j'attends que tu me dises ce que tu en penses. Oui, et par la même occasion, elle m'a également dit que Cyril Connolly, à *Horizon*, lui avait refusé un texte. C'est donc que quelqu'un, au moins, est capable de percer à jour ses misérables délires.

Tu te souviens de ces jumeaux prématurés dont je t'avais parlé ? Le plus petit est mort. Ça s'est passé de nuit, quand j'étais de garde. La mère l'a très mal pris, en effet. Nous avions entendu dire que le père était employé chez un maçon et j'imagine que nous nous attendions à un petit bonhomme culotté, le mégot collé à la lèvre. Il était dans l'East Anglia avec des entrepreneurs sous-traitant pour l'armée, en train de construire des défenses sur la côte, c'est pour ça qu'il est arrivé si tard à l'hôpital. Finalement, c'était un magnifique garçon de dix-neuf ans, de plus d'un mètre quatre-vingts, avec des cheveux blonds qui lui retombaient sur le front. Il a un pied-bot comme Byron, ce qui explique pourquoi il n'a pas rejoint l'armée. Jenny a trouvé qu'il avait l'air d'un dieu grec. Il s'est montré si doux, si attentionné et patient, réconfortant sa jeune femme. Cela nous a tous touchés. Le plus triste c'est qu'il commençait à y arriver, à la calmer, quand a pris fin l'heure des visites et que la surveillante est venue le faire partir en même temps que tous les autres. Ce qui fait que nous avons dû ramasser les morceaux. Pauvre fille. Mais il était quatre heures et le règlement, c'est le règlement.

Je m'empresse de courir avec cette lettre au bureau de tri de Balham, dans l'espoir qu'elle parviendra de l'autre côté de la Manche avant le week-end. Mais je ne veux pas terminer sur une note triste. En fait, je suis dans tous mes états à cause des nouvelles de ma sœur et de ce que cela pourrait signifier pour nous. J'ai bien aimé ton histoire de latrines des sergents. J'ai lu ce passage aux filles et elles ont ri comme des folles. Je suis tellement contente que l'officier de liaison ait découvert que tu parlais français et qu'il t'ait donné un poste où tu peux te rendre utile. Comment se fait-il qu'ils aient mis si longtemps à te découvrir ? Es-tu resté en retrait ? Tu as raison au sujet du pain français — au bout de dix minutes, on a encore faim. Plein d'air et sans consistance. Balham n'est pas si mal que ça finalement, mais je t'en dirai plus la prochaine fois. Je te joins un poème d'Auden sur la mort de Yeats, découpé dans un vieux *London Mercury* de l'an dernier. Je descends voir Grace ce week-end et je chercherai ton Housman dans les cartons. Je dois foncer. Pas une minute ne se passe sans que je pense à toi. Je t'aime. Je t'attendrai. Reviens.

Cee

Il fut réveillé par un léger coup de godillot au creux des reins.

« Allez, chef. Debout et haut les cœurs. »

Il se redressa et consulta sa montre. L'entrée de la grange dessinait un rectangle d'un noir bleuté. Il avait dormi, se dit-il, moins de trois quarts d'heure. Mace vida diligemment la paille des sacs et démonta sa table. Ils s'installèrent sur les balles de foin pour fumer la première cigarette de la journée. Lorsqu'ils sortirent, ils trouvèrent un pot de grès au lourd couvercle de bois. À l'intérieur, enveloppés dans de la mousseline, il y avait un pain et un morceau de fromage. Turner divisa les provisions sur-le-champ, à l'aide d'un couteau de chasse.

« Au cas où on serait séparés », murmura-t-il.

Une lumière brillait déjà à la ferme et les chiens réagirent furieusement tandis qu'ils s'éloignaient. Ils escaladèrent une barrière et entreprirent de traverser un champ en direction du nord. Au bout d'une heure, ils s'arrêtèrent dans un bois de taille pour boire à leurs gourdes et fumer. Turner étudia la carte. Déjà les premiers bombardiers étaient haut dans le ciel au-dessus d'eux, en formation, une cinquantaine de Heinkel qui se dirigeaient tous vers la côte. Le soleil montait et il y avait peu de nuages. Une journée idéale pour la Luftwaffe. Ils continuèrent de marcher en silence pendant encore une heure. Il n'y avait pas de sentier, si bien qu'il détermina un trajet à la boussole, à travers des champs de vaches et de moutons, de navets et de blé en herbe. À l'écart de la route, ils n'étaient pas aussi protégés qu'il le pensait. Un champ de bétail était troué d'une douzaine de cratères d'obus, et des lambeaux de chair, d'os et de peau tavelée avaient été soufflés sur un espace d'une centaine de mètres. Mais chacun d'eux était perdu dans ses pensées et personne ne dit mot. Turner était embêté avec sa carte. Il évalua qu'ils devaient se trouver à trente-huit kilomètres de Dunkerque. Plus ils se rapprocheraient, plus il serait difficile de rester loin de la route. Tout convergeait. Il y avait des rivières et des canaux à franchir. Quand ils mettraient le cap sur les ponts, ils ne feraient que perdre du temps s'ils coupaient de nouveau par la campagne.

Peu après dix heures, ils firent une pause pour se reposer de nouveau. Ils avaient grimpé par-dessus une clôture pour atteindre une piste, mais Turner ne parvenait pas à la retrouver sur la carte. Elle allait dans la bonne direction malgré tout, en terrain plat, presque sans arbres. Ils avançaient depuis une demi-heure lorsqu'ils entendirent des tirs antiaériens trois kilomètres plus loin, là où ils distinguaient la flèche d'une église. Il s'arrêta pour consulter de nouveau la carte.

Le caporal Nettle dit : « Aucun signe de nénettes sur cette carte.

— Chuut. Il n'est pas sûr de son fait. »

Turner s'appuya de tout son poids contre un poteau de clôture. Son flanc le faisait souffrir dès qu'il posait le pied droit. L'objet pointu semblait saillir et frotter contre sa chemise. Impossible de résister à la tentation de le palper du bout de l'index. Mais il ne sentait que la chair sensible, meurtrie. Après la nuit de la veille, il n'était pas juste d'avoir à endurer de nouveau les sarcasmes des caporaux. La fatigue et la douleur le rendaient irritable, mais il se tut et s'efforça de se concentrer. Il trouva le village sur la carte, mais aucun chemin, bien qu'ils soient certainement dans la bonne direction. C'était exactement ce qu'il avait pensé. Ils allaient rejoindre la route, et ils seraient contraints de la suivre jusqu'au bout, jusqu'à la ligne de défense du canal de Bergues-Furnes. Il n'y avait pas d'autre route. Les railleries du caporal continuaient. Il plia la carte et se remit en branle.

« C'est quoi le plan, chef? »

Il ne répondit pas.

« Ho-Ho. Voilà que tu l'as vexé. »

Au-delà des tirs antiaériens, ils entendaient ceux de l'artillerie, la leur, quelque part, plus loin à l'ouest. En se rapprochant du village, ils entendirent un bruit de camions qui avançaient lentement. Puis ils les virent, s'étirant sur une file qui allait vers le nord, roulant au pas. Il était tentant de faire du stop, mais Turner savait par expérience quelle cible facile ils représenteraient vus du ciel. À pied, on pouvait voir et entendre venir.

Leur chemin rejoignait la route là où elle tournait à angle droit et s'écartait du village. Ils se délassèrent les pieds pendant dix minutes, assis sur le rebord d'une auge de pierre. Des trois-tonnes et des dix-tonnes, des half-tracks et des ambulances prenaient laborieusement l'étroit virage à moins de deux à l'heure, et quittaient le village par une longue route rectiligne dont le bas-côté gauche était bordé de platanes. Elle menait directement vers le nord, vers un nuage noir de pétrole qui brûlait, dressé à l'horizon, et indiquait Dunkerque. Nul besoin de boussole à présent. En chapelet le long de la route traînaient des véhicules militaires démantelés. Rien ne devait être laissé qui pût servir à l'ennemi. À l'arrière de camions qui s'éloignaient, les blessés conscients regardaient au-dehors, l'œil vide. Il y avait aussi des voitures blindées, des voitures d'état-major, des chenillettes et des motos. Mêlés à elles, bourrés à craquer d'équipements ménagers et de valises, en vrac ou en pile, il y avait des voitures civiles, des autobus, des camions à claire-voie et des charrettes poussées par des hommes et des femmes ou tirées par des chevaux. L'air était gris de vapeurs de diesel et, marchant dispersés, l'air las, à travers la puanteur et, pour le moment, avançant plus vite que la circulation, il y avait des centaines de soldats, la plupart d'entre eux harnachés de leurs fusils et de leurs gros manteaux — un lourd fardeau dans la chaleur croissante du matin.

Marchant avec les soldats, des familles traînaient des valises, des baluchons, des bébés, ou tenaient leurs enfants par la main. Les seuls bruits humains capables de transpercer le fracas des moteurs étaient les pleurs des bébés. Des personnes âgées marchaient seules. Un vieil homme en costume de lin frais, nœud papillon et pantoufles de tapisserie, se traînait sur deux cannes, progressant avec une lenteur telle que même les voitures le dépassaient. Il était pantelant. Quelle que fût sa destination, il ne l'atteindrait certainement pas. De l'autre côté de la route, exactement au coin, une boutique de chaussures était ouverte au commerce. Turner vit une femme avec une petite fille à ses côtés parler à une vendeuse qui lui présentait une chaussure différente dans chaque main. Toutes trois étaient indifférentes au défilé derrière elles. Remontant le courant et s'efforçant maintenant de longer le même coin de rue, une colonne de voitures blindées, dont la peinture n'avait pas été abîmée par la bataille, se dirigeait vers le sud et l'avancée allemande. Une ou deux heures de répit pour les soldats qui se repliaient, c'était tout ce qu'elles pouvaient espérer gagner contre une division de Panzer.

Turner se releva, but à sa gourde et se glissa dans la procession, derrière deux hommes de l'infanterie légère des Highlands. Les caporaux le suivirent. Il ne se sentait plus responsable d'eux maintenant qu'ils avaient rejoint le plus gros de la retraite. Son absence de sommeil exagérait son hostilité. Aujourd'hui, leurs plaisanteries le piquaient à vif et semblaient trahir la camaraderie de la nuit précédente. En fait, il ressentait de l'hostilité envers tous ces gens qui l'entouraient. Ses pensées se réduisaient au minuscule noyau dur de sa propre survie.

Voulant semer les caporaux, il accéléra le pas, doubla les Écossais et força le passage au-delà d'un groupe de religieuses qui menaient deux douzaines d'enfants en tuniques bleues. Elles avaient l'air d'un reliquat de pensionnat, semblable à celui dans lequel il avait enseigné près de Lille, l'été qui avait précédé son entrée à Cambridge. À présent, cette vie lui paraissait celle d'un autre. Une civilisation éteinte. D'abord sa propre vie détruite, et maintenant celle de tous. Mauvais, il avançait à grands pas, sachant qu'il serait incapable de maintenir longtemps l'allure. Il avait déjà fait partie d'une telle colonne, le premier jour, et il savait ce qu'il cherchait. Tout près, sur sa droite, il y avait un fossé, mais celui-ci était peu profond et exposé. La rangée d'arbres était de l'autre côté. Il traversa en se faufilant devant une conduite intérieure Renault. Tandis qu'il s'exécutait, le conducteur donna un long coup de klaxon. Le bruit strident provoqua la soudaine fureur de Turner. Assez ! Il recula d'un bond jusqu'à la portière du conducteur et l'ouvrit violemment. À l'intérieur, il y avait un petit homme élégant en costume gris et chapeau mou, avec des valises de cuir empilées à côté de lui et sa famille entassée sur la banquette arrière.

Turner saisit l'homme par la cravate et s'apprêtait à frapper son visage stupide du plat de la main droite, lorsqu'une autre main, d'une force indiscutable, se referma sur son poignet.

« C'est pas l'ennemi, chef. »

Sans desserrer son étreinte, le caporal Mace le tira à l'écart. Nettle, qui se trouvait juste derrière, referma la portière de la Renault d'un coup de pied tellement féroce que le rétroviseur tomba. Les enfants en tuniques bleues applaudirent en criant bravo.

Les trois hommes rejoignirent l'autre côté et reprirent leur marche sous la rangée d'arbres. Le soleil était assez haut maintenant et l'air était doux, mais l'ombre ne recouvrait pas encore la route. Certains des véhicules couchés en travers des fossés avaient été mitraillés lors d'attaques aériennes. Autour des camions abandonnés devant lesquels ils passaient, les marchandises avaient été éparpillées par des troupes en quête de nourriture, de boissons ou d'essence. Turner et les caporaux piétinèrent au milieu de bobines de rubans de machines à écrire répandues hors de leurs cartons, de livres de comptes, de stocks de bureaux métalliques et de chaises pivotantes, d'ustensiles de cuisine et de pièces de moteur, de selles, d'étriers et de harnais, de machines à coudre, de trophées de football, de chaises empilables, d'un projecteur de films et d'un générateur à essence que quelqu'un avait massacré à l'aide du pied-de-biche qui gisait tout près de là. Ils passèrent devant une ambulance, à moitié dans le fossé, dont une roue avait été enlevée. Une plaque de laiton sur la portière indiquait : « Cette ambulance a été offerte par les résidents britanniques du Brésil. »

Il était possible, Turner le découvrit, de dormir en marchant. Le rugissement des moteurs de camions s'interrompait brusquement, puis les muscles de son cou se détendaient, sa tête retombait, et il se réveillait en sursaut, dans une embardée. Nettle et Mace cherchaient à se faire prendre en stop. Pourtant, il leur avait déjà raconté la veille ce qu'il avait vu dans cette première colonne — vingt types à l'arrière d'un trois-tonnes se faire tuer par une bombe. Pendant ce temps-là, il était resté blotti dans un fossé, la tête à l'abri sous un ponceau, et avait pris un éclat d'obus dans le côté.

« Allez-y, leur dit-il. Moi, je reste ici. »

L'affaire fut close. Ils ne le quitteraient pas — il leur portait chance.

Ils arrivèrent derrière d'autres hommes de l'infanterie légère des Highlands. L'un d'eux jouait de la cornemuse, ce qui incita les caporaux à se lancer dans des parodies nasillardes de leur cru. Turner fit mine de traverser la route.

« Si vous cherchez les embrouilles, je ne suis pas avec vous. »

Déjà deux Écossais se retournaient et se murmuraient quelque chose. « *It's a braw bricht moonlicht nicht the nicht*[1] », lança Nettle en cockney. Un incident fâcheux se serait sans doute produit s'ils n'avaient entendu un coup de revolver tiré à l'avant. En arrivant à hauteur, les cornemuses se turent. Dans un vaste champ, la cavalerie française s'était rassemblée en force et avait démonté pour former une longue file. En tête se tenait un officier qui expédiait chaque cheval à la mort d'une balle dans la tête, pour passer au suivant. Chaque homme se tenait au garde-à-vous auprès de sa monture, son képi cérémonieusement

---

1. *It's a beautiful bright moonlight night tonight.* (Quelle belle nuit de clair de lune il fait, ce soir.)

serré contre sa poitrine. Les chevaux attendaient patiemment leur tour.

Cette matérialisation de la défaite les démoralisa tous un peu plus. Les caporaux n'eurent pas le cœur de se colleter avec les Écossais, lesquels ne se préoccupèrent plus d'eux. Quelques minutes plus tard, ils longèrent cinq corps dans un fossé, trois femmes, deux enfants. Leurs valises gisant autour d'eux. L'une des femmes portait des chaussons en tapisserie comme l'homme au costume de lin. Turner détourna les yeux, déterminé à ne pas se laisser entamer. S'il devait survivre, il fallait qu'il surveille le ciel. Il était tellement épuisé qu'il passait son temps à l'oublier. Et à présent il faisait chaud. Certains hommes laissaient leurs manteaux tomber à terre. Une journée magnifique. En d'autres temps, c'est ce qu'on aurait appelé une journée magnifique. Leur route empruntait une côte interminable, suffisante pour ralentir sa marche et accentuer sa douleur au côté. Chaque pas était l'aboutissement d'une décision consciente. Une ampoule enflait sur son talon droit, ce qui l'obligeait à marcher sur la pointe de son brodequin. Sans s'arrêter, il sortit de son sac le pain et le fromage, mais il avait trop soif pour mastiquer. Il alluma une autre cigarette pour tromper sa faim et s'efforça de réduire sa tâche à l'essentiel : traverser le pays jusqu'à la mer. Quoi de plus simple, une fois évincé l'élément collectif. Il était seul sur terre et il avait un but précis. Il marchait jusqu'à la mer. La réalité n'était que trop collective, il le savait ; d'autres hommes le poursuivaient, mais il trouvait réconfortant de feindre le contraire, selon un rythme qui au moins convenait à ses pieds. *À travers / le pays / pour atteindre la mer.* Un alexandrin. Quatre anapestes, voilà le tempo qu'il avait adopté.

Au bout de vingt minutes, la route commença à s'aplanir. En jetant un coup d'œil par-dessus son épaule, il vit le convoi qui s'allongeait derrière jusqu'en bas de la colline, sur un kilomètre et demi environ. À l'avant, il n'en voyait pas le bout. Ils traversèrent une voie ferrée. D'après sa carte, ils étaient à vingt-quatre kilomètres du canal. Ils pénétraient dans une zone où le matériel saccagé le long de la route s'alignait plus ou moins ininterrompu. Une demi-douzaine de canons de vingt-cinq étaient entassés de l'autre côté du fossé comme s'ils avaient été déposés là par un lourd bulldozer. Plus loin, là où la descente s'amorçait, il y avait un croisement avec une petite route et une certaine agitation se dessinait. Il y avait des rires parmi les soldats à pied, des voix qui s'élevaient au bord de la route. Quand il parvint au sommet, il vit un major des Buffs — le régiment d'East Kent —, un type au visage rose de la vieille école, la quarantaine environ, qui hurlait en pointant du doigt un bois situé à environ un kilomètre et demi, par-delà deux champs. Il faisait sortir des hommes de la colonne, ou, du moins, s'y efforçait. La plupart, l'ignorant, poursuivaient leur route, certains riaient de lui, mais quelques-uns que son grade impressionnait s'arrêtaient, bien qu'il ne fût investi d'aucune autorité personnelle. Ils s'étaient rassemblés autour de lui avec leurs fusils, l'air hésitant.

« Vous. Oui, vous. Vous ferez l'affaire. »

La main du major se posa sur l'épaule de Turner. Celui-ci s'immobilisa et salua, avant même de savoir ce qu'il faisait. Les caporaux étaient derrière lui.

L'homme avait une petite moustache en forme de brosse à dents surplombant de petites lèvres minces qui escamotaient les mots. « Il y a du Boche planqué là-bas dans les bois. Ça doit être un détachement. Mais il est bien retranché avec une paire de mitrailleuses. On va le vider. »

Turner se sentit glacé d'horreur et les jambes molles. Il tendit ses paumes vides au major.

« Avec quoi, major ?

— Avec de l'astuce et un petit travail d'équipe. »

Comment résister à ce fou ? Turner était trop fatigué pour réfléchir, bien qu'il sût qu'il n'en ferait rien.

« Bon, je dispose des restes de deux pelotons à mi-chemin à l'est de... »

Le terme « restes » en disait long et poussa Mace, avec toute sa compétence d'habitué des chambrées, à l'interrompre.

« Excuses, major. Je demande la parole.

— Refusée, caporal.

— Merci major. Les ordres viennent du Q G. Avancez en hâte, vitesse et célérité, sans délai, détour ni divagation jusqu'à Dunkerque en vue d'une évacuation immédiate du fait que nous sommes "orriblement" et onéreusement offensivés de toutes parts. Major. »

Le major se retourna et posa son index sur la poitrine de Mace.

« Vous là, écoutez bien. C'est notre dernière chance de montrer... »

Le caporal Nettle dit d'un air rêveur : « C'est Lord Gort, major, qui a rédigé l'ordre et nous l'a fait expédier personnellement. »

Il paraissait extraordinaire à Turner que l'on pût s'adresser ainsi à un officier. Et risqué, aussi. Le major n'avait pas réalisé qu'on se moquait de lui. Il semblait croire que c'était Turner qui avait parlé, car le petit laïus qui suivit lui fut adressé.

« Sacrée pagaille que cette retraite. Pour l'amour du ciel, mon vieux. C'est votre dernière et unique chance de montrer de quoi nous sommes capables quand nous sommes résolus et déterminés. Qui plus est... »

Il était parti pour en dire beaucoup plus long, mais Turner eut l'impression qu'un silence assourdissant était tombé sur cette lumineuse scène de fin de matinée. Cette fois, il ne dormait pas. Il regardait au-dessus de l'épaule du major, en tête de la colonne. Suspendue là, très loin, à environ dix mètres au-dessus de la route, déformée par la chaleur montante, il y avait quelque chose qui ressemblait à une planche de bois suspendue à l'horizontale, avec une protubérance en son centre. Les paroles du major ne l'atteignirent pas, non plus que ses propres pensées lucides. L'apparition horizontale planait dans le ciel sans grossir et, bien qu'il eût commencé à comprendre ce qu'elle signifiait, il lui fut, comme dans un rêve, impossible de se mettre à réagir ou à bouger les membres. Il parvint tout juste à ouvrir la bouche, mais sans pouvoir proférer un son, et d'ailleurs il n'aurait pas su quoi dire.

Puis, au moment précis où le son reflua, il hurla : « Foutez le camp ! » Il se mit à courir directement vers l'abri le plus proche. Ce fut la plus vague, la moins militaire des formes de conseil, mais il sentit les caporaux sur ses talons. Et, comme dans un rêve, il fut incapable de mouvoir plus vite ses jambes. Ce n'était pas de la douleur qu'il ressentait au-dessous de ses côtes, mais quelque chose qui raclait contre l'os. Il lâcha sa capote. À cinquante mètres devant, un trois-tonnes gisait sur le flanc. Ce châssis noir de cambouis, cette transmission en bulbe, était son seul refuge. Il ne lui fallut guère de temps pour l'atteindre. Un avion de chasse mitraillait en rase-mottes la colonne sur toute sa longueur. La large pluie de feu remontait la route à trois cents à l'heure, un fracas de grêle crépitante, de salves de canon qui heurtaient le métal et le verre. Personne, à l'intérieur des véhicules presque stationnaires, ne faisait mine de réagir. Les conducteurs venaient seulement d'enregistrer le spectacle à travers leur pare-brise. Ils étaient là où Turner s'était trouvé quelques secondes plus tôt. Les hommes, à l'arrière des camions, ne se rendaient compte de rien. Un sergent se dressa au milieu de la route et leva son fusil. Une femme hurla et alors le tir fut sur eux, juste au moment où Turner se jetait dans l'ombre du camion dressé. La carcasse d'acier vibra pendant que les salves frappaient avec la sauvage précipitation d'un roulement de tambour. Puis le tir de canon continua d'avancer, passant en trombe sur la colonne, pourchassée par le rugissement de l'avion de chasse et son ombre vacillante. Il se serra dans l'ombre du châssis, près de la roue avant. Jamais huile de carter n'avait senti meilleur. Dans l'attente d'un autre avion, il se recroquevilla en fœtus, la tête au creux de ses bras et fermant les yeux de toutes ses forces, ne pensant qu'à sa survie.

Mais rien ne vint. Seulement le bruit des insectes, tout à leur affaire en cette fin de printemps, et des chants d'oiseaux qui reprenaient après une pause décente. Et puis, comme s'ils prenaient la suite des oiseaux, les blessés commencèrent à gémir et à appeler, et des enfants terrifiés se mirent à pleurer. Quelqu'un, comme d'habitude, maudissait la RAF. Turner se releva, il secouait la poussière de ses vêtements lorsque Nettle et Mace apparurent et revinrent ensemble vers le major, qui était assis par terre. Toute couleur avait disparu de son visage et il caressait sa main droite.

« Carrément traversée par une balle, dit-il à leur arrivée. J'ai eu une sacrée veine. »

Ils l'aidèrent à se remettre sur ses jambes et lui proposèrent de l'emmener jusqu'à une ambulance où un capitaine du Royal Army Medical Corps et deux aides-infirmiers s'occupaient déjà des blessés. Mais il secoua la tête et resta immobile, sans appui. Choqué, il se montrait bavard et sa voix était plus discrète.

« Un ME 109. Ce devait être sa mitraillette. Le canon m'aurait emporté ma foutue main. Du vingt millimètres, vous savez. Il a dû fausser compagnie à son escadrille. Nous a repérés en rentrant à sa base, il n'a pas pu résister. On peut pas lui en vouloir, notez. Mais ça veut dire qu'il va y en avoir d'autres très bientôt. »

La demi-douzaine d'hommes qu'il avait rassemblés plus tôt s'étaient extirpés du fossé avec leurs fusils et se dispersaient. En les voyant, le major reprit ses sens.

« Allez les gars. En rang. »

Ils parurent parfaitement incapables de lui résister et se mirent en rang. Et à présent, un peu tremblant, il s'adressait à Turner.

« Vous trois. Au pas de course.

— En fait, mon vieux, je pense qu'il vaut mieux pas.

— Ah, je vois. » Il scruta l'épaule de Turner, comme s'il y apercevait l'insigne d'un rang supérieur. Accommodant, il le salua de la main gauche. « Dans ce cas, monsieur, si ça ne vous fait rien, nous y allons. Bonne chance.

— Bonne chance, major. »

Ils le virent faire avancer son détachement réticent vers les bois où les mitraillettes attendaient.

Pendant une demi-heure, la colonne ne bougea pas. Turner se mit à la disposition du capitaine du corps médical et aida les brancardiers à ramener les blessés. Par la suite, il leur trouva des places à bord de camions. Il n'y avait plus trace des caporaux. Il alla chercher du matériel à l'arrière d'une ambulance. En voyant le capitaine à l'œuvre, en train de recoudre une blessure à la tête, Turner sentit ses anciennes ambitions se ranimer. L'abondance de sang masquait les détails du manuel dont il avait souvenir. Sur leur portion de route, il y avait cinq blessés et, ce qui était surprenant, aucun mort, bien que le sergent au fusil eût été touché au visage et considéré en sursis. Trois véhicules avaient eu l'avant mitraillé et furent écartés de la route. L'essence fut siphonnée et, pour faire bonne mesure, on tira des balles dans les pneus.

Alors que tout était terminé dans leur coin, aucun mouvement ne se manifestait encore à l'avant de la colonne. Turner récupéra sa capote et se remit en marche. Il était trop assoiffé pour traîner sur place. Une vieille dame belge, blessée d'une balle au genou, avait bu son restant d'eau. Il sentait sa langue énorme dans sa bouche et maintenant il ne pensait plus qu'à trouver de l'eau. À ça, et à surveiller le ciel. Il dépassa d'autres tronçons semblables, où l'on s'occupait à saccager des véhicules et à transporter les blessés dans des camions. Il marchait depuis dix minutes lorsqu'il aperçut la tête de Mace au-dessus de l'herbe, près d'un monticule de terre. C'était environ vingt-cinq mètres plus loin, dans l'ombre vert profond d'une rangée de peupliers. Il se dirigea vers elle, quoiqu'il suspectât qu'il vaudrait mieux, dans l'état d'esprit où il était, poursuivre son chemin. Il trouva Mace et Nettle enfoncés dans un trou jusqu'aux épaules. Ils achevaient de creuser une tombe. Gisant sur le ventre, de l'autre côté du tas de terre, il y avait un jeune d'une quinzaine d'années. Une tache cramoisie au dos de sa chemise blanche s'étalait du cou jusqu'à la taille.

Mace, appuyé sur sa pelle, exécuta une imitation acceptable. « "Je pense qu'il vaut mieux pas." C'était très bien, chef. Je m'en souviendrai pour la prochaine fois.

— Divagation, c'était pas mal. D'où est-ce que vous avez sorti ça ?

— C'est qu'il a avalé tout un sacré dictionnaire, dit avec fierté le caporal Nettle.

— J'aimais bien faire des mots croisés.

— Et le "orriblement et onéreusement offensivés" ?

— C'était à un concert au mess des sergents, à Noël dernier. »

Encore dans la fosse, Nettle et lui se mirent à chanter sur tous les tons au profit de Turner :

« Il'tait ostensiblement omniprésent dans l'optique qu'on soye "orriblement et onéreusement offensivés". »

Derrière eux la colonne commençait à se mettre en branle.

« On ferait mieux de le flanquer là-dedans », dit le caporal Mace.

Les trois hommes descendirent l'adolescent et le couchèrent sur le dos. Accrochés à sa poche de chemise, il y avait une rangée de stylos. Les caporaux ne perdirent pas de temps en cérémonie. Ils se mirent à pelleter la terre et bientôt le jeune garçon eut disparu.

Nettle dit : « Beau gosse. »

Les caporaux avaient lié ensemble deux mâts de tente pour en faire une croix. Nettle l'enfonça vigoureusement du dos de sa pelle. Dès que ce fut terminé, ils retournèrent vers la route.

Mace dit : « Il était avec ses grands-parents. Ils

ne voulaient pas le laisser dans le fossé. Je pensais qu'ils viendraient le voir partir, mais ils sont dans un état lamentable. On ferait mieux de leur dire où il est. »

Mais les grands-parents de l'adolescent restèrent introuvables. Comme ils marchaient, Turner sortit la carte et leur dit : « Surveillez le ciel. » Le major avait raison — après le passage fortuit du Messerschmitt, ils allaient revenir. Ils auraient déjà dû être là. Le canal de Bergues-Furnes était marqué d'un gros trait bleu vif sur sa carte. L'impatience d'y arriver était devenue pour Turner inséparable de sa soif. Il plongerait son visage dans ce bleu et boirait jusqu'à satiété. Cette pensée lui ramena à l'esprit les fièvres de son enfance, leur logique absurde et terrifiante, la quête d'un endroit frais sur l'oreiller et de la main de sa mère sur son front. Chère Grace. Lorsqu'il toucha son front, la peau en était parcheminée et sèche. L'inflammation autour de sa plaie, il le sentait, s'aggravait, la peau se tendait, se durcissait et quelque chose qui n'était pas du sang en suintait sur sa chemise. Il éprouvait l'envie de s'examiner en privé, mais cela n'était guère possible ici. Le convoi avançait inexorablement à son ancienne allure. Leur route filait droit jusqu'à la côte — il n'y aurait plus de raccourci maintenant. Comme ils s'en approchaient, le nuage noir, qui venait sûrement d'une raffinerie en feu à Dunkerque, commençait à dominer le ciel du Nord. Il n'y avait rien à faire, hormis avancer vers lui. Si bien qu'il se remit une fois de plus à cheminer, tête baissée, silencieux.

La route ne bénéficiait plus de la protection des platanes. Exposée aux attaques et sans ombrage, elle se déroulait à travers la campagne onduleuse en longues courbes en « S » à peine marquées. Il avait perdu des forces précieuses en conversations et rencontres inutiles. La fatigue l'avait rendu en apparence exalté et sociable. À présent, il ralentissait au rythme de ses souliers — à travers le pays pour atteindre la mer. Tout ce qui le gênait devait être compensé, ne serait-ce que d'une petite fraction, par tout ce qui le faisait aller de l'avant. Dans un des plateaux de la balance, sa blessure, sa soif, l'ampoule, la fatigue, la chaleur, son mal aux pieds et aux jambes, les Stuka, la distance, la Manche ; dans l'autre, le *Je t'attendrai*, et le souvenir du moment où elle l'avait dit, qu'il en était venu à considérer comme un lieu sacré. Et aussi la peur d'être capturé. Ses souvenirs les plus sensuels — les quelques minutes passées ensemble dans la bibliothèque, le baiser de Whitehall — avaient perdu toute couleur à force d'être ressassés. Il savait par cœur certains passages de ses lettres, il avait revécu leur corps-à-corps avec le vase, près de la fontaine, il se rappelait la tiédeur de son bras au dîner au moment de la disparition des jumeaux. Ces souvenirs le soutenaient, mais plus difficilement. Trop souvent, ils lui rappelaient le lieu où il se trouvait la dernière fois qu'il les avait convoqués. Ils étaient situés de l'autre côté d'une grande division du temps, aussi significatifs qu'*avant* J.-C. et *après* J.-C. Avant la prison, avant la guerre, avant que la vue d'un cadavre ne devienne banale.

Mais ces hérésies s'évanouissaient lorsqu'il lisait sa dernière lettre. Il touchait sa poche poitrine. C'était comme une forme de génuflexion. Toujours là. C'était quelque chose de neuf dans la balance.

Qu'il pût être innocenté avait toute la simplicité de l'amour. D'en goûter simplement l'éventualité lui rappelait tout ce qui s'était amoindri et était mort. Son goût de la vie, pas moins, toutes ses anciennes ambitions et ses anciens plaisirs. Les perspectives étaient celles d'une renaissance, d'un retour triomphal. Il pourrait redevenir l'homme qui avait autrefois traversé un parc du Surrey au crépuscule, vêtu de son plus beau costume, fier de ce que lui promettait la vie, et qui était entré dans la maison et, dans l'éblouissement de la passion, avait fait l'amour à Cecilia — non, pour ne retenir ne serait-ce qu'une seule expression des caporaux, ils avaient baisé pendant que les autres sirotaient leurs cocktails sur la terrasse. L'intrigue pouvait reprendre, celle qu'il avait projetée lors de cette promenade vespérale. Cecilia et lui ne seraient plus isolés. Leur amour aurait de l'espace, et une société dans laquelle s'épanouir. Il n'irait pas, la casquette à la main, recueillir les excuses des amis qui l'avaient évité. Non plus qu'il se laisserait aller, fier et farouche, à les éviter en retour. Il savait exactement comment il se comporterait. Il continuerait tout simplement. Son casier judiciaire effacé, il pourrait poser sa candidature à l'école de médecine, une fois la guerre terminée, ou même poser sa candidature dès maintenant auprès du Corps médical de l'armée. Au cas où Cecilia ferait la paix avec sa famille, il garderait ses distances sans montrer d'amertume. Il serait désormais incapable de se lier avec Emily ou Jack. Elle s'était consacrée à son procès avec une étrange détermination, tandis que Jack se détournait, disparaissait dans son ministère au moment où on avait besoin de lui.

Rien de tout cela n'était important. D'ici, tout paraissait simple. Ils passaient devant de nouveaux cadavres sur la route, dans les caniveaux et sur les trottoirs, par douzaines, des soldats et des civils. La puanteur était une torture, elle s'insinuait dans les plis de ses vêtements. Le convoi était entré dans un village bombardé, ou peut-être les faubourgs d'une petite ville — les lieux n'étaient plus que décombres et il était difficile de se prononcer. Qui s'en serait préoccupé? Qui saurait jamais décrire cette confusion et retrouver les noms du village et les dates pour les manuels d'histoire? Et adopter une vue raisonnable pour commencer à établir les responsabilités? Personne ne saurait jamais ce qu'il en avait été de se trouver ici. Sans les détails, le tableau d'ensemble n'existerait pas. Les magasins désertés, le matériel et les véhicules formaient un boulevard de débris qui leur barrait le passage. Avec ça et les corps, ils étaient forcés de marcher au milieu de la route. Cela n'avait pas d'importance, car le convoi n'avançait plus. Des soldats descendaient des camions de transport des troupes et continuaient à pied, en trébuchant sur de la brique ou des tuiles. Les blessés étaient laissés en attente dans les camions. L'accumulation de corps était plus grande dans un espace plus réduit, l'irritation plus forte. Turner gardait la tête baissée et suivait l'homme qui était devant lui, se réfugiant dans ses pensées.

Il serait innocenté. Vu d'ici, où c'est à peine si l'on se souciait de lever les pieds pour enjamber le bras d'une morte, il ne pensait pas avoir besoin d'excuses ni d'hommages. Être innocenté serait un état pur. Il en rêvait comme un amant, en une simple aspiration. Il en rêvait comme d'autres soldats rêvaient de leurs foyers, de leurs lopins de terre ou de leurs anciens métiers dans le civil. Si l'innocence paraissait fondamentale ici, il n'y avait pas de raison qu'il n'en fût pas de même une fois rentré en Angleterre. Que son nom soit blanchi, pour qu'ensuite les autres puissent revoir leur façon de penser. Il y avait mis du temps, maintenant c'était à eux de travailler. Son affaire était simple. Retrouver Cecilia et l'aimer, l'épouser et vivre sans honte.

Mais il y avait une chose dans tout cela qu'il ne réussissait pas à démêler, une forme indistincte que les dix-huit kilomètres de carnage à l'extérieur de Dunkerque ne pouvaient réduire à un simple contour. Briony. Ici, il se heurtait à la limite de ce que Cecilia appelait son esprit de générosité. Et de sa rationalité. Si Cecilia devait un jour rallier sa famille, si les sœurs étaient de nouveau proches, il serait impossible de l'éviter. Mais saurait-il l'accepter ? Supporterait-il de se trouver dans la même pièce qu'elle ? Et voilà qu'elle était là, à offrir une possibilité d'absolution. Mais ce n'était pas pour lui. Il n'avait rien fait de mal. C'était pour elle, pour son propre forfait que sa conscience ne supportait plus. Était-il censé lui en être reconnaissant ? Oui, bien sûr, elle n'était qu'une enfant en 1935. Il se l'était dit, Cecilia et lui se l'étaient maintes fois dit et répété mutuellement. Oui, elle n'était qu'une enfant. Mais tous les enfants n'expédient pas un homme en prison à cause d'un mensonge. Tous les enfants ne sont pas aussi déterminés et malveillants, ne restent pas aussi cohérents avec le temps, sans jamais aucune hésitation, jamais aucun doute. Une enfant, ce qui ne l'avait pourtant pas empêché, dans sa cellule, de rêver de son humiliation, d'innombrables manières de trouver une revanche. En France, une fois, lors de la semaine la plus rigoureuse de l'hiver, enragé, ivre de cognac, il l'avait même évoquée à la pointe de sa baïonnette. Briony et Danny Hardman. Il n'était ni raisonnable ni juste de haïr Briony, mais cela le soulageait.

301

Comment même pénétrer la mentalité de cette enfant? Une seule hypothèse résistait. Il y avait eu, en juin 1932, une journée d'autant plus belle qu'elle était arrivée soudainement, après une longue période de pluie et de vent. C'était l'une de ces rares matinées qui se déclaraient avec une orgueilleuse prodigalité de chaleur, de lumière et de feuillages neufs, comme le véritable début, la grande arche ouvrant sur l'été, et il s'y promenait avec Briony, de l'autre côté du bassin au Triton, au-delà du saut-de-loup et des rhododendrons, par le tourniquet métallique jusqu'à l'étroit chemin sinuant à travers bois. Elle était animée, bavarde. Elle devait avoir à peu près dix ans et commençait tout juste à écrire ses petites inventions. Comme tout le monde, il avait reçu, reliée et illustrée, son histoire d'amour, d'adversités surmontées, de retrouvailles et de mariage. Ils étaient en route pour la rivière en vue de la leçon de natation qu'il lui avait promise. Pendant qu'ils s'éloignaient de la maison, elle avait dû lui raconter une histoire qu'elle venait de terminer ou lui parler d'un livre qu'elle lisait. Sans doute lui donnait-elle la main. C'était une petite fille sage, intense, plutôt guindée à sa façon, et cet épanchement était inhabituel. Il était heureux de l'écouter. Pour lui aussi, c'était une période enthousiasmante. Il avait dix-neuf ans, ses examens étaient presque terminés et il pensait s'en être bien sorti. Bientôt il cesserait d'être élève. Son entretien à Cambridge s'était bien passé et dans deux semaines il irait en France enseigner l'anglais dans une école privée. Il y avait de la majesté dans cette journée, dans ces hêtres et ces chênes colossaux qui bougeaient à peine, et dans cette lumière qui tombait à travers le feuillage neuf en formant des flaques de pierres précieuses parmi les feuilles mortes de l'an passé. Cette magnificence, telle qu'il la ressentait dans sa juvénile suffisance, reflétait l'élan glorieux de sa vie.

Elle babillait sans fin et, bienheureux, il ne l'écoutait qu'à moitié. Le sentier débouchait des bois sur les larges berges de la rivière envahies d'herbe. Ils parcoururent sept cents mètres en amont et entrèrent de nouveau dans les bois. Là, dans une courbe de la rivière, sous des arbres qui le surplombaient, il y avait un bassin, creusé à l'époque du grand-père de Briony. Un barrage de pierre ralentissait le courant et était un lieu d'élection pour les sauts et les plongeons. En revanche, ce n'était pas l'endroit idéal pour des débutants. On partait du barrage, ou bien l'on sautait depuis la berge dans trois mètres d'eau. Il plongea et battit des pieds dans l'eau en l'attendant. Ils avaient débuté les leçons l'année précédente, à la fin de l'été, lorsque la rivière était plus basse et le courant plus paresseux. À présent, même dans le bassin, il y avait un remous circulaire constant. Elle marqua une pause, puis sauta de la berge dans ses bras en poussant un cri. Elle s'entraîna à battre des pieds jusqu'à ce que le courant l'emportât contre le barrage, alors il la remorqua à travers le bassin afin qu'elle pût recommencer. Lorsqu'elle s'essaya à la brasse après un hiver d'abandon, il dut la soutenir, ce qui ne fut pas facile puisqu'il faisait lui-même des battements. S'il retirait sa main de sous elle, elle ne réussirait à faire que trois brasses avant de couler. Elle s'amusa du fait que, remontant le courant, elle nageait en faisant du surplace. Pourtant elle ne restait pas immobile. Au lieu de cela, elle était ramenée chaque fois vers le barrage où elle s'agrippait à un anneau de fer rouillé en l'attendant, son visage clair se détachant avec netteté sur les sombres parois moussues et le ciment verdâtre. Nager à l'envers, elle appelait ça. Elle voulut recommencer, mais l'eau était froide et, au bout d'une quinzaine de minutes, il en eut assez. Il l'entraîna jusqu'à la berge et, ignorant ses protestations, l'aida à sortir de l'eau.

Il prit ses vêtements dans le panier et partit un peu plus loin dans les bois pour se changer. Lorsqu'il revint, elle se tenait debout exactement là où il l'avait laissée, sur la berge, les yeux fixés sur l'eau, sa serviette de bain autour des épaules.

Elle lui demanda : « Si je tombais à l'eau, est-ce que tu me sauverais ?

— Évidemment. »

Il était penché au-dessus du panier en disant cela et il entendit, mais sans la voir, qu'elle sautait. Sa serviette gisait sur la berge. À l'exception des rides concentriques qui s'élargissaient dans le bassin, il n'y avait pas trace d'elle. Puis elle rejaillit, reprit souffle et sombra de nouveau. Affolé, il pensa courir jusqu'au barrage pour la repêcher à partir de là, mais l'eau était d'un vert opaque et boueux. Il ne la trouverait sous la surface qu'en cherchant à tâtons. Il n'avait pas le choix — il entra dans l'eau, avec chaussures, veste et tout. Presque aussitôt, il trouva son bras, lui passa la main sous l'aisselle et la souleva. À sa grande surprise, elle retenait son souffle. Puis elle se mit à rire joyeusement en s'accrochant à son cou. Il la hissa sur la rive et, avec beaucoup de difficulté à cause de ses vêtements trempés, il réussit à sortir de l'eau.

« Merci, répétait-elle. Merci, merci.

— C'était une parfaite idiotie de faire ça.

— J'avais envie que tu me sauves.

— Tu sais que tu aurais pu facilement te noyer ?

— Tu m'as sauvée. »

Le désarroi et le soulagement s'ajoutaient à la

colère. Il faillit hurler. « Espèce de petite idiote. Tu aurais pu nous tuer tous les deux. »

Elle se tut. Il s'assit sur l'herbe et vida l'eau de ses chaussures. « Tu as disparu de la surface, je ne t'ai plus vue. J'étais entraîné par mes vêtements alourdis. On aurait pu se noyer, tous les deux. C'est ça, ta façon de plaisanter ? C'est ça ? »

Il n'y avait rien à ajouter. Elle s'habilla et ils rentrèrent par l'allée, Briony en premier, et lui, gargouillant derrière. Il voulait passer par la partie ensoleillée du parc. Puis il dut envisager une longue marche pénible jusqu'au pavillon pour se changer. Il n'avait pas encore écumé sa colère. Elle n'était pas trop jeune, pensait-il, pour se résigner à lui présenter des excuses. Elle marchait en silence, la tête basse, boudant sans doute, il ne voyait rien. Lorsqu'ils sortirent des bois et eurent franchi le tourniquet, elle s'arrêta et se retourna. Le ton était carré, voire provocant. Au lieu de bouder, elle s'avançait vers lui, pleine de défi.

« Tu sais pourquoi j'avais envie que tu me sauves ?

— Non.

— Ça ne saute pas aux yeux ?

— Non. Pas du tout.

— Parce que je t'aime. »

Elle se déclarait avec courage, le menton redressé, et elle battait rapidement des paupières en disant cela, éblouie de la vérité capitale qu'elle venait de lui révéler.

Il réprima une envie de rire. Voilà qu'il était l'objet d'un béguin d'écolière. « Au nom du ciel, qu'est-ce que tu veux dire par là ?

— Je veux dire ce que tous les autres veulent dire quand ils le disent. Je suis amoureuse de toi. »

Cette fois, les mots furent prononcés sur un ton montant, pitoyable. Il se rendait compte qu'il devait

résister à la tentation de se moquer. Mais c'était difficile. Il lui dit : « Tu m'aimes, c'est pour ça que tu t'es
jetée dans la rivière.

— Je voulais savoir si tu me sauverais.

— Alors maintenant, tu le sais. Je risquerais ma vie
pour toi. Mais cela ne veut pas dire que je sois amoureux de toi. »

Elle se redressa un peu. « Je veux te remercier de
m'avoir sauvé la vie. Je t'en serai éternellement reconnaissante. »

Des phrases, à coup sûr, tirées d'un de ses livres, un
qu'elle avait lu dernièrement ou un autre qu'elle
avait écrit.

« Très bien. Mais ne recommence pas, ni pour moi
ni pour qui que ce soit d'autre. Promis ? »

Elle acquiesça d'un signe de tête et dit en se séparant de lui : « Je t'aime. Maintenant tu le sais. »

Elle s'éloigna vers la maison. Frissonnant dans la
lumière du soleil, il la suivit des yeux jusqu'à ce
qu'elle fût hors de vue, et, enfin, il se mit en devoir de
rentrer chez lui. Il ne la revit pas seule avant de partir
pour la France, et, quand il rentra en septembre, elle
était en pension. Peu de temps après, il intégra Cambridge et en décembre passa Noël avec des amis. Il ne
revit pas Briony avant le mois d'avril suivant, et à ce
moment-là l'affaire était tombée aux oubliettes.

Ou peut-être que non.

Il avait passé beaucoup de temps seul, trop de
temps, à réfléchir. Il ne se souvenait d'aucune autre
conversation inhabituelle avec elle, d'aucun comportement étrange, d'aucun regard entendu, d'aucune
bouderie donnant à penser que sa passion d'écolière
avait survécu à cette journée de juin. Il était rentré
dans le Surrey pendant tous ses congés et elle avait eu
bien des occasions d'aller le chercher au pavillon, ou

de lui faire parvenir un mot. Sa nouvelle vie l'occupait alors beaucoup, perdu qu'il était dans la nouveauté d'une vie d'étudiant, et il avait également décidé à cette époque de mettre un peu de distance entre lui et la famille Tallis. Malgré tout, il devait y avoir eu des signes qu'il n'avait pas remarqués. Durant trois ans, elle devait avoir nourri un sentiment pour lui, l'avait tenu caché, alimenté par son imagination ou embelli dans ses histoires. Elle était le genre de fille à vivre dans ses pensées. Le drame de la rivière pouvait avoir suffi à la soutenir pendant tout ce temps.

Cette hypothèse, ou cette conviction, reposait sur le souvenir d'une unique rencontre — celle de ce crépuscule, sur le pont. Pendant des années il s'était appesanti sur cette traversée du parc à pied. Elle devait savoir qu'il était invité au dîner. Et elle était là, pieds nus, en robe blanche sale. C'était assez curieux. Elle devait l'attendre, préparant peut-être son petit discours, le répétant même à voix haute, assise sur le parapet de pierre. Lorsque enfin il était arrivé, elle était restée muette. C'était une preuve, d'une certaine façon. Même sur le moment, il avait trouvé étrange qu'elle ne lui parlât pas. Il lui avait donné la lettre et elle était partie en courant. Quelques minutes plus tard, elle l'ouvrait. Elle avait été choquée, et pas seulement à cause d'un mot. Dans son esprit, il avait trahi son amour en lui préférant sa sœur. Ensuite, dans la bibliothèque, la confirmation du pire, l'instant précis où tout son rêve s'était écroulé. D'abord, la déception et le désespoir, ensuite une amertume grandissante. Pour finir, cette occasion extraordinaire, dans l'obscurité, pendant que l'on cherchait les jumeaux, de se venger. Elle l'avait désigné — et personne, en dehors de sa sœur et de

Grace, n'avait douté d'elle. Cette impulsion, cet éclair de malveillance, cette envie infantile de détruire, il pouvait les comprendre. Le plus étonnant, c'était l'intensité de la rancune de la petite, son adhésion à une histoire qui avait contribué à l'expédier à la prison de Wandsworth. Maintenant, il allait sans doute être innocenté, et cela lui procurait de la joie. Il reconnaissait le courage que lui demanderait une démarche au tribunal pour annuler le témoignage qu'elle avait donné sous serment. Mais il ne pensait pas que son ressentiment envers elle s'effacerait jamais. Oui, elle n'était qu'une enfant à l'époque, mais il ne lui pardonnait pas. Il ne lui pardonnerait jamais. C'était un mal durable.

La confusion régnait aussi à l'avant, de même que les cris. Au mépris de toute vraisemblance, une colonne armée se forçait un passage à contre-courant à travers circulation, soldats et réfugiés. La foule s'ouvrait avec réticence. Les gens se serraient dans les intervalles entre les véhicules abandonnés ou contre des murs délabrés et des entrées de porte. C'était une colonne française à peine plus importante qu'un détachement — trois voitures blindées, deux half-tracks et deux véhicules blindés de transport de troupes. On ne faisait manifestement pas cause commune. Les troupes britanniques étaient d'avis que les Français les avaient lâchées. Aucune volonté de se battre pour leur patrie. Furieux d'être écartés, les troufions anglais juraient et brocardaient leurs alliés en leur criant « Maginot ! » Pour leur part, les soldats français devaient avoir eu vent d'une évacuation. Et voilà qu'ils étaient là, expédiés pour couvrir les arrières. « Bande de pleutres ! À vos bateaux ! Allez chier dans vos frocs ! » Puis ils disparurent, et la foule se referma sous un nuage de fumée de diesel et se remit en marche.

Ils approchaient des dernières maisons du village. Dans un champ, plus loin devant eux, Turner vit un homme avec son chien de berger qui marchait derrière une charrue tirée par un cheval. Comme les dames dans la boutique de chaussures, le fermier ne semblait pas se rendre compte de l'existence du convoi. Ces vies étaient vécues parallèlement — la guerre était un dada pour les enthousiastes et n'en était pas moins sérieuse pour ça. Comme l'hallali pour les chiens de meute. Et pendant ce temps-là, de l'autre côté de la haie, une femme, sur le siège arrière d'une automobile qui passait, était absorbée par son tricot, et, dans le jardin nu d'une maison neuve, un homme apprenait à son fils à shooter dans un ballon. Oui, le labour continuerait et il y aurait une récolte, quelqu'un pour la moissonner et pour moudre le grain, d'autres gens pour la manger, et tout le monde ne mourrait pas...

Turner était perdu dans ces réflexions lorsque Nettle lui saisit le bras et pointa le doigt. L'agitation du passage de la colonne française en avait couvert le bruit, mais ils étaient assez faciles à distinguer. Il y en avait au moins une quinzaine, à trois mille mètres, points minuscules au milieu du bleu, qui tournaient au-dessus de la route. Turner et les caporaux s'arrêtèrent pour regarder, et chacun autour d'eux les vit aussi.

Une voix épuisée murmura à portée de son oreille. « Enfin bon Dieu. Qu'est-ce qu'elle fout, la RAF. »

Un autre déclara en connaisseur : « Ils vont viser les *Frenchies*. »

Comme poussé à les contredire, l'un des petits points se détacha et amorça un piqué presque à la verticale, directement au-dessus de leurs têtes. Pendant quelques secondes, aucun son ne leur parvint. Le silence s'accumulait comme la pression dans les oreilles. Même les cris affolés qui circulaient du haut en bas de la route ne la relâchaient pas. Planquez-vous! Dispersez-vous! Dispersez-vous! Au pas de course!

Difficile de se remuer. Bien que capable d'avancer d'un pas régulier et de s'arrêter, c'était un effort, un effort de mémoire, que d'enregistrer des ordres inhabituels, de se détourner de la route et de courir. Ils s'étaient arrêtés près de la dernière maison du village. Au-delà de la maison, il y avait une grange et, les flanquant toutes deux, il y avait le champ où le fermier avait labouré. À présent, celui-ci se tenait sous un arbre avec son chien, comme s'il s'abritait d'une ondée. Son cheval, toujours attelé, broutait le long de la bande de terrain non labourée. Un flot de soldats et de civils se déversait de la route dans toutes les directions. Une femme, chargée d'un enfant en pleurs, le frôla au passage puis elle changea d'idée, revint sur ses pas et se tint là, à tourner, indécise, au bord de la route. Où aller? Vers la ferme ou vers le champ? Son immobilité le délivra de la sienne. Comme il la poussait par l'épaule vers le portail, le hurlement ascendant s'amorça. Les cauchemars étaient devenus une science. Quelqu'un, un simple humain, avait pris le temps d'inventer ce hurlement satanique. Et avec quel succès! C'était le son même de la panique, montant et tendu vers l'extinction que chacun savait, individuellement, être la sienne. C'était un son que l'on était obligé d'encaisser personnellement. Turner fit franchir la grille à la femme. Il voulait qu'elle coure avec lui jusqu'au milieu du champ. Il l'avait touchée, et décidé à sa place, maintenant il sentait qu'il ne pouvait plus l'abandonner. Mais le petit avait au moins six ans et pesait lourd, et ensemble ils n'avançaient pas du tout.

Il lui arracha l'enfant des bras. « Venez », lui cria-t-il.

Un Stuka n'était chargé que d'une seule bombe de cinq cents kilos. À terre, il fallait penser à s'éloigner des bâtiments, des véhicules et des autres gens. Le pilote n'allait pas gaspiller sa précieuse charge sur une silhouette perdue en plein champ. Lorsqu'il reviendrait mitrailler en rase-mottes, ce serait une autre affaire. Turner les avait vus pourchasser un homme en fuite simplement pour le sport. De sa main libre, il tirait la femme par le bras. Le petit garçon mouillait sa culotte en braillant aux oreilles de Turner. La mère semblait incapable de courir. Elle tendait la main en criant. Elle voulait qu'on le lui rende. L'enfant cherchait à se dégager, tourné vers elle, en travers de son épaule. Et voilà qu'arrivait le chuintement aigu de la bombe en train de tomber. On disait que si on n'entendait plus rien avant l'explosion, on était foutu. En se laissant tomber sur l'herbe, il entraîna la femme avec lui et lui plaqua la tête au sol. Il se retrouva à moitié couché en travers de l'enfant tandis que la terre tremblait de l'incroyable rugissement. La vague de choc les souleva de terre. Ils se couvrirent le visage pour se protéger de la cinglante pluie de terre qui s'abattait. Ils entendirent le Stuka reprendre de l'altitude en même temps qu'ils entendaient le hurlement spectral de l'attaque suivante. La bombe avait atteint la route à moins de quatre-vingts mètres de là. Il tenait le petit garçon sous le bras et tentait de remettre la femme sur ses jambes.

« Courons, vite. Nous sommes trop près de la route. »

La femme lui répondit, mais il ne la comprit pas. De nouveau, ils avançaient en trébuchant dans le champ. Il ressentait la douleur à son côté tel un éclair coloré. Le petit était dans ses bras, et de nouveau la femme semblait vouloir traîner des pieds et essayait de lui reprendre l'enfant. Ils étaient maintenant des centaines dans le champ, tous filant en direction des bois, à l'autre bout. Au déchirement strident de la bombe, tout le monde se jeta à terre. Mais la femme n'avait aucun instinct du danger et il dut, de nouveau, l'entraîner avec lui. Cette fois, ils avaient le visage enfoncé dans la terre fraîchement retournée. Comme le sifflement s'amplifiait, la femme hurla quelque chose qui ressemblait à une prière. C'est alors qu'il se rendit compte qu'elle ne parlait pas français. L'explosion s'était produite au-delà de la route, à plus de cent cinquante mètres de là. Mais, à présent, le premier Stuka faisait demi-tour au-dessus du village et piquait afin de tirer à la mitrailleuse. Choqué, le petit restait muet. Sa mère refusait de se lever. Turner montra du doigt le Stuka qui arrivait en survolant les toits. Ils se trouvaient directement sur sa course et il n'était plus temps de discuter. Elle refusa de bouger. Il se jeta dans le sillon. Le son mat de la rafale de mitrailleuse dans la terre labourée et le rugissement du moteur les frôlèrent d'un éclair. Un soldat blessé hurlait. Turner se redressa d'un bond. Mais la femme ne voulut pas lui prendre la main. Assise par terre, elle serrait désespérément l'enfant contre elle. Elle lui parlait en flamand, le rassurant, lui disant sûrement que tout irait bien. Que maman y veillerait. Turner ne savait pas un mot de la langue. Cela n'aurait pas fait de différence. Elle ne lui prêtait aucune attention. Le jeune garçon le fixait d'un regard vide par-dessus l'épaule de sa mère.

Turner recula d'un pas. Puis il se mit à courir. Comme il s'élançait à travers les sillons, l'attaque surgit. La terre grasse collait à ses brodequins. Il n'y a que dans les cauchemars que les jambes sont aussi lourdes. Une bombe s'écrasa sur la route, beaucoup plus loin, au centre du village où se trouvaient les camions. Seulement, un sifflement en cachait un autre, et la bombe frappa le champ avant qu'il n'ait eu le temps de s'aplatir. Le souffle le souleva à plusieurs mètres de là et le fit retomber visage contre terre. Lorsqu'il revint à lui, il avait la bouche, le nez et les oreilles pleins de terre. Il essaya de dégager sa bouche, mais il n'avait pas de salive. Il se servit d'un doigt, ce fut pire. La terre lui donna des haut-le-cœur, puis son doigt sale lui donna des haut-le-cœur. Il souffla par le nez. Il en sortit une morve de boue qui lui recouvrit la bouche. Mais les bois étaient proches, il y aurait des rivières, des cascades et des lacs. Il imagina un paradis. Lorsque le hurlement d'un Stuka qui plongeait se fit de nouveau entendre, il eut du mal à en localiser l'origine. Était-ce la fin de l'alerte ? Son cerveau lui aussi était encombré. Incapable de cracher ni d'avaler, il avait du mal à respirer et ne pouvait penser. Puis, à la vue du fermier avec son chien qui attendait toujours patiemment sous l'arbre, tout lui revint, il se souvint de tout et se retourna pour regarder derrière lui. Là où s'étaient trouvés la femme et son fils, il y avait un cratère. Au moment même où il le vit, il se dit qu'il l'avait toujours su. C'est pourquoi il avait dû les abandonner. Son affaire à lui, c'était de survivre, bien qu'il eût oublié pourquoi. Il continua vers les bois.

Il fit quelques pas à couvert des arbres et s'assit dans le sous-bois neuf, le dos appuyé à un jeune bouleau. L'eau était sa seule obsession. Il y avait plus de deux cents personnes à avoir trouvé refuge dans les bois, y compris quelques blessés qui s'étaient traînés jusque-là. Un homme, un civil, à peu de distance, pleurait en criant de douleur. Turner se leva et s'éloigna. Toute cette jeune verdure ne lui parlait que d'eau. L'attaque se poursuivait sur la route et sur le village. Il écarta des feuilles mortes et se servit de son casque pour creuser. La terre était humide, mais aucune eau ne suinta à l'intérieur du trou qu'il fit, même à soixante centimètres de profondeur. Alors il s'assit, pensant à l'eau, et tenta de se nettoyer la langue sur sa manche. Dès qu'un Stuka piquait, il était impossible de ne pas se raidir, de ne pas se crisper, bien que chaque fois il pensât ne pas en avoir la force. Vers la fin, ils vinrent mitrailler au-dessus des bois, mais sans résultat. Des feuilles et des brindilles chutèrent de la voûte des arbres. Ensuite, les avions disparurent et dans l'énorme silence qui planait sur les champs, les arbres et le village, il n'y eut pas même un chant d'oiseau. Au bout d'un moment, depuis la route arrivèrent des coups de sifflet signalant la fin de l'alerte. Mais personne ne bougea. Il se rappelait cela de la dernière fois. Ils étaient trop hébétés, encore sous le choc d'épisodes répétés de terreur. Chaque descente en piqué confrontait chacun, acculé et se faisant tout petit, à son exécution. Lorsqu'elle ne se produisait pas, l'épreuve devait être revécue dans son intégralité et la peur ne diminuait pas. Pour les vivants, la fin d'un raid de Stuka équivalait à la paralysie du choc, de chocs répétés. Les sergents et les officiers subalternes allaient sans doute arriver pour forcer les hommes à se relever en hurlant et en leur donnant des coups de pied. Mais ils étaient vidés, et furent un bon moment inutiles en tant que soldats.

Si bien qu'il resta assis là, abruti comme tous les

autres, exactement comme la première fois, au sortir d'un village dont il n'arrivait plus à se rappeler le nom. Ces villages de France aux noms belges. Au moment où il avait été séparé de son unité et, ce qui était pire pour un fantassin, de son fusil. Il y avait combien de jours de cela ? Pas moyen de le savoir. Il examina son revolver qui était encrassé de terre. Il en retira les munitions et balança l'arme dans les buissons. Au bout d'un temps, il y eut un bruit derrière lui et une main se posa sur son épaule.

« Et voilà. De la part des Green Howards. »

Le caporal Mace lui passait la gourde d'un mort quelconque. Comme elle était presque pleine, la première lampée, il l'utilisa pour se rincer la bouche, mais ç'aurait été dommage. Il but la terre avec le reste.

« Mace, vous êtes un ange. »

Le caporal lui tendit la main pour l'aider à se relever. « Faut se magner. Le bruit court que ces couillons de Belges sont tombés. On risque d'être coupés à l'est. Il reste encore des kilomètres à faire. »

Comme ils traversaient le champ en sens inverse, Nettle les rejoignit. Il avait une bouteille de vin et une barre Amo qu'ils se passèrent tour à tour.

« Joli bouquet, dit Turner lorsqu'il eut avalé une longue gorgée.

— Un *Frenchie* mort. »

Le paysan et son chien de berger étaient revenus derrière la charrue. Les trois soldats s'approchèrent du cratère où l'odeur de cordite était puissante. Le trou formait un cône inversé, parfaitement symétrique, et les parois en étaient lisses comme si elles avaient été finement tamisées et ratissées. Il n'y avait pas trace d'humain, pas le moindre lambeau de vêtement ou de chaussure en cuir. La mère et l'enfant avaient été pulvérisés. Il fit une pause pour encaisser le fait, mais les caporaux étaient pressés et le poussaient à partir, et bientôt ils se joignirent aux traînards sur la route. C'était plus facile maintenant. Il n'y aurait plus de circulation tant que les sapeurs ne seraient pas passés dans le village avec leurs bulldozers. Devant, le nuage de pétrole qui brûlait se dressait au-dessus du paysage tel un père en colère. À haute altitude, des bombardiers ronronnaient, un flux régulier dans les deux sens, allant vers leur cible et en revenant. Il vint à l'esprit de Turner qu'il partait à l'abattoir. Mais tout le monde avançait dans cette direction, et il était incapable d'envisager une autre solution. Leur itinéraire les conduisait bien à droite du nuage, à l'est de Dunkerque, vers la frontière belge.

« Bray-Dunes », dit-il, se souvenant du nom sur la carte.

Nettle dit : « Un nom qui fait plaisir à entendre. »

Ils doublèrent des hommes qui pouvaient à peine marcher à cause de leurs ampoules. Certains étaient nu-pieds. Un soldat avec une plaie sanglante à la poitrine était à demi couché dans un vieux landau poussé par ses camarades. Un sergent menait un cheval de trait sur lequel était étendu un officier, inconscient ou mort, pieds et poignets liés par des cordes. Certains soldats étaient à bicyclette, la plupart marchaient par deux ou par trois. Un agent de transmission de l'infanterie des Highlands arriva sur une Harley-Davidson. Ses jambes pendaient, ballantes, couvertes de sang, inutiles, tandis que le passager en croupe, dont les bras étaient abondamment bandés, actionnait les pédales. Tout le long du chemin traînaient des capotes militaires, abandonnées par des hommes qui avaient eu trop chaud. Turner avait déjà dissuadé les caporaux de laisser les leurs.

Ils avançaient depuis une heure lorsqu'ils entendirent derrière eux un bruit sourd rythmé, tel le tic-tac d'une gigantesque horloge. Ils se retournèrent pour regarder. À première vue, on aurait dit une énorme porte à l'horizontale qui remontait la route à toute allure vers eux. C'était un peloton des Welsh Guards en bon ordre, fusil à l'épaule, menés par un sous-lieutenant. Ils arrivaient au pas de charge, le regard fixé droit devant eux, balançant haut les bras. Les traînards s'écartèrent pour les laisser passer. Les temps étaient cyniques, mais personne ne se risqua à siffler. La démonstration de discipline et de cohésion était mortifiante. Ce fut un soulagement lorsque les gardes au pas cadencé eurent disparu et que les autres purent se remettre péniblement en chemin, tout à leur introspection.

Le spectacle était familier, l'inventaire identique, mais à présent tout était en plus grande abondance : véhicules, cratères de bombes, décombres. Des cadavres plus nombreux. Il marcha à travers la campagne jusqu'à ce que lui parvînt un goût de la mer, porté par une brise rafraîchissante au-dessus des champs uniformes, marécageux. Le flux à sens unique des gens qui n'avaient qu'une seule idée en tête, la constante et présomptueuse circulation aérienne, le nuage extravagant qui affichait leur destination suggéraient à son cerveau fatigué mais surexcité quelque fête d'enfance depuis longtemps oubliée, une foire ou un événement sportif vers lequel ils convergeaient tous. Un souvenir lui revenait qu'il n'arrivait pas à situer, dans lequel, transporté sur les épaules de son père, il grimpait une colline vers une grande attraction, vers la source d'une énorme animation. Il aurait apprécié ces épaules en cet instant. Son père absent lui avait laissé peu de souvenirs. Un foulard noué autour du cou, une certaine odeur, les contours les plus imprécis d'une présence songeuse, irritable. Avait-il évité de servir dans la Grande Guerre, ou était-il mort quelque part près d'ici sous un autre nom ? Peut-être avait-il survécu ? Grace était sûre qu'il était trop lâche, trop retors, pour s'engager, mais elle avait de bonnes raisons d'être aigrie. Presque tout le monde ici avait un père qui se souvenait du nord de la France, ou qui y était enterré. Il aurait aimé avoir un tel père, mort ou vivant. Il y a longtemps, avant la guerre, avant Wandsworth, il se réjouissait d'être libre de faire sa vie, de s'inventer son propre destin avec le seul concours distant de Jack Tallis. Maintenant il comprenait à quel point cette illusion était vaine. Sans racines, et donc futile. Il voulait un père pour la même raison qu'il voulait être père. Il était assez commun, à force de tant fréquenter la mort, de vouloir un enfant. Commun, donc humain, et il le désirait d'autant plus. Lorsque les blessés hurlaient de douleur, on rêvait de partager une petite maison quelque part, d'une vie ordinaire, d'une progéniture, d'une attache. Tout autour de lui des hommes marchaient en silence, perdus dans leurs pensées, à remanier leur existence, à prendre des résolutions. Si jamais je m'en sors... Impossible de les compter, ces enfants rêvés, conçus en esprit pendant la marche vers Dunkerque, qui deviendraient de chair par la suite. Il retrouverait Cecilia. Son adresse figurait sur la lettre dans sa poche, voisine du poème. *Fais, dans les déserts de son cœur, Jaillir la source guérisseuse.* Il retrouverait également son père. On la disait habile à retrouver la trace des disparus, l'Armée du salut. La bien nommée. Il rechercherait son père, ou l'histoire de son père mort — quoi qu'il en soit, il deviendrait le fils de son père.

Ils marchèrent tout l'après-midi, et enfin, un kilomètre et demi plus loin, là où de la fumée grise et jaune en tourbillons s'élevait des champs environnants, ils aperçurent le pont qui traversait le canal de Bergues-Furnes. Tout le long du chemin désormais, pas une seule ferme, pas une seule grange n'était restée debout. En même temps que la fumée, des miasmes de viande en décomposition flottaient vers eux — d'autres chevaux de cavalerie abattus, par centaines, entassés dans un champ. Non loin d'eux, une montagne d'uniformes et de couvertures se consumait lentement. Un solide première classe armé d'une masse fracassait des machines à écrire et des machines à stencils. Deux ambulances étaient garées sur le bord de la route, les portes arrière ouvertes. De l'intérieur sortaient les gémissements et les appels de blessés. L'un d'eux ne cessait de réclamer à grands cris, plus de colère que de souffrance : « De l'eau, je veux de l'eau ! » Comme chacun, Turner poursuivait sa route.

Les foules se rassemblaient de nouveau. En face du pont du canal il y avait un carrefour, et en provenance de Dunkerque, sur la route qui longeait le canal, arrivait un convoi de trois tonnes que la police militaire tentait de diriger sur un champ au-delà de l'endroit où se trouvaient les chevaux. Mais les soldats grouillaient en travers de la route, obligeant le convoi à faire une halte. Les conducteurs donnaient du klaxon en lançant des insultes. La foule se pressait. Des hommes, fatigués d'attendre, dégringolaient de l'arrière des camions. Un cri retentit : « Planquez-vous ! » Et, avant que quiconque pût même voir ce qui se passait, la montagne d'uniformes explosa. Une neige de petits bouts de serge vert foncé se mit à tomber. Plus près, un détachement d'artilleurs utilisaient des marteaux pour démolir les hausses à cadran et les blocs de culasse de leurs canons. L'un d'eux, Turner le remarqua, pleurait en détruisant son obusier. À l'entrée du même champ, un chapelain et son clerc s'affairaient à asperger d'essence des caisses de missels et de bibles. Des hommes traversaient le champ en direction d'un dépôt de la NAAFI[1], en quête de cigarettes et de gnôle. Lorsqu'une clameur s'éleva, des douzaines d'autres quittèrent la route pour les rejoindre. Un groupe assis près d'un portail de ferme essayait des chaussures neuves. Un soldat aux joues gonflées écarta Turner en passant avec une boîte de marshmallows roses et blancs. Quelques centaines de mètres plus loin, on mettait le feu à un tas de bottes en caoutchouc, de masques à gaz et de pèlerines, et une fumée âcre enveloppa la file d'hommes qui se bousculaient vers le pont. Enfin, les camions s'ébranlèrent et bifurquèrent dans le champ le plus vaste, directement au sud du canal. La police militaire organisait le stationnement en alignements réguliers tels les commissaires d'une foire-exposition de sous-préfecture. Les camions rejoignirent les half-tracks, les motos, les chenillettes, les cuisines roulantes. La technique d'immobilisation était, comme toujours, rudimentaire, une balle dans le radiateur et le moteur qu'on laissait tourner jusqu'à ce qu'il se grippe.

Le pont était sous le contrôle des Coldstream Guards[2]. Deux postes de mitrailleuses soigneusement protégés par des sacs de sable défendaient les abords. Les hommes, le visage rasé de frais, le regard impénétrable, semblaient silencieusement méprisants de la débandade de racaille crasseuse qui se traînait alentour. De l'autre côté du canal, espacées régulière-

1. NAAFI : Navy, Army and Air Force Institutes.
2. Régiment d'élite écossais.

ment, des pierres badigeonnées de blanc délimitaient une allée menant à une cahute qui servait de salle des rapports. Sur la berge opposée, à l'est et à l'ouest, les Guards étaient bien retranchés le long de leur section. Les maisons du bord de l'eau avaient été réquisitionnées, les tuiles des toits perforées et les fenêtres obturées par des sacs de sable pour les meurtrières destinées aux mitrailleuses. Un redoutable sergent maintenait l'ordre sur le pont. Il renvoyait un lieutenant à moto. Absolument aucun matériel ou véhicule n'était autorisé à passer. Un homme, avec un perroquet dans sa cage, fut renvoyé d'où il venait. Le sergent désignait aussi des hommes pour des corvées de défense du périmètre, et ce faisant avec beaucoup plus d'autorité que le malheureux major. Un détachement de plus en plus important se tenait sans joie au repos près de la salle des rapports. Turner vit ce qui se passait en même temps que les caporaux, alors qu'ils se trouvaient encore assez loin en arrière.

« Je vous fiche mon billet qu'ils vont vous prendre, mon vieux, dit Mace à Turner. Cette pauvre infanterie. Si vous voulez rentrer chez vous voir les filles, va falloir vous mettre entre nous deux et boiter. »

Malgré un sentiment d'indignité, mais tout de même décidé, il passa les bras autour des épaules des caporaux et ils avancèrent tant bien que mal.

« C'est la gauche, souvenez-vous, chef, dit Nettle. Si vous voulez, je peux vous foutre un coup de baïonnette dans le pied ?

— Merci bien. Je crois que je vais pouvoir me débrouiller. »

Turner laissa retomber sa tête tandis qu'ils traversaient le pont, si bien qu'il ne vit rien du regard féroce du sergent de garde, tout en en percevant la brûlure. Il entendit aboyer un ordre : « Hé, vous là ! »

Quelque malchanceux juste derrière lui était désigné pour aider à contenir l'attaque, qui se produirait sûrement dans les deux ou trois jours pendant que les derniers de la BEF[1] s'entasseraient dans les bateaux. Ce qu'il vit en revanche, ce fut un long chaland noir qui glissait sous le pont en direction de Furnes, en Belgique. Le batelier était assis à la barre, la pipe à la bouche, regardant droit devant lui. Derrière lui, à quinze kilomètres de là, brûlait Dunkerque. À l'avant, à l'intérieur de la proue, deux gamins, penchés sur une bicyclette retournée, réparaient peut-être une crevaison. Une lessive, qui comportait des dessous féminins, était tendue à sécher. Une odeur de cuisine, d'oignons et d'ail montait du bateau. Turner et les caporaux franchirent le pont et dépassèrent les pierres blanchies à la chaux, un rappel du camp d'entraînement et de tout le fourbissage. Dans la cahute des rapports, un téléphone sonnait.

Mace murmura : « Putain, z'avez intérêt à boiter jusqu'à ce qu'on soit hors de vue. »

Mais la campagne était plate pendant des kilomètres, et il était impossible de savoir dans quelle direction regarderait le sergent, et ça ne leur disait rien de se retourner pour vérifier. Au bout d'une demi-heure, ils s'assirent sur une semeuse rouillée et regardèrent l'armée vaincue défiler devant eux. L'astuce, c'était de se mêler à une foule totalement nouvelle, pour que la guérison soudaine de Turner n'attire pas l'attention d'un officier. Un grand nombre d'hommes qui passaient s'irritaient de ne pas trouver la plage directement de l'autre côté du canal. Ils semblaient croire que c'était le résultat d'un défaut de préparation. Turner savait que, d'après la carte, il res-

1. BEF : British Expeditionary Force.

tait encore dix kilomètres à faire et, une fois qu'ils se furent remis à marcher, ces kilomètres furent les plus durs, les plus sombres qu'ils aient parcourus ce jour-là. Le vaste paysage sans relief niait tout sentiment de progression. Même si le soleil tardif de l'après-midi se dérobait à travers les bords effilochés du nuage de pétrole, il faisait plus chaud que jamais. Ils voyaient des avions, très haut au-dessus du port, larguer leurs bombes. Pire, il y avait des raids de Stuka juste au-dessus de la plage vers laquelle ils se diri-geaient. Ils doublèrent des blessés, capables de mar-cher, mais qui ne pouvaient aller plus loin. Ceux-là étaient assis sur le bord de la route, réclamant de l'aide ou une gorgée d'eau. D'autres étaient simple-ment couchés près du fossé, inconscients ou plongés dans le désespoir. Sûrement il y aurait des ambu-lances qui arriveraient du périmètre de sécurité pour effectuer des rondes régulières jusqu'à la plage. Si on trouvait le temps de badigeonner des pierres à la chaux, on devait en avoir aussi pour organiser ça. Il n'y avait pas d'eau. Ils avaient terminé le vin et désor-mais leur soif n'en était que plus intense. Ils n'avaient pas de médicaments sur eux. Que pouvaient-ils bien faire ? Transporter une douzaine de types sur leur dos alors qu'ils pouvaient à peine marcher eux-mêmes ?

Dans un brusque mouvement d'humeur, le capo-ral Nettle s'assit sur la route, retira ses brodequins et les envoya promener dans un champ en déclarant qu'il en avait ras le bol, que, putain, il en avait autant marre que de tous ces putains de Boches réunis. En plus, ses ampoules lui faisaient tellement mal que, putain, il était aussi bien sans.

« Ça fait loin l'Angleterre, en chaussettes », dit Turner. Il se sentit bizarrement la tête vide en entrant dans le champ pour aller les rechercher. Le premier

323

soulier fut facile à trouver, mais le second lui demanda un moment. Enfin, il l'aperçut dans l'herbe près d'une forme noire et velue qui, lorsqu'il s'en approcha, parut s'animer ou onduler. Soudain, un essaim de mouches à viande s'éleva dans l'air dans un furieux bourdonnement geignard, révélant le cadavre qui était en train de pourrir dessous. Il retint sa respiration, attrapa vivement le soulier et, comme il se dépêchait de s'éloigner, les mouches redescendirent, et ce fut de nouveau le silence.

Après quelques exhortations, Nettle accepta de reprendre ses godillots, de les attacher ensemble et de les mettre autour de son cou. Mais il déclara ne faire ça que pour obliger Turner.

C'était dans ses moments de clairvoyance qu'il était perturbé. Ce n'était pas à cause de sa blessure, bien qu'elle le fît souffrir à chaque pas qu'il faisait, et ce n'était pas non plus à cause des bombardiers qui tournaient en rond au-dessus de la plage à quelques kilomètres au nord. C'était son cerveau. Périodiquement, quelque chose lâchait. Quelque principe quotidien de continuité, l'élément routinier qui lui disait où il en était de son histoire, décolorée à l'usage, l'abandonnant à un rêve éveillé dans lequel il y avait des pensées, mais aucune notion de ce qui les entretenait. Aucune responsabilité, aucun souvenir des heures précédentes, aucune idée de ce qu'il faisait, de là où il allait, de ce qu'était son projet. Et sans aucune curiosité pour cela. Il se retrouvait alors dans un état de certitudes illogiques.

Il était dans cet état lorsqu'ils arrivèrent à l'extrémité est de la station balnéaire après trois heures de marche. Ils empruntèrent une rue pleine de verre brisé et de tuiles cassées où jouaient des enfants qui regardaient passer les soldats. Nettle avait remis ses godillots, mais sans les rattacher, avec les lacets qui traînaient. Soudain, comme un pantin sorti de sa boîte, un lieutenant des Dorsets surgit de la cave d'un bâtiment municipal qui avait été réquisitionné en guise de quartier général. Il arriva sur eux à grands pas, infatué de lui-même, avec un porte-documents sous le bras. Lorsqu'il s'arrêta devant eux, ils le saluèrent. Scandalisé, il ordonna au caporal de renouer immédiatement ses lacets sous peine de sanction.

Pendant que le caporal s'agenouillait pour obéir, le lieutenant — voûté, anguleux, avec son air de type rivé à son bureau et sa touffe de moustache orange — déclara : « Vous nous faites sacrément honte, mon vieux. »

Avec la lucide indépendance que lui conférait son état de rêve, Turner eut envie d'expédier une balle dans la poitrine de l'officier. Ce serait mieux pour tout le monde. C'est à peine si ça valait le coup d'en discuter. Il chercha son arme, mais elle avait disparu — il ne parvenait pas à se rappeler où — et le lieutenant s'éloignait déjà.

Après avoir écrasé du verre avec bruit pendant quelques minutes, un silence soudain se fit sous leurs souliers : la route se terminait en sable fin. Comme ils escaladaient une brèche au milieu des dunes, ils entendirent la mer et eurent un goût de sel dans la bouche avant de la voir. Le goût des vacances. Ils abandonnèrent le chemin et grimpèrent à travers la végétation des dunes jusqu'à un point de vue où ils se tinrent en silence pendant plusieurs minutes. La brise humide et fraîche qui arrivait de la Manche lui rendit la clarté d'esprit. Peut-être n'était-ce rien de plus qu'une alternance de hausses et de baisses de sa température.

Il pensait n'avoir aucun espoir — jusqu'à ce qu'il aperçoive la plage. Il s'attendait que prévale ce foutu esprit militaire, capable de badigeonner les pierres devant cet anéantissement. Il essayait maintenant de réorganiser l'agitation désordonnée qu'il avait sous les yeux, et y parvint presque : centres de rassemblement, adjudants derrière des bureaux de fortune, tampons de caoutchouc et étiquettes, couloirs délimités par des cordes vers les embarcations en attente ; sergents au ton autoritaire, pénibles files d'attente autour des cuisines mobiles. En général, la fin de toute initiative personnelle. Sans le savoir, c'était la plage vers laquelle il avait marché pendant des jours. Mais la plage réelle, celle que les caporaux et lui contemplaient maintenant, n'était guère plus qu'une variante de tout ce qui s'était passé plus tôt : c'était la déroute, arrivée au terminus. Elle était assez évidente, maintenant qu'ils la constataient — c'était ce qui se passait lorsqu'une retraite en désordre ne pouvait aller plus loin. Il suffisait d'un instant pour s'y adapter. Il voyait des milliers d'hommes, dix, vingt mille, peut-être davantage, répandus sur l'immensité de la plage. De loin, on aurait dit des grains de sable noir. Mais il n'y avait pas de bateaux, hormis une baleinière retournée qui roulait sur le ressac, à distance. La marée était basse et il y avait presque un kilomètre et demi jusqu'à l'eau. Il n'y avait pas de bateaux devant la longue jetée. Il cligna des yeux et regarda de nouveau. Cette jetée était constituée d'hommes, une longue file de six ou huit de rang, debout jusqu'aux genoux, jusqu'à la taille, jusqu'aux épaules, et qui s'allongeait sur cinq cents mètres dans les eaux peu profondes. Ils attendaient, mais il n'y avait rien en vue, à moins de tenir compte de ces noircissures à l'horizon — des bateaux qui brûlaient après une attaque aérienne. Rien ne pourrait atteindre la plage avant des heures. Mais les soldats se tenaient là, face à l'horizon, avec leur coiffure de métal, leurs fusils levés au-dessus des vagues. À cette distance, ils avaient l'air aussi placides que du bétail.

Et ces hommes ne représentaient qu'une petite partie du tout. La grande majorité était sur la plage à errer sans but. De petits rassemblements s'étaient formés autour des blessés laissés par la dernière attaque de Stuka. Sans but non plus, une demi-douzaine de chevaux d'artillerie galopaient en bande à la limite de l'eau. Quelques soldats s'efforçaient de remettre la baleinière à l'endroit. Certains avaient ôté leurs vêtements pour nager. Plus loin, à l'est, se jouait un match de football et, de la même direction, arrivait le son affaibli d'un hymne chanté à l'unisson, qui s'effaçait ensuite. Au-delà de la partie de football se manifestait l'unique signe d'une activité officielle. Sur le rivage, on alignait et reliait des camions pour former une jetée de fortune. D'autres camions arrivaient. Plus près, sur la plage, des types creusaient le sable à l'aide de leurs casques pour se faire des abris individuels. Dans les dunes, près de là où se tenaient Turner et les caporaux, des hommes s'étaient déjà aménagé des trous d'où ils lançaient des regards de propriétaires satisfaits. Comme des ouistitis, pensa-t-il. Mais la majorité des hommes traînait sans but dans le sable, tels les citoyens d'une ville italienne à l'heure du *passeggio*. Ils ne voyaient aucune raison immédiate de se joindre à l'énorme queue, sans toutefois vouloir s'éloigner de la plage au cas où un bateau apparaîtrait soudainement.

À gauche, il y avait la station balnéaire de Bray, un riant front de mer de cafés et de petites boutiques qui, en temps ordinaire, pendant la saison, louaient des chaises longues et des vélos. Dans un parc circulaire à la pelouse impeccablement tondue, il y avait un kiosque à musique et un manège peint en bleu-blanc-rouge. Dans ce décor, une autre compagnie, plus insouciante, était assise sur ses talons. Des soldats avaient ouvert les cafés pour leur compte et se saoulaient aux tables disposées dehors, braillards et rieurs. Des hommes déconnaient sur des bicyclettes le long du trottoir souillé de vomi. Une colonie de types saouls étaient vautrés dans l'herbe près du kiosque à musique, cuvant leur vin en dormant. Se dorant au soleil, un solitaire en caleçon, le visage sur sa serviette de bain, avait des plaques de bronzage irrégulières sur les épaules et les jambes — roses et blanches comme une glace vanille-fraise.

Il ne fut pas difficile de choisir entre ces lieux de souffrance — la mer, la plage, la promenade. Les caporaux s'éloignaient déjà. La soif en décidait ainsi. Ils trouvèrent un chemin sur le flanc de dune donnant sur les terres, puis ils traversèrent une pelouse sableuse, jonchée de bouteilles cassées. Comme ils se frayaient un passage autour des tables bruyantes, Turner, apercevant un groupe de la marine qui descendait la promenade, s'arrêta pour les regarder. Ils étaient cinq, deux officiers, trois gradés, groupe éblouissant de blancheur, de bleu et d'or. Aucune concession au camouflage. L'échine raide et sévère, leur revolver à la ceinture, ils se déplaçaient avec une autorité tranquille parmi la masse de sombres tenues de campagne et de visages barbouillés, regardant d'un côté et de l'autre comme s'ils faisaient le décompte. L'un des officiers prenait des notes sur une tablette. Ils s'éloignèrent en direction de la plage. Avec le sentiment puéril d'être abandonné, Turner les suivit des yeux jusqu'à ce qu'ils soient hors de vue.

Il suivit Mace et Nettle dans le vacarme et la puanteur enfumée du premier bar du front de mer. Deux valises aux couvercles ouverts sur le bar étaient remplies de cigarettes — mais il n'y avait rien à boire. Les étagères derrière le miroir dépoli du comptoir étaient vides. Lorsque Nettle plongea pour fouiller derrière le comptoir, il y eut des plaisanteries. Tous ceux qui entraient faisaient la même chose. Les boissons avaient disparu depuis longtemps, raflées par les gros buveurs de dehors. Turner passa en force à travers la foule pour atteindre une petite cuisine au fond. Les lieux étaient saccagés, les robinets à sec. À l'extérieur, il y avait une pissotière et des piles de casiers à bouteilles vides. Un chien tentait vainement d'introduire sa langue dans une boîte de sardines vide, la poussant du museau sur une plaque de béton. Turner fit demi-tour et rejoignit la grande salle et son rugissement de voix. Il n'y avait pas d'électricité, seule éclairait la lumière naturelle, d'un brun comme souillé par la bière absente. Rien à boire, et pourtant le bar était plein. Les gens entraient, étaient déçus, mais restaient tout de même, retenus là par les cigarettes gratuites et la preuve qu'il y avait eu récemment de la boisson. Les distributeurs pendaient vides au mur, là où les bouteilles retournées avaient été arrachées. Une odeur douceâtre d'alcool s'élevait du sol en ciment poisseux. Le bruit, la promiscuité des corps et la moite atmosphère de tabac comblaient une douloureuse envie de pub du samedi soir. C'était Londres et Mile End Road, Glasgow et Sauchiehall Street, et tout ce qui s'étendait dans l'intervalle.

Il se tenait au milieu du vacarme, ne sachant que faire. Ce serait un tel effort que de batailler pour échapper à cette foule. Il y avait eu des bateaux hier, comprit-il d'après des bribes de conversation, et peut-être y en aurait-il d'autres demain. Dressé sur la pointe des pieds près de l'entrée de la cuisine, il adressa aux caporaux un haussement d'épaules négatif par-dessus la foule. Nettle indiqua la porte d'un signe de tête et ils se mirent à converger vers elle. Une boisson aurait été bien, mais ce qui les intéressait maintenant, c'était de l'eau. La progression à travers la foule des corps pressés fut lente, et, juste au moment où ils se retrouvaient, le passage vers la sortie fut bloqué par un mur compact de dos qui se formait autour d'un homme.

Il devait être petit — moins d'un mètre soixante-dix — et Turner ne distinguait rien de lui en dehors d'une portion de nuque.

Quelqu'un lança : « Tu vas répondre à cette putain de question, petit minus.

— Allez ouais, réponds.

— Dis donc toi, le gominé. Où que t'étais ?

— Où que t'étais quand ils ont tué mon copain ? »

Un globule de crachat atterrit sur l'arrière du crâne du type et lui retomba derrière l'oreille. Turner fit le tour pour mieux voir. Il vit d'abord le bleu-gris d'un veston, puis l'appréhension muette inscrite sur le visage de l'homme. C'était un petit bonhomme étriqué, avec des lunettes aux verres épais et malpropres qui grossissaient son regard terrifié. Il avait l'air d'un employé au classement ou d'un standardiste, peut-être du quartier général depuis longtemps dispersé. Mais il était de la RAF, et les tommies lui demandaient des comptes. Il se tourna lentement, jetant un regard circulaire sur ses interrogateurs. Il n'avait pas de réponses à leurs questions, et il n'essayait pas de nier sa responsabilité dans l'absence de Spitfire et de Hurricane au-dessus de la plage. Il agrippait si fort sa casquette que ses jointures en tremblaient. Un artilleur qui se tenait près de la porte lui envoya une grande bourrade dans le dos, si bien qu'il partit de l'autre côté du cercle en plein dans la poitrine d'un soldat, qui le renvoya d'un direct désinvolte à la tête. Il y eut un murmure d'approbation. Tout le monde avait souffert, et à présent quelqu'un allait payer.

« Alors, où est-ce qu'elle est, cette RAF ? »

Une main surgit et expédia une gifle à l'homme, faisant du même coup tomber ses lunettes par terre. Le coup résonna avec la précision d'un claquement de fouet. Ce fut le signal d'une nouvelle étape, d'un autre niveau d'engagement. Ses yeux à nu furent réduits à des petits points agités tandis qu'il se baissait pour tâtonner autour de ses pieds. Ce fut une erreur. Un coup de galoche ferrée le prit au derrière, le soulevant de quelques centimètres. Il y eut des ricanements alentour. Le sentiment que quelque chose de savoureux allait se passer se répandit dans le bar, attirant davantage de soldats. Tandis que la foule s'enflait autour du cercle, tout vestige de responsabilité individuelle s'effaça. Une audace conquérante s'installait. Des acclamations s'élevèrent lorsque quelqu'un écrasa sa cigarette sur la tête du type. Ils éclatèrent de rire devant son jappement comique. Ils le haïssaient, ce gars méritait tout ce qui lui arrivait. Il était responsable de la libre circulation de la Luftwaffe à travers les cieux, de chaque attaque de Stuka, de chaque copain mort. Sa frêle carcasse renfermait toutes les raisons de la défaite de l'armée. Turner pensa qu'il ne pouvait rien faire pour aider cet homme sans risquer de se faire lyncher lui-même.

Mais il était impossible de ne rien faire. Se joindre au mouvement serait mieux que rien. Désagréablement excité, il se tendit en avant. À présent, un accent gallois trébuchant posait la question :

« Où elle est, la RAF ? »

Il était étrange que l'homme n'ait pas appelé à l'aide, supplié ou protesté de son innocence. Son silence paraissait complice de son destin. Était-il si bête qu'il ne lui soit pas venu à l'idée qu'il allait peut-être mourir ? Avec bon sens, il avait replié et mis ses lunettes dans sa poche. Sans elles, son visage était vide. Telle une taupe exposée à la lumière vive, il scrutait ses bourreaux à la ronde, les lèvres entrouvertes, plus par incrédulité que pour essayer de former un mot. Comme il ne pouvait le voir venir, il prit un coup en pleine figure. Cette fois, c'était un coup de poing. Comme sa tête partait en arrière, une autre godasse le chopa au tibia, et de timides bravos sportifs montèrent, accompagnés d'applaudissements inégaux, comme pour une interception correcte sur le terrain de cricket du village. Il serait insensé de se risquer à défendre cet homme, méprisable de ne pas le faire. En même temps, Turner comprenait l'enthousiasme des harceleurs et la façon insidieuse dont celui-ci pourrait le gagner. Lui-même était capable de commettre un acte excessif avec son couteau et de se gagner ainsi la ferveur d'une centaine d'hommes. Pour écarter cette pensée, il s'obligea à recenser les deux ou trois soldats dans le cercle qu'il pensait être plus grands ou plus forts que lui. Mais le vrai danger venait de la foule elle-même, de son humeur revancharde. Elle refuserait de se laisser priver de ses plaisirs.

On en était arrivé à une situation où celui qui assènerait le coup suivant devrait gagner l'approbation générale en se montrant ingénieux ou drôle. Il y avait dans l'air un désir de plaire en étant inventif. Personne ne voulait de fausse note. Pendant quelques secondes, ces circonstances imposèrent de la retenue. À un certain point, Turner le savait depuis Wandsworth, un seul coup en entraînerait d'autres en cascade. Il serait alors impossible de renverser la vapeur et, pour le type de la RAF, il n'y aurait qu'une seule issue. Une tache rose s'était formée sur la pommette, sous son œil droit. Il avait remonté ses poings sous son menton — agrippant toujours sa casquette — et arrondi les épaules. Il était possible que ce fût une attitude de protection, mais c'était aussi un geste de faiblesse et de soumission susceptible d'entraîner une plus grande violence. S'il avait dit quelque chose, n'importe quoi, les soldats qui l'entouraient se seraient rappelé que c'était un être humain, non un lapin à qui faire la peau. Le Gallois qui avait parlé était un gars trapu de chez les sapeurs. Il exhibait maintenant une ceinture en toile de sangle et la brandissait.

« Qu'est-ce que vous en pensez, les gars ? »

Sa déclaration précise, pleine d'insinuations, suggérait des horreurs que Turner n'appréhenda pas immédiatement. À présent, c'était sa dernière occasion d'agir. Comme il cherchait des yeux les caporaux, il y eut un rugissement tout proche, un beuglement de taureau piqué d'un coup de lance. La foule vacilla et trébucha tandis que Mace la bousculait pour pénétrer dans le cercle. Dans un sauvage hurlement iodlé, digne de Johnny Weissmuller en Tarzan, il se saisit de l'employé par-derrière, l'enserrant étroitement, le souleva à cinquante centimètres du sol et le secoua, terrorisé, dans tous les sens. Il y eut des acclamations et des sifflets, des trépignements et des ululements de cow-boys.

« Moi je sais ce que je vais faire de lui, tonitrua Mace. Je vais le noyer dans cette putain de mer ! »

En réponse monta une autre tempête de cris et de trépignements. Nettle fut soudain aux côtés de Turner et ils échangèrent un regard. Devinant ce que projetait Mace, ils amorcèrent un mouvement vers la porte, sachant qu'ils devraient faire vite. Tout le monde n'était pas favorable à l'idée de la noyade. Même dans la frénésie du moment, certains se rappelaient encore qu'un kilomètre de sable les séparait de la mer. Le Gallois, en particulier, se sentait floué. Il brandissait sa sangle en braillant. Il y avait autant de sifflets et de huées que d'encouragements. Tenant toujours sa victime dans ses bras, Mace se précipita vers la porte. Turner et Nettle le devancèrent, lui ouvrant un passage à travers la foule. Lorsqu'ils atteignirent l'entrée — une porte simple et non double, ce qui était utile —, ils laissèrent passer Mace, puis ils barrèrent la sortie, épaule contre épaule, tout en donnant l'impression du contraire, car ils hurlaient et agitaient les poings comme les autres. Ils sentirent dans leur dos un poids humain colossal et exacerbé auquel ils ne purent résister que quelques secondes. Le temps pour Mace de courir, non vers la mer, mais de virer sec à gauche, puis de nouveau à gauche pour remonter une rue étroite qui tournait derrière les boutiques et les bars, loin du front de mer.

La foule en délire explosa hors du bar comme du champagne, rejetant avec force Turner et Nettle sur le côté. Quelqu'un crut voir Mace sur le sable et, pendant une demi-minute, la foule suivit cette voie. Au moment où elle se rendait compte de son erreur et où elle commençait à faire demi-tour, il n'y avait plus signe de Mace et de son type. Turner et Nettle s'étaient également évaporés.

La vaste plage, les milliers de gens qui attendaient là et la mer vide de bateaux renvoyèrent les soldats à leur fâcheuse situation. Ils sortirent de leur rêve. Loin à l'est où la nuit montait, la défense périphérique était sous un feu d'artillerie nourri. L'ennemi les encerclait et l'Angleterre était loin. Dans la lumière incertaine, il ne restait plus guère de temps pour trouver un endroit où coucher. Un vent froid arrivait de la Manche et les capotes gisaient au bord de la route à l'intérieur des terres. La foule commença à se disperser. L'homme de la RAF fut oublié.

Turner avait l'impression que Nettle et lui s'étaient lancés à la recherche de Mace, puis l'avaient oublié. Ils devaient avoir vagabondé dans les rues pendant un moment, en vue de le féliciter du sauvetage et d'en rire ensemble. Turner ignorait comment Nettle et lui se retrouvaient ici, dans cette rue particulièrement étroite. Il n'avait pas conscience du temps écoulé ni de la douleur aux pieds — mais voilà qu'il était là, en train de s'adresser en termes polis à une vieille dame qui se tenait dans l'entrée d'une des maisons en enfilade aux façades uniformes. Lorsqu'il fit allusion à l'eau, elle le regarda d'un air soupçonneux, comme si elle avait su qu'il voulait autre chose que de l'eau. Elle était plutôt belle, avec son teint sombre, sa mine fière, son long nez droit, et un fichu fleuri était noué sur ses cheveux argentés. Il comprit immédiatement qu'elle était gitane et ne se laissait pas abuser par son français. Elle le transperçait du regard, voyait ses défauts et savait qu'il avait fait de la prison. Puis elle regarda Nettle d'un air dégoûté et, finalement, montra du doigt un endroit dans la rue où une truie fouillait du groin dans le caniveau.

« Ramenez-la-moi, dit-elle, et je verrai ce que j'ai pour vous.

— Bon Dieu, dit Nettle une fois que Turner eut traduit. Tout ce qu'on demande, c'est un putain de verre d'eau. On va entrer et se servir. »

Mais Turner, sentant s'installer une irréalité familière, ne put repousser l'éventualité que la femme fût dotée de certains pouvoirs. Dans le maigre éclairage, l'espace au-dessus de sa tête palpitait au rythme de son propre cœur. Il s'appuya contre l'épaule de Nettle. Elle le soumettait à une épreuve qu'il avait trop d'expérience, trop de sagesse pour refuser. Il n'était pas né de la dernière pluie. Si près de chez lui, il n'allait pas se laisser prendre au piège. Mieux valait jouer la prudence.

« On attrape le cochon, dit-il à Nettle. Ça ne demandera pas plus d'une minute. »

Nettle était depuis longtemps habitué à suivre les suggestions de Turner, car elles étaient en général sensées, mais pendant qu'ils remontaient la rue le caporal lâcha en grognant : « Il y a quelque chose qui ne tourne pas rond chez vous, chef. »

Leurs ampoules aux pieds les ralentissaient. La truie était jeune, vive et appréciait sa liberté. En outre, Nettle avait peur d'elle. Une fois coincée dans l'entrée d'une boutique, elle fonça sur lui et il fit un bond de côté en poussant un cri qui n'était pas entièrement d'autodérision. Turner retourna demander un bout de corde à la dame, mais personne ne se présenta à la porte, et il n'était pas sûr d'avoir trouvé la bonne maison. Quoi qu'il en soit, il était maintenant certain que, s'ils ne capturaient pas le cochon, ils n'arriveraient jamais chez eux. Il avait de nouveau de la fièvre, il le savait, mais il n'en déraillait pas pour autant. Le cochon était synonyme de succès. Enfant,

Turner avait essayé une fois de se persuader qu'éviter les joints du trottoir devant la cour de récréation de son école, pour empêcher sa mère de mourir subitement, était une bêtise. Mais il n'avait jamais marché dessus et elle n'était pas morte.

Ils avaient beau avancer dans la rue, le cochon leur échappait toujours de justesse.

« Bon Dieu de bon Dieu, dit Nettle, il n'y a aucune raison pour qu'on y arrive. »

Mais il n'y avait pas le choix. Près d'un poteau télégraphique tombé, Turner coupa une longueur de câble pour en faire un nœud coulant. Ils traquèrent la truie le long d'une route en limite de la station balnéaire, là où les pavillons étaient bordés de petits lopins de jardins entourés de clôture. En chemin, ils ouvrirent toutes les grilles des deux côtés de la rue. Puis ils firent un détour par une route transversale de manière à prendre l'animal à revers et à le ramener au pas de course là d'où il était venu. Comme prévu, il pénétra bientôt dans un jardin et se mit à fouiller le sol de son groin. Turner referma la grille et, penché au-dessus de la clôture, laissa tomber le nœud coulant autour de la tête du cochon.

Ils usèrent de leurs dernières forces pour traîner la truie, qui poussait des cris perçants, jusqu'au bercail. Heureusement, Nettle savait où elle habitait. Lorsqu'elle fut enfin en sûreté dans la petite porcherie de son jardinet, la vieille femme apporta deux pots de grès remplis d'eau. Sous ses yeux, ils restèrent là, bienheureux, dans sa courette près de la porte de cuisine et burent. Même avec le ventre sur le point d'exploser, assoiffés, ils continuèrent de boire. Puis la femme leur apporta du savon, des gants et deux cuvettes émaillées pour se laver. Le visage brûlant de Turner mua l'eau en brun rouille. Des croûtes de

sang séché, moulées sur sa lèvre supérieure, se détachèrent, plaisamment intactes. Lorsqu'il eut terminé,
il éprouva une sensation d'agréable légèreté dans
l'air qui l'entourait, filtrant comme une soie sur sa
peau et dans ses narines. Ils déversèrent l'eau sale au
pied d'une touffe de mufliers qui, dit Nettle, le rendaient nostalgique du jardin de ses parents. La Gitane
remplit leurs gourdes et leur apporta à chacun un
litre de vin rouge à moitié débouché et un saucisson
qu'ils fourrèrent dans leurs musettes. Au moment où
ils s'apprêtaient à prendre congé, elle eut une autre
idée et retourna à l'intérieur. Elle revint avec deux
pochettes en papier, chacune contenant une demi-
douzaine d'amandes au sucre.

Avec solennité, ils échangèrent une poignée de
main.

« Nous nous souviendrons de votre générosité
pour le restant de nos jours », dit Turner.

Elle hocha la tête et il crut qu'elle lui disait : « Mon
cochon me fera toujours penser à vous. » La sévérité
de son expression restant inchangée, il fut impossible
de dire s'il y avait affront, humour ou message caché
dans sa remarque. Pensait-elle qu'ils ne méritaient
pas ses bontés ? Il recula gauchement, puis ils se
retrouvèrent en train de marcher dans la rue et il tra-
duisit ses paroles à Nettle. Le caporal n'avait aucun
doute.

« Elle vit seule et elle aime son cochon. Ça se comprend. Elle nous est très reconnaissante. » Puis il
ajouta, rempli de soupçons : « Vous vous sentez bien,
chef ?

— Parfaitement bien, merci. »

Gênés par leurs ampoules, ils reprirent en boitant
la direction de la plage dans l'idée de trouver Mace et
de partager avec lui la nourriture et la boisson. Mais,

après avoir capturé le cochon, Nettle trouva qu'il était justifié de déboucher une bouteille sur-le-champ. Il faisait de nouveau confiance au jugement de Turner. Ils se passèrent et repassèrent le vin tout en marchant. Même en ce crépuscule tardif, il était encore possible de distinguer le nuage sombre au-dessus de Dunkerque. Dans l'autre direction, ils distinguaient à présent des éclairs d'artillerie. Il n'y avait aucune relâche le long de la défense périphérique.

« Les pauvres bougres », dit Nettle.

Turner savait qu'il parlait des hommes qui étaient à l'extérieur du bureau des rapports improvisé. Il dit : « La défense ne tiendra plus très longtemps.

— On va être débordés.

— Alors on ferait mieux d'être sur un bateau demain. »

Maintenant qu'ils n'avaient plus soif, le dîner leur occupait l'esprit. Turner pensait à une pièce calme et à une table carrée recouverte de vichy vert, avec une de ces suspensions à poulie, ces lampes à pétrole en porcelaine typiquement françaises. Avec le pain, le vin, le fromage et le saucisson étalés sur une planche de bois.

Il dit : « Je me demande si la plage est vraiment le meilleur endroit pour dîner.

— On pourrait carrément se faire dévaliser, acquiesça Nettle.

— Je crois savoir le genre d'endroit qu'il nous faut. »

Ils furent de retour dans la rue derrière le bar. Lorsqu'ils jetèrent un coup d'œil dans la ruelle qu'ils venaient d'emprunter, ils virent des silhouettes mouvantes dans la pénombre se détacher sur les dernières lueurs de la mer et, bien au-delà, décalée, une masse plus sombre, des soldats sur la plage, ou de l'herbe sur la dune, ou les dunes elles-mêmes. C'était déjà difficile de retrouver Mace en plein jour, et encore plus maintenant. De sorte qu'ils continuèrent à errer, en quête d'un endroit. Dans cette partie de la ville, il y avait à présent des centaines de soldats, beaucoup d'entre eux en bandes bruyantes qui traînaient par les rues en chantant et en criant. Nettle remit en douce la bouteille dans sa musette. Ils se sentaient plus vulnérables sans Mace.

Ils passèrent devant un hôtel qui avait souffert. Turner se demanda si c'était à une chambre d'hôtel qu'il avait pensé. Nettle s'était mis en tête de traîner de la literie dehors. Ils entrèrent par un trou dans le mur, se dirigèrent dans le noir parmi des moellons et des poutres effondrées et trouvèrent un escalier. Mais beaucoup d'autres avaient eu la même idée. Il y avait en fait une queue qui se formait au pied de l'escalier et des soldats qui bataillaient dans la descente, chargés de lourds matelas de crin. Sur le palier au-dessus — Turner et Nettle ne purent voir que souliers et mollets aller obstinément d'un côté à l'autre —, une bagarre se déroulait avec force grognements et empoignades. À la suite d'une soudaine vocifération, plusieurs types dégringolèrent en arrière dans l'escalier sur ceux qui attendaient en dessous. Il y eut autant de rires que de jurons, et des gens se remirent sur leurs jambes en se palpant les membres. Un seul ne se relevait pas, il gisait gauchement en travers de l'escalier, les jambes plus hautes que la tête, en poussant des cris rauques, presque inaudibles, comme en plein rêve de terreur. Quelqu'un tendit un briquet devant son visage et ils entrevirent ses dents découvertes et des particules de blanc à la commissure de ses lèvres. Il s'était brisé la colonne vertébrale, dit quelqu'un, mais on n'y pouvait rien, et maintenant des types l'enjambaient avec leurs couvertures et leurs polochons tandis que d'autres se bousculaient pour monter.

Ils quittèrent l'hôtel et bifurquèrent vers l'intérieur des terres, retournant du côté de la vieille dame et de son cochon. L'alimentation électrique venant de Dunkerque avait dû être coupée, mais, en bordure de quelques fenêtres calfeutrées d'épais rideaux, ils aperçurent la lueur ocre de bougies et de lampes à pétrole. De l'autre côté de la route, des soldats frappaient aux portes, mais plus personne ne leur ouvrirait à cette heure. Ce fut le moment que choisit Turner pour décrire à Nettle le genre d'endroit qu'il avait à l'esprit pour dîner. Il brodait pour être convaincant, ajoutant des portes-fenêtres s'ouvrant sur un balcon de fer forgé aux entrelacs d'antique glycine, un gramophone sur un guéridon recouvert d'une nappe en chenille verte et un jeté de tapis persan sur une chaise longue. Plus il la décrivait, plus il était certain que cette pièce se trouvait là, tout près. Ses descriptions lui donnaient vie.

Nettle, les dents en avant, avec son expression de gentil rongeur dérouté, le laissa terminer et dit : « Je le savais. Bon Dieu, je le savais. »

Ils se trouvaient à l'extérieur d'une maison bombardée dont la cave bâillait à demi vers le ciel, pareille à une gigantesque grotte. L'agrippant par sa veste, Nettle l'entraîna en bas d'un éboulis de briques cassées. Avec précaution, il l'aida à franchir le sol de la cave dans l'obscurité. Turner savait que ce n'était pas l'endroit, mais il ne put résister à l'inhabituelle détermination de Nettle. Devant eux apparut un point lumineux, puis un autre, un troisième enfin. Les cigarettes des hommes qui s'y abritaient déjà.

Une voix s'éleva : « Holà. Barrez-vous de là. On est au complet. »

Nettle frotta une allumette et la tint en l'air. Tout le long des murs étaient adossés des hommes en position assise, endormis pour la plupart. Quelques-uns étaient allongés au centre de l'espace, mais il restait encore de la place, et, lorsque l'allumette s'éteignit, il appuya sur les épaules de Turner pour le forcer à s'asseoir. Comme il repoussait des saletés de sous ses fesses, Turner sentit que sa chemise était trempée. Peut-être de sang, ou de quelque autre liquide, mais pour l'instant il n'y avait pas de douleur. Nettle disposa la capote autour des épaules de Turner. Maintenant qu'il avait les pieds délivrés de tout poids, une extase de soulagement le gagnait par les genoux et il sut qu'il ne bougerait plus de la nuit, quelle que fût la déception de Nettle. Le balancement d'une journée de marche se transmettait au sol, que Turner sentait basculer et se cabrer sous lui, alors qu'il était assis dans le noir le plus total. Le problème désormais était de manger sans se faire agresser. Survivre impliquait d'être égoïste. Mais il restait sans rien faire pour l'instant, son cerveau se vidait. Au bout d'un moment, Nettle le poussa du coude pour le réveiller et lui glissa la bouteille de vin dans les mains. Il emboucha le goulot, inclina la bouteille et but. Quelqu'un l'entendit avaler.

« Qu'est-ce que t'as là ?

— Du lait de brebis, dit Nettle. Encore tiède. Tiens, prends. »

Il y eut un bruit d'expectoration et quelque chose de tiède et de gélatineux vint atterrir sur le dos de la main de Turner. « Quel dégueulasse. »

Une autre voix plus menaçante se fit entendre : « Bouclez-la. J'essaie de roupiller. »

D'un geste silencieux, Nettle explora sa musette à la recherche du saucisson, le coupa en trois et en passa un morceau à Turner en même temps qu'un bout de pain. Ce dernier s'allongea de tout son long sur le béton, ramena sa capote sur sa tête pour dissimuler l'odeur de charcuterie et les bruits de mastication et, dans les relents de son haleine, avec des fragments de brique et de gravats qui lui entraient dans la joue, il se mit à manger le meilleur repas de sa vie. Un parfum de savon flottait sur son visage. Il mordit dans le pain qui avait un goût de toile militaire, déchiqueta le saucisson qu'il suça. Au moment où la nourriture atteignit son estomac, une bouffée de chaleur s'épanouit dans sa poitrine et sa gorge. Il avait parcouru ces routes, pensa-t-il, toute son existence. Lorsqu'il fermait les yeux, il revoyait l'asphalte défiler et ses souliers alternativement entrer et sortir de son champ de vision. Même en mâchant, il se sentait piquer un somme pendant de longues secondes. Il pénétrait dans une autre dimension du temps et, à présent, reposant douillettement sur sa langue, il y avait une amande au sucre, dont la douceur appartenait à un autre monde. Il entendit des types se plaindre du froid dans la cave et fut heureux du manteau qui le bordait, plein d'une fierté paternelle d'avoir empêché les caporaux de se débarrasser des leurs.

Un groupe de soldats arriva en quête d'abri et frotta des allumettes exactement comme Nettle et lui l'avaient fait. Il se sentit inamical envers eux et leur accent de l'ouest l'irrita. Comme tout le monde dans la cave, il voulut qu'ils s'en aillent. Mais ils trouvèrent de la place quelque part à ses pieds. Il capta un relent de fine et leur en voulut davantage encore. Ils faisaient du bruit en organisant leur couchage et, lorsqu'une voix venue du mur lança un « Foutus glaiseux », l'un des nouveaux arrivants fit une embardée dans cette direction et, pendant un temps, il sembla qu'il y aurait du grabuge. Mais l'obscurité et les protestations lasses des occupants maintinrent la paix.

Bientôt on n'entendit plus que des bruits de respiration et de ronflements réguliers. Sous lui, le sol paraissait encore gîter, puis basculer au rythme d'une marche régulière, et une fois de plus Turner se trouva trop affligé d'impressions, trop enfiévré, trop épuisé pour dormir. À travers l'étoffe de son manteau, il chercha à tâtons le paquet de ses lettres. *Je t'attendrai. Reviens.* Les mots n'avaient pas perdu leur sens, et pourtant ils ne le touchaient plus. C'était assez clair — une personne qui en attendait une autre était pareille à une somme arithmétique, et tout aussi vide d'émotion. L'attente. Quelqu'un restait à ne rien faire pendant que le temps passait, tandis que l'autre approchait. Le mot « attente » était lourd. Il le ressentait comme un poids, lourd comme un pardessus. Tout le monde dans la cave attendait, tout le monde sur la plage. Elle attendait, oui, et puis après ? Il tenta de lui faire prononcer les mots avec sa voix, mais ce fut la sienne qu'il entendit, à travers la cadence de son cœur. Il ne put même pas reconstituer son visage. Il imposait à ses pensées la nouvelle situation, celle qui était censée le rendre heureux. Les complexités n'étaient plus que lettre morte pour lui, il n'y avait plus d'urgence. Briony modifierait son témoignage, elle réécrirait le passé pour que le coupable devienne l'innocent. Mais qu'était-ce que la culpabilité aujourd'hui ? Elle ne valait pas grand-chose. Tout le monde était coupable et personne ne l'était. On ne rachèterait personne par le biais d'une déposition différente, car il n'y avait pas assez de monde, pas assez de papier et de plumes, pas assez de patience et de paix pour prendre note des déclarations de tous les témoins et pour réunir les faits. Les témoins étaient coupables eux aussi. Toute la journée, nous avons assisté à nos crimes mutuels. Vous n'avez tué personne aujourd'hui? Mais combien en avez-vous laissé mourir? Ici, au fond de la cave, nous resterons discrets. Le sommeil va dissiper tout ça, Briony. Son amande au sucre avait le goût de son prénom, qui lui paraissait si curieusement improbable qu'il se demanda s'il s'en souvenait correctement. De même que celui de Cecilia. Avait-il toujours trouvé naturelle l'étrangeté de ces prénoms? Il était difficile de s'appesantir longtemps sur cette question. Il y avait encore tant de choses inachevées, ici, en France, qu'il lui paraissait raisonnable de différer son départ pour l'Angleterre, bien que ses sacs fussent faits, ses étranges et lourds bagages. Personne ne s'en apercevrait s'il les laissait ici et s'en retournait. D'invisibles bagages. Il devait revenir sur ses pas et descendre de l'arbre le petit garçon. Il l'avait déjà fait auparavant. Il était revenu là où personne ne cherchait et il avait découvert les petits sous un arbre, franchi le parc en portant Pierrot sur ses épaules et Jackson dans ses bras. Si lourds! Il était amoureux, de Cecilia, des jumeaux, du succès, de l'aurore et de sa curieuse brume incandescente. Et quel comité d'accueil! Maintenant, il était habitué à ces choses, à cette banalité quotidienne, mais à l'époque, avant l'endurcissement et la torpeur généralisés, quand c'était une nouveauté et que tout était neuf, il les ressentait avec acuité. Il lui importait qu'elle soit sortie en courant sur le gravier et lui ait parlé près de la portière ouverte de la voiture de police. *Oh, quand j'étais amoureux de toi, j'étais alors pur et courageux.* De sorte qu'il reviendrait par le même chemin, repassant par tous les écueils qu'ils avaient surmontés, par les sinistres marais asséchés, devant le féroce sergent du pont, par le village bombardé, suivant la route en ruban qui s'étendait sur des kilomètres d'onduleuses terres agricoles, guettant la piste sur la gauche, en lisière du village, en face de la boutique de chaussures, et, trois kilomètres plus loin, franchissant la clôture de fil de fer barbelé et traversant bois et champs, jusqu'à une halte pour la nuit à la ferme des frères, et le lendemain, dans la lumière jaune du matin, quand l'aiguille de la boussole bougerait, il parcourrait à la hâte cette resplendissante campagne de petites vallées, de cours d'eau et d'abeilles en essaim, et prendrait le sentier montant jusqu'à la chaumière désolée près de la voie ferrée. Et de l'arbre. Ramasserait dans la boue les morceaux brûlés de tissu rayé, les lambeaux de son pyjama, puis le descendrait, ce pauvre petit garçon blême, et lui ferait une sépulture décente. Un beau gamin. Que les coupables enterrent les innocents et que personne ne change de déposition. Où était donc Mace pour qu'il vienne l'aider à creuser ? Ce brave ours de caporal Mace. Ici, il y avait encore à faire, une autre raison pour lui de ne pas partir. Il devait retrouver Mace. Mais d'abord, il lui faudrait parcourir ces kilomètres en sens inverse, et retourner au nord dans le champ où le fermier et son chien marchaient toujours derrière la charrue et demander à la Flamande et à son fils s'ils le tenaient pour responsable de leur mort. Car il arrive parfois que l'on veuille trop prendre sur soi, dans un accès de culpabilité complaisante. Elle dirait peut-être non — non en flamand. Vous avez essayé de nous sauver. Vous ne pouviez pas nous porter à travers champs. Vous avez porté les jumeaux, mais pas nous, non. Non, vous n'êtes pas coupable. Non.

Il y eut un chuchotement dont il sentit le souffle sur sa joue en feu. « Vous faites trop de bruit, chef. »

Derrière la tête du caporal Nettle, il y avait une large bande de ciel bleu foncé sur laquelle se détachait, hachuré, le bord déchiqueté du plafond effondré de la cave.

« Du bruit ? Mais en faisant quoi ?

— En criant "non" et en réveillant tout le monde. Certains de ces gars commençaient à s'énerver un peu. »

Il tenta de relever la tête et constata qu'il en était incapable. Le caporal frotta une allumette.

« Putain. Vous avez vraiment une sale gueule. Allez. Buvez. »

Il souleva la tête de Turner et porta la gourde à ses lèvres.

L'eau avait un goût métallique. Lorsqu'il eut terminé, une longue houle régulière d'épuisement commença à l'engloutir. Il franchissait la campagne à pied jusqu'à tomber dans l'océan. Pour ne pas inquiéter Nettle, il s'efforça d'avoir l'air plus raisonnable qu'il ne se sentait.

« Écoutez, j'ai décidé de rester. J'ai quelque chose à faire. »

D'une main sale, Nettle essuyait le front de Turner. Il ne voyait pas pourquoi Nettle croyait indispensable d'approcher son visage — son visage de rat inquiet — si près du sien.

Le caporal disait : « Chef, vous m'entendez ? Vous m'écoutez ? Il y a une heure environ, je suis allé pisser. Devinez ce que j'ai vu. Il y avait la marine qui arrivait par la route, faisant l'appel des officiers. Ils sont en train de s'organiser sur la plage. Les bateaux sont de retour. On rentre chez nous, camarade. Il y a un lieutenant des Buffs qui nous y conduira au pas à sept heures. Dormez un peu et arrêtez votre foutu boucan. »

Il s'effondrait à présent, et tout ce qu'il voulait c'était dormir, un millier d'heures de sommeil. C'était plus facile. L'eau était dégueulasse, mais elle le réconforta, ainsi que les nouvelles et l'apaisant chuchotement de Nettle. Ils formeraient les rangs sur la route, dehors, et marcheraient au pas jusqu'à la plage. En s'alignant sur la droite. L'ordre prévaudrait. Personne à Cambridge n'enseignait les bienfaits d'une marche en bon ordre. On y révérait les esprits libres, rebelles. Les poètes. Mais que savaient-ils de la survie, les poètes ? De la survie en tant que groupe. Ni rupture des rangs, ni prise d'assaut des bateaux, ni de premier-arrivé-premier-servi, ni de chacun pour soi et Dieu pour tous. Ni de bruit de bottes en traversant le sable jusqu'à la mer. Au milieu de la grosse houle, des mains secourables pour stabiliser le plat-bord pendant que les camarades grimpaient à l'intérieur. Mais la mer était calme, et maintenant il l'était aussi, et forcément il se rendait compte à quel point c'était bien qu'elle attende. Au diable l'arithmétique. *Je t'attendrai* était fondamental. C'était la raison pour laquelle il avait survécu. C'était la façon courante de dire qu'elle refuserait tous les autres hommes. Toi seul. *Reviens.* Il se rappelait le gravier à travers la mince semelle de ses chaussures, il en éprouvait de nouveau le contact, et celui du froid glacé des menottes sur ses poignets. L'inspecteur et lui s'arrêtaient près de la voiture et se retournaient en l'entendant venir. Comment aurait-il pu oublier cette robe verte, moulée qu'elle était sur la courbe de ses hanches, qui l'empêchait de courir et révélait la beauté de ses épaules. Plus blanches que la brume.

Cela ne l'étonnait pas que la police les ait laissés se parler. Il n'avait même pas réfléchi. Cecilia et lui s'étaient comportés comme s'ils avaient été seuls. Elle ne s'était pas laissée aller à pleurer quand elle lui avait dit qu'elle le croyait, qu'elle avait confiance en lui, qu'elle l'aimait. Il lui avait simplement confirmé qu'il n'oublierait rien de tout ça, sa façon à lui de lui signifier à quel point il lui en était reconnaissant, tout spécialement à ce moment-là, tout spécialement maintenant. Alors elle avait posé un doigt sur les menottes en lui disant qu'elle n'avait pas honte, qu'il n'y avait aucune raison d'avoir honte. Elle l'avait retenu par son revers de veston, qu'elle avait un peu secoué, et c'est à ce moment-là qu'elle lui avait dit : « Je t'attendrai. Reviens. » Elle était sincère. Le temps montrerait qu'elle était vraiment sincère. Après ça, on l'avait poussé dans la voiture, et elle lui avait parlé précipitamment avant que ne coulent les larmes qu'elle ne pouvait plus retenir, et lui avait dit que ce qui s'était passé entre eux leur appartenait, à eux seuls. Elle voulait parler de la bibliothèque, bien sûr. Ça leur appartenait. Personne ne pourrait le leur retirer. « C'est notre secret », lui avait-elle lancé, devant tout le monde, juste avant le claquement de la portière.

« Je ne parlerai plus, dit-il bien que Nettle eût depuis longtemps disparu de sa vue. Réveillez-moi avant sept heures. Je vous promets, vous ne m'entendrez plus. »

TROISIÈME PARTIE

Le malaise ne se limitait pas à l'hôpital. Il semblait monter en même temps que la turbulente rivière brune gonflée par les pluies d'avril et, dans la soirée, il s'étendait à travers la ville au moment du black-out, tel un crépuscule mental que tout le pays pouvait ressentir, un tranquille et pernicieux épaississement, inséparable du froid printemps tardif, bien dissimulé au fond de la générosité qu'il déployait. Quelque chose touchait à sa fin. Les chefs de service qui, par groupes, conféraient avec suffisance à la croisée des couloirs couvaient un secret. Les jeunes médecins se redressaient un peu, avaient le pas plus ferme, le consultant restait distrait au cours de sa tournée et, un certain matin, il se rendit même à la fenêtre pour contempler l'autre côté de la rivière durant d'interminables minutes tandis que, dans son dos, les infirmières attendaient au garde-à-vous auprès des lits. Les garçons de salle vieillissants, apparemment déprimés, emmenaient et ramenaient les malades en ayant l'air d'avoir oublié leurs joyeuses répliques de comédies radiophoniques, au point même que Briony eût été réconfortée d'entendre à nouveau une de leurs scies qu'elle méprisait tant : « Du cran, petite, il se peut que ça n'arrive jamais. »

Mais c'était sur le point d'arriver. L'hôpital s'était vidé lentement, imperceptiblement, pendant des jours. Au début, cela avait semblé un pur hasard, une épidémie de bonne santé que les moins intelligentes des stagiaires furent tentées de mettre sur le compte de leur perfectionnement technique personnel. Ce ne fut que peu à peu que l'on prit conscience d'un dessein. Les lits vides se multiplièrent dans le service comme dans d'autres, pareils à des morts dans la nuit. Briony s'imagina que les pas s'éloignant dans les larges couloirs cirés rendaient un son étouffé, embarrassé, alors qu'autrefois ils étaient francs et efficaces. Les ouvriers venus installer de nouveaux rouleaux de lances à incendie sur le palier, à la sortie des ascenseurs, et disposer des seaux de sable antifeu, travaillaient toute la journée sans interruption et n'adressaient la parole à personne avant de s'en aller, pas même aux garçons de salle. Dans le service, seuls huit lits sur vingt étaient occupés et, bien que le travail fût encore plus dur qu'avant, une certaine inquiétude, une crainte presque superstitieuse empêchait les élèves infirmières de se plaindre quand elles se retrouvaient seules pour le thé. En général, elles étaient toutes plus calmes, plus patientes. Elles ne se montraient plus leurs mains pour comparer leurs engelures.

Par-dessus le marché, il régnait chez les stagiaires l'angoisse permanente et contagieuse de commettre des erreurs. Elles vivaient toutes dans la terreur de la surveillante Marjorie Drummond, du mince sourire menaçant et de l'attitude plus douce qui précédaient ses déchaînements. Briony savait qu'elle venait récemment d'accumuler une série de fautes. Quatre jours plus tôt, en dépit de consignes minutieuses, une malade dont elle était responsable avait vidé d'un trait son gargarisme phéniqué — d'après un garçon de salle qui l'avait vue le descendre comme une pinte de Guinness — et avait vomi avec force sur ses couvertures. Briony se rendait également compte que la surveillante Drummond l'avait surprise à ne transporter que trois bassins à la fois, alors que maintenant on attendait d'elles qu'elles parcourent sans accroc toute la longueur de la salle avec une pile de six, tel un serveur affairé à La Coupole. Il avait pu y avoir d'autres erreurs, oubliées dans sa lassitude, ou dont elle n'avait même pas conscience. Elle avait tendance à négliger son maintien — dans des moments d'absence, il lui arrivait de se tenir sur un pied d'une façon qui enrageait plus particulièrement sa supérieure. Des oublis et des manquements pouvaient s'accumuler sur plusieurs jours : un balai mal remisé, une couverture pliée avec l'étiquette au-dessus, un col amidonné imperceptiblement en désordre, les roulettes de lit non alignées et tournées vers l'intérieur, le parcours de la salle refait les mains vides — le tout noté en silence, jusqu'à ce que la mesure soit pleine, et alors, si vous n'en aviez pas déchiffré les signes, la colère vous tombait dessus de manière brutale. Juste au moment où vous pensiez bien faire.

Mais, dernièrement, la surveillante ne distribuait plus ses sourires amers en direction des stagiaires, non plus qu'elle ne s'adressait à elles de cette voix adoucie qui leur inspirait de telles terreurs. C'est à peine si elle s'inquiétait de ses ouailles. Elle était préoccupée et se tenait souvent dans le quadrilatère jouxtant la chirurgie des hommes, en longs conciliabules avec son homologue, ou bien elle disparaissait deux jours d'affilée.

Dans un autre contexte, une profession différente, elle aurait paru maternelle avec ses rondeurs, voire sensuelle, car ses lèvres sans maquillage étaient d'une généreuse coloration naturelle, avec des courbes pleines de douceur, et son visage aux joues de poupée d'un rose sain suggérait une nature bienveillante. Cette impression se dissipa assez tôt lorsqu'une stagiaire de l'année de Briony, une grosse fille, gentille et peu alerte, à l'inoffensif regard de vache, se trouva en butte à la violence blessante de la surveillante en colère. L'infirmière Langland avait été mise à la disposition de la salle de chirurgie des hommes et on lui avait demandé de préparer un jeune soldat en vue d'une appendicectomie. Restée seule avec lui pendant une minute ou deux, elle avait bavardé, lui dispensant des remarques rassurantes à propos de l'opération. Il devait avoir posé la question inévitable, et c'est à ce moment qu'elle avait enfreint la sacro-sainte règle. Celle-ci figurait clairement dans le manuel, quoique personne n'eût deviné à quel point on la jugeait importante. Des heures plus tard, le soldat, revenu de son anesthésie, marmonna le nom de l'élève alors que la personne préposée au bloc opératoire se trouvait tout près. L'infirmière, tombée en disgrâce, fut renvoyée dans son service. On fit venir les autres pour qu'elles en prennent bonne note. Si la pauvre Susan Langland avait, par inadvertance ou cruauté, tué deux douzaines de patients, cela n'aurait pas entraîné pour elle de pires conséquences. Quand la surveillante Drummond eut achevé de lui dire qu'elle était une abomination au regard des traditions de Florence Nightingale auxquelles elle aspirait, et qu'elle devrait s'estimer heureuse de passer le mois suivant à trier le linge sale, non seulement la coupable, mais la moitié des filles présentes pleuraient. Briony n'était pas parmi elles, mais cette nuit-là, au lit, encore un peu tremblante, elle avait de nouveau parcouru le manuel pour vérifier s'il n'y avait pas d'autres points de l'étiquette qu'elle aurait négligés. Elle relut et se mit en devoir de mémoriser le commandement stipulant que, en aucune circonstance, l'infirmière ne communiquerait son prénom à un malade.

La salle se vidait, mais le travail s'intensifiait. Chaque matin les lits étaient repoussés au centre afin que les stagiaires fassent briller le plancher à l'aide d'une lourde cireuse qu'une fille toute seule était à peine capable de déplacer. Il fallait balayer les sols trois fois par jour. Les placards libérés devaient être nettoyés, les matelas désinfectés, les patères, les boutons de porte et les entrées de serrure en laiton, astiqués. Les boiseries — les portes, aussi bien que les plinthes — étaient lavées avec une solution phéniquée, ainsi que les lits eux-mêmes, les cadres métalliques comme les ressorts. Les élèves récuraient, essuyaient et séchaient les bassins et les pistolets jusqu'à ce qu'ils brillent telles des assiettes de table. Des camions trois tonnes de l'armée se rangeaient devant les plates-formes de chargement, livrant encore d'autres lits, vieux et sales, qui avaient besoin d'être récurés maintes fois avant d'être transportés dans les salles et glissés dans les rangées, puis traités. Entre les corvées, peut-être une douzaine de fois par jour, les élèves brossaient sous l'eau glacée leurs mains crevassées, ensanglantées, gercées. La guerre aux microbes ne cessait jamais. Les stagiaires étaient initiées au culte de l'hygiène. Elles apprenaient qu'il n'y avait rien de plus répugnant qu'un mouton caché sous un lit, dont la forme recelait un bataillon caché, une division entière, de bactéries. L'entraînement quotidien à stériliser, brosser, polir et essuyer devenait la marque distinctive de la fierté professionnelle de l'élève, à laquelle tout confort personnel devait être sacrifié.

Les garçons de salle remontaient des plates-formes de chargement une grande quantité de nouveaux équipements qui devaient être déballés, inventoriés et rangés — pansements, haricots, seringues, trois autoclaves neufs et une infinité de paquets marqués « Poches Bunyan » dont l'emploi restait encore à expliquer. Une armoire à pharmacie supplémentaire fut installée et garnie, après avoir été passée trois fois à la brosse. Elle était verrouillée et la surveillante Drummond en gardait la clef, mais un matin Briony vit dedans des rangées entières de bouteilles étiquetées « morphine ». Lorsqu'on l'envoyait faire des commissions, elle constatait que les autres salles en étaient au même stade de préparation. L'une était déjà totalement vide de patients et reluisait dans le vaste silence, en attente. Mais il était malvenu de poser des questions. L'année précédente, juste après la déclaration de guerre, les salles du dernier étage avaient été fermées définitivement pour servir de protection contre les bombardements. Les salles de chirurgie étaient désormais au sous-sol. Les fenêtres du rez-de-chaussée avaient été garnies de sacs de sable et chaque lucarne enduite de ciment.

Un général fit le tour de l'hôpital avec une demi-douzaine de consultants à ses côtés. Aucune cérémonie, pas même le silence, n'accueillit leur arrivée. D'habitude, lors de visites aussi importantes, le nez de chaque patient devait être, d'après les on-dit, en alignement avec le pli du milieu du drap de dessus. Mais on n'avait pas eu le temps de se préparer. Le général et sa clique arpentèrent le service, avec des murmures et des hochements de tête, avant de disparaître.

Le malaise grandissait, mais il n'y avait pas vraiment lieu de spéculer, ce qui, de toute façon, était officiellement interdit. Lorsqu'elles n'étaient pas de service, les élèves allaient en cours pendant leur temps libre, ou à des conférences, à des séances pratiques, ou encore elles étudiaient seules. On surveillait leurs repas et couchers comme pour les bizuths de Roedean College. Lorsque Fiona, qui dormait dans le lit voisin de Briony, repoussa son assiette et annonça à la ronde qu'elle se sentait « cliniquement incapable » de manger des légumes à l'eau parfumés d'un cube d'Oxo, l'hôtelière du foyer Nightingale resta penchée au-dessus d'elle jusqu'à ce qu'elle en ait avalé la dernière parcelle. Fiona était, par définition, l'amie de Briony; au dortoir, le premier soir de la formation préparatoire, elle avait demandé à Briony de lui couper les ongles de la main droite, en lui expliquant qu'elle ne savait pas se servir de ciseaux de la main gauche et que sa mère se chargeait toujours de le faire à sa place. Elle avait les cheveux blond vénitien et des taches de rousseur, ce qui avait automatiquement éveillé la méfiance de Briony. Mais, à l'inverse de Lola, Fiona était bruyante et gaie, avec des fossettes sur le dos des mains et une énorme poitrine qui incitait les autres filles à lui prédire un avenir de surveillante. Sa famille habitait Chelsea. Un soir, elle lui chuchota de son lit que son père s'attendait à être nommé au cabinet de guerre de Churchill. Mais lorsqu'on annonça sa composition, aucun nom ne correspondait et on ne parla plus de rien. Briony pensa qu'il valait mieux ne pas poser de questions. Au cours des premiers mois qui suivirent la formation préparatoire, Fiona et Briony eurent peu d'occasions de vérifier si elles se plaisaient vraiment. Il était pratique pour elles de supposer que oui. Elles étaient parmi les rares à n'avoir aucun bagage médical. La plupart des autres filles avaient suivi des cours de secourisme et certaines avaient déjà été membres du VAD[1] et, à ce titre, habituées au sang et aux cadavres, du moins à ce qu'elles disaient.

Mais il était difficile de cultiver des amitiés. Les stagiaires travaillaient par équipes dans les services, étudiaient trois heures par jour pendant leur temps libre et dormaient. Leur seul luxe c'était l'heure du thé, entre quatre et cinq, lorsqu'elles descendaient des étagères en bois leurs minuscules théières marron marquées à leur nom et prenaient place ensemble dans une petite salle de repos, près du service. La conversation restait guindée. L'hôtelière était là pour superviser et veiller au décorum. Du reste, sitôt qu'elles s'asseyaient, la fatigue les envahissait, plus lourde que trois couvertures pliées. Une fille s'endormit avec sa tasse et sa soucoupe à la main et s'ébouillanta la cuisse — une bonne occasion, dit Drummond lorsqu'elle vint constater la raison de ces cris, de s'exercer à soigner les brûlures.

Ensuite, elle était elle-même un obstacle à l'amitié. Lors de ces premiers mois, Briony pensa souvent que sa seule relation se bornait à la surveillante Drummond. Celle-ci était toujours là, un instant au bout du couloir, en train d'approcher dans un dessein terrible, l'instant d'après au-dessus de l'épaule de Briony, à lui chuchoter à l'oreille que, pendant la formation préparatoire, elle n'avait pas été assez attentive aux méthodes correctes de toilette des patients masculins : c'est seulement après le *second* rinçage à l'eau que le gant fraîchement savonné et la serviette pour le dos devaient être passés au malade pour qu'il

1. VAD : Voluntary Aid Detachment.

puisse « terminer lui-même ». L'état d'esprit de Briony dépendait largement de la façon dont elle avait été appréciée par la surveillante pendant cette heure-là. Elle en avait froid dans le ventre chaque fois que son regard se posait sur elle. Il était impossible de savoir si on avait bien fait. Briony craignait qu'elle la jugeât mal. Les louanges étaient inconnues. Au mieux, on pouvait espérer de l'indifférence.

Dans ses moments libres, en général dans l'obscurité, quelques minutes avant de s'endormir, Briony songeait à une vie parallèle, une vie fantôme où elle se trouverait à Girton en train de lire Milton. Elle aurait pu fréquenter l'université de sa sœur au lieu de son hôpital. Briony avait cru participer à l'effort de guerre. En fait, elle avait réduit son existence à une relation avec une femme de quinze ans son aînée qui exerçait sur elle davantage de pouvoir qu'une mère sur son nouveau-né.

Cet amoindrissement qui, par-dessus tout, correspondait à une perte d'identité avait débuté des semaines avant qu'elle ait entendu parler de la surveillante. Lors de sa première journée de formation préliminaire, l'humiliation de Briony devant la classe s'était révélée instructive. Voilà ce qui l'attendait. Elle s'était présentée à la surveillante pour lui faire remarquer avec courtoisie que l'on s'était trompé en inscrivant son nom sur son insigne. Elle s'appelait B. Tallis et non N. Tallis comme l'indiquait la petite plaque rectangulaire.

On lui répondit avec calme : « Vous êtes et resterez telle que l'on vous a désignée. Votre nom de baptême ne m'intéresse aucunement. Maintenant, veuillez vous asseoir, Nurse Tallis. »

Les autres filles auraient ri si elles l'avaient osé, car elles portaient toutes la même initiale, mais elles avaient bien compris qu'on ne leur en accordait pas la permission. C'était la période des cours d'hygiène et des exercices de toilette au lit sur des mannequins grandeur nature — Mrs Mackintosh, Lady Chase et bébé George, dont le physique suavement privé de relief lui permettait de se dédoubler en bébé fille. Ce fut une période d'adaptation à une obéissance aveugle, d'apprentissage des transports de bassins en pile, et de mémorisation d'une règle fondamentale : ne jamais aller et venir dans le service sans rapporter quelque chose. L'inconfort physique contribua à boucher l'horizon mental de Briony. Le frottement des hauts cols amidonnés lui mit le cou à vif. Se laver les mains une douzaine de fois par jour avec un pain de soude sous une eau d'un froid cinglant lui donna ses premières engelures. Les chaussures qu'elle avait dû acheter avec son propre argent lui serraient cruellement les orteils. L'uniforme, comme tous les uniformes, entama son identité, et les soins quotidiens requis — les plis à repasser, les coiffes à épingler, les coutures à détendre, les chaussures à cirer, les talons en particulier — initièrent un processus qui exclut lentement tous les autres intérêts. Dès le moment où les filles furent prêtes à commencer leur période de stage, à travailler dans les salles sous les ordres de la surveillante Drummond et à se soumettre à la routine quotidienne, « depuis le bassin jusqu'à la tasse de Bovril », leurs vies précédentes devinrent indistinctes. Leur cerveau s'était plus ou moins vidé, leurs défenses étaient abaissées, au point qu'elles se laissèrent facilement persuader de l'autorité absolue de la responsable du service. Nulle résistance n'était possible dès lors qu'elle occupait leur esprit vacant.

Cela ne fut jamais dit, mais le modèle qui soustendait ce processus était militaire. Miss Nightingale, à laquelle on ne devait jamais faire référence sous le nom de « Florence », avait passé suffisamment de temps en Crimée pour reconnaître la valeur de la discipline, d'une hiérarchie nettement définie et de troupes bien entraînées. Si bien que, allongée dans le noir, en entendant Fiona partir pour une nuit de ronflements — elle dormait sur le dos —, Briony sentait déjà que la vie parallèle, qu'enfant elle imaginait si aisément d'après ses visites à Cambridge pour voir Leon et Cecilia, se mettrait bientôt à diverger de la sienne. C'était maintenant qu'elle vivait sa vie d'étudiante, ces quatre années, ce régime absorbant, et elle n'avait ni la volonté ni la liberté de la quitter. Elle s'abandonnait à une vie de restrictions, de règles, d'obéissance, de travaux ménagers dans la crainte continuelle de la réprobation. Simple stagiaire parmi d'autres — de nouvelles promotions arrivaient régulièrement au bout de quelques mois —, elle n'avait aucune identité en dehors de son insigne. Ici, il n'y avait pas de travaux dirigés, personne ne perdait le sommeil à planifier son évolution intellectuelle. Elle vidait et rinçait les bassins, balayait et faisait briller les planchers, confectionnait des chocolats chauds et des Bovril, allait chercher et transportait — et était ainsi délivrée de toute introspection. Un beau jour, elle savait, à entendre les élèves de deuxième année, qu'elle commencerait à tirer plaisir de ses compétences. Elle en avait eu un avant-goût dernièrement, ayant été chargée de prendre le pouls et la température, sous surveillance, et de les inscrire sur un tableau. Dans le domaine des traitements médicaux, elle avait déjà tamponné des teignes tondantes au bleu de gentiane, une coupure à l'émulsion d'aquaflavine et passé une contusion à la lotion au plomb. Mais, dans l'ensemble, elle était bonne à tout faire, domestique et, dans ses heures de liberté, elle se bourrait le crâne de faits bruts. Elle était heureuse de ne disposer que de peu de temps pour penser à quoi que ce fût d'autre. Pourtant, lorsqu'elle se tenait en robe de chambre sur le palier, dernière étape de la soirée, et qu'elle contemplait la ville éteinte de l'autre côté de la rivière, elle se rappelait que le malaise régnait autant dehors, dans les rues, que dans les salles, et était semblable à l'obscurité elle-même. Rien dans sa routine, pas même la surveillante, ne pouvait l'en protéger.

Pendant la demi-heure qui précédait l'extinction des feux, après la tasse de chocolat, les filles circulaient d'une chambre à l'autre, s'asseyaient sur leur lit pour écrire des lettres à leur famille ou à leur amoureux. Certaines pleuraient encore un peu, s'ennuyant de chez elles, et il y avait beaucoup de réconfort dispensé à cette heure-là, de bras passés autour des épaules et de mots apaisants. Pour Briony, c'était une comédie ridicule que ces jeunes femmes adultes puissent s'ennuyer de leur mère, ou bien, comme l'exprima une des élèves à travers ses sanglots, de l'odeur de la pipe de papa. Celles qui consolaient semblaient prendre un peu trop de plaisir à le faire. Dans cette ambiance lassante, Briony rédigeait parfois des lettres concises à sa famille, se contentant de dire qu'elle n'était pas malade, pas malheureuse, n'avait pas besoin de sa pension, et qu'elle n'allait pas changer d'avis comme l'avait prédit sa mère. D'autres filles s'étendaient avec fierté sur leurs exigeantes routines de travail et d'études pour abasourdir leurs parents aimants. Briony ne confiait ces sujets qu'à son carnet de notes, et, même alors, sans beaucoup de détails. Elle ne voulait pas que sa mère sache à quel point le travail qu'elle faisait était humble. Le projet de devenir infirmière visait en partie à travailler pour devenir indépendante. Il était important pour elle que ses parents, et sa mère en particulier, sachent le moins possible de sa vie.

En dehors d'une kyrielle de questions renouvelées et laissées sans réponse, les lettres d'Emily parlaient surtout des évacués. Trois mères avec sept enfants, tous de la région de Hackney, à Londres, avaient été attribués à la famille Tallis. L'une des mères s'était déshonorée au pub du village et en était désormais bannie. Une autre, catholique fervente, faisait six kilomètres à pied avec ses trois enfants pour se rendre en ville à la messe du dimanche. Mais Betty, elle-même catholique, n'était pas sensible à ces différences. Elle les détestait tous, les mères autant que les enfants. Ils avaient décrété, dès le premier matin, qu'ils n'aimaient pas sa cuisine. Elle prétendait avoir vu la fidèle paroissienne cracher sur le carrelage de l'entrée. L'aîné des enfants, un garçon de treize ans qui n'en paraissait pas plus de huit, entré dans la fontaine, avait grimpé sur la statue et brisé la corne et le bras du triton jusqu'au coude. Jack disait que cela était réparable sans trop de peine. Mais voilà que maintenant le morceau, rapporté à la maison et laissé à l'office, avait disparu. Sur une information du vieil Hardman, Betty accusa le gamin de l'avoir jeté dans le lac. Ce dernier disait ne rien savoir. On parlait de vider le lac, mais on se faisait du souci pour le couple de cygnes en pleine saison des amours. La mère avait farouchement défendu son fils en évoquant le danger que présentait pour les enfants la proximité d'un

bassin et en menaçant d'écrire à son député —
Sir Arthur Ridley, le parrain de Briony.

Malgré tout, Emily pensait qu'ils devaient s'estimer
heureux de loger des évacués car, à un certain
moment, on avait failli réquisitionner toute la maison
à l'usage de l'armée. Ils avaient préféré s'installer
chez Hugh van Vliet à cause du billard. Elle racontait
encore que sa sœur Hermione était toujours à Paris,
mais qu'elle songeait à déménager à Nice, et qu'on
avait déplacé les vaches vers trois champs situés du
côté nord de façon à pouvoir labourer le parc pour
y cultiver du grain. Une clôture en métal datant des
années 1750 avait été enlevée sur deux kilomètres et
demi pour être fondue et utilisée dans la fabrication
de Spitfire. Même les ouvriers chargés de la retirer
avaient dit que ce n'était pas la qualité de métal adé-
quate. On avait construit une casemate en ciment et
en brique près de la rivière, en plein virage, parmi les
roseaux, ce qui avait détruit les nids de sarcelles et de
bergeronnettes grises. Une autre casemate était en
construction à l'endroit où la grand-route pénétrait
dans le village. On remisait toutes les pièces fragiles,
y compris le clavecin, dans les caves. Cette misérable
Betty avait lâché le vase de l'oncle Clem en le descendant et il s'était brisé sur les marches. Elle prétendait
que les morceaux lui étaient tout bêtement restés
dans les mains, ce qui était difficilement crédible.
Danny Hardman avait rejoint la marine, mais tous les
autres garçons du village avaient intégré le régiment
des East Surreys. Jack travaillait beaucoup trop. Il
était rentré d'une conférence spéciale, l'air fatigué et
usé, et n'était pas autorisé à lui dire où il s'était rendu.
Il avait été furieux au sujet du vase et, en fait, il avait
enguirlandé Betty, ce qui ne lui ressemblait vraiment
pas. En plus du reste, elle avait perdu un carnet de

rationnement et ils avaient dû se passer de sucre pendant deux semaines. La mère qui avait été bannie du Red Lion était rentrée sans son masque à gaz, impossible à remplacer, apparemment. Le surveillant des ARP[1], le frère de l'officier de police, Vockins, était passé une troisième fois pour vérifier le camouflage. Il se révélait être un véritable petit dictateur. Personne ne l'aimait.

À la lecture de ces lettres, au bout d'une journée épuisante, Briony se sentait remplie d'une rêveuse nostalgie, d'une vague aspiration à une vie depuis longtemps enfuie. Elle ne pouvait guère se plaindre, car c'était elle qui s'était coupée de la famille. Pendant la semaine de congé qui avait suivi la formation préliminaire, avant que ne débute l'année de stage, elle était restée chez son oncle et sa tante à Primrose Hill et s'était opposée à sa mère au téléphone. Pourquoi Briony ne leur rendrait-elle pas visite, ne serait-ce qu'une journée, alors que tout le monde aurait adoré la voir et se désolait de ne rien connaître de sa nouvelle vie ? Et pourquoi écrivait-elle si rarement ? Il était difficile de lui répondre franchement. Car, désormais, il était nécessaire de rester au loin.

Dans le tiroir de sa table de nuit, elle conservait un carnet de papier ministre cartonné au motif marbré. Collée au dos, il y avait une ficelle au bout de laquelle était fixé un crayon. Il était défendu de se servir de plume et d'encre au lit. Elle avait commencé à tenir son journal à la fin du premier jour de la formation préliminaire, et s'arrangeait pour lui consacrer au moins dix minutes presque tous les soirs, avant l'extinction des feux. Ses notes consistaient en déclarations artistiques, en lamentations futiles, en esquisses

1. ARP : Air Raid Precautions.

de personnages et en simples comptes rendus de sa journée qui, de plus en plus, se nuançaient de fantasmes. Elle relisait rarement ce qu'elle avait écrit, mais elle aimait en feuilleter les pages pleines. Ici, derrière l'insigne portant son nom et l'uniforme, le trésor de son véritable moi, amassé en secret, grandissait tranquillement. Elle n'avait jamais perdu ce plaisir d'enfance qu'elle prenait à contempler les pages couvertes de son écriture. À la limite, peu importait ce qu'elle écrivait. Comme le tiroir ne fermait pas à clef, elle veillait à déguiser ses descriptions de la surveillante Drummond. Elle changeait aussi le nom des patients. Et, ayant changé les noms, il devenait plus facile de transformer les situations et d'inventer. Elle aimait bien transcrire ce qu'elle imaginait de leurs pensées vagabondes. Elle n'était nullement contrainte à la vérité, n'ayant promis de chronique à personne. C'était son seul lieu de liberté. Elle construisait des petites histoires — peu convaincantes, un peu trop écrites — autour des gens de la salle. Pendant un temps, elle se prit pour un genre de Chaucer de la médecine, aux services bondés de personnages hauts en couleur, de drôles d'individus, de soiffards, d'anciens vauriens, de petits mignons au sombre secret. Dans les années suivantes, elle regretta de ne pas s'en être tenue aux faits, de ne pas s'être constitué un stock de matériaux bruts. Il aurait été utile de savoir ce qui s'était passé, à quoi ça ressemblait, qui était là, ce qui avait été dit. À l'époque, son journal lui permettait de préserver sa dignité : elle avait peut-être l'apparence, le comportement et la vie d'une élève infirmière, en réalité elle était un grand écrivain déguisé. Et, pendant une période où elle fut coupée de tout ce qu'elle connaissait — famille, foyer, amis — écrire fut le fil de la continuité. C'était ce qu'elle avait toujours fait.

Ils étaient rares, les moments de la journée où son esprit pouvait vagabonder à sa guise. Parfois on l'envoyait chercher quelque chose à l'officine et elle devait attendre que le pharmacien revienne. Ensuite, elle se laissait emmener le long d'un couloir jusqu'à une cage d'escalier où la fenêtre avait vue sur le fleuve. Imperceptiblement, son poids pesait sur son pied droit tandis qu'elle contemplait le Parlement de l'autre côté sans le voir, et pensait non pas à son journal, mais à la longue histoire qu'elle avait écrite et envoyée à un magazine. Lors de son séjour à Primrose Hill, elle avait emprunté la machine à écrire de son oncle, monopolisé la salle à manger et tapé sa version définitive à l'aide de ses deux index. Elle y avait consacré toute une semaine, plus de huit heures par jour, jusqu'à avoir mal au dos et au cou et à voir se déployer les boucles inégales du « & » commercial qui dansaient devant ses yeux. Mais elle n'avait le souvenir d'avoir éprouvé de plus grand plaisir qu'à la fin, lorsqu'elle avait mis au carré la pile complète des pages — cent trois! — et senti, au bout de ses doigts à vif, le poids de sa création. Entièrement sienne. Personne d'autre ne pouvait l'avoir écrite. Gardant pour elle une copie carbone, elle avait emballé son histoire (quel mot impropre) dans du papier brun, pris le bus jusqu'à Bloomsbury, marché jusqu'à l'adresse située à Lansdowne Terrace, les bureaux de la nouvelle revue *Horizon*, et remis le paquet à une aimable jeune femme venue lui ouvrir.

Ce qui l'enthousiasmait, dans son exploit, c'était son motif, la pure géométrie et l'incertitude déterminante, reflets, pensait-elle, d'une sensibilité moderne. L'époque des réponses sans ambiguïté était terminée. De même que l'était celle des personnages et des intrigues. En dépit des saynètes de son journal, elle

369

ne croyait plus réellement à la nécessité des personnages. Ils n'étaient que des expédients surannés, dignes du dix-neuvième siècle. Le concept même des personnages partait d'erreurs que la psychologie moderne avait mises en évidence. Les intrigues, elles aussi, étaient comme un engin rouillé dont les roues refusaient de tourner. Un écrivain moderne ne pouvait pas plus se permettre d'inventer des personnages et des intrigues qu'un compositeur moderne une symphonie de Mozart. C'était la pensée, la perception, les sensations qui l'intéressaient, l'esprit conscient, comme une rivière à travers le temps, et la manière de représenter la progression de son cours autant que tous les affluents qui la gonfleraient, et les obstacles qui la détourneraient. Si seulement elle avait été capable de décrire la lumière limpide d'un matin d'été, les sensations d'un enfant à une fenêtre, la courbe et le plongeon d'un vol d'hirondelles au-dessus d'un bassin. Le roman du futur ne ressemblerait à rien de ce que l'on trouvait dans le passé. Elle avait lu trois fois *Les Vagues* de Virginia Woolf et pensait qu'une grande transformation s'accomplissait dans la nature humaine elle-même, et que seule la fiction, un nouveau genre de fiction, serait à même de capter l'essence du changement. Pénétrer dans un cerveau et le voir à l'œuvre, ou manipulé, et le faire selon un motif symétrique — ce serait un triomphe artistique. Ainsi réfléchissait l'infirmière Tallis quand elle s'attardait près de l'officine, en attendant le retour du pharmacien, à regarder la Tamise, oublieuse du danger qu'elle courait d'être découverte par la surveillante en train de faire le pied de grue.

Trois mois s'écoulèrent sans que Briony reçût de nouvelles de la part d'*Horizon*.

Un autre manuscrit resta, lui aussi, sans réponse. Elle se rendit au bureau de l'administration pour s'enquérir de l'adresse de Cecilia. Au début de mai, elle écrivit à sa sœur. Maintenant, elle commençait à penser que Cecilia lui répondait par le silence.

Au cours des derniers jours de mai, les livraisons de matériel médical s'intensifièrent. Davantage de cas non urgents furent renvoyés chez eux. De nombreuses salles auraient été entièrement vidées sans l'admission de quarante marins — un rare type de jaunisse qui s'attaquait à la Royal Navy. Briony n'eut plus le temps d'observer. De nouveaux cours de soins hospitaliers et d'anatomie de base débutèrent. Les élèves de première année passaient en courant de leurs équipes de service à leurs cours magistraux, à leurs repas et à leur étude. Au bout de trois pages de lecture, il était difficile de garder l'œil ouvert. Le carillon de Big Ben marquait chaque changement de la journée, et parfois la note unique et solennelle du quart d'heure suffisait à provoquer des gémissements de panique réprimée, lorsque les filles se rappelaient qu'elles étaient censées se trouver ailleurs.

Le repos complet au lit était considéré comme un traitement médical en soi. La plupart des malades, quel que soit leur état, avaient pour interdiction de faire les quelques pas qui menaient aux toilettes. Les journées commençaient donc par les bassins. La surveillante en chef n'approuvait pas qu'on les promenât dans le service « comme on tient une raquette de tennis ». Il fallait les transporter « tel le saint sacrement » et qu'ils soient vidés, rincés, nettoyés et rangés pour sept heures et demie, quand il était temps de se mettre aux boissons matinales. À longueur de journée, les bassins, les bains de lit, le nettoyage des sols. Les filles se plaignaient d'avoir mal au dos à force de faire les lits, et de brûlures aux pieds à force de rester constamment debout. Une tâche supplémentaire consistait à tirer les rideaux de camouflage sur les immenses fenêtres de la salle. En fin de journée, encore les bassins, les bols de crachats à laver, la confection du chocolat chaud. Il y avait à peine le temps, entre la fin d'une équipe et le début d'un cours, de retourner au dortoir chercher ses copies et ses manuels. Deux fois dans la même journée, Briony s'était attiré la réprobation de la surveillante en chef pour avoir couru dans le couloir et, à chaque occasion, la réprimande avait été prononcée sans hausser le ton. Seuls les hémorragies et les incendies constituaient de bonnes raisons de courir pour une infirmière.

Mais le domaine principal des élèves débutantes était la salle du vidoir. On parlait d'une hypothétique installation de rinçage automatique des bassins et des pistolets, mais ce n'était qu'une simple rumeur de terre promise. Pour le moment, elles devaient faire ce que d'autres avaient fait avant elles. Le jour où elle s'était fait reprendre deux fois pour avoir couru, Briony se trouva être renvoyée au vidoir pour un tour supplémentaire. C'était peut-être une erreur de marquage sur le tableau, mais elle en doutait. Elle tira derrière elle la porte de la salle et s'attacha le lourd tablier de caoutchouc autour de la taille. L'astuce pour vider, en fait la seule façon de procéder pour elle, était de fermer les yeux, de retenir sa respiration et de détourner la tête. Ensuite venait le rinçage dans une solution phéniquée. Si elle négligeait de vérifier que les poignées creuses des bassins étaient propres et sèches, elle risquait davantage d'ennuis encore avec la surveillante.

Une fois la tâche accomplie, elle alla immédiatement remettre en ordre la salle, presque vide en cette fin de journée — redresser les tables de nuit, vider les cendriers, ramasser les quotidiens du jour. Machinalement, elle jeta un coup d'œil sur une page repliée du *Sunday Graphic*. Elle suivait les nouvelles par petits bouts décousus. Il n'y avait jamais assez de temps pour s'asseoir et lire convenablement un journal. Elle avait appris la rupture de la Ligne Maginot, le bombardement de Rotterdam, la reddition de l'armée néerlandaise, et certaines des filles avaient évoqué la veille au soir la chute imminente de la Belgique. La guerre démarrait mal, mais cela allait s'arranger. C'était une phrase anodine qui maintenant attirait son attention — non pas tant à cause de ce qu'elle disait, mais de ce qu'elle essayait de cacher. Dans le nord de la France, l'armée britannique « était en train d'effectuer des replis stratégiques sur des positions préparées à l'avance ». Même elle, qui ignorait tout de la stratégie militaire ou des conventions journalistiques, comprit que c'était un euphémisme pour parler d'une retraite. Peut-être était-elle la dernière personne à comprendre ce qui se passait. Les services qui se vidaient, l'afflux de matériel, pensait-elle, faisaient simplement partie des préparatifs d'ensemble en vue de la guerre. Elle s'était trop absorbée dans ses petits soucis. Maintenant, elle voyait bien comment ces éléments distincts pouvaient s'articuler, et comprit ce que tous les autres devaient savoir, ce à quoi l'administration de l'hôpital se préparait. Les Allemands avaient atteint la Manche, l'armée britannique était en difficulté. Tout avait tourné très mal pour la France, bien que personne ne sût à quelle échelle. Ce pressentiment, cette crainte muette, correspondait à ce qu'elle avait perçu autour d'elle.

À peu près à la même époque, le jour où les derniers patients furent reconduits hors du service, arriva une lettre de son père. Après les salutations d'usage, il s'inquiétait de ses études et de sa santé, puis lui transmettait une information recueillie auprès d'un collègue et confirmée par la famille : Paul Marshall et Lola Quincey allaient se marier samedi en huit, à l'église de Holy Trinity, à Clapham Common. Il ne lui expliquait pas pourquoi il pensait qu'elle aimerait être au courant, et n'émettait lui-même aucun commentaire à ce propos. Il terminait simplement par un gribouillis en bas de page — « Je t'embrasse comme toujours. »

Toute la matinée, tandis qu'elle vaquait à ses occupations, elle repensa à cette nouvelle. Elle n'avait pas revu Lola depuis ce fameux été, de sorte que la silhouette qu'elle imaginait devant l'autel était encore celle d'une maigrichonne de quinze ans. Briony aidait une patiente, une vieille dame de Lambeth sur le départ, à faire sa valise et essayait de se concentrer sur ses doléances. S'étant fracturé un orteil, on lui avait laissé espérer douze jours de repos et elle n'en avait eu que sept. On l'installa dans une chaise roulante et un garçon de salle l'emmena. De service dans la salle du vidoir, Briony fit ses calculs. Lola avait vingt ans, Marshall devait en avoir vingt-neuf. Ce n'était pas une surprise ; le choc venait de la confirmation. Briony était plus qu'impliquée dans cette union. Elle l'avait rendue possible.

La journée entière, au cours de ses allées et venues dans le service, le long des couloirs, Briony se sentit poursuivie d'une culpabilité familière empreinte d'une intensité neuve. Elle récura de fond en comble les tables de nuit libérées, aida à laver les cadres de lit à l'eau phéniquée, balaya et frotta les parquets, fonça au dispensaire et chez l'aumônier à toute allure, sans pour autant courir, fut envoyée avec une autre stagiaire aider à panser un furoncle dans la salle commune des hommes, et couvrit Fiona, partie chez le dentiste. En cette première vraie journée de mai, elle transpirait sous son uniforme amidonné. Tout ce qu'elle voulait c'était travailler, puis prendre un bain et dormir jusqu'à ce qu'il soit l'heure de travailler de nouveau. Mais tout cela était vain, elle le savait. Elle avait beau trimer ou prodiguer ses humbles soins infirmiers, aussi bien et aussi durement qu'elle le pouvait, et avoir renoncé à toutes les lumières de l'université, à toutes les épiphanies de campus, elle ne déferait jamais le tort qu'elle avait causé. Elle était impardonnable.

Pour la première fois depuis des années, elle se sentit l'envie de parler à son père. Elle avait toujours considéré sa distance comme allant de soi, et n'attendait rien de lui. Elle se demanda si, en lui envoyant cette lettre avec cette information particulière, il n'essayait pas de lui dire qu'il savait la vérité. Après le thé, sans perdre de temps, elle se rendit à la cabine téléphonique située à l'extérieur de l'hôpital, près du pont de Westminster, et tenta de le joindre à son travail. Le standard lui passa une secourable voix nasillarde, puis la communication fut interrompue et elle dut recommencer. La même chose se produisit et, à sa troisième tentative, la tonalité disparut dès qu'une voix lui dit : « J'essaie de joindre votre correspondant. »

À ce moment, la monnaie lui manqua et il fallut qu'elle retourne dans le service. Elle marqua une pause à l'extérieur de la cabine téléphonique pour admirer les énormes cumulus amoncelés sur fond de ciel bleu pâle. Le fleuve, avec sa grande marée qui fuyait vers la mer, en reflétait la couleur avec des touches de vert et de gris. Big Ben semblait éternellement basculer en avant sur fond de ciel mouvementé. En dépit des gaz d'échappement, un parfum de végétation neuve flottait alentour, venu sans doute du gazon fraîchement tondu des jardins de l'hôpital ou des jeunes arbres au bord du fleuve. Bien que la lumière fût vive, l'air était délicieusement frais. Elle n'avait jamais rien vu ni rien ressenti de plus agréable depuis des jours, peut-être des semaines. Cela faisait trop longtemps qu'elle était enfermée à respirer du désinfectant. Comme elle s'éloignait, de jeunes officiers de l'armée, des toubibs de l'hôpital militaire de Millbank, lui adressèrent un sourire amical au passage. Automatiquement, elle baissa les yeux, pour immédiatement regretter de ne pas avoir au moins croisé leurs regards. Ils s'éloignèrent d'elle en prenant le pont, oublieux de tout, hormis de leur conversation. L'un d'eux fit semblant, tendant un bras, de chercher quelque chose à tâtons sur une étagère, et son compagnon éclata de rire. À mi-traversée, ils s'arrêtèrent pour admirer un aviso-torpilleur qui glissait sous le pont. Elle pensa à quel point les médecins du RAMC[1] paraissaient libres et pleins de vie, et regretta de ne pas avoir répondu à leurs sourires. Il y avait des parties d'elle-même qu'elle avait entièrement oubliées. Elle était en retard et avait toutes les bonnes raisons de courir, en dépit de ses chaussures qui lui martyrisaient les orteils. Ici, sur le trottoir souillé, non rincé à l'eau phéniquée, l'ordre de la surveillante ne s'appliquait pas. Aucune hémorragie,

---

1. RAMC : Royal Army Medical Corps.

aucun incendie, et pourtant c'était un plaisir physique surprenant, un bref goût de liberté, que de courir de son mieux en tablier amidonné jusqu'à l'entrée de l'hôpital.

À présent une attente langoureuse s'installait à l'hôpital. Seuls s'attardèrent les marins atteints de jaunisse. Ils exerçaient une grande fascination et suscitaient des propos amusés de la part des infirmières. Ces rudes matelots et gradés restaient assis au lit pour raccommoder leurs chaussettes et tenaient à faire eux-mêmes à la main leur petite lessive qu'ils laissaient sécher sur des cordes à linge improvisées à partir d'une ficelle suspendue le long de radiateurs. Ceux qui étaient encore rivés au lit enduraient le martyre plutôt que de réclamer le pistolet. On disait que les marins en état de le faire insistaient pour entretenir eux-mêmes la salle et avaient pris en main le balayage et la lourde cireuse. Un tel sens du domestique chez les hommes était inconnu des filles, et Fiona déclara qu'elle n'en épouserait aucun qui n'ait pas servi dans la Royal Navy.

Sans aucune raison apparente, on accorda une demi-journée de congé aux stagiaires, qui, libérées de l'étude, durent malgré tout garder l'uniforme. Après le déjeuner, Fiona et Briony allèrent à pied de l'autre côté du fleuve, puis du Parlement, pour se rendre à St James Park. Elles flânèrent autour du lac, s'offrirent un thé à un stand et louèrent des transats pour écouter les anciens de l'Armée du salut jouer des adaptations pour cuivres d'Elgar. En ces jours de mai, avant qu'on appréhende pleinement ce qui se passait en France, avant les bombardements de septembre, Londres affichait des signes extérieurs de guerre, sans en avoir encore la mentalité : des uniformes, des placards mettant en garde contre les membres de la cinquième colonne, deux vastes abris antiaériens creusés dans les pelouses du parc et partout une bureaucratie revêche. Pendant que les filles étaient assises sur leurs transats, un homme avec brassard et casquette vint demander à voir le masque à gaz de Fiona, lequel était en partie caché par sa pèlerine. Par ailleurs, l'époque demeurait encore innocente. Les angoisses au sujet de la situation de la France, qui avaient absorbé le pays, s'étaient pour le moment dissipées sous le soleil de l'après-midi. Les morts n'étaient pas encore là, les absents étaient supposés vivants. La scène, dans sa normalité, était comme un rêve. Des landaus s'avançaient nonchalamment le long des sentiers, capotes rabattues en plein soleil, et des bébés pâles, au crâne tendre, bouche bée, contemplaient le monde extérieur pour la première fois. Des enfants, qui paraissaient avoir échappé à l'évacuation, couraient partout sur l'herbe avec des cris et des rires, l'orchestre bataillait avec la musique au-delà de ses aptitudes, et les transats coûtaient encore deux pence. Difficile de croire qu'à quelque trois cents kilomètres de là avait lieu un désastre militaire.

Briony restait constante dans ses sujets de réflexion. Peut-être Londres allait-elle être anéantie par des gaz toxiques, ou envahie de parachutistes allemands, avec l'aide des membres de la cinquième colonne, avant que le mariage de Lola ait lieu. Briony avait entendu un concierge, au courant de tout, dire avec une apparente satisfaction que rien ne pourrait maintenant arrêter l'armée allemande. Ils possédaient les nouvelles stratégies et nous pas, ils s'étaient modernisés et nous pas. Les généraux auraient dû lire le livre de Liddell Hart[1], ou venir à la loge du concierge de l'hôpital pour l'écouter avec attention pendant la pause du thé.

À côté d'elle, Fiona parlait de son petit frère adoré, de ce qu'il avait dit d'intelligent au dîner, pendant que Briony faisait mine d'écouter en pensant à Robbie. S'il s'était battu en France, il était possible qu'il ait déjà été capturé. Ou pire encore. Comment Cecilia survivrait-elle à de pareilles nouvelles ? Tandis que la musique égayée de dissonances non écrites atteignait des sommets de cacophonie, elle agrippa les montants en bois de son siège et ferma les yeux. Si quelque chose arrivait à Robbie, si Cecilia et Robbie ne devaient jamais se trouver réunis... Son secret tourment et l'agitation publique de la guerre lui avaient toujours paru des mondes distincts, mais à présent elle se rendait compte que la guerre aggraverait peut-être son crime. La seule solution aurait été que rien ne soit jamais arrivé. Si Robbie ne revenait pas... Elle aurait aimé avoir le passé de quelqu'un d'autre, être quelqu'un d'autre, comme cette chaleureuse Fiona, avec toute une vie irréprochable devant elle, et son affectueuse et innombrable famille, dont les chiens et chats portaient des noms latins, dont la maison était un lieu de rendez-vous connu des artistes de Chelsea. Tout ce que Fiona avait à faire, c'était de vivre sa vie, de suivre la route devant elle et de découvrir ce qui arriverait. À Briony, il semblait que sa vie allait se passer dans une seule pièce, sans porte.

« Briony, ça va ?

1. Liddell Hart, 1885-1970, grand historien anglais, spécialiste de la Première et de la Deuxième Guerre mondiale.

— Comment? Mais oui, bien sûr. Ça va, merci.

— Je ne te crois pas. Veux-tu que j'aille te chercher de l'eau? »

Comme les applaudissements se faisaient plus forts — personne ne semblait se soucier du degré de médiocrité de l'orchestre —, elle regarda Fiona traverser la pelouse, devant les musiciens et le loueur de sièges en manteau brun, jusqu'au petit café au milieu des arbres. L'Armée du salut entamait l'air de *Bye, bye Blackbird* dans lequel elle se révélait de loin plus experte. Dans leurs transats, les gens se joignaient au mouvement et certains frappaient dans leurs mains en mesure. Ces refrains repris en chœur possédaient une vague faculté de coercition — cette façon qu'avaient des étrangers de se regarder du coin de l'œil tandis que s'élevaient leurs voix — à laquelle elle était décidée à résister. Malgré tout, cela lui remonta le moral et, lorsque Fiona revint avec une tasse pleine d'eau et que l'orchestre attaqua un pot-pourri de vieilles rengaines par *It's a long way to Tipperary*, elles se mirent à parler travail. Fiona entraîna Briony dans les ragots — sur les supérieurs qu'elles aimaient bien et ceux qui les agaçaient, sur la surveillante Drummond dont Fiona savait imiter la voix, et la surveillante générale qui était presque aussi respectée et distante qu'un consultant. Elles se remémorèrent les excentricités de divers patients et elles partagèrent leurs doléances — Fiona était outrée de ne pas avoir la permission de poser des objets sur le rebord de sa fenêtre, Briony détestait le couvre-feu de onze heures — mais elles le firent avec un plaisir conscient et une multitude croissante de petits rires bébêtes, à tel point que les têtes commencèrent à se tourner dans leur direction, et que des doigts se posèrent avec emphase sur les lèvres. Mais ces gestes n'étaient qu'à moitié sérieux, et la plupart de ceux qui se retournaient souriaient avec indulgence dans leurs transats, car un petit quelque chose chez les deux jeunes infirmières — infirmières en temps de guerre — dans leurs tuniques violettes et blanches, leurs pèlerines bleu foncé et leurs coiffes impeccables les rendait aussi irréprochables que des religieuses. Les filles étant conscientes de leur immunité, leurs rires se firent plus forts, tournèrent en ricanements d'hilarité et de dérision. Fiona se révélait bonne imitatrice et, en dépit de toute sa gaieté, son humour était empreint d'une touche de cruauté qu'appréciait Briony. Fiona avait une interprétation personnelle du cockney de Lambeth et, avec une exagération impitoyable, elle était capable de rendre l'ignorance de certains patients et leur ton implorant et geignard. « C'est mon palpitant, mademoiselle. L'a jamais été du bon côté. Ma maternelle, c'était pareil. C'est vrai ça que les bébés, ils sortent par le cul, mademoiselle ? Parce que j'sais pas si le mien va fonctionner à voir comme j'suis tout le temps bouchée. J'avais six gosses et pis, en partant, j'en ai largué un dans l'autobus, le 88 au départ de Brixton. J'ai dû l'oublier sur le siège. J'l'ai jamais r'vu, mademoiselle. J'en ai-t'y eu du chagrin. Toutes les larmes de mon corps, que j'ai pleuré. »

Comme elles rentraient à pied en direction de Parliament Square, Briony se sentit tout étourdie, les genoux encore flageolants d'avoir tant ri. Elle se demanda comment il était possible de changer d'humeur aussi vite. Ses soucis ne disparaissaient pas, mais glissaient en retrait, leur force émotionnelle temporairement épuisée. Bras dessus, bras dessous, les jeunes filles traversèrent Westminster Bridge. La marée était basse et, dans cette lumière vive, il y avait un reflet violet sur les étendues de vase, là où des milliers de déjections de vers formaient de minuscules ombres pointues. Comme Briony et Fiona obliquaient à droite vers Lambeth Palace Road, elles aperçurent une file de camions militaires garés devant l'entrée principale. Les filles rouspétèrent avec bonne humeur à la perspective d'avoir un surcroît de matériel à déballer et à mettre en place.

C'est alors qu'elles virent les ambulances au milieu des camions et, en s'approchant, elles virent aussi les brancards, une multitude d'entre eux, déposés par terre vaille que vaille, ainsi qu'une foule de treillis verts et de bandages souillés. Il y avait également des soldats qui attendaient debout, en groupes, hébétés et immobiles, empaquetés de bandages sales comme ceux qui étaient à terre. Un ambulancier collectait des fusils à l'arrière d'un camion. Une vingtaine de garçons de salle, d'infirmières et de médecins se déplaçaient à travers la foule. Cinq ou six chariots avaient été sortis devant l'hôpital — manifestement en nombre insuffisant. Pendant un moment, Briony et Fiona s'arrêtèrent pour regarder, puis, au même moment, elles se mirent à courir.

En moins d'une minute, elles furent au milieu des hommes. L'air vif du printemps ne dissipait pas la puanteur de l'huile de moteur et de la putréfaction. Les visages et les mains des soldats étaient noirs et, avec leurs barbes piquantes, leurs cheveux noirs feutrés et leurs fiches en provenance des postes d'accueil des victimes, ils se ressemblaient tous, une race d'hommes sauvages venue d'un monde terrible. Ceux qui étaient debout semblaient dormir. D'autres infirmières et médecins se déversaient hors de l'entrée. Un consultant prit la direction des opérations et un système de tri rudimentaire fut mis en place. Certaines des urgences furent déposées sur les chariots.

Pour la première fois de sa formation, Briony se vit adresser la parole par un médecin, un interne qu'elle n'avait jamais vu avant.

« Vous, mettez-vous à l'autre bout de ce brancard. »

Le médecin empoigna lui-même l'autre extrémité. Elle n'avait jamais porté de brancard et fut surprise de son poids. Ils avaient à peine franchi l'entrée et dix mètres de couloir qu'elle sut que son poignet gauche allait lâcher. Elle était du côté des pieds. Le soldat avait des galons de sergent. Il n'avait pas de souliers et ses orteils bleuâtres puaient. Il avait la tête enveloppée d'un bandage imbibé de rouge cramoisi et de noir. Sur sa cuisse, son treillis ne formait qu'une bouillie avec sa plaie. Elle crut entrevoir un bout d'os blanc qui saillait. Chaque pas qu'ils faisaient provoquait sa souffrance. Ses yeux restaient fermement clos, mais il ouvrait et fermait la bouche dans un supplice muet. Si sa main gauche lâchait, le brancard verserait certainement. Ses doigts étaient en train de se détacher lorsqu'ils arrivèrent à l'ascenseur, ils entrèrent et déposèrent le brancard à terre. Pendant la lente montée, le docteur prit le pouls de l'homme et respira profondément par le nez. Il semblait avoir oublié la présence de Briony. Le deuxième étage arrivant en vue, elle fut obnubilée par les trente mètres de couloir à parcourir jusqu'au service, se demandant si elle allait pouvoir y arriver. Il était de son devoir de prévenir le médecin qu'elle en serait incapable. Mais il lui tourna le dos et il écarta violemment les portes de l'ascenseur en lui demandant de prendre son bout. Elle intima mentalement à son bras gauche de s'affermir et au médecin d'aller plus vite. Sa honte serait insupportable si elle devait échouer. L'homme au visage noir ouvrait et fermait la bouche comme s'il mâchait. Sa langue était couverte de taches blanches.

Sa pomme d'Adam noire montait et descendait et elle s'obligea à la fixer des yeux. Ils bifurquèrent dans le service et ce fut une chance pour elle qu'il y ait un lit d'urgence près de la porte. Ses doigts étaient déjà en train de glisser. Une surveillante et une infirmière diplômée attendaient. Alors que le brancard était manœuvré en position le long du lit, les doigts de Briony se desserrèrent ; incapable de les maîtriser, elle leva le genou gauche à temps pour recevoir la charge. La poignée en bois vint heurter sa jambe dans un son mat. La civière bascula et ce fut la surveillante en chef qui se pencha pour la rééquilibrer. Des lèvres du sergent blessé sortit un léger cri d'incrédulité, comme s'il n'avait jamais imaginé qu'une douleur pût être aussi immense.

« Enfin bon Dieu, petite », gronda le docteur. Ils se délestèrent de leur patient sur le lit.

Briony attendit de savoir si l'on avait besoin d'elle. Mais à présent tous trois s'activaient et l'ignoraient. L'infirmière dégageait la tête de son bandage et l'infirmière en chef découpait le pantalon du soldat. L'interne se tourna vers la lumière pour examiner les notes griffonnées sur la fiche qu'il avait tirée de la chemise de l'homme. Briony s'éclaircit discrètement la voix et l'infirmière regarda autour d'elle, agacée de la trouver encore là.

« Allons, ne restez pas là à ne rien faire, nurse Tallis. Allez aider en bas. »

Elle s'éloigna, humiliée, et sentit une sensation de vide envahir son estomac. Au moment où la guerre touchait à sa vie, dès le premier instant de pression, elle avait failli. Si on lui faisait transporter une autre civière, elle ne ferait pas la moitié du trajet vers l'ascenseur. Mais si on le lui demandait, elle n'oserait pas refuser. Si elle lâchait son côté, elle s'en irait tout simplement, rassemblerait ses affaires dans sa valise, et partirait en Écosse travailler comme ouvrière agricole. Ce serait mieux pour tout le monde. Comme elle se hâtait le long du couloir du rez-de-chaussée, elle rencontra Fiona qui arrivait en sens inverse à l'avant d'un brancard. Elle était plus solide que Briony. Le visage de l'homme qu'elle transportait était entièrement couvert de pansements, à l'exception d'un trou ovale et sombre pour la bouche. Les filles échangèrent un regard et quelque chose passa entre elles : le choc ou la honte d'avoir ri dans le parc pendant qu'il y avait ça.

Briony sortit et constata avec soulagement que l'on plaçait ce qui restait de brancards sur des chariots supplémentaires que des garçons de salle attendaient de pousser. Une douzaine d'infirmières se tenaient d'un côté avec leurs valises. Elle en reconnut certaines de son service. Le temps lui manqua pour leur demander où on les envoyait. Quelque chose de pire encore arrivait ailleurs. La priorité concernait désormais les blessés debout. Il y en avait encore plus de deux cents. Une infirmière en chef lui demanda de conduire quinze d'entre eux dans le service « Béatrice ». Ils la suivirent sur une seule file, le long du couloir, comme des petits enfants qui font la chenille à l'école. Certains avaient les bras en écharpe, d'autres avaient des blessures à la tête ou à la poitrine. Trois hommes marchaient avec des béquilles. Personne ne parlait. Il y avait un embouteillage autour des ascenseurs, avec des chariots qui attendaient de se rendre dans les salles de chirurgie au sous-sol, et d'autres qui essayaient encore de monter dans les salles. Elle trouva un endroit dans un renfoncement pour que ceux qui avaient des béquilles puissent s'asseoir, leur demanda de ne pas bouger et fit monter les autres par l'escalier. La progression fut lente, et ils faisaient des pauses à chaque palier.

« Ce n'est plus très loin », répétait-elle, mais ils ne semblaient pas faire attention à elle.

Une fois arrivés dans le service, le protocole voulait qu'elle fît son rapport à la surveillante en chef. Cette dernière n'était pas dans son bureau. Briony se tourna vers la chenille qui se pressait derrière elle. Ils ne la regardaient pas. Ils avaient les yeux fixés au-delà d'elle, sur le vaste espace victorien du service, les hauts piliers, les palmiers en pot, les lits alignés avec netteté et leurs draps vierges, rabattus.

« Attendez là, dit-elle. La surveillante en chef va vous trouver un lit à tous. »

Elle marcha rapidement vers le fond où la responsable et deux infirmières s'occupaient d'un patient. Il y eut un chuintement de pas derrière Briony. Les soldats pénétraient dans la salle.

Horrifiée, elle agita les mains pour les repousser. « Faites demi-tour, s'il vous plaît. Attendez. »

Mais ils se déployaient en éventail dans toute la salle. Chaque homme avait aperçu le lit qui était le sien. Sans attribution, sans enlever leurs souliers, sans bain, sans épouillage ni pyjama d'hôpital, ils escaladaient les lits. Leurs cheveux sales, leurs visages encrassés furent sur les oreillers. L'infirmière en chef arrivait à toute allure de l'autre bout de la salle où elle se trouvait, ses talons résonnant dans l'espace vénérable. Briony se dirigea vers le chevet d'un soldat qui gisait face au plafond, tenant son bras qui avait glissé hors de l'écharpe, et le tira par sa manche. Comme il allongeait brusquement les jambes, il traça une balafre d'huile sur sa couverture. La faute lui en reviendrait entièrement, se dit-elle.

« Il faut vous lever », dit-elle, au moment où l'infirmière arrivait sur elle. Elle ajouta faiblement : « Il y a un protocole.

— Ces hommes ont besoin de sommeil. Les protocoles seront pour plus tard. » La voix était irlandaise. L'infirmière posa une main sur l'épaule de Briony et la fit pivoter de manière à pouvoir lire son insigne. « Retournez dans votre service maintenant, nurse Tallis. On va avoir besoin de vous là-bas, je pense. »

Avec la plus gentille fermeté, Briony était renvoyée à ses affaires. Le service pouvait se passer d'adeptes de la discipline comme elle. Autour d'elle, les hommes dormaient déjà, et de nouveau elle s'était montrée stupide. Bien sûr qu'ils devaient dormir. Elle n'avait voulu faire que ce qu'elle pensait qu'on attendait d'elle. Ces règles n'étaient pas les siennes après tout. On lui avait rebattu les oreilles pendant tous ces mois des mille détails d'une nouvelle admission. Comment pouvait-elle savoir qu'en fait elles ne signifiaient rien ? Ces réflexions indignées l'affligèrent jusqu'à ce que, presque arrivée dans son service, elle se souvienne des hommes avec leurs béquilles, en bas, qui attendaient d'être montés par l'ascenseur. Elle descendit l'escalier en hâte. Le renfoncement était vide et il n'y avait plus trace des hommes dans les couloirs. Elle ne voulut pas faire preuve de son ineptie en questionnant les infirmières ou les garçons de salle. Quelqu'un devait avoir rassemblé les blessés pour les monter. Dans les jours qui suivirent, elle ne les revit jamais.

Son propre service avait été requalifié afin de recevoir le trop-plein de la chirurgie d'urgence, mais les définitions n'avaient pas encore grand sens. Ç'aurait pu être un centre d'évacuation sur la ligne de front. Les surveillantes et leurs assistantes avaient été appelées en renfort, et cinq ou six médecins travaillaient sur les cas les plus urgents. Il y avait deux aumôniers, l'un assis, qui parlait à un homme couché sur le flanc, l'autre qui priait à côté d'une forme recouverte d'une couverture. Toutes les infirmières portaient des masques, et, comme les médecins, elles avaient remonté leurs manches. Les responsables se déplaçaient avec rapidité entre les lits, faisant des piqûres — de morphine, probablement — ou posant des aiguilles de transfusion pour raccorder les blessés aux vacolitres de sang et aux flacons de plasma jaune qui pendaient, tels des fruits exotiques, des hautes potences mobiles. Les stagiaires arpentaient le service, chargées de piles de bouillottes. L'écho discret de voix, celles des médecins, emplissait la salle et était régulièrement interrompu par des gémissements, des cris de douleur. Le moindre lit était occupé et les nouveaux cas laissés sur des brancards et placés entre les lits pour bénéficier des potences de transfusion. Deux internes se préparaient à emporter les morts. À bien des lits, les infirmières ôtaient des pansements souillés. Toujours à décider s'il fallait douceur et patience, ou fermeté et rapidité, pour en finir en un seul instant de douleur. Dans cette salle, on préférait cette dernière approche, ce qui expliquait certains des hurlements. Partout un mélange d'odeurs — l'odeur aigre et poisseuse du sang frais et aussi de vêtements dégoûtants, de sueur, de pétrole, de désinfectant, d'alcool pharmaceutique et, flottant au-dessus de tout, la puanteur de la gangrène. Deux cas qui descendaient en salle de chirurgie se révélèrent être des amputations.

Les infirmières chevronnées ayant été détachées dans les hôpitaux chargés de l'accueil des blessés, plus loin dans le secteur, les infirmières diplômées, devant l'afflux de nouveaux cas, eurent toute liberté de donner des ordres et les stagiaires de l'équipe de

Briony furent chargées de nouvelles responsabilités. Une infirmière envoya Briony ôter un pansement et nettoyer la plaie de la jambe d'un caporal qui était allongé sur un brancard près de la porte. Elle ne devait pas refaire le pansement avant que l'un des médecins ne l'ait examinée. Le caporal était à plat ventre et fit la grimace quand elle s'agenouilla pour lui parler à l'oreille.

« Ne faites pas attention si je crie, murmura-t-il. Nettoyez-la, mademoiselle. Je ne veux pas la perdre. »

La jambe de pantalon avait été découpée et dégagée. Le bandage extérieur paraissait relativement récent. Elle entreprit de le dérouler et, lorsqu'il lui fut impossible de passer la main sous sa jambe, elle se servit de ciseaux pour découper le pansement.

« Ils m'ont fait ça sur le quai, à Douvres. »

Il ne restait plus que la gaze, noire de sang coagulé sur toute la longueur de la blessure qui allait du genou à la cheville. La jambe elle-même était imberbe et noire. Elle craignit le pire et respira un grand coup.

« Dites, comment vous avez réussi à vous choper ça ? dit-elle d'un ton faussement enjoué.

— Un éclat d'obus qui m'a projeté sur une clôture en tôle ondulée.

— Pas de chance. Vous savez qu'il va falloir qu'on retire ce pansement. »

Elle en souleva doucement un bord et le caporal grimaça de douleur.

« Vous comptez un, deux, trois, et faites vite », dit-il.

Le caporal serra les poings. Elle prit le bord qu'elle avait décollé, le tint fermement entre l'index et le pouce et arracha le pansement d'un coup sec. Un souvenir remonta de son enfance, la vision du fameux tour de la nappe, lors d'un après-midi d'anniversaire.

Le pansement vint d'un seul coup, dans un bruit de chuintement gluant.

« J'ai envie de vomir », dit le caporal.

Il y avait un haricot à portée de main. Il eut un haut-le-corps, mais rien ne vint. Dans les replis de sa nuque perlaient des gouttes de sueur. La plaie mesurait quarante-cinq centimètres de long, peut-être plus, et s'incurvait derrière le genou. Les points de suture étaient maladroits et irréguliers. Ici et là, un bord de peau déchirée chevauchait l'autre, révélant ses couches de graisse et des petits engorgements pareils à des grappes de raisin rouge en miniature poussées hors de la fente.

Elle lui dit : « Ne bougez pas. Je vais nettoyer autour, mais je n'y touche pas. » Elle n'allait pas y toucher maintenant. La jambe était noire et molle, comme une banane trop mûre. Elle trempa du coton hydrophile dans de l'alcool. Craignant que la peau ne s'enlève, elle frotta légèrement autour du mollet, cinq centimètres au-dessus de la plaie. Puis elle essuya de nouveau, en appuyant un peu plus fort. La peau était ferme, si bien qu'elle pressa sur le coton jusqu'à ce qu'il tressaille. Elle retira la main et vit la bande de peau blanche qu'elle avait dégagée. Le coton était noir. Pas de gangrène. Elle ne put se retenir de pousser un soupir de soulagement. Elle sentit même sa gorge se serrer.

« Qu'est-ce que c'est, mademoiselle ? Vous pouvez me le dire. » Il se souleva en essayant de voir par-dessus son épaule. Il y avait de l'angoisse dans sa voix.

Elle ravala sa salive et dit d'un ton neutre : « Je crois que ça cicatrise bien. »

Elle reprit du coton. C'était de l'huile ou du cambouis, mélangé à du sable de plage, et cela ne s'enlevait pas facilement. Elle dégagea une zone de trente centimètres, en progressant directement autour de la plaie.

Elle s'y affairait depuis quelques minutes lorsqu'une main se posa sur son épaule et une voix féminine lui dit à l'oreille : « C'est bien, nurse Tallis, mais vous devez aller plus vite. »

Agenouillée, penchée au-dessus de la civière, coincée contre un lit, il ne lui était pas facile de se retourner. Au moment où elle le fit, elle ne vit qu'une silhouette familière qui se retirait. Le caporal était endormi lorsque Briony entreprit de nettoyer autour des points de suture. Il sursauta et remua, mais ne se réveilla pas entièrement. L'épuisement lui servait d'anesthésiant. Comme enfin elle se redressait, ramassait sa cuvette et tout le coton souillé, un médecin survint et la renvoya.

Elle se brossa les mains et on lui fixa une autre tâche. Tout était différent pour elle maintenant qu'elle avait accompli une petite chose. On lui demanda d'apporter de l'eau aux soldats qui s'étaient effondrés de fatigue à force de s'être battus. Il était important qu'ils ne se déshydratent pas. Allez, soldat Carter. Buvez ça et vous pourrez vous rendormir après. Redressez-vous... Elle tenait une petite théière émaillée blanche et les laissait téter le bec tout en leur retenant la tête, immonde de saleté, contre son tablier, tels des bébés géants. Elle se brossa de nouveau et fit une tournée de bassins. Jamais cela ne lui avait été aussi indifférent. On lui demanda de s'occuper d'un soldat, blessé au ventre à plusieurs endroits, et qui avait également perdu une partie du nez. À travers le cartilage ensanglanté, elle put voir l'intérieur de sa bouche et l'arrière de sa langue lacérée. Son travail consistait à lui nettoyer le visage. Ici encore, la peau était criblée de sable et de gras. Il était réveillé, elle le devinait, mais il gardait les yeux clos. La morphine l'avait calmé et il oscillait légèrement d'un côté sur l'autre, comme au rythme d'une musique dans sa tête. Alors que ses traits commençaient à se dégager du masque de noir, elle repensa aux albums de papier glacé blanc de son enfance, qu'elle frottait avec un crayon émoussé pour faire apparaître une image. Elle se disait aussi qu'il se pouvait qu'un de ces hommes soit Robbie : elle panserait ses blessures sans savoir qui il était et lui essuierait tendrement le visage avec du coton jusqu'à ce qu'apparaissent les traits familiers, et il se tournerait alors vers elle, plein de gratitude, découvrant qui elle était, et il lui prendrait la main, la serrerait en silence, lui pardonnerait. Puis il la laisserait le réinstaller dans le sommeil.

Ses responsabilités s'accrurent. On l'expédia avec un forceps et un haricot dans un service voisin, au chevet d'un aviateur qui avait des éclats d'obus dans la jambe. Il la regarda avec circonspection quand elle posa son matériel.

« Si on doit me les retirer, j'aime autant passer sur le billard. »

Elle avait les mains tremblantes. Mais elle fut surprise de la facilité avec laquelle lui vint ce ton alerte de l'infirmière qui ne badine pas. Elle tira le paravent autour de son lit.

« Ne soyez pas bête. On va les enlever vite fait. Comment ça vous est arrivé ? »

Pendant qu'il lui expliquait que son travail consistait à bâtir des pistes d'envol dans les champs du nord de la France, ses yeux revenaient sans cesse sur les pinces d'acier qu'elle avait prises dans l'autoclave. Elles reposaient, ruisselantes, au fond du haricot bordé de bleu.

« On allait se mettre au boulot quand le Boche est passé au-dessus et a largué sa charge. On s'est repliés pour tout recommencer dans un autre champ, et voilà que le Boche rapplique et qu'on se replie encore. Jusqu'à ce qu'on tombe dans la mer. »

Elle sourit et tira ses couvertures en arrière. « On va examiner ça, d'accord ? »

Le mazout et les saletés avaient été lavés de ses jambes pour découvrir une zone au-dessous de sa cuisse où des éclats d'obus s'étaient incrustés dans les chairs. Il se pencha en avant, l'observant avec angoisse.

« Recouchez-vous pour que je puisse voir ce qu'il y a.

— Ils me gênent pas ni rien.

— Contentez-vous de vous recoucher. »

Plusieurs fragments s'étendaient sur une surface de trente centimètres. Le pourtour de chaque rupture de la peau était enflé et légèrement enflammé.

« Je m'en fiche pas mal, mademoiselle. Ça ne me ferait rien de les laisser là où ils sont. » Il rit sans conviction. « Quelque chose à montrer à mes petits-enfants.

— Ils sont en train de s'infecter, dit-elle. Et ils pourraient s'enfoncer.

— S'enfoncer ?

— Dans la chair. Dans le sang et être transportés jusqu'au cœur. Ou jusqu'au cerveau. »

Il eut l'air de la croire. Il se recoucha et poussa un soupir en direction du plafond lointain. « Bon Dieu. Je veux dire, pardon, mademoiselle. J'crois que je ne suis pas d'attaque pour ça aujourd'hui.

— On va les compter ensemble, ça vous va ? »

Ce qu'ils firent à haute voix. Huit. Elle le repoussa d'une légère pression sur la poitrine.

« Il faut qu'ils sortent. Rallongez-vous. Je vais faire aussi vite que possible. Si ça peut vous aider, cramponnez-vous à la tête de lit derrière vous. »

Sa jambe se raidit et trembla lorsqu'elle prit la pince.

« Ne retenez pas votre respiration, essayez de vous détendre. »

Il émit un petit ricanement de dérision. « Me détendre ! »

Elle raffermit sa main droite à l'aide de la gauche. Il aurait été plus facile pour elle de s'asseoir sur le bord du lit, mais cela n'était pas professionnel, et strictement interdit. Lorsqu'elle posa la main gauche sur une partie intacte de sa jambe, il tressaillit. Elle choisit le plus petit fragment qu'elle put trouver, en limite de l'amas. La partie saillante formait un triangle en oblique. Elle le prit en étau, attendit une seconde, puis l'arracha net, avec fermeté, mais sans à-coups.

« Putain ! »

Le mot échappé ricocha dans tout le service et sembla se répéter plusieurs fois. Il y eut un silence, ou du moins on baissa le ton de l'autre côté des paravents. Briony tenait encore le fragment de métal dans sa pince. Il mesurait deux centimètres et s'effilait en pointe. Des pas décidés approchaient. Elle laissa tomber l'éclat dans le haricot au moment où la surveillante Drummond écartait prestement le paravent. Elle était parfaitement calme en jetant un coup d'œil au pied du lit pour noter le nom de l'homme et, sans doute, son état, puis elle se pencha sur lui et le dévisagea.

« Comment osez-vous », dit tranquillement l'infirmière. Et de nouveau : « Comment osez-vous parler de cette façon devant une de mes filles.

— Je vous demande pardon, madame. C'est sorti tout seul. »

L'infirmière Drummond regarda avec dédain dans le récipient. « Comparées à ce que nous avons admis ces dernières heures, soldat Young, vos blessures sont superficielles. Vous devez vous estimer heureux. Et montrer un courage digne de votre uniforme. Continuez, nurse Tallis. »

Au silence qui suivit son départ, Briony lança avec animation : « Allez, on continue ? Il n'en reste plus que sept. Quand tout sera fini, je vous apporterai un petit cognac. »

Il sua, trembla de tout son corps et ses phalanges blanchirent autour de la tête de lit métallique, mais il ne proféra aucun son tout le temps qu'elle retira les éclats.

« Vous savez, vous pouvez crier si vous voulez. »

Mais il ne souhaitait pas recevoir d'autre visite de la surveillante en chef, et Briony le comprenait. Elle garda le plus gros pour la fin. Il ne sortit pas d'un seul coup. L'homme s'arc-bouta sur le lit et siffla entre ses dents serrées. À la deuxième tentative, l'éclat ressortit de cinq centimètres de sa chair. Elle réussit à l'extraire au troisième essai, et le lui tint sous les yeux, une lame ensanglantée de dix centimètres d'acier pleine d'aspérités.

Il la contemplait, rempli d'étonnement. « Passez-le sous le robinet, mademoiselle, que je le ramène à la maison. » Puis il tourna la tête vers son oreiller et se mit à sangloter. C'était peut-être autant à cause du mot « maison » que de la douleur. Elle s'esquiva pour aller lui chercher son cognac, et s'arrêta pour vomir dans le canal d'évacuation.

Pendant longtemps, elle défit les pansements, nettoya et pansa les blessures les plus superficielles. Puis arriva l'ordre qu'elle redoutait.

« Je veux que vous alliez panser le visage du soldat Latimer. »

Elle avait déjà tenté de l'alimenter un peu plus tôt à l'aide de la petite cuiller, par ce qui lui restait de bouche, en essayant de lui éviter l'humiliation de baver. Il avait repoussé sa main. Avaler lui était insupportable. La moitié de son visage avait été emportée par une balle. Ce qu'elle craignait plus que d'avoir à enlever le pansement, c'était le regard plein de reproche de ses grands yeux bruns. Que m'avez-vous donc fait ? Il communiquait par une sorte de gargouillement ténu venu du fond de la gorge, un petit gémissement de déception.

« On va vite vous arranger ça », passait-elle son temps à lui répéter sans pouvoir rien imaginer d'autre.

À présent, en approchant de son lit avec son matériel, elle dit d'un ton gai : « Bonjour, soldat Latimer. C'est encore moi. »

Il la regarda sans la reconnaître. Elle lui raconta, tout en retirant les épingles de son bandage qui était fixées sur le sommet de sa tête : « Ça va aller. Vous sortirez d'ici dans une semaine ou deux, vous allez voir. Et on ne peut pas en dire autant de tous ceux qui sont ici. »

C'était un certain réconfort. Il y avait toujours quelqu'un dans un pire état. Une heure et demie plus tôt, ils avaient pratiqué une amputation multiple sur un capitaine du régiment des East Surreys — celui que les jeunes de son village avaient intégré. Et puis il y avait les mourants.

Se servant de pinces chirurgicales, elle entreprit avec précaution d'extraire de la cavité située sur le côté de son visage les longueurs de gaze trempées et coagulées. Lorsque la dernière d'entre elles fut retirée, la ressemblance avec le modèle en coupe dont les élèves se servaient aux cours d'anatomie était plus que vague. Tout n'était que ruine, rouge foncé et à vif. Elle voyait à travers la joue manquante jusqu'à ses molaires du haut et du bas, et la langue, luisante et hideusement longue. Plus haut, là où elle osait à peine poser les yeux, on apercevait les muscles qui entouraient l'orbite. Tellement intimes, et jamais faits pour être vus. Le soldat Latimer était devenu un monstre, et devait le deviner. Une jeune fille l'aimait-elle avant cela ? Pourrait-elle continuer à l'aimer ?

« On vous arrangera ça très vite », dit-elle, lui mentant de nouveau.

Elle commença à lui regarnir le visage de gaze imprégnée d'eusol. Comme elle fixait les épingles, il gémit tristement.

« Vous voulez que je vous apporte le pistolet ? »

Il fit non de la tête en geignant de nouveau.

« Vous n'êtes pas bien installé ? »

Non.

« De l'eau ? »

Un hochement de tête. Seul lui restait un petit coin de lèvres. Elle y introduisit le bec de la petite théière et versa. Chaque gorgée le faisait gémir, ce qui le martyrisait aux alentours des muscles manquants de son visage. Il ne put en endurer davantage mais, comme elle retirait la théière d'eau, il tendit la main vers son poignet. Il lui en fallait plus. Plutôt souffrir que d'avoir soif. Ainsi en alla-t-il pendant quelques minutes — il ne supportait pas la douleur, il lui fallait de l'eau.

Elle serait bien restée avec lui, mais il y avait toujours une autre tâche, toujours une infirmière qui réclamait de l'aide ou un soldat qui appelait de son lit. Elle ne connut de répit hors de la salle que lorsqu'un homme, revenant à lui après une anesthésie, vomit contre elle et qu'elle dut trouver un tablier propre. Ce fut une surprise pour elle de voir par la fenêtre du couloir qu'il faisait noir dehors. Cinq heures avaient passé depuis leur retour du parc. Elle était près de la resserre à linge, en train de nouer son tablier, lorsque la surveillante Drummond se présenta. Difficile de dire ce qui avait changé — les façons restaient calmes et distantes, les ordres inéluctables. Peut-être y avait-il sous cette maîtrise de soi une nuance de rapprochement dans l'adversité.

« Mademoiselle, vous irez aider à poser les poches Bunyan aux bras et aux jambes du caporal McIntyre. Vous passerez le reste de son corps au tanin officinal. S'il y avait des difficultés, venez me trouver immédiatement. »

Elle se détourna pour donner ses instructions à une autre infirmière. Briony les avait vues ramener le caporal. Il était l'un des quelques hommes submergés de mazout enflammé sur un ferry qui coulait au large de Dunkerque. Il avait été repêché par un destroyer. Le mazout gluant lui collait à la peau et flétrissait les tissus. C'était les restes brûlés d'un humain qu'on avait hissés sur le lit. Elle ne pensait pas qu'il survivrait. Il ne fut pas facile de trouver une veine pour lui administrer de la morphine. Une ou deux heures plus tôt, elle avait aidé deux autres infirmières à le soulever pour lui passer le bassin et il avait hurlé au premier contact de leurs mains.

Les poches Bunyan étaient de vastes bacs en cellophane. Le membre abîmé flottait dedans, soutenu par une solution saline qui devait être exactement à la bonne température. Une variation d'un degré n'était pas supportable. À l'instant où Briony arriva, une stagiaire avec un réchaud Primus sur un chariot était déjà en train de préparer la nouvelle solution. Les poches devaient être fréquemment renouvelées. Le caporal McIntyre gisait sur le dos, sous un arceau, car il ne pouvait supporter le contact d'un drap sur sa peau. Il geignait, misérable, assoiffé. Les brûlés étaient toujours gravement déshydratés. Ses lèvres étaient trop tuméfiées, trop enflées, et sa langue trop couverte de cloques pour qu'on puisse lui donner des liquides par la bouche. Son goutte-à-goutte de solution saline s'était détaché. L'aiguille ne tenait pas dans la veine abîmée. Une infirmière qu'elle n'avait jamais vue auparavant était occupée à fixer une nouvelle poche à la potence. Briony prépara l'acide tannique dans une cuvette et prit le rouleau de coton. Elle pensait commencer par les jambes du caporal pour ne pas gêner l'infirmière qui se mettait en devoir d'explorer son bras noirci, à la recherche d'une veine.

Mais l'infirmière lui demanda : « Qui vous a envoyée ici ?

— La surveillante Drummond. »

L'infirmière lui parla sèchement sans lever les yeux de ses sondages. « Il souffre trop. Je ne veux pas qu'on le soigne tant que je ne l'aurai pas réhydraté. Allez chercher autre chose à faire. »

Briony fit ce qu'on lui demandait. Plus tard, bien plus tard — peut-être était-ce aux premières heures du jour —, quelqu'un l'envoya chercher des serviettes propres. Elle vit l'infirmière qui se tenait à l'entrée de la salle de garde, et qui pleurait discrètement. Le caporal McIntyre était mort. Son lit était déjà occupé par un autre patient.

Les stagiaires et les élèves de deuxième année travaillèrent sans repos douze heures d'affilée. Les autres élèves et les infirmières reprirent leur ouvrage, perdant toute notion du temps. Toute la formation que Briony avait reçue, elle le sut par la suite, avait été une préparation utile, particulièrement sur le plan de l'obéissance, mais toute la compréhension des soins infirmiers, elle l'acquit cette nuit-là. Elle n'avait jamais vu d'hommes pleurer auparavant. Cela la choqua au début mais, en l'espace d'une heure, elle s'y habitua. Par ailleurs, le stoïcisme de certains soldats l'étonna et même l'horrifia. Des hommes, reprenant connaissance après des amputations, se croyaient obligés de faire d'atroces plaisanteries. Avec quoi est-ce que je vais flanquer des coups à ma bonne femme maintenant? Chaque secret du corps était dévoilé — un os pointant à travers les chairs, des aperçus sacrilèges d'un intestin ou d'un nerf optique. À partir de cette nouvelle et intime perspective, elle découvrait une chose simple, évidente, que tout le monde savait : un être humain était, entre autres, un objet matériel facile à délabrer et difficile à réparer. Jamais elle ne serait plus près du champ de bataille, car chacun des cas qu'elle aidait à soigner comportait certains de ses éléments essentiels — du sang, du mazout, du sable, de la boue, de l'eau de mer, des balles, des éclats d'obus, de l'huile de moteur, ou bien l'odeur de cordite ou de treillis humides de transpiration, dont les poches contenaient de la nourriture et les miettes rancies, détrempées, de barres chocolatées Amo. Souvent, lorsqu'elle retournait une fois de plus à l'évier aux robinets haut perchés et au pain de soude, c'était du sable de plage qu'elle faisait partir à la brosse d'entre ses doigts. Elle et les autres stagiaires de son groupe n'étaient conscientes de chacune qu'en tant qu'infirmière, non en tant qu'amie : c'est à peine si elle avait enregistré que l'une des filles qui avait aidé à mettre le caporal McIntyre sur le bassin était Fiona. Parfois, lorsqu'un soldat dont s'occupait Briony souffrait beaucoup, elle était envahie d'une tendresse impersonnelle qui la détachait de la souffrance, de sorte qu'elle était capable de faire son travail avec efficacité et sans trop de dégoût. C'était à ces moments-là qu'elle entrevoyait ce que serait le métier d'infirmière, et qu'elle avait hâte de le concrétiser par un diplôme pour en arborer l'insigne. Elle imaginait alors pouvoir abandonner ses ambitions de romancière et sacrifier sa vie en échange de ces instants d'amour exalté et généralisé.

Vers trois heures et demie du matin, on lui demanda d'aller trouver la surveillante Drummond. Elle était seule, en train de faire un lit. Un peu plus tôt, Briony l'avait vue dans la salle du vidoir. Elle semblait être partout, accomplir des tâches à tous niveaux. Spontanément, Briony entreprit de l'aider.

La surveillante lui dit : « Je crois me rappeler que vous parlez un peu le français.

— Ce n'est que du français scolaire, madame. »

Elle fit un signe de tête en direction du fond de la salle. « Vous voyez ce soldat qui se redresse, au bout de la rangée ? Chirurgie grave, mais inutile de porter un masque. Trouvez une chaise et allez vous asseoir à côté de lui. Tenez-lui la main et parlez-lui. »

Briony ne put s'empêcher de se sentir vexée. « Mais, madame, je ne suis pas fatiguée. Franchement pas.

— Faites ce qu'on vous demande.

— Bien, madame. »

Il avait l'air d'avoir quinze ans, mais elle vit sur sa feuille de température qu'il avait le même âge qu'elle : dix-huit ans. Assis, soutenu par plusieurs oreillers, il observait l'agitation autour de lui avec l'étonnement abstrait d'un enfant. Difficile de l'ima-

401

giner en soldat. Il avait un beau visage fin, aux sourcils noirs et aux yeux vert foncé, et une bouche tendre et charnue. Son teint blême luisait de manière inhabituelle et ses yeux brillaient d'un éclat malsain. Sa tête était entourée d'un gros bandage. Comme elle approchait sa chaise et s'asseyait, il lui sourit comme s'il l'attendait, et, lorsqu'elle lui prit la main, il ne parut pas surpris.

« *Te voilà enfin**. » Malgré une prononciation nasale des voyelles françaises, elle le comprit à peu près. Sa main était froide et moite au toucher.

Elle voulut lui dire : « La surveillante m'a demandé de venir bavarder un peu avec vous. » Mais, ne sachant comment traduire le terme, elle employa le mot « sœur ».

« Ta sœur est très gentille. » Puis il pencha la tête de côté et ajouta : « Mais elle l'a toujours été. Est-ce que tout va bien pour elle ? Qu'est-ce qu'elle fait en ce moment ? »

Il y avait tant d'amitié, tant de charme dans ses yeux, un tel désir adolescent de l'attirer qu'elle ne put que coopérer.

« Elle aussi est infirmière.

— Mais oui, tu me l'as déjà dit. Elle est toujours heureuse ? Est-ce qu'elle a épousé ce garçon qu'elle aimait tant ? Tu sais, je n'arrive plus à me rappeler son nom. Tu me pardonneras, j'espère. Depuis ma blessure, ma mémoire n'est pas brillante. Mais on m'a dit qu'elle allait bientôt revenir. Comment s'appelait-il ?

— Robbie. Mais...

— Et ils sont mariés à présent, et heureux ?

— Heu, j'espère que ça se fera bientôt.

— Je suis tellement content pour elle.

— Vous ne m'avez pas dit votre nom.

— Luc. Luc Cornet. Et le tien ? »

Elle hésita. « Tallis.

— Tallis. C'est très joli. » À la façon dont il le prononça, ça l'était en effet.

Il détourna les yeux de son visage, contemplant attentivement la salle, tournant la tête avec lenteur, tranquillement étonné. Enfin, il ferma les yeux et se mit à divaguer, parlant doucement à mi-voix. Elle n'avait pas assez de vocabulaire pour le suivre facilement. Elle saisit : « Tu les comptes lentement, avec la main, sur les doigts... le foulard de ma mère... tu choisis la couleur et tu dois faire avec. »

Il retomba dans le silence pendant quelques minutes. Sa main serra plus étroitement la sienne. Lorsqu'il parla de nouveau, ses yeux étaient toujours clos.

« Tu veux que je te dise un truc bizarre ? C'est la première fois que je viens à Paris.

— Luc, vous êtes à Londres. Bientôt on vous renverra chez vous.

— On m'avait dit que les gens seraient froids et inamicaux, mais c'est tout le contraire. Ils sont très gentils. Et tu es très gentille d'être revenue me voir. »

Pendant un temps, elle crut qu'il s'était endormi. Assise pour la première fois depuis des heures, elle sentait sa propre fatigue s'accumuler à l'arrière de ses yeux.

Puis il regarda autour de lui avec ce même mouvement ralenti de la tête, et la contempla en disant : « Bien sûr, tu es la fille avec l'accent anglais. »

Elle lui demanda : « Dites-moi, qu'est-ce que vous faisiez avant la guerre ? Où habitiez-vous ? Vous vous rappelez ?

— Tu te souviens de cette fête de Pâques où tu es venue à Millau ? »

D'un faible mouvement, il lui balançait la main en

parlant, comme pour raviver ses souvenirs, et ses yeux vert sombre guettaient son visage par anticipation.

Elle trouvait qu'il n'était pas bien de le tromper. « Je ne suis jamais allée à Millau...

— Tu te souviens de la première fois où tu es venue dans notre boutique ? »

Elle rapprocha sa chaise du lit. Son visage blême, luisant, rayonnait et dansait devant ses yeux. « Luc, je veux que vous m'écoutiez.

— Je crois que c'est ma mère qui t'a servie. Ou peut-être était-ce l'une de mes sœurs. Je travaillais aux fours avec mon père, dans l'arrière-boutique. J'ai entendu ton accent et je suis venu jeter un coup d'œil sur toi...

— Je veux vous dire où vous vous trouvez. Vous n'êtes pas à Paris...

— Et puis tu es revenue le lendemain, et cette fois j'étais là et tu as dit...

— Bientôt vous dormirez. Je reviendrai vous voir demain, je vous le promets. »

Luc leva la main vers sa tête et fronça les sourcils. Il dit à voix plus basse : « Je voudrais te demander un petit service, Tallis.

— Bien sûr.

— Ce bandage est tellement serré. Peux-tu me le défaire un petit peu ? »

Elle se leva et examina son crâne. Les nœuds de gaze étaient noués de façon à être facilement défaits. Comme elle tirait doucement dessus, il lui dit : « Ma plus jeune sœur, Anne, tu te souviens d'elle ? C'est la plus jolie fille de Millau. Elle a réussi son examen grâce à une petite pièce de Debussy, tellement pleine de lumière et de drôlerie. En tout cas, c'est ce que dit Anne. Je n'arrête pas de l'entendre dans ma tête. Peut-être la connais-tu. »

404

Il fredonna quelques notes au hasard. Elle déroulait la bande de gaze.

« Personne ne sait de qui elle tient ce don. Le reste de la famille est totalement nul. Lorsqu'elle joue, elle se tient tellement droite. Elle ne sourit jamais tant qu'elle n'a pas terminé. Ça commence à aller mieux. Je crois que c'est Anne qui t'a servie quand tu es entrée dans la boutique pour la première fois. »

Elle n'avait pas l'intention de retirer la gaze, mais, comme elle la relâchait, la lourde serviette stérile qui était en dessous glissa, entraînant avec elle une partie de la compresse ensanglantée. Un côté de la tête de Luc manquait. Les cheveux étaient rasés assez loin de la partie absente du crâne. Sous le bord denticulé de l'os, il y avait une marmelade de cerveau rouge et spongieuse, de plusieurs centimètres de large, qui allait presque du sommet jusqu'à l'extrémité de l'oreille. Elle rattrapa la serviette avant qu'elle ne glisse à terre, et la maintint, le temps que se dissipe sa nausée. C'est seulement à ce moment-là qu'elle réalisa à quel point ce qu'elle venait de faire était sot et non professionnel. Luc restait calmement assis, en l'attendant. Elle jeta un coup d'œil à travers le service. Personne ne faisait attention. Elle replaça la serviette stérile, fixa la gaze et refit les nœuds. Lorsqu'elle se rassit, elle trouva sa main, essayant de retrouver son aplomb grâce à l'étreinte froide et humide de celle-ci.

Luc divaguait de nouveau. « Je ne fume pas. J'ai promis ma ration à Jeannot... Regarde, il y en a partout sur la table... sous les fleurs maintenant... le lapin ne peut pas t'entendre, idiot... » Ensuite un torrent de paroles arriva et elle perdit le fil. Plus tard, elle saisit une référence à un instituteur trop sévère, ou peut-être était-ce un officier. Enfin, il se tut. Elle essuya son visage en sueur à l'aide d'une serviette mouillée et attendit.

Lorsqu'il rouvrit les yeux, il reprit leur conversation comme s'il n'y avait pas eu d'entracte.

« Comment as-tu trouvé nos baguettes et nos ficelles ?

— Délicieuses.

— C'est à cause de ça que tu es revenue tous les jours.

— Oui. »

Il marqua une pause pour réfléchir à la question. Puis, avec prudence, il souleva un sujet délicat : « Et nos croissants ?

— Les meilleurs de Millau. »

Il sourit. Lorsqu'il parla, il y eut un raclement au fond de sa gorge qu'ils ignorèrent tous deux.

« C'est une recette spéciale de mon père. Tout dépend de la qualité du beurre. »

Il la contemplait avec ravissement. De sa main libre, il vint recouvrir la sienne.

« Tu sais que ma mère raffole de toi.

— Vraiment ?

— Elle parle tout le temps de toi. Elle trouve qu'on devrait se marier cet été. »

Elle soutint son regard. Elle savait maintenant pourquoi on l'avait envoyée. Il avait du mal à déglutir et des gouttes de sueur se formaient sur son front, le long du pansement et le long de sa lèvre supérieure. Elle les essuya, et était sur le point de lui donner de l'eau lorsqu'il lui dit :

« Est-ce que tu m'aimes ? »

Elle hésita. « Oui. » Aucune autre réponse n'était possible. En outre, à cet instant, elle l'aimait. C'était un garçon adorable, qui était très loin de sa famille, et il allait mourir.

Elle lui donna un peu d'eau. Pendant qu'elle lui épongeait le visage, il lui demanda de nouveau : « Est-ce que tu es jamais allée sur le Causse du Larzac ?

— Non. Je ne suis jamais allée là-bas. »

Mais il ne lui offrit pas de l'y emmener. Au lieu de cela, il détourna la tête sur son oreiller et bientôt il murmura des bribes de phrases inintelligibles. Il étreignait encore fermement sa main, comme s'il était conscient de sa présence.

Lorsqu'il retrouva sa lucidité, il tourna la tête vers elle.

« Tu ne vas pas t'en aller tout de suite.

— Bien sûr que non. Je reste avec toi.

— Tallis... »

En souriant toujours, il ferma à moitié les yeux. Soudain il se redressa brusquement, comme si on lui avait appliqué un courant électrique sur les membres. Il la regarda avec surprise, les lèvres entrouvertes. Puis il piqua du nez, semblant se jeter sur elle. Elle jaillit de sa chaise pour l'empêcher de tomber par terre. Sa main tenait toujours la sienne et son bras libre était passé autour de son cou. Il avait le front sur son épaule, sa joue fut contre la sienne. Elle eut peur que la serviette stérile glissât de sa tête. Elle pensa qu'elle serait incapable de supporter son poids ou de revoir sa plaie. Le râle venu du fond de sa gorge résonna à son oreille. En déséquilibre, elle le remit sur son lit et le réinstalla sur ses oreillers.

« C'est Briony », dit-elle, de façon qu'il soit le seul à entendre.

Ses yeux ronds reflétaient une expression d'étonnement et son teint cireux luisait à la lumière électrique. Elle se rapprocha et posa les lèvres sur son oreille. Derrière elle, elle sentit une présence, puis une main qui se posait sur son épaule.

« Je ne suis pas Tallis. Il faut que tu m'appelles Briony », lui chuchota-t-elle tandis que la main s'approchait de la sienne et dénouait ses doigts de ceux du jeune homme.

« Relevez-vous maintenant, nurse Tallis. »

La surveillante Drummond la prit par le coude et l'aida à se relever. Le rose de ses joues était vif, et sur les pommettes la peau colorée rejoignait la blanche avec précision en une ligne droite.

De l'autre côté du lit, une infirmière tira le drap sur le visage de Luc Cornet.

Les lèvres pincées, l'infirmière redressa le col de Briony. « Voilà, c'est bien. Allez nettoyer le sang que vous avez sur la figure. Il ne faut pas perturber les autres patients. »

Elle fit ce qu'on lui demandait, se dirigea vers les toilettes où elle se rinça le visage à l'eau froide, et quelques minutes plus tard elle retourna à ses tâches dans la salle.

À quatre heures du matin, les stagiaires furent renvoyées dans leur foyer pour dormir et on leur demanda de venir se présenter à onze heures. Briony partit avec Fiona. Aucune des deux ne parla, et quand elles se donnèrent le bras il leur sembla qu'elles reprenaient leur promenade sur le pont de Westminster après toute une vie d'expérience. Elles auraient été incapables de commencer à décrire ce qu'elles avaient vécu dans les services ni comment cela les avait changées. Il leur suffisait de pouvoir déambuler le long des couloirs déserts derrière les autres jeunes filles.

Après lui avoir souhaité bonne nuit, en entrant dans sa petite chambre, Briony trouva une lettre par terre. L'écriture de l'enveloppe ne lui était pas familière. Une des filles devait l'avoir prise à la loge du concierge et glissée sous sa porte. Plutôt que de l'ouvrir immédiatement, elle se déshabilla et se prépara pour la nuit. Elle s'assit sur son lit en chemise de nuit, la lettre sur les genoux, en repensant au jeune homme. Le coin de ciel à la fenêtre était déjà blanc. Elle entendait encore sa voix, sa façon de prononcer Tallis, transformé en prénom de fille. Elle imagina l'inaccessible futur — la boulangerie dans une petite rue pleine d'ombre et de chats étiques, de musique s'échappant de la fenêtre de l'étage, sa belle-sœur rieuse qui la taquinait sur son accent et Luc Cornet qui l'aimait à sa façon, avec sérieux. Elle aurait voulu pouvoir pleurer sur lui et sa famille qui devait attendre de ses nouvelles. Mais elle ne ressentait rien. Elle était vidée. Elle resta assise pendant presque une demi-heure, dans un état de stupeur, puis enfin, épuisée mais sans avoir encore envie de dormir, elle noua ses cheveux en arrière à l'aide du ruban qu'elle utilisait toujours, se mit au lit et ouvrit la lettre.

Mademoiselle,

Nous vous remercions de nous avoir fait parvenir *Deux silhouettes à la fontaine* et vous prions de bien vouloir nous pardonner cette réponse tardive. Vous le savez sûrement, il est exceptionnel que nous publiions une nouvelle dans sa totalité, que son auteur soit connu ou inconnu. Néanmoins, nous l'avons lue avec l'espoir d'en retenir un passage. Malheureusement, cela ne nous sera pas possible. Je vous retourne donc votre manuscrit sous pli séparé.

Cela dit, nous avons trouvé un grand intérêt (au début, à notre corps défendant, car il y a beaucoup à faire ici) à lire l'ensemble. Nous ne sommes cependant pas en mesure de le publier, même partiellement, mais nous estimons important de vous faire savoir que d'autres — en dehors de moi — s'intéressent à ce que vous pourrez écrire à l'avenir. Nous nous préoccupons en effet de la moyenne d'âge de nos auteurs et souhaitons publier de jeunes espoirs. Nous aimerions être tenus au courant de votre production, en particulier si vous envisagiez d'écrire une ou deux nouvelles.

Nous avons jugé *Deux silhouettes à la fontaine* assez intéressante pour la lire avec attention. Je ne dis pas cela à la légère. Nous écartons énormément de choses, certaines venant d'auteurs réputés. Il y a quelques belles images — j'ai bien aimé : « l'herbe haute gagnée par le jaune léonin du plein été ». Et vous avez su à la fois capter le flux de pensée et le représenter par de subtiles différences dans l'intention de caractériser vos personnages. Quelque chose d'unique et d'inexpliqué a été saisi. Malgré tout, nous nous sommes demandés si cette technique n'était pas trop redevable de celle de Mrs Woolf. Le moment présent, cristallin, est bien sûr un sujet valable en soi, en particulier dans la poésie ; il permet à l'auteur de révéler ses dons, de fouiller les mystères de la perception, de présenter une version stylisée des processus de la pensée, d'explorer les caprices et l'imprévisibilité de l'être intime, etc. Qui doutera de la valeur de cette expérience ? Cependant, une telle écriture frise la préciosité lorsque l'impression de progression en est absente. À l'inverse, notre attention aurait été retenue plus efficacement si une intrigue simple l'avait sous-tendue. Un développement s'impose.

Ainsi, par exemple, l'adolescente à la fenêtre dont nous découvrons le récit — sa totale incapacité à saisir la situation — est bien rendue. De même que la résolution qu'elle prend ensuite et son sentiment d'être initiée aux mystères des adultes. Nous surprenons cette jeune fille à la veille d'appréhender sa propre identité. Sa volonté d'abandonner les contes de fées, les histoires de son cru et les pièces qu'elle a écrites (il aurait tellement mieux valu qu'elle nous en donne un avant-goût) peut intriguer, mais peut-être a-t-elle jeté le bébé de la technique de fiction avec l'eau du conte folklorique. Malgré tous ces beaux rythmes et ces fines observations, rien de bien important ne se passe après un début si prometteur. Un jeune homme et une jeune femme auprès d'une fontaine, qui partagent manifestement un sentiment non élucidé, se disputent un vase Ming et le brisent (nous sommes plusieurs à penser qu'un Ming est trop précieux pour être malmené ainsi. Un simple Sèvres ou un Nymphembourg n'aurait-il pas fait l'affaire ?). La jeune femme entre tout habillée dans la fontaine afin d'en récupérer les fragments. Ne vaudrait-il pas mieux que la petite spectatrice ignore que le vase est cassé ? La disparition de la jeune femme sous l'eau lui apparaîtrait d'autant plus mystérieuse. Tant de choses pourraient se dérouler à partir de là — mais vous consacrez des dizaines de pages à la qualité de la lumière et de l'ombre, et à des impressions aléatoires. Ensuite, vient le point de vue de l'homme, puis celui de la femme — sans que nous apprenions rien de vraiment neuf. Sinon un peu plus sur l'apparence et la perception des choses et quelques souvenirs non pertinents. L'homme et la femme se séparent, laissant derrière eux une flaque d'eau, qui s'évaporera vite — et puis nous arrivons à la fin. Cette qualité statique ne sert pas véritablement votre évident talent.

Si cette enfant s'est tellement méprise ou s'est trouvée tellement déconcertée par l'étrange petite scène qui s'est déroulée devant elle, de quelle manière affecterait-elle la vie de deux adultes ? Interviendrait-elle entre eux de fâcheuse manière ? Ou bien les rapprocherait-elle, soit intentionnellement, soit par hasard ? Les dénoncerait-elle involontairement aux parents de la jeune femme ? Ils désapprouveraient certainement une liaison entre leur fille aînée et le fils de leur femme de ménage. Le jeune couple en viendrait-il à se servir d'elle comme messagère ?

En d'autres termes, plutôt que de vous appesantir trop longtemps sur les perceptions de chacun des trois personnages, pourquoi ne pas nous les présenter de manière plus économe, tout en conservant un peu de cette écriture brillante sur la lumière, la pierre et l'eau, ce que vous faites si bien — et ne pas avancer pour créer une certaine tension, de la lumière et de l'ombre à l'intérieur du récit lui-même. Il est vraisemblable que vos lecteurs les plus sophistiqués sont au fait des dernières théories bergsoniennes sur la conscience, toutefois je reste persuadé qu'ils gardent le désir enfantin de s'entendre raconter une histoire, d'être tenus en haleine, de savoir ce qui se passe. Une remarque au passage : d'après votre description, la fontaine du Bernin à laquelle vous faites référence se trouve sur la piazza Barberini, et non sur la piazza Navona.

Plus simplement, votre intrigue nécessite une armature. Vous serez sans doute intéressée d'apprendre que l'une de vos lectrices les plus ardentes se trouve être Mrs Elizabeth Bowen. Elle a attrapé le paquet de votre manuscrit dans un moment d'oisiveté, à son passage à nos bureaux avant le déjeuner, et m'a demandé à l'emporter chez elle pour le lire. Elle l'a terminé dans l'après-midi. Au début, elle en a trouvé la prose « trop prolixe, trop profuse », quoique rachetée par des échos du *Poussière* de Rosamund Lehmann (ce qui ne me serait aucunement venu à l'idée). Par la suite, elle n'a pu « le lâcher » un seul instant. Elle nous a remis quelques notes qui se trouvent mêlées à ce qui précède. Vous êtes peut-être parfaitement satisfaite de vos feuillets tels qu'ils sont, et nos réserves vous donneront envie de tout envoyer promener ou vous plongeront dans un désespoir tel que vous ne voudrez plus reconsidérer l'affaire. Nous espérons qu'il n'en sera rien. Nous souhaitons que nos remarques de fond — sincères et enthousiastes — vous seront utiles dans la perspective de leur remaniement.

Votre lettre d'accompagnement témoigne d'une réserve admirable, toutefois vous laissez entendre que votre temps est très compté actuellement. S'il devait en être autrement et que vous soyez de passage par ici, nous serions ravis de vous rencontrer autour d'un verre de vin pour en discuter davantage. Nous espérons ne pas vous avoir découragée. Cela vous consolera peut-être d'apprendre qu'en général nos lettres de refus ne dépassent pas trois phrases.

Vous exprimez également vos regrets de ne pas avoir écrit sur la guerre. Nous vous ferons parvenir un exemplaire de notre dernier numéro, accompagné d'un éditorial à ce sujet. Comme vous le constaterez, nous ne pensons pas que les artistes doivent adopter une attitude particulière par rapport à la guerre. En effet, il est sage et justifié pour eux de l'ignorer et de s'intéresser à d'autres sujets. Dès lors qu'ils ne versent pas dans la politique, ils doivent employer leur temps à évoluer à des niveaux d'émotion plus profonds. Votre effort, votre effort de guerre, c'est de cultiver votre talent et d'aller dans la direction qu'il impose. La guerre, nous l'avons remarqué, est ennemie de toute activité créatrice.

Votre adresse laisse penser que vous êtes soit médecin, soit en longue maladie. Si tel est le cas, nous vous souhaitons tous un rétablissement prompt et durable.

Enfin, l'un de nous se demande si vous n'avez pas une sœur aînée qui aurait fréquenté Girton, il y a six ou sept ans.

Bien à vous,

C. C.

Dans les jours qui suivirent, le retour à une stricte organisation du travail par équipes dissipa son impression de flottement hors du temps des premières vingt-quatre heures. Elle se trouva bienheureuse d'être de jour, de sept à huit, avec une demi-heure de pause à chaque repas. Lorsque son réveil sonnait à cinq heures quarante-cinq, elle remontait d'un moelleux puits d'exténuation et, pendant les quelques secondes d'incertitude entre sommeil et pleine lucidité, elle prenait conscience de quelque vive excitation en réserve, d'un plaisir ou d'un changement capital. C'était comme de se réveiller, enfant, un jour de Noël — dans un état de fébrilité ensommeillée, avant de se souvenir pourquoi. Les yeux encore fermés pour se protéger de l'éblouissement d'une matinée d'été, elle cherchait à tâtons le bouton de son réveil, se replongeait au creux de son oreiller et alors tout lui revenait. L'exact contraire de Noël, en fait. Le contraire de tout. Les Allemands étaient à la veille d'envahir le pays. Tout le monde le disait, des garçons de salle qui étaient en train de former leur unité de *Défense bénévole locale*, à l'hôpital, jusqu'à Churchill lui-même qui évoquait l'image du pays soumis et affamé, la Royal Navy étant seule à rester libre. Briony savait que ce serait affreux, et qu'il y aurait des corps-à-corps dans les rues, des pendaisons publiques, une descente dans l'asservissement et la destruction de tout ce qui était convenable. Mais, assise en train d'enfiler ses bas, au bord de son lit froissé et encore tiède, elle ne pouvait contenir ou nier une horrible exaltation. Comme tout le monde le répétait, le pays résistait seul désormais, ce qui était mieux.

Déjà les choses prenaient une allure différente — le motif à fleur de lys de son sac de toilette, l'encadrement de plâtre écorné de son miroir, son visage dedans quand elle se brossait les cheveux, tout paraissait plus lumineux, plus net. Le bouton de porte qu'elle tournait lui procurait une sensation de fraîcheur et de dureté au creux de la main. Lorsqu'en pénétrant dans le couloir elle entendait des pas pesants, au loin, dans la cage d'escalier, elle pensait au bruit des bottes allemandes et son estomac chavirait. Avant le petit déjeuner, elle avait une minute ou deux à elle le long du chemin au bord du fleuve. Même à cette heure, sous un ciel dégagé, il scintillait cruellement dans la fraîcheur de son reflux tandis qu'il glissait devant l'hôpital. Était-il vraiment possible que les Allemands s'emparent de la Tamise ?

La clarté de tout ce qu'elle voyait, touchait ou entendait n'était certainement pas suggérée par le renouveau et la profusion d'un été précoce ; c'était la brûlante conscience d'une conclusion qui approchait, ou d'événements qui convergeaient vers un point final. Ces jours étaient les derniers, elle le pressentait, et ils brilleraient dans sa mémoire d'une façon particulière. Cette luminosité, cette longue série de journées ensoleillées étaient une dernière folie de l'histoire avant qu'une autre période ne s'installe. Les tâches du petit matin, la salle du vidoir, la distribution de thé, le changement des pansements, et un contact renouvelé avec toute cette irréparable destruction ne ternissaient pas cette perception accrue. Cette dernière conditionnait tout ce qu'elle faisait et était constamment en arrière-plan. Ce qui rendait ses projets urgents. Elle sentait qu'elle ne disposait pas de beaucoup de temps. Si elle tardait, pensait-elle, les Allemands allaient débarquer, et l'occasion ne se représenterait peut-être plus jamais.

De nouveaux cas arrivaient chaque jour, mais sans le flot du début. L'organisation prit le dessus et il y eut un lit pour chacun. Les cas chirurgicaux étaient préparés pour les salles d'opération du sous-sol. Ensuite, la plupart des patients étaient envoyés faire leur convalescence dans des hôpitaux de banlieue. La rotation des morts était élevée et, pour les stagiaires, ce n'était désormais plus un drame mais la routine : les paravents que l'on tirait autour des murmures de l'aumônier au chevet des moribonds, les draps que l'on remontait, les garçons de salle que l'on appelait, les lit défaits et refaits. Avec quelle rapidité les morts s'effaçaient les uns les autres, de sorte que le visage du sergent Mooney se muait en celui du simple soldat Lowell, et tous deux échangeaient leurs blessures fatales avec celles d'autres hommes dont les filles ne se rappelaient plus les noms.

À présent que la France était tombée, on supposait qu'allaient commencer le bombardement de Londres et l'affaiblissement du pays. Personne ne devait rester en ville sans nécessité. On renforça la protection des fenêtres en rez-de-chaussée à l'aide de sacs de sable, et des entrepreneurs civils grimpèrent sur les toits pour vérifier la solidité des cheminées et des lucarnes cimentées. Il y eut divers exercices d'évacuation des salles, avec force injonctions sévères et coups de sifflet. Il y eut aussi des exercices d'incendie, avec protocoles de rassemblement et de pose des masques à gaz sur des patients, incapables ou inconscients. On rappela aux infirmières qu'elles devaient mettre le leur en premier. Elles n'avaient plus peur de la surveillante Drummond. Maintenant qu'elles avaient subi l'épreuve du sang, cette dernière ne leur parlait plus comme à des écolières. Le ton qu'elle adoptait pour leur donner des instructions était calme, d'une neutralité professionnelle, et elles en étaient flattées. Dans ce nouveau contexte, il fut relativement facile à Briony d'échanger son jour de congé avec Fiona qui, généreusement, abandonna son samedi pour un lundi.

En raison d'une maladresse administrative, on laissa certains soldats passer leur convalescence à l'hôpital. Une fois qu'ils avaient surmonté leur épuisement grâce au sommeil, repris l'habitude de manger régulièrement, regagné du poids, l'humeur devenait acerbe ou hargneuse, même parmi ceux qui n'étaient pas frappés de handicaps permanents. C'étaient des fantassins, pour la plupart. Ils restaient vautrés sur leur lit à fumer, les yeux fixés silencieusement au plafond, à ressasser leurs souvenirs récents. Ou bien ils se réunissaient pour bavarder en petits groupes insoumis. Ils se dégoûtaient. Quelques-uns d'entre eux confièrent à Briony qu'ils n'avaient même jamais tiré un seul coup de fusil. Mais la plupart en voulaient aux « galonnés », à leurs officiers, de les avoir abandonnés pendant la retraite, et aux Français d'avoir cédé sans combat. Ils étaient amers à l'égard des journaux qui célébraient l'évacuation miraculeuse et l'héroïsme des petits bateaux.

« Un foutu carnage, oui, les entendait-elle marmonner. Putain de RAF. »

Certains se montraient même désagréables et peu coopératifs en matière de médicaments, s'arrangeant pour brouiller toute distinction entre généraux et infirmières. Tous des imbéciles de chefs, de leur point de vue. Une visite de la surveillante fut nécessaire pour les remettre dans le droit chemin.

Le samedi matin, Briony quitta l'hôpital à huit heures, sans avoir pris son petit déjeuner, et remonta à pied le long du fleuve, qui était sur sa droite. Comme elle franchissait les grilles de Lambeth Palace, trois autobus passèrent. Tous les panneaux de signalisation étaient désormais aveugles. Pour tromper l'envahisseur. Cela n'avait pas d'importance, car elle avait décidé de marcher. D'avoir mémorisé les noms de quelques rues ne lui servit à rien. Toutes les plaques avaient été enlevées ou passées au noir. Elle avait vaguement l'intention de suivre le fleuve sur trois kilomètres, puis de continuer sur la gauche, ce qui normalement l'emmènerait vers le sud. La plupart des plans et des cartes de la ville avaient été confisqués sur ordre. Finalement, elle avait réussi à emprunter un plan de bus, en piteux état, qui datait de 1926. Il était déchiré le long des plis, justement sur le tracé du parcours qu'elle voulait emprunter. L'ouvrir, c'était courir le risque de le réduire en loques. Et elle était inquiète de l'impression qu'elle pourrait donner. Dans le journal, on parlait de parachutistes allemands déguisés en infirmières et en religieuses, qui se répandaient à travers les villes et infiltraient la population. On les reconnaissait aux cartes qu'il leur arrivait parfois de consulter, à leur anglais trop parfait lorsqu'ils demandaient leur chemin, et à leur ignorance des comptines. Une fois cette idée en tête, elle ne cessa de penser à quel point elle devait avoir l'air suspect. Elle avait cru que son uniforme la protégerait au cours de son expédition en territoire inconnu. Au lieu de ça, elle avait l'air d'une espionne.

Tandis qu'elle remontait à contre-courant le flot de la circulation matinale, elle passa en revue les comptines de son répertoire. Il y en avait très peu qu'elle aurait pu réciter intégralement. Devant elle, un livreur de lait était descendu de sa carriole pour resserrer les sangles de son cheval. Il parlait tout bas à sa bête quand elle arriva à sa hauteur. Fugitivement, pendant qu'elle était derrière lui et qu'elle s'éclaircissait poliment la voix, lui revint le souvenir du vieil Hardman et de sa charrette anglaise. Quiconque avait soixante-dix ans maintenant avait eu dix-huit ans, l'âge qui était le sien aujourd'hui, en 1888. C'était encore l'ère du cheval, du moins dans la rue, et les vieillards avaient du mal à s'en détacher.

Lorsqu'elle lui demanda son chemin, le livreur fut assez aimable et lui dressa un long compte rendu embrouillé de l'itinéraire. C'était un homme corpulent à la barbe blanche tachée de tabac. Il était affecté d'un problème de végétations, ce qui rendait les mots confus au passage de ses narines enchifrenées. Il agita la main vers une route qui bifurquait à gauche sous un pont de chemin de fer. Tout en pensant qu'il était peut-être prématuré de quitter le fleuve, elle se mit en marche, mais elle sentit qu'il la suivait des yeux et se dit qu'il serait malvenu d'ignorer ses indications. Sans doute l'embranchement sur la gauche était-il un raccourci.

Elle était surprise d'être aussi malhabile et empruntée après tout ce qu'elle avait appris et vu. Elle se sentait idiote, désemparée de se retrouver seule, de ne plus faire partie de son groupe. Pendant des mois, elle avait vécu une existence en vase clos dont chaque heure était notée sur un emploi du temps. Elle savait occuper une place modeste dans le service. À mesure qu'elle devenait plus efficace dans son travail, elle prenait mieux les ordres, suivait plus scrupuleusement les protocoles et cessait de penser par elle-même. Cela faisait longtemps qu'elle n'avait rien fait seule. Du moins, depuis la semaine passée à Primrose Hill à dactylographier sa nouvelle avec une fébrilité telle qu'elle lui paraissait maintenant insensée.

Elle marchait sous le pont quand un train passa au-dessus d'elle. Le grondement de tonnerre rythmé la pénétra jusqu'aux os. Le glissement, la trépidation de l'acier sur l'acier, ces grandes plaques rivetées très haut au-dessus d'elle dans la pénombre, cette porte inexplicable encastrée dans le mur de brique, d'imposantes canalisations de fonte emprisonnées dans des supports rouillés et qui acheminaient on ne savait quoi — des inventions aussi brutales ne pouvaient relever que d'une race de surhommes. Quant à elle, elle épongeait les sols et faisait les pansements. Avait-elle vraiment la force d'accomplir ce voyage ?

Au moment où elle déboucha du pont en franchissant un triangle de soleil matinal empoussiéré, le train s'éloignait dans un inoffensif cliquetis banlieusard. Ce dont elle manquait, se dit Briony une fois de plus, c'était de consistance. Elle dépassa un petit parc municipal, avec un court de tennis sur lequel deux hommes en flanelle échangeaient des balles, s'échauffant pour une future partie avec une nonchalante assurance. Deux jeunes filles en short kaki étaient assises sur un banc en train de lire une lettre. Cela lui fit penser à la sienne, cette suave lettre de refus. Elle l'avait gardée dans sa poche pendant ses heures de travail, et la deuxième page était maculée d'une tache d'eau phéniquée en forme de crabe. Elle en était venue à voir là, à son corps défendant, comme l'indication d'une lourde accusation personnelle. *Interviendrait-elle entre eux de fâcheuse manière ?* Oui, en effet. Et après l'avoir fait, allait-elle le dissimuler en concoctant une mince fiction à peine intelligente et satisfaire sa vanité en l'expédiant à une revue ? Ses pages interminables sur la lumière, la pierre et l'eau, un récit fragmenté entre trois points de vue, l'immobilité menaçante où presque rien ne se passait — rien de tout cela ne pouvait dissimuler sa lâcheté. Croyait-elle vraiment pouvoir se cacher derrière quelques notions modernistes pour noyer sa culpabilité dans un flux — trois flux ! — de conscience ? Les faux-fuyants de son petit roman étaient exactement ceux de sa vie. Tout ce à quoi elle refusait d'être confrontée manquait également à sa nouvelle, et lui était nécessaire. Que devait-elle faire à présent ? Son histoire ne manquait pas de consistance. C'était elle qui n'en avait pas.

Elle quitta le petit parc et longea une modeste usine dont les machines trépidantes faisaient vibrer le trottoir. Impossible de savoir ce que l'on fabriquait derrière ces hautes fenêtres sales, ni pourquoi une fumée jaune et noire se déversait d'un unique et mince tuyau de cheminée en aluminium. En face, situées dans le pan coupé d'un coin de rue, les portes à double battant grandes ouvertes d'un pub suggéraient une scène de théâtre. À l'intérieur, un garçon à l'expression agréable et pensive s'affairait à vider des cendriers dans un seau ; l'air semblait chargé d'un peu du bleuté de la soirée précédente. Deux hommes en tabliers de cuir déchargeaient des tonneaux de bière le long de la rampe d'un haquet. Elle n'avait jamais vu autant de chevaux dans les rues. Les militaires devaient avoir réquisitionné tous les camions. Quelqu'un repoussait de l'intérieur les vantaux de la trappe de cave. Ils claquèrent sur le pavé en soulevant de la poussière, et un homme tonsuré, dont les jambes étaient encore au-dessous du niveau de la rue, s'immobilisa et se retourna pour la regarder passer. Elle eut l'impression de voir une pièce géante de jeu d'échecs. Les brasseurs la regardèrent aussi, et l'un d'eux la siffla.

« Ça va, chérie ? »

Cela lui était indifférent, mais malgré tout elle ne savait jamais comment répondre. Oui, merci ? Elle leur sourit à tous, heureuse des plis de sa cape. Tout le monde, supposait-elle, pensait à l'invasion, mais il n'y avait rien à faire sinon continuer. Quand bien même les Allemands arriveraient, les gens continue-raient à jouer au tennis, à échanger des ragots ou à boire de la bière. Peut-être s'arrêterait-on de siffler. Comme la rue s'incurvait et devenait plus étroite, la circulation ininterrompue sembla plus bruyante et des gaz d'échappement tièdes l'assaillirent à hauteur de visage. Une rangée de maisons victoriennes en brique rouge donnait directement sur le trottoir. Une femme en tablier imprimé cachemire balayait avec fureur devant sa maison, dont la porte ouverte laissait échapper l'odeur de friture d'un petit déjeuner. Elle recula pour laisser passer Briony, car la voie était rétrécie à cet endroit, mais elle détourna vivement la tête lorsque la jeune fille lui dit bonjour. Une mère et quatre jeunes garçons aux oreilles en feuilles de chou, chargés de valises et de sacs à dos, s'appro-chaient d'elle. Les gamins se bousculaient en criant, tout en poussant du pied une vieille chaussure. Ils ignorèrent l'exclamation d'épuisement de leur mère lorsque Briony fut contrainte de s'effacer pour leur céder le passage.

« Écartez-vous donc ! Laissez passer l'infirmière. »

Au moment où elle s'exécutait, la femme lui adressa un pauvre sourire pour s'excuser. Il lui man-quait deux dents de devant. Son parfum était fort et elle tenait une cigarette non allumée entre les doigts.

« Ils tiennent pas en place à l'idée de partir à la campagne. Vous n'allez pas le croire, mais ils y sont jamais allés. »

Briony leur dit : « Bonne chance. J'espère que vous allez tomber dans une bonne famille. »

La femme, qui avait aussi les oreilles saillantes, bien que cachées en partie par une coupe de cheveux à la garçonne, partit d'un joyeux éclat de rire.

« Ils savent pas ce qui les attend avec cette bande ! »

Elle parvint enfin à un carrefour de rues miteuses qu'elle supposa être Stockwell, d'après le quart de page détaché de sa carte. Commandant la route vers le sud, il y avait une casemate à côté de laquelle se tenait une poignée de gardes de la milice qui ne disposaient en tout et pour tout que d'un seul fusil et qui s'ennuyaient ferme. Un vieil homme en chapeau mou, bleu de travail et brassard, aux bajoues tombantes de bouledogue, s'en détacha et vint lui demander sa carte d'identité. D'un air supérieur, il lui fit signe de passer. Elle préféra ne pas lui demander son chemin. D'après ce qu'elle avait compris, la direction à prendre suivait directement Clapham Road pendant presque trois kilomètres. Il y avait moins de gens ici, moins de circulation, et la rue était plus large que celle par laquelle elle était arrivée. Seul le grondement d'un tram en partance était audible. Le long d'une rangée d'élégants appartements édouardiens, situés bien en retrait de la route, elle s'autorisa à s'asseoir une demi-minute sur un muret à l'ombre d'un platane et ôta son soulier pour examiner l'ampoule qu'elle avait au talon. Un convoi de camions trois tonnes passa, se dirigeant vers le sud, hors de la ville. Spontanément, elle jeta un coup d'œil à l'arrière, s'attendant vaguement à voir des blessés. Mais il n'y avait que des cageots de bois.

Quarante minutes plus tard, elle atteignait la station de métro de Clapham Common. Une église trapue en pierre brute se révéla être fermée. Elle sortit la lettre de son père et la relut. Une femme dans une boutique de chaussures lui indiqua la direction du terrain communal. Même après avoir traversé la route et marché sur l'herbe, elle ne vit pas tout de suite l'église. Le bâtiment était à moitié caché parmi les arbres en feuilles, et ne ressemblait pas à ce qu'elle escomptait. Elle avait imaginé le théâtre d'un crime, une cathédrale gothique dont la voûte flamboyante serait inondée de feux écarlates et indigo, sur fond de vitraux détaillant des supplices bariolés. Ce qui apparut au milieu de la fraîcheur des arbres, tandis qu'elle s'approchait, fut une grange de brique aux élégantes dimensions, aux allures de temple grec, avec son toit d'ardoises noires, ses fenêtres aux vitrages neutres, et son portique bas à colonnes blanches sous un clocher aux proportions harmonieuses. Garée à l'extérieur, attendait une rutilante Rolls-Royce noire. La portière du conducteur était entrouverte, mais celui-ci n'était pas en vue. En passant devant la voiture, la chaleur du radiateur l'effleura, aussi intime qu'une chaleur corporelle, et elle entendit le cliquetis du métal qui se rétractait. Elle monta les marches et poussa la lourde porte cloutée.

La douce odeur de bois ciré, l'odeur de pierre humide étaient de celles que l'on retrouve partout, dans toutes les églises. Même en se retournant pour fermer la porte discrètement, elle se rendait compte que l'église était presque vide. Les paroles du célébrant faisaient contrepoint à leurs propres échos. Elle resta près de la porte, en partie dissimulée derrière les fonts baptismaux, en attendant que ses yeux et ses oreilles s'habituent. Ensuite, elle s'avança vers le banc du fond et se glissa à son extrémité, d'où elle pouvait encore apercevoir l'autel. Elle avait assisté à divers mariages dans la famille, bien qu'elle eût été trop jeune pour participer à cette grande affaire de la cathédrale de Liverpool, en l'honneur de l'oncle Cecil et de la tante Hermione, dont elle pouvait maintenant distinguer la silhouette et le chapeau tarabiscoté sur le banc de devant. À ses côtés, il y avait Pierrot et Jackson, plus longs de dix ou douze centimètres, coincés entre les silhouettes de leurs parents devenus étrangers l'un à l'autre. De l'autre côté de l'allée se tenaient les trois membres de la famille Marshall. C'était toute l'assistance. Une cérémonie intime. Aucun journaliste mondain. Briony n'était pas censée se trouver là. Mais elle connaissait assez bien les paroles consacrées pour savoir qu'elle n'avait pas manqué le grand moment.

« Deuxièmement, il est dit que, afin d'éviter de tomber dans le péché et la fornication, les chrétiens n'ayant pas fait vœu de chasteté convolent et demeurent ainsi membres purs du corps du Christ. »

Devant l'autel, se détachant sur la forme haute, drapée de blanc, du célébrant, se tenait le couple. Elle était en blanc, vêtue des atours traditionnels et, pour autant que Briony pouvait en juger de dos, abondamment voilée. Ses cheveux étaient rassemblés en une grosse natte enfantine qui retombait, sous l'écume de tulle et d'organdi, le long de son dos. Marshall se tenait droit, les lignes de son habit épaulé se dessinant à grands traits sur le surplis du pasteur.

« Troisièmement, il est dit que, dans l'intérêt de l'union, l'appui et le réconfort mutuels que l'un est en droit de recevoir de l'autre... »

Elle ressentait ces souvenirs, leurs détails irritants, comme une démangeaison, une souillure sur sa peau : Lola, qui arrivait en larmes dans sa chambre, les poignets meurtris, à vif, son estafilade à l'épaule et celle du visage de Marshall ; le silence de Lola dans l'obscurité, au bord du lac, qui laissait sa jeune cousine, sérieuse, ridicule et ô combien guindée, incapable de distinguer la vie réelle des histoires qu'elle avait en tête, protéger son agresseur. Pauvre Lola, vaine et vulnérable, avec son collier de chien emperlé et son parfum d'eau de rose, qui, impatiente de se débarrasser des dernières entraves de l'enfance, s'était sauvée de l'humiliation en tombant amoureuse, ou s'en persuadant, et n'avait pu croire en sa chance lorsque Briony avait insisté pour parler et accuser. Et quelle chance était-ce pour Lola — à peine plus qu'une enfant, forcée et prise — d'épouser son violeur.

« ... En conséquence, si quiconque peut justifier d'un motif les empêchant d'être légitimement unis, qu'il s'exprime maintenant ou qu'il se taise à jamais. »

Était-ce vraiment en train d'arriver ? Se levait-elle vraiment, les jambes flageolantes, l'estomac vide et serré et le cœur en déroute, pour se glisser le long du banc, prendre place au milieu de l'allée et exposer ses raisons, ses motifs, d'une voix ferme et pleine de défi, tout en s'avançant vers l'autel, avec cape et coiffe telle une épouse du Christ, vers un célébrant bouche bée qui n'avait jamais été interrompu au cours de sa longue carrière, vers une assemblée de cous qui se tendaient et un couple à demi tourné, devenu blême ? Elle ne l'avait pas prévu, mais cette question du *Book of Common Prayer*, qu'elle avait pratiquement oubliée, était une provocation. Et quels étaient exactement ces empêchements ? À présent, elle avait l'occasion de proclamer en public toute son angoisse intime et de se purifier de tout le mal qu'elle avait fait. Devant l'autel de l'une des églises les plus rationnelles.

Mais les griffures et les meurtrissures avaient cicatrisé depuis longtemps, et toutes ses déclarations de l'époque racontaient une histoire contraire. La mariée n'avait pas l'air d'une victime et, par ailleurs, elle avait le consentement de ses parents. Et même plus, sûrement : un magnat du chocolat, le créateur de la barre Amo ! Tante Hermione devait se frotter les mains. Paul Marshall, Lola Quincey et elle, Briony Tallis, avaient-ils conspiré, par leur silence et leurs mensonges, à expédier un innocent en prison ? Pourtant les mots responsables de sa condamnation n'étaient que les siens, lus à haute voix en son lieu et place par le tribunal du Comté. La peine avait déjà été purgée. La dette était payée. Le verdict restait inchangé.

Elle demeura à sa place, le cœur emballé et les mains moites, et humblement elle inclina la tête.

« Je vous demande à tous deux, car vous en répondrez au jour terrible du Jugement dernier, lorsque les secrets de tous les cœurs seront révélés, dans le cas où l'un de vous aurait connaissance d'un quelconque obstacle empêchant que vous soyez légitimement unis par le mariage, de le confesser dès maintenant. »

A priori, il s'écoulerait pas mal de temps avant le jour du Jugement dernier et, jusque-là, la vérité, que seuls Marshall et sa fiancée connaissaient de première main, serait solidement enclose dans le mausolée de leur mariage. Elle y reposerait à l'abri, dans l'obscurité, bien après que quiconque s'en souciait serait mort. Chaque parole de la cérémonie n'était qu'une brique de plus dans l'édifice.

« Qui donne son accord à cette femme pour qu'elle épouse cet homme ? »

Tel un oiseau, l'oncle Cecil monta les marches avec vivacité, sans doute anxieux d'en avoir terminé avec son devoir avant de regagner en hâte son refuge d'All Souls, à Oxford. Tendant l'oreille en quête de quelque hésitation dans leurs voix, Briony entendit Marshall, puis Lola, répéter les mots après le prêtre. Marshall tonitrua, inexpressif, Lola se montra douce et sûre d'elle. Comme ils résonnèrent de manière flagrante, sensuelle, devant l'autel, les mots qu'elle prononça : « De tout mon corps, je t'honore.

— Prions. »

Alors les six têtes en profils perdus des bancs de devant s'inclinèrent et le célébrant retira ses lunettes d'écaille, leva le menton et, les yeux clos, invoqua les puissances célestes en psalmodiant d'une voix lasse et douloureuse.

« Ô Dieu éternel, créateur et protecteur de toute l'humanité, dispensateur de toute grâce spirituelle, auteur de la vie éternelle ; bénis tes serviteurs, cet homme et cette femme... »

La dernière brique fut posée au moment où le prêtre, ayant remis ses lunettes, déclara « l'homme et la femme unis » selon l'expression consacrée, et invoqua la Sainte-Trinité dont l'église tirait son nom. Il y eut d'autres prières, un psaume, le Notre Père et puis une longue invocation aux accents d'adieu, s'achevant sur la mélancolie de l'irrévocable.

« ... Que se répandent sur vous les richesses de sa grâce, qu'elle vous sanctifie et vous bénisse, afin que vous Lui plaisiez à la fois en corps et en âme et viviez ensemble dans un saint amour jusqu'à la fin de votre existence. »

Aussitôt tombèrent en cascade des tuyaux d'orgue les confettis de triolets véloces, tandis que le prêtre se retournait pour conduire le couple le long de l'allée centrale et les six membres de la famille qui se rassemblaient derrière. Briony, agenouillée pour faire semblant de prier, se releva et se tourna pour faire face à la procession qui arrivait à sa hauteur. Le prêtre semblait un peu pressé, et avait une mesure d'avance sur les autres. Lorsqu'il jeta un coup d'œil sur sa gauche et aperçut la jeune infirmière, son expression bienveillante et son signe de tête exprimèrent à la fois bienvenue et curiosité. Puis il allongea le pas pour ouvrir en grand une des lourdes portes. Une langue de soleil en diagonale l'atteignit à l'endroit où elle se trouvait et illumina son visage et sa coiffe. Certes, elle désirait être vue, mais sans autant d'éclat. On ne manquerait pas de la découvrir à présent. Lola, qui était du côté de Briony, arriva à sa hauteur et leurs regards se croisèrent. Son voile était déjà écarté. Les taches de rousseur avaient disparu, mais en dehors de ça elle n'avait pas beaucoup changé. Peut-être un peu plus grande et plus jolie, avec davantage de douceur et de rondeur dans le visage, et les sourcils sévèrement épilés. Briony se contenta de la fixer. Tout ce qu'elle voulait, c'est que Lola sache qu'elle était là, et qu'elle se demande pourquoi. Le soleil empêcha Briony de bien voir, mais une fraction de seconde un petit froncement de déplaisir dut se lire sur le visage de la mariée. Puis elle pinça les lèvres, regarda devant elle et fut enfin partie. Paul Marshall l'avait remarquée aussi, mais sans la reconnaître, non plus que tante Hermione et oncle Cecil, qui ne l'avaient pas revue depuis des années. Mais les jumeaux, qui fermaient la marche avec leurs pantalons d'uniforme en berne, ravis de la repérer, firent des mimiques faussement horrifiées devant sa tenue et bâillèrent en roulant des yeux comme des clowns, en agitant les mains autour de leurs bouches.

Bientôt elle fut seule dans l'église, avec l'organiste invisible qui continuait à jouer par plaisir. Cela s'était terminé trop vite, et rien ne s'était accompli avec certitude. Debout à sa place, elle commençait à se sentir un peu bête, répugnant à sortir. La lumière du jour et la banalité des conversations de la famille dissiperaient l'impact qu'elle avait pu produire en apparition fantomatique illuminée. Par manque de cou-

rage, elle reculait également devant la confrontation.
Et comment expliquerait-elle son intrusion à son
oncle et à sa tante ? Ils en seraient peut-être offensés,
ou pire encore, ils ne le seraient pas, et voudraient
l'emmener prendre un atroce petit déjeuner dans un
hôtel, avec Mr et Mrs Paul Marshall, luisants de haine,
et Hermione ne cachant pas son mépris pour Cecil.
Briony s'attarda une minute ou deux, comme retenue par la musique, puis, agacée de sa propre
lâcheté, elle pressa le pas vers le portique. Le prêtre
était à une centaine de mètres au moins, et s'éloignait
rapidement à travers le terrain communal en balançant les bras. Les nouveaux mariés étaient dans
la Rolls, Marshall au volant, faisant demi-tour en
marche arrière. Elle était sûre qu'ils l'avaient vue. Il y
eut un craquement métallique lorsqu'il embraya —
c'était peut-être bon signe. La voiture démarra et, à
travers la vitre, elle vit la forme blanche de Lola se
serrer contre le bras du conducteur. Quant à l'assistance, elle s'était totalement volatilisée parmi les
arbres.

Elle savait, d'après sa carte, que Balham se trouvait
à l'autre bout du terrain communal, dans la direction
où s'en allait le prêtre. Ce n'était pas très loin, et ce
seul fait la retint de continuer. Elle arriverait trop tôt.
Elle n'avait rien mangé, elle avait soif, et son talon qui
l'élançait était collé à l'arrière de sa chaussure. Il faisait plutôt bon maintenant, et elle aurait à traverser
une étendue de gazon sans ombrage, interrompue
par des sentiers d'asphalte rectilignes et des abris
publics. Au loin se dressait un kiosque où des hommes

en uniforme bleu foncé moulinaient leurs flonflons. Elle pensa à Fiona, dont elle avait pris le jour de congé, et à leur après-midi à St James's Park. Cela lui semblait lointain, un temps innocent, et pourtant cela ne remontait pas à plus de dix jours. En ce moment, Fiona devait être en train de passer les bassins pour la deuxième fois. Briony, dans l'ombre du portique, réfléchissait au petit cadeau qu'elle achèterait pour son amie — quelque chose de délicieux : une banane, des oranges, du chocolat suisse. Les garçons de salle savaient comment obtenir ces choses-là. Elle les avait entendus dire qu'il était possible de se procurer tout et n'importe quoi, pour peu que l'on dispose de l'argent voulu. Elle contemplait la circulation qui faisait le tour du terrain communal, le long de son trajet, et pensait à de la nourriture — à des tranches de jambon, des œufs pochés, une cuisse de poulet rôti, un épais ragoût irlandais, de la meringue au citron. À une tasse de thé. Elle prit conscience de la musique, enlevée et impétueuse derrière elle, au moment où elle cessa, et dans cette mesure neuve et soudaine du silence, qui semblait libératrice, elle décida de s'offrir un petit déjeuner. Aucune boutique dans la direction qu'elle devait prendre, seuls étaient visibles de mornes immeubles résidentiels en brique orange foncé.

Quelques minutes s'écoulèrent, et l'organiste sortit, tenant son chapeau d'une main et un gros jeu de clefs de l'autre. Elle lui aurait bien demandé comment se rendre au café le plus proche, si l'homme, d'allure sautillante, encore tout à sa musique, n'avait pas visiblement décidé de l'ignorer quand il referma bruyamment la porte de l'église et se pencha pour la verrouiller. Il enfonça son chapeau sur sa tête et s'éloigna rapidement.

Peut-être était-ce la première étape de l'effondrement de ses projets, et déjà elle s'en retournait, revenant sur ses pas en direction de Clapham High Street. Elle prendrait un petit déjeuner, puis reconsidérerait la question. Près du métro, elle passa devant une auge de pierre dans laquelle elle aurait volontiers plongé le visage. Elle dénicha un petit établissement terne aux vitres maculées et au sol jonché de mégots, mais la nourriture ne pouvait y être pire que ce à quoi elle était habituée. Elle commanda un thé et trois toasts avec de la margarine et de la confiture de fraises du rose le plus pâle. Elle sucra abondamment son thé, se sentant en état d'hypoglycémie. Ce qui ne réussit pas à en cacher le goût de désinfectant.

Elle but une seconde tasse, contente qu'elle fût tiède pour pouvoir l'avaler d'une traite, puis elle utilisa des toilettes nauséabondes et sans siège, au fond d'une cour pavée, à l'arrière du café. Mais aucune puanteur ne pouvait impressionner une élève infirmière. Elle coinça un peu de papier hygiénique sous son talon. Cela lui permettrait de tenir deux ou trois kilomètres de plus. Un lave-main à l'unique robinet était scellé dans un mur de brique. Il y avait un petit carré de savon veiné de gris auquel elle préféra ne pas toucher. Lorsqu'elle fit couler l'eau, la vidange coula directement sur ses tibias. Elle les sécha avec ses manches et se coiffa en essayant d'imaginer son visage dans la brique. Mais elle ne put se remettre de rouge, faute de miroir. Après s'être tamponné le visage avec un mouchoir trempé, elle se tapota les joues pour en raviver la couleur. Une décision venait d'être prise — sans elle, semblait-il. C'était à un entretien qu'elle se préparait : celui du poste de petite sœur bien-aimée.

Elle quitta le café et, pendant qu'elle longeait le terrain communal, elle sentit la distance se creuser entre elle et son autre moi, non moins réel, qui s'en retournait vers l'hôpital. Peut-être la Briony qui marchait en direction de Balham était-elle un personnage imaginaire ou désincarné. Cette impression d'irréalité fut renforcée lorsque, au bout d'une demi-heure, elle atteignit une autre High Street, plus ou moins semblable à celle qu'elle venait de quitter. Voilà donc à quoi se résumait Londres au-delà du centre : une agglomération de mornes petites cités. Elle prit la résolution de ne jamais vivre dans aucune d'elles.

La rue qu'elle cherchait se trouvait à trois tournants de la station de métro, elle-même réplique de la précédente. Les rangées de maisons édouardiennes, voilées de filet et miteuses, s'étiraient en ligne droite sur un demi-kilomètre. Le 43 des Dudley Villas était à mi-chemin, plus bas, sans que rien ne le distinguât des autres en dehors d'une vieille Ford 8, sans roues, posée sur des piles de briques, et qui encombrait tout le jardin de devant. S'il n'y avait personne, elle pourrait s'en aller en se disant qu'elle avait essayé. La sonnette ne marchait pas. Elle laissa le heurtoir retomber deux fois et recula. Une voix irritée de femme se fit entendre, puis un claquement de porte et un bruit de pas précipités. Briony recula encore. Il n'était pas trop tard pour battre en retraite dans la rue. Il y eut du remue-ménage dans la serrure et un soupir agacé, et la porte s'ouvrit sur une grande femme au visage anguleux, la trentaine, essoufflée comme après un effort surhumain. Elle était furieuse. Interrompue au beau milieu d'une dispute, elle était incapable de se recomposer une expression — la bouche ouverte, la lèvre supérieure légèrement retroussée — tandis qu'elle dévisageait Briony.

« Qu'est-ce que vous voulez ?

— Je cherche une certaine Cecilia Tallis. »

Les épaules de la femme s'affaissèrent et elle

détourna la tête comme si elle repoussait un affront. Elle regarda Briony de la tête aux pieds.

« Vous lui ressemblez. »

Déroutée, Briony se contenta de la regarder fixement.

La femme poussa un autre soupir, presque un crachat, et elle parcourut le couloir jusqu'au pied de l'escalier.

« Tallis ! hurla-t-elle. Quelqu'un à la porte ! »

Elle refit la moitié du couloir jusqu'à l'entrée de son salon, jeta un regard de mépris à Briony, puis disparut en tirant violemment la porte derrière elle.

La maison était silencieuse. Le spectacle que contemplait Briony au-delà de la porte d'entrée ouverte se réduisait à une longueur de linoléum fleuri et aux sept ou huit premières marches recouvertes d'un tapis rouge foncé. Une tringle de cuivre manquait à la troisième marche. À mi-chemin du couloir, contre le mur, il y avait une table en demi-lune sur laquelle était posé un présentoir en bois ciré qui ressemblait à un porte-toasts, et destiné à recevoir le courrier. Il était vide. Le linoléum se prolongeait au-delà de l'escalier jusqu'à une porte à imposte de verre dépoli qui ouvrait probablement sur la cuisine au fond. La tenture murale était elle aussi fleurie — un bouquet de trois roses alternant avec un motif en flocon de neige. Depuis le seuil jusqu'au début de l'escalier elle dénombra quinze roses, seize flocons de neige. De mauvais augure.

Enfin, elle entendit une porte s'ouvrir à l'étage, probablement celle qui avait claqué quand elle avait frappé. Puis un craquement dans l'escalier et des pieds dans d'épaisses chaussettes apparurent, un éclair de peau nue et un peignoir en soie bleue qu'elle reconnut. Et pour finir, le visage de Cecilia, penché de côté, qui se baissait pour voir qui était à la porte et s'épargner ainsi la peine de descendre plus bas, vêtue telle qu'elle était. Il lui fallut quelques instants pour reconnaître sa sœur. Elle descendit lentement trois marches de plus.

« Oh, mon Dieu. »

Elle s'assit et croisa les bras.

Briony avait encore un pied dans l'allée du jardin, l'autre sur le seuil. Une radio dans le salon de la dame s'alluma et le rire d'un auditoire s'enfla à mesure que chauffaient les lampes. S'ensuivit le monologue enjôleur d'un comédien, interrompu à la fin par des applaudissements, et un orchestre plein d'entrain se mit à jouer. Briony s'avança d'un pas dans le couloir.

Elle murmura : « Il faut que je te parle. »

Cecilia, qui était sur le point de se relever, se ravisa. « Pourquoi ne m'as-tu pas prévenue que tu allais venir ?

— Tu n'as pas répondu à ma lettre, c'est pour ça que je suis là. »

Elle drapa son peignoir autour d'elle et en tapota la poche, sans doute dans l'espoir d'y trouver une cigarette. Son teint avait beaucoup foncé et ses mains étaient également brunies. Elle n'avait pas trouvé ce qu'elle voulait, mais pour le moment elle ne faisait pas mine de se relever.

Cherchant davantage à gagner du temps qu'à changer de sujet, elle lui demanda : « Tu es stagiaire ?

— Oui.

— Dans quelle salle ?

— Celle de la surveillante en chef Drummond. »

Impossible de dire si Cecilia connaissait ce nom ou si elle était mécontente que sa sœur soit en formation dans le même hôpital. Il y avait une autre différence évidente — Cecilia lui avait toujours parlé sur un ton maternel ou condescendant. Petite sœur ! Ce ton n'était plus de mise. Il y avait une certaine dureté dans sa voix qui découragea Briony de s'enquérir de Robbie. Elle fit un pas de plus dans le couloir, consciente de la porte ouverte derrière elle.

« Et toi, où es-tu ?

— Près de Morden. C'est un EMS. »

Un hôpital des Services d'urgences médicales, un lieu de réquisition, ayant le plus vraisemblablement affaire au plus fort, au plus dur de l'évacuation. Il y avait trop de choses impossibles à dire ou à demander. Les deux sœurs se dévisagèrent. Même si Cecilia avait l'air chiffonné de quelqu'un qui vient juste de sortir du lit, elle était plus belle que ne se le rappelait Briony. Ce long visage était toujours étrange, vulnérable, chevalin, disait tout le monde, même sous l'éclairage le plus flatteur. À présent il paraissait impudemment sensuel, avec l'arc des lèvres purpurines et charnues plus marqué. Les yeux étaient sombres et agrandis, de fatigue peut-être. Ou de chagrin. Le long nez mince, l'élégant évasement des narines — il y avait quelque chose qui tenait du masque, de la sculpture dans ce visage statique. Et difficile à déchiffrer. L'apparence de sa sœur ajouta au malaise de Briony et la fit se sentir gauche. C'est à peine si elle connaissait cette femme qu'elle n'avait pas revue depuis cinq ans. Briony ne pensait pas s'en tirer à bon compte. Elle chercha un thème de conversation neutre, mais il n'y avait rien qui n'eût pas ramené aux sujets sensibles — ceux qu'elle allait devoir aborder de toute façon — et c'est seulement parce qu'elle ne se sentait plus capable de supporter plus longtemps ce silence et ce regard qu'elle finit par dire :

« Tu as des nouvelles du Patriarche ?

— Non, aucune. »

Le fléchissement de ton indiquait qu'elle refusait ou se moquait bien d'en avoir.

Cecilia à son tour lui demanda :

« Et toi ?

— J'ai reçu un mot griffonné, il y a deux semaines.

— Ah bon. »

Rien à ajouter là-dessus. Au bout d'un autre silence, Briony fit une nouvelle tentative.

« Et de la maison ?

— Non. Je n'ai pas gardé de contact. Et toi ?

— Elle m'écrit de temps à autre.

— Et quelles sont les nouvelles, Briony ? »

À la fois la question et l'emploi de son prénom trahissaient de l'ironie. En même temps qu'elle cherchait à rassembler ses souvenirs, elle se sentait démasquée et traîtresse à la cause de sa sœur.

« Ils ont accueilli des personnes évacuées et Betty les déteste. On a labouré le parc pour y faire pousser du blé. » Elle se défilait. Il était stupide de rester là à énumérer ces détails.

Mais Cecilia lui dit froidement : « Continue. Quoi d'autre ?

— Eh bien, la plupart des jeunes du village ont rejoint le régiment d'East Surreys, à part...

— À part Danny Hardman. Oui, je suis au courant de tout ça. »

Elle souriait d'un sourire éclatant, artificiel, attendant que Briony poursuive.

« On a construit une casemate près du bureau de poste et on a embarqué toutes les clôtures anciennes. Heu... Tante Hermione vit à Nice et, ah oui, Betty a cassé le vase de l'oncle Clem. »

Ce n'est qu'à cet instant que Cecilia sortit de sa froideur. Elle décroisa les bras et appuya une main sur sa joue.

« Cassé ?

— Elle l'a laissé tomber sur une marche.

— Tu veux dire, carrément cassé, en plusieurs morceaux ?

— Oui. »

Cecilia réfléchit un instant. « C'est terrible, finit-elle par dire.

— Oui. Pauvre oncle Clem. » Au moins sa sœur avait-elle cessé de se moquer. L'interrogatoire se poursuivait.

« On a gardé les morceaux ?

— Je n'en sais rien. Emily dit que le Patriarche a crié après Betty. »

À cet instant précis, la porte s'ouvrit brusquement et la propriétaire vint se planter devant Briony, si près d'elle qu'elle put sentir son haleine mentholée. Elle montra du doigt la porte d'entrée.

« On n'est pas dans un hall de gare, ici. Ou vous entrez ou vous sortez, jeune dame. »

Cecilia se releva sans hâte particulière tout en renouant le cordon de soie de son peignoir. Elle dit d'une voix languide : « C'est ma sœur Briony, Mrs Jarvis. Soyez aimable de ne pas oublier vos bonnes manières quand vous lui parlez.

— Chez moi, je parle comme ça me plaît », dit Mrs Jarvis. Elle se retourna vers Briony. « Restez si vous devez rester, sinon allez-vous-en et fermez la porte derrière vous. »

Briony jeta un coup d'œil à sa sœur, devinant qu'elle ne la laisserait plus partir maintenant. Sans le savoir, Mrs Jarvis s'était révélée une alliée.

Cecilia lui parla comme si elles étaient seules. « Ne t'occupe pas de la propriétaire. Je m'en vais à la fin de la semaine. Ferme la porte et monte. »

Sous les yeux de Mrs Jarvis, Briony entreprit de suivre sa sœur dans l'escalier.

« Et vous de même, madame la souillon », lança la propriétaire.

Mais Cecilia, se tournant brusquement, la coupa. « Assez, Mrs Jarvis. Ça suffit comme ça. »

Briony reconnut le ton. Du plus pur style « Florence Nightingale », celui qu'on emploie avec les patients difficiles ou les élèves geignardes. Cela demandait des années de perfectionnement. Cecilia avait certainement été promue surveillante d'un service.

Sur le palier du premier étage, au moment d'ouvrir sa porte, elle jeta un regard à Briony, un regard froid, pour lui faire comprendre que rien n'avait changé, que rien ne s'était émoussé. De la salle de bains en vis-à-vis s'échappaient par la porte entrouverte une brume d'humidité parfumée et le son creux de gouttelettes qui tombaient. Cecilia avait prévu de prendre son bain. Elle entraîna Briony dans ses appartements. Certaines, parmi les infirmières les plus méticuleuses du service, vivaient dans des chambres qui étaient de véritables taudis, et elle n'aurait pas été surprise de découvrir une nouvelle version de l'ancien chaos de Cecilia. Mais l'impression qui se dégageait ici était celle d'une existence simple et solitaire. Une pièce de dimensions moyennes avait été divisée afin d'y aménager une étroite cuisine et, vraisemblablement, une chambre à côté. Les murs étaient tapissés d'un pâle motif de rayures verticales, identique à celui d'un pyjama de garçonnet, ce qui accentuait l'impression d'emprisonnement. Au sol, des chutes du linoléum du rez-de-chaussée laissaient apparaître par endroits les lames grises d'un parquet. Sous l'unique fenêtre à guillotine, il y avait un évier avec un seul robinet et un réchaud à gaz à un seul feu. Contre le mur, laissant peu de place pour s'y glisser, une table recouverte d'une nappe de vichy jaune.

Dessus était posé un pot à confitures rempli de fleurs bleues, de jacinthes sauvages peut-être, un cendrier plein et une pile de livres. Au bas de la pile, il y avait l'*Anatomie* de Gray et un recueil des œuvres de Shakespeare sous des ouvrages plus minces aux titres or et argent fanés — elle vit Housman et Crabbe. À côté des livres, il y avait deux bouteilles de bière brune. Dans l'angle le plus éloigné de la fenêtre s'ouvrait la porte qui menait à la chambre et sur laquelle était punaisée une carte de l'Europe du Nord.

Cecilia sortit une cigarette d'un paquet posé près du réchaud, puis, se souvenant que sa sœur n'était plus une enfant, elle lui en offrit une. Il y avait deux chaises de cuisine près de la table, mais Cecilia, qui était appuyée le dos à l'évier, n'invita pas Briony à s'asseoir. Les deux femmes fumèrent en attendant, du moins c'est ce qu'il sembla à Briony, que se dissipe la présence de la propriétaire.

Cecilia dit d'une voix unie : « Quand j'ai reçu ta lettre, je suis allée voir un juriste. Ce n'est pas évident, à moins qu'il n'y ait de nouvelles preuves irréfutables. Ton revirement sentimental ne suffira pas. Lola continuera de dire qu'elle ne sait pas. Le vieil Hardman restait notre seul espoir, mais il est mort à présent.

— Hardman ? » Les éléments contradictoires — la nouvelle de sa mort, ses rapports avec l'affaire — troublèrent Briony et elle batailla avec sa mémoire. Hardman était-il dehors cette nuit-là à la recherche des jumeaux ? Avait-il vu quelque chose ? Quelque chose qu'elle ignorait avait-il été dit au tribunal ?

« Tu ne savais pas qu'il était mort ?

— Non. Mais...

— Incroyable. »

Les efforts de Cecilia pour garder un ton neutre, pratique, étaient anéantis. Agitée, elle s'écarta du coin réchaud, puis, se forçant un passage le long de la table, elle gagna l'autre bout de la pièce et se tint près de la porte de la chambre. Sa voix se nouait tandis qu'elle contenait à grand-peine sa colère.

« Comme c'est étrange qu'Emily ne t'ait pas parlé de ça en même temps que du blé et des évacués. Il avait un cancer. Peut-être que, dans sa crainte de Dieu, il racontait des choses dans ses derniers jours qui étaient plutôt gênantes pour tout le monde, à ce stade.

— Mais enfin, Cee... »

Elle répliqua sèchement : « Ne m'appelle pas comme ça ! » Elle répéta d'une voix plus douce : « S'il te plaît, ne m'appelle pas comme ça. » Ses doigts étaient posés sur la poignée de porte de la chambre et il semblait que l'entretien touchât à sa fin. Elle allait bientôt s'éclipser.

Affichant un calme peu crédible, elle fit un bref résumé à Briony.

« J'ai payé deux guinées pour le découvrir. Il n'y aura pas d'appel simplement parce que, cinq ans après, tu te décides à dire la vérité.

— Je ne comprends rien de ce que tu racontes... » Briony voulait en revenir à Hardman, mais Cecilia avait besoin de lui dire ce qui devait lui être venu maintes fois à l'esprit dernièrement.

« Ce n'est pas difficile. Si tu as menti à l'époque, pourquoi voudrais-tu qu'un tribunal te croie maintenant ? Il n'y a aucun fait nouveau et tu n'es pas un témoin fiable. »

Briony porta sa moitié de cigarette à l'évier. Elle avait envie de vomir. Elle prit une soucoupe dans l'égouttoir en guise de cendrier. La confirmation de son crime par sa sœur était terrible à entendre. Mais ce point de vue ne lui était pas familier. Faible, perturbée, stupide, lâche, fuyante — elle s'était haïe de tout ce qu'elle avait été, mais elle n'avait jamais pensé être une menteuse. Que cela était étrange, que cela devait sembler manifeste à Cecilia. C'était évident, et irréfutable. Et cependant, l'espace d'un instant, elle pensa même se défendre. Elle n'avait pas eu l'intention de tromper, elle n'avait pas agi par méchanceté. Mais qui la croirait ?

Elle se tenait là où s'était tenue Cecilia, le dos à l'évier, et, incapable de soutenir le regard de sa sœur, elle dit : « Ce que j'ai fait est terrible. Je n'espère pas que tu me pardonnes.

— Ne t'inquiète pas pour ça », dit Cecilia, apaisante, et, durant la seconde ou deux pendant laquelle elle tira à fond sur sa cigarette, Briony tressaillit, son espoir ranimé de manière irréaliste. « Ne t'inquiète pas, reprit sa sœur, il n'y a aucune chance que je te pardonne jamais.

— Et si je ne peux pas me présenter au tribunal, cela ne m'empêchera pas de dire à tout le monde ce que j'ai fait. »

Comme sa sœur partait d'un petit rire cruel, Briony se rendit compte à quel point elle avait peur de Cecilia. Sa dérision était encore plus redoutable à affronter que sa colère. Cette pièce exiguë, avec ses rayures qui ressemblaient à des barreaux, renfermait un insoupçonnable poids d'émotion. Briony poursuivit. C'était après tout la partie de la conversation qu'elle avait répétée.

« Je me rendrai dans le Surrey et je parlerai à Emily et au Patriarche. Je leur raconterai tout.

— Oui, c'est ce que tu dis dans ta lettre. Qu'est-ce qui t'en empêche ? Tu as eu cinq ans pour le faire. Pourquoi tu n'y es pas allée ?

— Je voulais te voir d'abord. »

Cecilia s'écarta de la porte de la chambre et se posta près de la table. Elle laissa tomber son mégot dans le col d'une bouteille de bière. Il y eut un bref sifflement et un mince fil de fumée s'éleva du verre noir. Le geste de sa sœur remplit à nouveau Briony de nausée. Elle pensait que les bouteilles étaient pleines. Elle se demanda si elle n'avait pas avalé une saleté en même temps que son petit déjeuner.

Cecilia dit : « Je sais pourquoi tu n'y es pas allée. Parce que tu devines la même chose que moi. Ils ne veulent plus entendre parler de tout ça. Ce désagrément fait partie du passé, merci bien. Ce qui est fait est fait. Pourquoi remuer tout ça maintenant ? Et tu sais très bien qu'ils ont cru à l'histoire de Hardman. »

Briony s'éloigna de l'évier et se plaça exactement de l'autre côté de la table, face à sa sœur. Il n'était guère aisé de percer à jour ce beau masque.

Elle lança, très délibérément : « Je ne comprends pas de quoi tu parles. Qu'est-ce qu'il vient faire là-dedans ? Je suis désolée qu'il soit mort, je suis désolée de ne pas l'avoir su... »

Un bruit la fit sursauter. La porte de la chambre s'ouvrit et Robbie apparut devant elles. Il portait son pantalon, sa chemise, des souliers cirés de l'armée, et ses bretelles pendaient à la taille. Il n'était pas rasé, avait les cheveux en désordre et son regard n'était posé que sur Cecilia. Elle s'était retournée pour lui faire face, mais elle n'alla pas vers lui. Dans les quelques secondes pendant lesquelles ils se contemplèrent mutuellement en silence, Briony, en partie cachée par sa sœur, se recroquevilla dans son uniforme.

Il s'adressa calmement à Cecilia, comme s'ils étaient seuls : « J'ai entendu des voix et j'ai cru que ça avait à voir avec l'hôpital.

— Non, tout va bien. »

Il consulta sa montre. « Il est temps que je m'en aille. »

En traversant la pièce, juste avant de sortir sur le palier, il fit un bref signe de tête en direction de Briony. « Vous m'excuserez. »

Elles entendirent la porte de la salle de bains se refermer. Dans le silence, Cecilia dit, comme si rien ne s'était passé entre sa sœur et elle : « Il dort si profondément. Je ne voulais pas le réveiller. » Puis elle ajouta : « J'ai pensé qu'il valait mieux que vous ne vous rencontriez pas. »

Les genoux de Briony commençaient vraiment à trembler. En s'appuyant d'une main sur la table, elle s'éloigna du coin cuisine pour que Cecilia puisse remplir la bouilloire. Briony éprouvait l'envie de s'asseoir. Mais elle ne le ferait pas tant qu'on ne lui en donnerait pas la permission, et elle ne la demanderait jamais. Si bien qu'elle resta debout le long du mur, faisant mine de ne pas s'y appuyer, tout en suivant sa sœur des yeux. Le plus surprenant, c'était avec quelle rapidité son soulagement de savoir Robbie vivant avait cédé la place à la peur d'être confrontée à lui. À présent qu'elle l'avait vu traverser la pièce, contre toute attente, l'autre possibilité, celle qu'il aurait pu être tué, lui paraissait incongrue. Cela n'aurait eu aucun sens. Elle ne quittait pas des yeux le dos de sa sœur tandis que celle-ci allait et venait dans la petite cuisine. Briony voulait lui dire à quel point il était merveilleux que Robbie fût rentré sain et sauf. Quelle délivrance. Mais comme cela aurait paru banal. Et ce n'était pas à elle de le dire. Elle redoutait sa sœur et son mépris.

Se sentant toujours nauséeuse, et ayant maintenant trop chaud, Briony posa sa joue contre le mur. Il n'était guère plus frais que son visage. Elle avait besoin d'un verre d'eau, mais elle ne voulut rien demander à sa sœur. Avec vivacité, Cecilia accomplissait ses tâches, mélangeant lait, eau et œufs en poudre et disposant un pot de confitures, trois assiettes et trois tasses sur la table. Briony prit note du tout, mais n'y trouva aucun réconfort. Cela ne fit qu'accentuer son pressentiment de la rencontre à venir. Cecilia croyait-elle vraiment que, dans une situation pareille, ils pourraient s'asseoir ensemble et conserver assez d'appétit pour des œufs brouillés ? Ou cherchait-elle à recouvrer son calme en s'occupant ? Briony guettait les pas sur le palier, et c'est pour se distraire qu'elle tenta de prendre le ton de la conversation. Elle avait vu la cape suspendue derrière la porte.

« Cecilia, tu es surveillante maintenant ?

— Oui. »

Elle le dit sur un ton définitif, et le sujet fut clos. Leur profession commune n'allait pas être un lien. Rien ne les liait. Rien à dire donc jusqu'au retour de Robbie.

Enfin, elle entendit le déclic du verrou de la salle de bains. Il sifflotait en traversant le palier. Briony s'éloigna de la porte vers l'angle le plus sombre de la pièce. Mais elle était dans son champ visuel quand il entra. Il avait à demi levé la main droite pour serrer la sienne, et sa main gauche s'attardait, sur le point de refermer la porte derrière lui. S'il comprit ce qu'il voyait, ce fut sans drame. Dès que leurs regards se croisèrent, il laissa tomber ses mains le long de ses cuisses et soupira, suffoqué, tout en continuant à la dévisager intensément. Si intimidée qu'elle fût, elle sentit qu'elle ne pouvait pas détourner les yeux. Elle perçut son léger parfum de savon à barbe. Quel choc de voir à quel point il avait vieilli, surtout autour des yeux. Fallait-il donc que tout fût sa faute ? se demanda-t-elle sottement. N'était-ce pas également celle de la guerre ?

« Alors, c'était toi », dit-il enfin. Du pied, il referma la porte derrière lui. Cecilia était venue se ranger à ses côtés et il la regarda.

Elle lui fit un résumé exact mais, quand bien même elle l'aurait voulu, elle ne put retenir ses sarcasmes.

« Briony va raconter la vérité à tout le monde. Elle voulait me voir d'abord. »

Il se retourna vers Briony. « As-tu pensé que je pourrais me trouver ici ? »

Dans l'immédiat, son souci était de ne pas fondre en larmes. En cet instant, rien n'aurait été plus humiliant. Soulagement, honte, apitoiement sur soi, elle ne savait quoi, mais elle le sentait venir. La vague lisse montait, lui serrait la gorge, la rendant incapable de parler, et puis, comme elle résistait, lèvres tendues, la vague retomba et Briony fut sauve. Aucune larme, mais sa voix ne fut qu'un pitoyable murmure.

« Je ne savais pas si tu étais vivant. »

Cecilia dit : « Si nous devons parler, asseyons-nous.

— Je ne sais pas si j'en suis capable. » Il s'écarta avec impatience jusqu'au mur contigu, à deux mètres environ, et s'y adossa, les bras croisés, allant et venant du regard entre Briony et Cecilia. Presque aussitôt, il traversa de nouveau la pièce jusqu'à la porte de la chambre où il fit demi-tour pour revenir, changea d'avis et resta là, les mains dans les poches. Sa grande stature faisait paraître la pièce plus petite. Dans cet espace confiné, ses mouvements étaient désordonnés, comme s'il avait manqué d'air. Il retira les mains de ses poches, se lissa les cheveux à l'arrière de la nuque. Puis il mit ses poings sur ses hanches. Les

laissa retomber. Il fallut tout ce temps, toute cette ges-
ticulation, avant que Briony ne s'aperçoive qu'il était
furieux, très furieux, et, juste à ce moment-là, il dit :

« Qu'est-ce que tu fais ici ? Ne me parle pas du
Surrey. Personne ne t'empêche d'y aller. Pourquoi
es-tu ici ?

— Il fallait que je parle à Cecilia.

— Ah oui. Et de quoi ?

— De cette chose terrible que j'ai faite. »

Cecilia alla vers lui. « Robbie, murmura-t-elle.
Chéri. » Elle posa une main sur son bras, mais il la
repoussa.

« Je ne sais pas pourquoi tu l'as laissée entrer. »
Puis, à Briony : « Je vais être franc avec toi. J'hésite
entre te tordre le cou et te sortir d'ici pour te flanquer
en bas de l'escalier. »

Sans son expérience récente, elle aurait été terrifiée. Parfois, dans le service, elle entendait les soldats
enrager d'impuissance. Au summum de leur fureur,
il était stupide de les raisonner ou d'essayer de les
rassurer. Il fallait que ça sorte, et il était préférable
de rester là à écouter. Elle savait que, même si elle lui
proposait de s'en aller maintenant, cela serait peut-
être pris pour de la provocation. Au point qu'elle fit
face à Robbie en attendant la suite, son dû. Mais elle
n'avait pas peur de lui, pas physiquement.

Il n'élevait pas la voix, bien qu'elle fût sous-tendue
de mépris. « Est-ce que tu t'imagines seulement à
quoi ça ressemble d'être en taule ? »

Elle imagina des petites fenêtres en hauteur sur
une paroi de brique, et pensa que peut-être, oui, elle
l'imaginait, à la façon dont les gens s'imaginent les
divers tourments de l'enfer. Elle secoua la tête faiblement. Pour reprendre pied, elle essaya de se concentrer sur les détails de sa transformation. Cette impres-

sion d'un supplément de taille venait de son maintien de militaire. Aucun étudiant de Cambridge ne se tenait jamais si droit. Même lorsqu'il était distrait, il avait les épaules bien redressées, le menton haut comme un boxeur d'antan.

« Non, bien sûr, tu ne sais pas. Et quand j'étais en taule, ça t'a procuré du plaisir ?

— Non.

— Mais tu n'as rien fait. »

Elle avait pensé bien souvent à cette conversation, comme un enfant anticipe une correction. À présent qu'elle avait enfin lieu, c'était comme si elle n'était pas tout à fait là. Elle regardait la scène de loin, comme anesthésiée. Mais elle savait que ses mots la blesseraient plus tard.

Cecilia avait reculé. À présent, elle posait de nouveau la main sur le bras de Robbie. Il avait perdu du poids, bien qu'il eût l'air plus solide, avec une férocité musculeuse, maigre et noueuse. Il se tourna à demi vers elle.

« Souviens-toi », commençait à dire Cecilia, mais il parla en même temps qu'elle.

« Tu crois que j'ai agressé ta cousine ?

— Non.

— Tu l'as cru, à l'époque ? »

Elle cherchait ses mots. « Oui, oui et non. Je n'en étais pas tout à fait certaine.

— Et qu'est-ce qui te rend si certaine désormais ? »

Elle hésitait, consciente qu'en répondant elle allait présenter une forme de défense, une logique, et que cela risquait de l'enrager encore davantage.

« J'ai grandi. »

Il la regardait fixement, les lèvres légèrement entrouvertes. Il avait vraiment changé en cinq ans. La dureté de son regard était neuve, les yeux étaient plus petits, plus étroits, et de solides pattes-d'oie en marquaient les coins. Son visage était plus mince que dans son souvenir, les joues plus émaciées, pareilles à celles d'un guerrier indien. Il s'était laissé pousser une petite moustache en brosse dans le style militaire. Sa beauté était saisissante, et il lui revenait en mémoire qu'autrefois, quand elle avait dix ou onze ans, elle avait éprouvé pour lui un véritable béguin qui avait duré des jours. Elle le lui avait alors avoué un beau matin, au jardin, et l'avait immédiatement oublié.

Elle avait eu raison de se méfier de lui. Il était sous l'empire d'une colère déguisée en incrédulité.

« Tu as grandi », dit-il en écho. Quand il éleva la voix, elle sursauta. « Bon Dieu ! Tu as dix-huit ans. Combien de temps il te faudra encore pour grandir ? Il y a des soldats qui meurent au champ de bataille à dix-huit ans. Assez grands pour être abandonnés, moribonds, sur les routes. Tu le savais, ça ?

— Oui. »

C'était un maigre réconfort qu'il ne pût savoir ce qu'elle avait vu. Étrange que, malgré toute sa culpabilité, elle eût éprouvé le besoin de lui résister. C'était ça ou bien être réduite à néant.

Elle fit tout juste un signe de tête. Elle n'osait parler. À mentionner la mort, une vague de sentiments l'avait envahi, le poussant au-delà de la colère, à l'extrême de la confusion et du dégoût. Sa respiration était désordonnée, pesante, il serrait et desserrait son poing droit. Et pourtant, il ne cessait de la fixer, de la transpercer du regard, avec une rigidité, une sauvagerie dans l'expression. Les yeux brillants, il ravala vigoureusement sa salive à plusieurs reprises. Les muscles de sa gorge, tendus, noués. Lui aussi repoussait une émotion qu'il voulait sans témoin. Elle avait appris le peu qu'elle savait, les minuscules petits riens qui croisent la route d'une élève infirmière, à l'abri du service, au chevet des malades. Elle en savait assez pour reconnaître que les souvenirs revenaient en foule, et qu'il n'y pouvait rien. Ils ne le laisseraient pas s'exprimer. Elle ne saurait jamais quelles scènes provoquaient son agitation. Il avança d'un pas vers elle, qui recula, n'étant plus certaine qu'il fût inoffensif — s'il était incapable de parler, il passerait sans doute à l'acte. Un pas de plus et il pourrait l'atteindre de son bras musculeux. Mais Cecilia se glissa entre eux. Ignorant Briony, elle fit face à Robbie et posa les mains sur ses épaules. Il détourna la tête.

« Regarde-moi, lui murmura-t-elle. Robbie, regarde-moi. »

La réponse qu'il fit échappa à Briony. Elle entendit son désaccord ou son refus. Peut-être était-ce une obscénité. Comme Cecilia s'accrochait plus fort à lui, son corps tout entier se tordit pour se dégager d'elle ; on aurait dit des lutteurs quand elle tendit la main pour tenter de ramener son visage vers elle. Mais il renversait la tête, les lèvres rétractées, découvrant ses dents dans une parodie grimaçante de sourire. Elle lui prit le visage à deux mains et, non sans peine, le tourna et le rapprocha du sien. Enfin, il la regardait dans les yeux, mais elle le retenait toujours. Elle l'attira plus près, le captura dans son regard, jusqu'à ce que leurs visages se rencontrent et qu'elle l'embrasse légèrement, en s'attardant sur ses lèvres. Avec une tendresse dont Briony gardait le souvenir du temps où elle se réveillait la nuit, des années plus tôt, Cecilia lui dit : « Reviens... Robbie, reviens. »

Il hocha la tête faiblement et prit une longue inspiration, qu'il libéra lentement tandis qu'elle relâchait son étreinte et ôtait les mains de son visage.

Dans le silence, la pièce parut se rétrécir encore. Il l'entoura de ses bras, abaissa la tête et l'embrassa d'un profond, long et intime baiser. Briony alla discrètement à l'autre bout de la pièce, vers la fenêtre. Tandis qu'elle buvait un verre d'eau au robinet de la cuisine, le baiser se prolongeait, liant le couple dans sa solitude. Elle se sentit effacée, rayée de la pièce, et en fut soulagée.

Elle leur tournait le dos et regardait au-dehors la paisible rangée de maisons uniformes sous le soleil, la rue qu'elle avait prise depuis High Street. Elle fut surprise de découvrir qu'elle n'éprouvait pas encore l'envie de partir, même si elle se sentait gênée de ce long baiser, et redoutait ce qui était encore à venir. Elle observa une vieille dame vêtue d'un épais manteau malgré la chaleur. Elle était sur le trottoir opposé en train de promener en laisse un teckel poussif et ventripotent. Cecilia et Robbie s'entretenaient maintenant à voix basse et Briony décida, afin de respecter leur intimité, qu'elle ne se détournerait pas de la fenêtre tant qu'on ne lui adresserait pas la parole. Il était apaisant de voir cette femme ouvrir sa grille, la refermer soigneusement derrière elle avec une exactitude tatillonne, et ensuite, à mi-chemin de la porte d'entrée, se baisser avec difficulté pour arracher une mauvaise herbe de l'étroite plate-bande qui courait tout le long de son allée. Ce faisant, le chien s'avança en se dandinant et vint lui lécher le poignet. La dame et sa bête pénétrèrent à l'intérieur et la rue fut de nouveau déserte. Un merle atterrit sur une haie de troènes et, ne trouvant pas un équilibre convenable, s'envola. L'ombre d'un nuage survint et obscurcit brièvement la lumière, puis passa. On aurait dit un samedi après-midi ordinaire. Il y avait peu de signes de guerre en cette rue de banlieue. Sinon une rapide échappée de rideaux de camouflage à une fenêtre, de l'autre côté de la rue, et la Ford 8 sur ses parpaings, peut-être.

Briony, entendant sa sœur prononcer son nom, se retourna.

« Nous n'avons pas beaucoup de temps. Robbie doit répondre à l'appel à six heures ce soir et il a un train à prendre. Alors assieds-toi. Il va falloir que tu fasses certaines choses pour nous. »

C'était la voix de l'infirmière professionnelle. Même pas autoritaire. Elle décrivait simplement l'iné-vitable. Briony saisit la chaise la plus proche, Robbie apporta un tabouret, Cecilia prit place entre eux. Le petit déjeuner qu'elle avait préparé fut oublié. Les trois tasses vides étaient au centre de la table. Il sou-leva la pile de livres et la posa par terre. En même temps que Cecilia déplaçait le pot de jacinthes sau-vages pour éviter qu'il ne soit renversé, elle échangea un regard avec Robbie.

Il fixait les fleurs tout en se raclant la gorge. Lors-qu'il se mit à parler, sa voix était débarrassée de toute émotion. Il aurait aussi bien pu lire une série de consignes. Il la regardait, à présent. Il ne cillait pas et il maîtrisait tout. Mais des gouttes de sueur perlaient sur son front, au-dessus des sourcils.

« Tu as déjà donné ton accord pour le plus impor-tant. Tu vas aller voir tes parents le plus tôt possible et tu leur diras tout ce qu'ils doivent savoir pour être convaincus que ton témoignage était faux. Quel est ton jour de liberté ?

— Dimanche en huit.

— Alors, c'est ce jour-là que tu iras. Tu vas prendre nos adresses et tu diras à Jack et à Emily que Cecilia attend de leurs nouvelles. La deuxième chose, tu la feras demain. Cecilia dit que tu auras une heure à un moment ou à un autre. Tu iras chez un notaire, une personne habilitée à recevoir une déclaration sous serment, que tu feras et qui sera signée en présence de témoins. Tu expliqueras les torts que tu as causés, et tu diras que tu souhaites retirer ton témoignage. Tu nous en enverras une copie à chacun. C'est clair ?

— Oui.

— Ensuite, tu m'écriras de façon plus détaillée. Dans cette lettre, tu mettras absolument tout ce que tu crois être pertinent. Tout ce qui t'a amenée à dire que tu m'as vu près du lac. Et pourquoi, bien que tu n'aies pas été sûre de toi, tu as maintenu ton histoire au cours des mois qui ont conduit à mon procès. Si des pressions ont été exercées sur toi, que ce soit de la part de la police ou de tes parents, je veux le savoir. C'est compris ? Il faut que cette lettre rentre dans les détails.

— Oui. »

Il rencontra le regard de Cecilia et fit un signe de tête. « Et si tu te rappelles quoi que ce soit sur Danny Hardman, où il était, ce qu'il faisait, à quelle heure, qui d'autre l'a vu — tout ce qui pourrait remettre son alibi en question, alors nous voulons te l'entendre dire. »

Cecilia notait les adresses. Briony secouait la tête, et commençait à dire quelque chose, mais Robbie l'ignora et parla plus fort. Il s'était levé et consultait sa montre.

« Il reste très peu de temps. Nous allons t'accompagner jusqu'au métro. Cecilia et moi voulons passer la dernière heure ensemble avant que je m'en aille. Et tu auras besoin du reste de la journée pour rédiger ta déclaration et prévenir tes parents de ta visite. Et commencer aussi à réfléchir à cette lettre que tu vas m'envoyer. »

Ayant terminé ce précis cassant de ses obligations, il quitta la table et se dirigea vers la chambre.

Briony se leva aussi. « Le vieux Hardman a probablement dit la vérité. Danny est resté avec lui toute cette nuit-là », dit-elle.

Cecilia s'apprêtait à lui passer la feuille de papier pliée sur laquelle elle avait écrit. Robbie s'était immobilisé dans l'encadrement de la porte.

Cecilia dit : « Qu'est-ce que tu veux dire par là ? Qu'est-ce que tu racontes ?

— C'était Paul Marshall. »

Durant le silence qui suivit, Briony essaya d'imaginer les réajustements que chacun opérait. Des années à voir les choses sous un certain jour. Et cependant, quoique stupéfiant, ce n'était qu'un détail. Rien d'essentiel n'en serait changé. Rien au rôle qu'elle avait joué.

Robbie revenait à la table. « Marshall ?

— Oui.

— Tu l'as vu ?

— J'ai vu un homme de même stature.

— Que la mienne.

— Oui. »

Cecilia se levait à présent, cherchant des yeux autour d'elle — la chasse aux cigarettes était sur le point de commencer. Robbie les trouva et lui lança le paquet à travers la pièce. Cecilia alluma sa cigarette et dit en soufflant sa fumée : « Je trouve ça difficile à croire. C'est un imbécile, je sais bien...

— C'est un imbécile aux dents longues, dit Robbie. Mais je n'arrive pas une seconde à l'imaginer avec Lola Quincey, même pour les cinq minutes que ça a pris... »

Étant donné tout ce qui s'était passé, et les conséquences terribles qui en avaient découlé, c'était frivole, elle le savait, mais Briony prit un tranquille plaisir à livrer ses nouvelles décisives.

« Je reviens juste de leur mariage. »

Une fois encore, les réajustements stupéfaits, les répétitions incrédules. Leur mariage ? Ce matin ? À Clapham ? Puis le silence de la réflexion, rompu de ces seules répliques.

« Je veux le retrouver.

— Tu ne vas pas faire une chose pareille.

— Je veux le tuer. »

Et enfin : « Il est temps de partir. »

Il y avait tellement plus que ce qui avait été dit. Mais ils paraissaient exténués, à cause de sa présence, ou de l'affaire. Ou bien ils avaient simplement besoin d'être seuls. Quoi qu'il en soit, il était clair qu'ils sentaient que leur rencontre prenait fin. Toute curiosité satisfaite. Le reste attendrait jusqu'à ce qu'elle écrive sa lettre. Robbie s'en fut chercher sa veste et sa casquette dans la chambre. Briony nota le simple galon de caporal.

Cecilia était en train de lui dire : « Il ne craint rien. Elle le couvrira toujours. »

Quelques minutes furent perdues à chercher son carnet de rationnement. Pour finir, elle y renonça et dit à Robbie : « Je suis sûre qu'il est resté dans le Wiltshire, à la maison de campagne. »

Comme ils étaient sur le point de partir et qu'il tenait la porte ouverte pour les sœurs, Robbie dit : « J'imagine que nous devons des excuses au matelot de deuxième classe Hardman. »

En bas, Mrs Jarvis ne sortit pas de son salon à leur passage. Ils entendirent de la clarinette à la radio. Une fois franchie la porte d'entrée, Briony eut l'impression d'entamer une autre journée. Une forte brise chargée de sable soufflait et la rue présentait un relief brutal, éclairée qu'elle était par un soleil encore plus intense, les ombres plus rares. Le trottoir était trop étroit pour que l'on puisse marcher à trois de front. Robbie et Cecilia avançaient derrière elle, main dans la main. Briony sentait l'ampoule de son talon frotter contre sa chaussure, mais elle était résolue à ce qu'ils ne la voient pas boiter. Elle avait l'impression qu'on se débarrassait d'elle. Au point qu'elle se retourna pour leur dire qu'elle se rendrait volontiers seule jusqu'au métro. Mais ils insistèrent. Ils avaient des emplettes à faire pour le voyage de Robbie. Ils poursuivirent leur marche en silence. Il n'était pas question de conversation à bâtons rompus. Elle savait qu'elle n'était pas en droit de demander à sa sœur sa nouvelle adresse, de demander à Robbie où l'emmenait son train, non plus que de s'enquérir de la maisonnette dans le Wiltshire. Était-ce de là que venaient les jacinthes sauvages? À coup sûr, leur idylle s'y était déroulée. Non plus qu'elle ne pouvait leur demander quand ils se reverraient tous les deux. Sa sœur, Robbie et elle n'avaient qu'une chose en commun, et celle-ci restait fixée dans un passé irréversible.

Ils se tinrent devant le métro Balham qui, dans les trois mois, s'attirerait une terrible renommée lors du Blitz. Un mince courant de badauds du samedi s'agitait autour d'eux, les rapprochant malgré eux. Ils échangèrent de froids adieux. Robbie lui conseilla d'avoir de l'argent sur elle lorsqu'elle irait voir la personne assermentée. Cecilia lui recommanda de ne pas oublier de prendre les adresses avec elle quand elle irait dans le Surrey. Puis tout fut terminé. Ils lui jetèrent un regard appuyé, attendant qu'elle s'en aille. Mais il y avait encore une chose qu'elle n'avait pas dite.

Elle la prononça lentement : « Je vous demande infiniment pardon. Je vous ai fait tant de mal. » Ils ne la lâchaient pas des yeux, elle répéta : « Je vous demande pardon. »

Cela paraissait tellement inepte, indécent, comme si elle avait renversé une plante verte choyée ou oublié un anniversaire.

« Contente-toi simplement de faire tout ce qu'on t'a demandé », dit Robbie avec douceur.

Il était presque conciliant, ce « simplement », mais à peine, pas encore.

« Naturellement », répondit-elle, puis elle tourna les talons et s'éloigna, consciente qu'ils la suivaient des yeux pendant qu'elle se dirigeait vers le guichet. Elle paya son trajet jusqu'à Waterloo. En arrivant au contrôle, elle se retourna, mais ils avaient disparu.

Au passage, elle exhiba son ticket et dirigea ses pas dans la lumière d'un jaune sale au départ de l'escalator, fracas de cliquetis et grincements, qui l'emporta au fond du souffle artificiel qui montait de l'obscurité, l'haleine d'un million de Londoniens qui lui rafraîchit le visage et tira sur sa cape. Immobile, elle se laissa descendre, heureuse de pouvoir avancer sans s'écorcher le talon. Surprise de se sentir si sereine, un peu triste seulement. Était-ce de la déception ? Elle ne s'attendait pas vraiment à ce qu'on lui pardonne. Ce qu'elle ressentait plutôt, c'est que la maison lui manquait, bien que sans raison aucune, n'ayant pas de chez-elle. Mais elle était triste de quitter sa sœur. C'était sa sœur qui lui manquait — ou plus précisément sa sœur avec Robbie. Leur amour. Ni Briony ni la guerre ne l'avaient détruit. C'est ce qui la réconforta tandis qu'elle s'enfonçait plus profondément sous la ville. Comme Cecilia avait su l'attirer à elle du regard. Cette tendresse dans la voix lorsqu'elle l'avait arraché à ses souvenirs, à Dunkerque, ou aux routes qui y menaient. À seize ans, Cecilia lui parlait parfois ainsi, quand elle-même n'était qu'une petite fille de six ans et que tout allait vraiment mal. Ou bien la nuit, quand Cecilia venait la tirer d'un cauchemar et la prenait dans son lit. C'étaient les mots qu'elle employait. *Reviens. Ce n'était qu'un mauvais rêve. Reviens, Briony.* Avec quelle facilité cet amour familial sans détour avait été oublié. Elle glissait maintenant, dans la soupe de lumière brune, jusqu'aux abysses ou presque. Nul autre passager n'était en vue, et l'air se fit soudain immobile. Avec calme, elle repensa à tout ce qu'elle devait faire. Le mot à ses parents et la déclaration sous serment ne lui prendraient guère de temps. Ensuite, elle disposerait du reste de sa journée. Elle savait ce qu'on attendait d'elle. Non pas une simple lettre, mais une révision de sa déposition, un acte d'expiation, et elle était prête à l'entreprendre.

B. T.
Londres, 1999

LONDRES, 1999

Je viens de vivre une période étrange. Aujourd'hui, matin de mon soixante-dix-septième anniversaire, j'ai décidé de me rendre une dernière fois à la bibliothèque de l'Imperial War Museum, à Lambeth. Cette visite convenait à l'humeur particulière qui était la mienne. La salle de lecture loge tout en haut de la coupole du bâtiment, à l'intérieur de ce qui était autrefois la chapelle du Royal Bethlehem Hospital — l'ancien Bedlam. Là où les détraqués venaient offrir leurs prières, des universitaires se réunissent à présent pour mener leurs investigations sur la folie collective de la guerre. La voiture envoyée par la famille n'arriverait qu'après le déjeuner, de sorte que j'espérais me distraire en vérifiant les derniers détails, et en allant présenter mes adieux au conservateur des Archives, ainsi qu'aux aimables portiers qui m'ont escortée dans l'ascenseur au cours de toutes ces semaines hivernales. Mon intention était également de faire don aux archives de ma douzaine de longues lettres du vieux Mr Nettle. C'était, je suppose, un cadeau d'anniversaire que je m'offrais : une heure ou deux passées à faire plus ou moins semblant de m'occuper, à m'affairer à ce petit ménage final, typique d'une répugnance à lâcher prise. Dans les mêmes dispositions d'esprit, je m'étais agitée hier après-midi dans mon bureau ; à présent, les tirages sont classés et datés, les références photocopiées, enregistrées, les livres empruntés prêts à être rendus, et tout est dans la bonne boîte de rangement. J'ai toujours aimé finir en beauté.

Il faisait trop froid, trop humide, préoccupée comme je l'étais, pour emprunter les transports publics. J'ai pris un taxi à partir de Regent's Park, et pendant la longue traversée du centre de Londres j'ai repensé à ces malheureux pensionnaires de Bedlam qui étaient autrefois source de dérision, tout en me disant — en m'apitoyant sur moi-même — que je rejoindrais bientôt leurs rangs. Les résultats de mon scanner sont arrivés, et du coup j'ai rendu visite à mon médecin hier matin. Les nouvelles ne sont pas fameuses. C'est ainsi qu'il l'a exprimé une fois que j'ai été assise. Mes maux de tête, cette sensation d'étau autour des tempes, ont une cause bien particulière et de mauvais augure. Il a pointé le doigt sur quelques macules granuleuses d'une tomographie. Je me suis alors rendu compte que la pointe de son crayon tremblait dans sa main, et je me suis demandé s'il ne souffrait pas, lui aussi, de quelque dysfonctionnement neurologique. Dans la veine : « À bas les mauvais prophètes », j'ai assez espéré que ce soit le cas. J'étais victime, disait-il, d'une série d'infimes attaques cérébrales, presque imperceptibles. Le processus sera lent, mais mon cerveau, ma tête sont en train de fermer boutique. Les petites défaillances de mémoire qui nous guettent tous à partir d'un certain âge deviendront plus évidentes, plus débilitantes, jusqu'à ce que vienne le temps où je ne les remarquerai plus, car j'aurai perdu toute aptitude à comprendre quoi que ce soit. Les jours de la semaine, les événements de la matinée, voire les dix minutes précédentes, resteront inaccessibles pour moi. Mon numéro de téléphone, mon adresse, mon nom et ce que j'ai fait de ma vie se seront effacés. Dans deux, trois ou quatre ans, je serai incapable de reconnaître les plus anciens amis qui me restent et, au réveil, le matin, je n'aurai pas conscience de me trouver dans ma chambre. Et bientôt, je n'y serai plus, car il me faudra des soins permanents.

Je suis frappée de démence vasculaire, m'a dit le médecin, et c'est déjà réconfortant en soi. La dégradation s'opère très lentement, il a bien dû le redire une douzaine de fois. Et puis ce n'est pas aussi méchant qu'Alzheimer, que caractérisent sautes d'humeur et agressivité. La chance aidant, il se peut même que ce soit assez bénin. Je ne serai sans doute pas malheureuse — une bonne vieille dans sa chaise, qui n'aura plus sa tête, qui ne saura rien, qui n'attendra rien. Comme je lui avais demandé d'être franc, il était hors de question de me plaindre. À présent, il me poussait dehors. Il y avait douze personnes dans sa salle d'attente qui voulaient le voir. Pour résumer, en m'aidant à enfiler mon manteau, il m'a indiqué les étapes du parcours : perte de la mémoire à court et à long terme, disparition des mots isolés — les noms seront peut-être les premiers à partir —, puis le langage lui-même en même temps que l'équilibre, et peu après tout contrôle moteur, et pour finir le système nerveux central. Et bon voyage !

Cela ne m'a pas attristée, du moins au début. Au contraire, j'en ai été transportée, et j'ai voulu le dire tout de suite à mes amis les plus proches. J'ai passé une heure au téléphone à annoncer la nouvelle. Sans doute perdais-je déjà les pédales. Cela me paraissait tellement important. Tout l'après-midi, j'ai vaqué à mes tâches ménagères dans mon bureau, avec pour résultat six nouvelles boîtes de classement sur les étagères. Stella et John sont passés dans la soirée et nous avons commandé des plats chez le Chinois. À eux deux, ils ont descendu deux bouteilles de Morgon. J'ai bu du thé vert. Mes charmants amis ont été catastrophés de la description que je leur ai faite de mon avenir. Ils ont tous deux la soixantaine, âge suffisant pour commencer à se faire des illusions et s'imaginer que soixante-dix-sept ans c'est encore jeune. Aujourd'hui, dans mon taxi, en traversant Londres au pas sous la pluie verglaçante, je n'ai guère pensé à autre chose. Je suis en train de devenir folle, me suis-je dit. Pourvu que je ne sois pas folle. Sans y croire tout à fait. Peut-être n'étais-je rien de plus qu'une victime des diagnostics modernes ; en d'autres temps on aurait dit de moi que j'étais vieille et que, par voie de conséquence, je perdais la tête. À quoi d'autre pouvais-je m'attendre ? Je ne fais donc que mourir, je m'efface dans l'inconnaissance.

Mon taxi coupait par les petites rues derrière Bloomsbury, en passant devant la maison où a vécu mon père après son second mariage, puis devant l'appartement en sous-sol où j'ai vécu et travaillé dans les années cinquante. Au-delà d'un certain âge, traverser la ville donne désagréablement à penser. Les adresses des morts s'accumulent. Nous avons traversé le square où Leon a soigné sa femme avec héroïsme, puis élevé ses turbulents enfants avec un dévouement qui nous a tous surpris. Un jour, j'inspirerai moi aussi un instant de réflexion à l'occupant d'un taxi qui passe. C'est un raccourci très fréquenté que le rond-point de Regent's Park.

Nous avons franchi le fleuve par le Waterloo

Bridge. Je me suis penchée, assise sur l'arête du siège, pour embrasser d'un coup d'œil ma vue préférée de la ville et, en tordant le cou vers St Paul en aval, vers Big Ben en amont, avec toute la panoplie du Londres touristique entre les deux, je me sentais physiquement bien et mentalement intacte, à part les maux de tête et une légère fatigue. Si décatie que je sois, je me sens exactement identique à celle que j'ai toujours été. Difficile d'expliquer ça aux jeunes. On a beau avoir l'air reptilien, on ne fait pas partie d'une tribu distincte. Dans un an ou deux, pourtant, je ne serai plus à même de le revendiquer. Les grands malades, les dérangés du cerveau, sont d'une autre race, d'une race inférieure. Personne ne saura me persuader du contraire.

Mon chauffeur de taxi jurait. De l'autre côté du fleuve, des travaux nous obligeaient à faire un détour par l'ancien County Hall. Comme nous quittions le rond-point pour filer vers Lambeth, j'ai entrevu l'hôpital St Thomas. Il a été pilonné pendant le Blitz — je n'y étais pas, grâce au ciel —, et les bâtiments et la tour qui le remplacent sont une honte pour le pays. Pendant toute la durée de la guerre, j'ai travaillé dans trois hôpitaux différents — à Alder Hey, au Royal East Sussex et à St Thomas — et je les ai mélangés dans ma description afin de concentrer l'ensemble de mes expériences en un seul lieu. Une entorse commode, et le moindre de mes outrages à la véracité.

Il pleuvait moins fort quand le chauffeur a effectué son impeccable demi-tour au milieu de la route pour nous amener devant les grilles du musée. Affairée à ramasser mon sac, à chercher un billet de vingt livres et à ouvrir mon parapluie, je n'ai pas remarqué la voiture garée juste devant jusqu'à ce que mon taxi démarre. C'était une Rolls noire. Un instant j'ai cru qu'elle était vide. En fait, le chauffeur, un type minuscule, avait presque disparu derrière son volant. Je ne suis pas sûre que ce que je m'apprête à décrire soit véritablement l'effet d'une coïncidence exceptionnelle. Je pense aux Marshall chaque fois que je vois une Rolls garée sans chauffeur. Avec les années, c'est devenu un réflexe. Ils me viennent souvent à l'esprit, sans que cela engendre chez moi d'émotion particulière. Je me suis habituée à l'idée de leur existence. À l'occasion, on parle encore d'eux dans les journaux, à cause de leur Fondation et de tout ce qu'elle fait en faveur de la recherche médicale, de la collection dont ils ont fait don à la Tate, ou de leur généreuse contribution au financement de projets agricoles en Afrique noire. Des réceptions de Lola et de leurs vigoureux procès en diffamation contre des quotidiens nationaux. Pas étonnant donc que j'aie pensé à Lord et Lady Marshall au moment où j'approchais des énormes canons jumeaux en façade du musée, et pourtant j'ai éprouvé un choc en les voyant descendre les marches vers moi.

Un détachement d'officiels — j'ai reconnu le directeur du musée — et un malheureux photographe constituaient un comité d'adieu. Deux jeunes gens ont tendu leurs parapluies au-dessus de la tête des Marshall quand ils ont emprunté les marches qui longent les colonnes. Je me suis mise en retrait, ralentissant l'allure plutôt que de m'arrêter et d'attirer l'attention sur moi. Il y a eu une distribution de poignées de main et un chœur de rires généreux à la suite d'une boutade de Lord Marshall. Il s'appuyait sur sa canne, la canne laquée qui, je crois, est devenue, pour ainsi dire, son logo. Lui, son épouse et le conservateur ont posé pour la photo, puis ils sont partis, raccompagnés par les jeunes gens en costume et leurs parapluies. Les officiels du musée se sont attardés sur les marches. Mon seul souci était de savoir de quel côté ils s'en iraient afin d'éviter une collision frontale. Ils ont préféré prendre les canons par la gauche, j'en ai fait autant.

À moitié cachée sous mon parapluie penché, et derrière les tubes de canon dressés et leurs emplacements de béton, je ne me suis pas montrée, tout en m'arrangeant pour bien les voir. Ils sont passés en silence. Lui était reconnaissable d'après ses photos. En dépit de ses taches de vieillesse et de ses cernes violâtres, il a fini par ressembler au ploutocrate à la sauvage beauté, quoique légèrement rapetissé. L'âge lui a rapetissé le visage et donné l'allure qu'il avait toujours manquée de peu. C'est sa mâchoire qui a rétréci — un déficit osseux qui l'avantage. Bien qu'ayant un peu la tremblote et les pieds plats, il marchait relativement bien pour un homme de quatre-vingt-huit ans. On devient bon juge en ces choses. Malgré tout, sa main s'appuyait avec fermeté sur le bras de sa femme et la canne n'était pas seulement là pour l'esbroufe. On en a souvent parlé, il a fait un bien fou à travers le monde. Peut-être a-t-il passé sa vie à expier ses fautes. Ou peut-être s'est-il contenté d'aller de l'avant sans réfléchir, afin de vivre la vie qui avait toujours été la sienne.

Quant à Lola — ma cousine qui mène grand train et fume à la chaîne — elle était là, toujours aussi mince et vigoureuse qu'un lévrier de course, et toujours fidèle. Qui l'eût cru ? Mais pour elle, c'était un bon investissement. Un propos acide, dira-t-on, mais qui m'a visitée, le temps d'un bref coup d'œil. Elle portait un manteau de zibeline et un feutre écarlate à larges bords. Plus audacieux que vulgaire. Presque quatre-vingts ans et toujours en talons hauts. Ils claquaient sur le trottoir, alertes comme ceux d'une femme plus jeune. Pas l'ombre d'une cigarette. En fait, elle paraissait respirer la thalasso et le bronzage en cabine. Désormais plus grande que son mari, elle était indéniablement tonique. Mais il y avait aussi quelque chose de risible chez elle — ou bien prenais-je mes désirs pour des réalités ? Lourdement maquillée, la bouche plutôt voyante, elle semblait ne pas avoir lésiné non plus sur la crème antirides et la poudre. Étant donné mon puritanisme en la matière, mon témoignage n'est pas parfaitement fiable. Je lui ai trouvé une dégaine de méchante de service — sa silhouette décharnée, son manteau noir, ses lèvres éclatantes. Avec un fume-cigarette, un chien de salon sous le bras, elle aurait fait une excellente Cruella.

Nous nous sommes côtoyées l'espace de quelques secondes. J'ai poursuivi mon ascension, et je me suis arrêtée sous le fronton, à l'abri de la pluie, pour suivre des yeux le groupe dans sa progression vers la voiture. On a aidé Lord Marshall à monter le premier, et j'ai pu constater à quel point il était peu solide. Incapable de se baisser, de déplacer le poids de son corps d'un pied sur l'autre. Il a fallu le soulever pour le déposer sur son siège. L'autre porte était tenue pour Lady Lola qui, elle, s'est penchée avec une souplesse fantastique. J'ai regardé la Rolls se perdre dans la circulation, et je suis entrée. Leur vue a déposé sur mon cœur une chape de plomb et j'ai essayé de les oublier, ou de ne plus en souffrir pour l'instant. J'avais eu mon lot pour aujourd'hui. Malgré tout, la santé de Lola me tracassait quand j'ai déposé mon sac au vestiaire en échangeant de joviales salutations avec les portiers. Ici, il est de règle que l'on vous accompagne jusqu'à la salle de lecture par un ascenseur dont l'exiguïté rend l'échange de banalités obligatoire, du moins en ce qui me concerne. Comme je m'y employais — quel temps épouvantable, mais cela s'arrangerait certainement au cours du week-end —, je ne pouvais m'empêcher de revenir, après la rencontre que je venais de faire au-dehors, à la question essentielle de la santé : j'allais peut-être survivre à Paul Marshall, mais Lola me survivrait certainement. Avec des conséquences évidentes. Le problème se pose entre nous depuis des années. Comme l'a exprimé une fois mon éditeur : publier nous exposerait à des poursuites. Mais il m'était difficile d'envisager tout ça maintenant. Il y avait déjà suffisamment de choses auxquelles je ne voulais pas penser. J'étais venue ici pour m'occuper.

J'ai passé un moment à bavarder avec le conservateur des documents. Je lui ai remis le paquet de lettres de Mr Nettle à propos de Dunkerque — reçues avec infiniment de gratitude. Elles iront rejoindre toutes celles que j'ai déjà offertes. Le conservateur m'avait déniché un ancien colonel du régiment des Buffs, lui-même un peu historien amateur, qui, ayant lu les pages de mon manuscrit sur la question, m'avait faxé ses suggestions. Ses notes — irascibles, utiles — m'étaient à présent remises. Je m'y plongeai à fond, Dieu merci.

« En aucun cas (souligné deux fois) un soldat servant dans l'armée britannique ne dirait : "Au pas de gymnastique." Seul un Américain exprimerait ainsi ce genre d'ordre. L'expression correcte est : "Au pas de course." »

J'adore ces petits riens, cette approche pointilleuse de la vraisemblance, cette correction de détail qui, cumulée, procure tant de satisfaction.

« Personne ne parlerait jamais de "*mitrailleuse de vingt-cinq*". L'expression exacte, c'est soit "*canon de*

471

vingt-cinq", soit "*pièce de vingt-cinq*". L'usage que vous en faites paraîtrait particulièrement bizarre, même à quelqu'un qui n'aurait pas fait partie de l'artillerie royale. »

Telle une équipe de policiers en pleine enquête, à quatre pattes nous progressons sur le chemin de la vérité.

« Votre gars de la RAF porte un béret. Franchement, je ne crois pas. En dehors du corps des blindés, même l'armée n'en avait pas en 1940. Vous feriez mieux d'équiper votre bonhomme d'un calot. »

Pour finir, le colonel, qui s'adressait à moi au début de sa lettre en tant que « Mademoiselle », laissait percer une certaine impatience envers mon sexe. Qu'est-ce qui nous prenait, à nous autres femmes, de nous mêler de ce genre d'affaires ?

« Madame (souligné trois fois) — un Stuka ne transporte pas "une bombe de mille tonnes". Vous rendez-vous compte qu'un escorteur de la marine pèse à peine ce poids ? Je vous invite à creuser un peu plus le sujet. »

Une simple coquille. Je voulais dire « kilos ». J'ai pris note de ces corrections et rédigé une lettre de remerciement au colonel. J'ai fait faire quelques photocopies de documents que j'ai rangées méthodiquement en piles pour mes archives personnelles. J'ai rendu les livres dont je m'étais servi au guichet de l'entrée et j'ai jeté divers bouts de papier. La moindre trace de moi a disparu de l'espace de travail. Comme je faisais mes adieux au conservateur, j'ai appris que la Fondation Marshall s'apprêtait à faire un don au musée. Après un échange de poignées de main avec les autres bibliothécaires, et la promesse de signaler l'aide fournie par le service, on a prié un gardien de me raccompagner en bas. Très aimablement, la jeune fille du vestiaire a appelé un taxi, et l'un des jeunes employés de l'accueil a transporté mon sac jusqu'au trottoir.

En repartant vers le nord, j'ai repensé à la lettre du colonel, ou, plutôt, au plaisir que me procurent ces insignifiantes modifications. Si je me préoccupais tant des faits, j'aurais écrit un autre livre. Mais mon travail était terminé. Il n'y aurait plus d'autres versions. Telles étaient les réflexions auxquelles je me livrais alors que nous entrions dans l'ancien tunnel du tram sous l'Aldwych, juste avant que je ne m'endorme. Lorsque le chauffeur m'a réveillée, le taxi était à Regent's Park, devant mon appartement.

J'ai classé les papiers rapportés de la bibliothèque, je me suis préparé un sandwich, et j'ai fait mon petit bagage. J'étais consciente en me déplaçant dans l'appartement, d'une pièce familière à l'autre, que mes années d'indépendance allaient bientôt prendre fin. Sur le bureau trônait une photo encadrée de Thierry, mon mari, prise à Marseille deux ans avant sa mort. Un jour, je demanderai qui c'est. Je me tranquillise en prenant le temps de choisir la robe que je porterai à mon dîner d'anniversaire. Cette démarche était, de fait, rajeunissante. Je suis plus mince que je ne l'étais il y a un an. En laissant courir mes doigts le long des portemanteaux, j'en ai oublié le diagnostic, le temps de quelques minutes. Je me suis décidée pour une robe chemisier en cachemire gris tourterelle. Ensuite tout s'est enchaîné facilement : une écharpe de satin blanc, retenue par la broche en camée d'Emily, des escarpins vernis — à petits talons évidemment —, un châle noir en *dévoré*. J'ai refermé la valise et, en la portant dans le vestibule, j'ai été étonnée de sa légèreté.

Ma secrétaire sera là demain, avant mon retour. Je lui ai laissé un message pour lui indiquer le travail que j'attends d'elle, puis j'ai pris un livre et une tasse de thé et je me suis assise dans un fauteuil, près d'une fenêtre donnant sur le parc. J'ai toujours su éviter de m'appesantir sur ce qui me tracasse véritablement. Mais, trop excitée, je n'ai pas été fichue de lire. Un voyage à la campagne, un dîner en mon honneur, un resserrement des liens familiaux. Pourtant, je venais d'avoir un de ces entretiens classiques avec un médecin. J'aurais dû être déprimée. Se pouvait-il que je sois, selon l'expression moderne, en pleine dénégation ? Peut-être, mais cela ne changeait rien. La voiture n'arriverait pas avant une demi-heure, et je ne tenais plus en place. Je me suis levée de mon siège pour arpenter plusieurs fois la pièce. Mes genoux me font souffrir si je reste assise trop longtemps. Lola me hantait, la sévérité de ce vieux visage émacié, peinturluré, l'audace de sa démarche sur ses périlleux talons hauts, sa vitalité en se baissant pour entrer dans la Rolls. Étais-je en train de rivaliser avec elle en faisant les cent pas entre la cheminée et le Chesterfield ? J'avais toujours cru que la grande vie, les cigarettes la perdraient. Même à l'époque où nous avions toutes deux la cinquantaine, je le pensais. Mais, à quatre-vingts ans, elle a une expression avide, sagace. Elle a toujours été l'aînée, la supérieure, avec sa longueur d'avance sur moi. Et pourtant, en cette grande affaire de la fin, je la devancerai, tandis qu'elle continuera de vivre jusqu'à cent ans. Je ne pourrai pas publier de mon vivant.

La Rolls devait m'avoir tourné la tête, car lorsque la voiture est arrivée — avec quinze minutes de retard — ç'a été une déception. Ces choses-là ne me gênent pas d'habitude. C'était un mini-taxi poussiéreux, dont la banquette arrière était recouverte de fourrure synthétique en faux zèbre. Mais le conducteur, Michael, un jeune Antillais plein d'entrain, s'est saisi de ma valise en insistant beaucoup pour déplacer le siège avant à mon intention. Une fois établi que je ne supporterais pas la musique trépidante des haut-parleurs de la plage arrière, quel qu'en soit le volume, et après un bref instant d'humeur de sa part, nous nous sommes bien entendus et nous avons parlé famille. Il n'avait jamais connu son père, et sa mère était médecin au Middlesex Hospital. Lui-même diplômé en droit de l'université de Leicester, il comptait maintenant entrer à la London School of Economics, en vue d'une thèse de doctorat sur le droit et la pauvreté dans le tiers monde. Tandis que nous nous apprêtions à quitter Londres par la sinistre Westway, il m'en a fait un petit condensé : pas de législation sur la propriété, donc pas de capital, donc pas de richesses.

« C'est bien le discours d'un juriste, dis-je. Qui défend sa propre cause. »

Il a ri poliment, tout en pensant sans doute que j'étais profondément idiote. Il est pratiquement impossible de nos jours de se prononcer sur le niveau d'éducation des gens d'après leur manière de parler, leurs vêtements ou leurs goûts musicaux. Mieux vaut traiter tous ceux qu'on rencontre en intellectuels distingués.

Au bout de vingt minutes, nous avions assez parlé et, dès l'instant où la voiture est entrée sur l'autoroute et où le moteur s'est mis à ronronner régulièrement, je me suis endormie et, à mon réveil, nous étions sur une route de campagne et une pénible migraine m'enserrait le front. J'ai sorti trois aspirines de mon sac à main que j'ai croquées et avalées avec dégoût. Quelle partie de mon cerveau, de ma mémoire, une minuscule attaque m'avait-elle prise pendant que je dormais ? Je ne le saurais jamais. Ce fut alors, à l'arrière de cette petite voiture bringuebalante que, pour la première fois, j'ai vécu une expérience voisine du désespoir. Le terme panique serait trop fort. De la claustrophobie pour une part, un enfermement sans issue dans un processus de décrépitude, et une sensation d'amoindrissement. J'ai tapoté sur l'épaule de Michael et lui ai demandé de rallumer sa musique. Croyant que je cédais à ses caprices parce que nous étions proches de notre destination, il a refusé. Mais j'ai insisté, de sorte que les sourdes vibrations de batterie ont repris, dominées par une voix de baryton léger qui chantait en patois créole sur un tempo de berceuse ou de refrain de cour de récréation. Ce qui m'a aidée. M'a distraite. C'était tellement enfantin, bien que j'aie soupçonné qu'on exprimait là des sentiments terribles. Je ne lui ai pas demandé de traduire.

La musique résonnait encore quand nous nous sommes engagés dans l'allée de l'hôtel Tilney. Plus de vingt-cinq ans s'étaient écoulés depuis que j'avais emprunté ce chemin pour l'enterrement d'Emily. J'ai d'abord remarqué l'absence des arbres du parc, les ormes géants décimés par la maladie, je suppose, et les chênes restants arrachés pour céder la place à un parcours de golf. Nous ralentissions à présent pour laisser traverser quelques joueurs de golf et leurs caddies. Je n'ai pu m'empêcher de penser à eux comme à des intrus. Les bois qui entouraient l'ancien pavillon de Grace Turner étaient toujours là, et, comme l'allée s'ouvrait sur un dernier bouquet de hêtres, la maison principale est apparue. Nul besoin d'éprouver de la nostalgie — elle avait toujours été très laide. Mais, vue de loin, elle avait un côté raide et vulnérable. Le lierre, qui, autrefois, atténuait l'effet de cette façade de brique rouge, avait été arraché, peut-être pour préserver la maçonnerie. Bientôt nous approchions du premier pont, et déjà je constatais que le lac n'existait plus. Sur le pont, nous étions suspendus au-dessus d'une pelouse impeccable, de celles que l'on voit parfois à la place d'anciennes douves. Ce n'était pas déplaisant en soi, si on ne savait pas ce qu'il y avait eu là autrefois — les roseaux, les canards, et la carpe géante que deux vagabonds avaient grillée et savourée près du temple de l'île. Qui avait lui aussi disparu. Là où il se dressait jadis, il y avait un banc de bois, et une corbeille à papier. L'île qui, bien sûr, n'en était plus une, formait un long monticule d'herbe veloutée, pareil à un immense tertre antique planté de rhododendrons et autres plantes arbustives. Il y avait un chemin de gravier qui en faisait le tour, avec d'autres bancs ici et là, et des éclairages de jardin sphériques. Je n'ai guère eu le temps de repérer l'endroit où autrefois je m'étais assise pour réconforter la jeune Lady Lola Marshall, car nous traversions déjà le deuxième pont, avant de ralentir pour entrer sur le parking goudronné qui s'étendait sur toute la longueur de la maison.

Michael a déposé mon bagage dans l'aire de réception de l'ancien hall. Comme il est curieux qu'on ait pris la peine de recouvrir ces dalles noires et blanches d'un tapis de corde. J'imagine que l'acoustique a toujours posé problème, bien que cela ne m'ait jamais dérangée. De haut-parleurs invisibles s'écoulait le murmure de l'une des quatre saisons de Vivaldi. Il y avait un bureau acceptable en bois de rose, surmonté d'un écran d'ordinateur et d'un vase de fleurs, et, montant la garde de chaque côté, deux armures ; fixées à la boiserie, des hallebardes en croix et un blason ; au-dessus, le portrait qui siégeait autrefois dans la salle à manger et que mon grand-père avait importé dans le dessein de donner une généalogie à la famille. J'ai remis un pourboire à Michael en lui souhaitant sincèrement bonne chance avec ses droits de propriété et sa pauvreté. J'essayais de rattraper mes remarques idiotes à propos des juristes. Il m'a souhaité bon anniversaire et m'a serré la main — qu'elle était légère et peu affirmée, sa poignée de main —, et il est parti. Derrière le bureau, une jeune fille au visage grave, en tailleur classique, m'a remis ma clef en m'annonçant que l'ancienne bibliothèque avait été retenue à l'usage exclusif de notre réception. Les quelques personnes déjà arrivées étaient parties faire un tour à pied. Il était prévu que tout le monde se réunirait à six heures, pour l'apéritif. Un groom monterait ma valise. Il y avait un ascenseur à ma disposition.

Personne pour m'accueillir donc, ce qui m'a soulagée. Je préférais être seule pour juger de la situation, de l'intérêt de tant de changement, avant d'être obligée de me transformer en invitée d'honneur. J'ai pris l'ascenseur jusqu'au deuxième étage, j'ai franchi une série de portes vitrées coupe-feu, et j'ai parcouru le couloir dont les lames de parquet ciré ont craqué de manière familière. Il était bizarre de voir ces chambres numérotées et fermées à clef. Bien sûr, le numéro de ma chambre — la sept — ne me disait rien, mais je crois que j'avais déjà deviné où j'allais dormir. Au moins, en m'arrêtant devant la porte, je n'ai pas eu de surprise. Ce n'était pas mon ancienne chambre, mais celle de tante Venus, qu'on avait toujours considérée comme ayant la plus belle vue sur le lac, l'allée, les bois et les collines au-delà. Charles, le petit-fils de Pierrot, l'âme organisatrice, me l'avait forcément réservée.

Ce fut une agréable surprise d'y pénétrer. Les

pièces situées de part et d'autre lui avaient été annexées pour former une suite imposante. Sur une table basse en verre se dressait une énorme gerbe de fleurs de serre. L'immense lit surélevé, qu'avait occupé si longtemps et sans se plaindre tante Venus, avait disparu, de même que le coffre de mariage sculpté et le sofa tendu de soie verte. Installés quelque part dans les Highlands, en Écosse, ils appartenaient maintenant à l'aîné des fils de Leon, né de son second mariage. Malgré tout, le nouvel ameublement était beau, et j'aimais bien ma chambre. Ma valise est arrivée, j'ai commandé un thé et suspendu ma robe. J'ai exploré mon salon, qui disposait d'un bureau et d'une bonne lampe, et l'ampleur de la salle de bains, ses pots-pourris et ses piles de serviettes de toilette sur un portant chauffant m'ont impressionnée. C'était un soulagement de ne pas tout voir sous l'angle d'une décadence de mauvais aloi — une habitude qui vous vient facilement avec l'âge. Je me suis attardée devant la fenêtre à admirer le rayon de soleil qui tombait en diagonale sur le parcours de golf et avivait les arbres dénudés des collines au loin. J'avais du mal à accepter l'absence du lac, mais on pourrait — qui sait — le restaurer un jour ; quant au bâtiment lui-même, il abritait sûrement davantage de bonheur humain maintenant, en tant qu'hôtel, que lorsque j'y habitais.

Charles a téléphoné une heure plus tard, juste au moment où je commençais à me dire qu'il était temps de m'habiller. Il a offert de venir me chercher à six heures quinze, quand tout le monde serait réuni, et de descendre avec moi afin que je puisse faire mon entrée. Et c'est ainsi que j'ai pénétré à son bras dans cette immense pièce en L, parée de cachemire, sous les applaudissements et les verres levés de cinquante proches. Mon impression immédiate en entrant fut de ne reconnaître personne. Aucun visage familier ! Je me suis demandé si ce n'était pas un avant-goût du défaut de compréhension que l'on m'avait promis. Et puis, lentement, les identités se sont précisées. Il faut faire la part des ans et de la rapidité avec laquelle les nourrissons se muent en turbulents gamins de dix ans. Impossible de confondre mon frère, recroquevillé et affaissé sur son fauteuil roulant, une serviette sous le menton pour recueillir les gouttes du champagne que quelqu'un portait à ses lèvres. Comme je me penchais pour embrasser Leon, il a réussi à me sourire de la moitié de visage dont il reste encore maître. Je n'ai pas tardé non plus à reconnaître Pierrot, très desséché, avec son crâne luisant comme un œuf que j'aurais volontiers caressé, mais toujours aussi pétillant et très pater familias. Il est convenu que nous ne ferons jamais allusion à sa sœur.

J'ai fait le tour de la pièce, avec Charles à mes côtés qui me soufflait les noms. Qu'il était délicieux d'être au cœur d'une réunion si bienveillante. J'ai renoué connaissance avec les enfants, les petits-enfants et arrière-petits-enfants de Jackson, mort il y a quinze ans. En fait, à eux deux, les jumeaux ont joliment peuplé la pièce. Leon n'était pas en reste, avec ses quatre mariages et son goût de la paternité. Nos âges allaient de trois mois à ses quatre-vingt-neuf ans. Et quelle cacophonie, de la voix la plus bourrue à la plus perçante, tandis que les serveurs repassaient champagne et limonade. Les enfants vieillissants de cousins éloignés m'ont accueillie en amis perdus de vue. Une personne sur deux voulait me dire des gentillesses à propos de mes livres. Un groupe d'adolescents ravissants m'ont raconté qu'ils étudiaient mes livres à l'école. J'ai promis de lire le tapuscrit du roman du fils — absent — de quelqu'un. Petits mots et cartes m'ont été glissés dans les mains. Empilés sur une table, dans l'angle de la pièce, il y avait des cadeaux que je devais ouvrir, m'ont dit plusieurs enfants, *avant*, pas *après* leur coucher. J'ai fait des promesses, serré des mains, baisé des joues et des lèvres, admiré et chatouillé des bébés, et, juste au moment où je commençais sérieusement à penser que j'aimerais m'asseoir quelque part, je me suis aperçue qu'on était en train de disposer les chaises dans le même sens. Et puis Charles a frappé dans ses mains et, en forçant la voix pour dominer le tohu-bohu qui s'est calmé avec difficulté, il a annoncé qu'avant le dîner aurait lieu un divertissement en mon honneur. Et que nous étions priés de tous prendre un siège.

On m'a accompagnée jusqu'à un fauteuil du premier rang. À côté de moi a pris place le vieux Pierrot, en conversation avec un cousin sur sa gauche. Un quasi-silence impatient est descendu sur la pièce. D'un angle venaient des chuchotements précipités d'enfants, que j'ai trouvé plus délicat d'ignorer. Pendant que nous attendions, je profitai, pour ainsi dire, de mes quelques secondes de liberté pour jeter un coup d'œil à la ronde, et ce n'est qu'à ce moment-là que j'ai constaté la disparition de tous les livres de la bibliothèque, de même que celle des rayonnages. Voilà pourquoi la pièce m'avait paru tellement plus spacieuse que dans mon souvenir. La seule lecture disponible se réduisait aux magazines de luxe des porte-revues, à côté de la cheminée. Après un « chut ! » et un bruit de chaise traînée s'est présenté à nous un jeune garçon, les épaules drapées d'une cape noire. Il était pâle, couvert de taches de rousseur et rouquin — à n'en pas douter, un petit Quincey. Je lui donnai environ neuf ou dix ans. Sa frêle corpulence rendait sa tête plus volumineuse, ce qui lui donnait un côté immatériel. Mais, plein d'assurance, il parcourut la pièce des yeux, attendant que son public s'assagisse. Puis, enfin, il redressa son menton de lutin, emplit ses poumons et parla d'une voix claire et pure de soprano. Je m'attendais à un tour de prestidigitation, mais ce que j'entendis eut comme un écho de surnaturel.

> Écoutez donc l'histoire d'Arabella la spontanée
> Qui s'enfuit de chez elle en extrinsèque compagnie,
> De ses parents peinés de voir leur première-née
> Se volatiliser pour Eastbourne gagner
> Et dans la maladie et la triste indigence tomber
> Au point d'en être réduite à son ultime denier.

Soudain, elle était là, devant moi, cette petite fille zélée, pédante, affectée, toujours bien vivante, car lorsque les gens étouffèrent un petit rire appréciateur au mot « volatiliser », mon cœur sensible — vanité ridicule ! — fit une légère embardée. Le petit récitait avec une clarté de ton saisissante, et une pointe désagréable de ce que ma génération aurait qualifié d'accent cockney, même si je n'ai pas la moindre idée de ce que signifie aujourd'hui le « t » glottal. Je savais que ces mots étaient les miens, mais je m'en souvenais à peine, et il était difficile de se concentrer, avec toutes ces interrogations, ces impressions, qui se pressaient en foule. D'où en avaient-ils exhumé un exemplaire, et cette mystérieuse assurance était-elle le symptôme d'un autre âge ? J'ai regardé à la dérobée mon voisin Pierrot. Il avait sorti son mouchoir et se tamponnait les yeux, et je ne crois pas que sa fierté d'arrière-grand-père en ait été l'unique raison. Je le soupçonnais aussi d'avoir eu l'idée de tout cela. Le prologue atteignait ses sommets de sagesse :

Pour cette jeune fille imprévue, se levait le jour béni
D'épouser son beau prince. Mais soyez-en avertis,
Arabella, presque trop tard, l'ayant appris :
Avant d'aimer, il faut avoir bien réfléchi !

Nous applaudîmes dans le chahut. Il y eut même de grossiers sifflets. Ce dictionnaire, cet *Oxford Concise*. Où était-il à présent ? Dans le nord-ouest de l'Écosse ? J'eus envie de le récupérer. Le garçon fit la révérence, recula de quelques pas et fut rejoint par quatre autres enfants, arrivés à mon insu, et qui attendaient là où se trouvaient sans doute les coulisses.

Ainsi débuta *Les Tribulations d'Arabella,* sur l'adieu des parents remplis d'angoisse et de tristesse. Je reconnus immédiatement l'héroïne, Chloé, l'arrière-petite-fille de Leon. Qu'elle est ravissante et solennelle, cette petite, avec sa voix généreuse et profonde qui lui vient de sa mère espagnole. Je me souviens d'avoir été présente à son premier anniversaire, j'ai l'impression que c'était il y a quelques mois seulement. J'ai assisté à sa plongée convaincante dans la pauvreté et le désespoir, une fois délaissée par le comte félon — lequel était le récitant en cape noire du prologue. En moins de dix minutes, tout fut bouclé. Dans mon souvenir, avec la distorsion du temps propre aux enfants, cela m'avait toujours paru aussi long qu'une pièce de Shakespeare. J'avais totalement oublié qu'après la cérémonie du mariage Arabella et le prince-médecin, se donnant le bras, et parlant à l'unisson, s'avançaient pour adresser un distique final au public.

Ainsi éclôt l'amour, nos épreuves ont pris fin.
Adieu donc, bons amis, vers le couchant voguons enfin!

Ce n'était pas ce que j'avais fait de mieux, ai-je pensé. Mais l'assistance tout entière, en dehors de Leon, Pierrot et moi, s'est levée pour applaudir. Comme ils étaient habiles, ces enfants, jusqu'au rappel de rideau. Main dans la main, rangés de front, réglant leur conduite sur Chloé, ils reculèrent de deux pas, revinrent en avant et saluèrent de nouveau. Dans le brouhaha, personne ne remarqua que le pauvre Pierrot, totalement submergé d'émotion, avait le visage dans ses mains. Était-il en train de revivre l'époque de solitude et de terreur qu'il avait passée ici à la suite du divorce de ses parents? Ils auraient tant voulu jouer dans la pièce, les jumeaux, ce soir-là dans la bibliothèque, et voilà que cela arrivait enfin, avec soixante ans de retard, et son frère mort depuis longtemps.

On m'a aidée à me lever de mon siège confortable et j'ai prononcé un petit discours de remerciement. De concert avec un bébé qui hurlait au fond de la pièce, j'ai tenté d'évoquer cet été torride de 1935, époque à laquelle les cousins étaient descendus du Nord. Je me suis tournée vers les acteurs et je leur ai dit que notre spectacle n'aurait pas été à la hauteur du leur. Pierrot approuva vigoureusement de la tête. J'expliquai que j'avais été la seule responsable de l'échec des répétitions, car à mi-chemin j'avais décidé de devenir écrivain. Il y eut des rires indulgents, encore des applaudissements, puis Charles annonça qu'il était temps de dîner. Ainsi se déroula cette soirée agréable — le repas bruyant au cours duquel j'ai même bu un peu de vin, les cadeaux, le coucher des plus jeunes, pendant que leurs grands frères et sœurs allaient regarder la télévision. Ensuite, des discours au moment du café et beaucoup de rires francs, et à dix heures je me suis mise à penser à ma superbe chambre là-haut, non parce que j'étais fatiguée, mais parce que j'étais lasse d'être en société et l'objet de tant d'attentions, si gentilles soient-elles. Une autre demi-heure s'est écoulée à échanger bonsoirs et adieux avant que Charles et Annie, son épouse, ne me raccompagnent jusqu'à ma chambre.

Il est maintenant cinq heures du matin et je suis encore devant le bureau, à repenser à ces deux étranges journées que je viens de vivre. Il est vrai que les vieux n'ont pas besoin de sommeil — du moins la nuit. Il me reste encore tant de choses auxquelles réfléchir, et bientôt, en l'espace d'une année peut-être, j'aurai bien moins la tête à le faire. J'ai repensé à mon dernier roman, celui qui aurait dû sortir le premier. La version la plus ancienne, de janvier 1940, la dernière, de mars 1999, et, entre les deux, une demi-douzaine de versions différentes. La deuxième, de juin 1947, la troisième de... qui se soucie de le savoir ? La tâche de cinquante-neuf ans que je m'étais fixée est terminée. Il y avait notre crime — celui de Lola, de Marshall et le mien —, et à partir de la deuxième version je me suis lancée à le décrire. J'ai considéré de mon devoir de ne rien déguiser — les noms, les lieux, les circonstances exactes —, j'y ai tout mis, comme pour un document historique. Mais en tant que réalité légale, d'après ce que m'en ont dit mes différents éditeurs au fil des ans, mes mémoires judiciaires ne pourront jamais être publiés du vivant de mes complices. On ne peut diffamer que soi-même ou les morts. Depuis la fin des années quarante, les Marshall se sont employés à défendre farouchement et à grands frais leur réputation auprès des tribunaux. Ils seraient parfaitement capables de couler une maison d'édition grâce à leurs comptes courants. À croire qu'ils ont eu quelque chose à cacher. À croire, oui, mais de là à l'écrire... Les suggestions les plus évidentes m'ont été faites — déplacer, transmuer, travestir. Usez des brumes de l'imagination ! À quoi serviraient les romanciers sinon ? Allez aussi loin qu'il est nécessaire, situez-vous hors d'atteinte, en marge de la loi. Mais personne ne connaît ces distances avec précision tant qu'un jugement n'a pas été rendu. La tranquillité s'achète au prix de la neutralité et de l'obscurité. Je sais que je ne pourrai pas publier ce texte tant qu'ils ne seront pas morts. Et, depuis ce matin, j'ai accepté l'idée qu'il ne paraisse pas de mon vivant. Il ne suffit pas que l'un des deux disparaisse. Même lorsque la tronche rétrécie de Marshall figurera enfin dans les pages nécrologiques, ma cousine du Nord ne tolérera pas qu'on l'accuse de collusion criminelle.

Il y a eu crime. Mais il y a également eu les amants. Les amants et leur fin heureuse m'ont hanté l'esprit toute la nuit. Vers le soleil voguons. Une inversion malheureuse. Je réalise que je n'ai pas fait tant de chemin depuis que j'ai écrit ma petite pièce. Ou, plutôt, que j'ai fait une longue digression pour revenir à mon point de départ. Ce n'est que dans cette dernière version que tout se termine bien pour mes amoureux, debout côte à côte, sur un trottoir du South London, tandis que je m'éloigne à pied. Toutes les versions précédentes ont été impitoyables. Mais, à présent, je n'imagine plus à quoi il servirait, disons, d'essayer de convaincre mon lecteur, directement ou indirectement, que Robbie Turner est mort de septicémie à Bray Dunes, le 1er juin 1940, ou que Cecilia a été tuée en septembre de la même année par la bombe qui a détruit la station de métro de Balham. Que je ne les ai jamais rencontrés cette année-là. Que ma promenade à travers Londres s'est terminée à l'église de Clapham Common, et que Briony est lâchement rentrée à l'hôpital en boitillant, incapable d'affronter sa sœur, en deuil depuis peu. Que les lettres écrites par les amants sont aux archives du War Museum. En quoi cela constituerait-il une fin ? Quelle émotion, quel espoir ou quelle satisfaction le lecteur tirerait-il d'un tel récit ? Qui croirait qu'ils ne se sont jamais retrouvés, qu'ils n'ont jamais pu vivre leur amour ? Qui voudrait le croire, sinon pour servir un réalisme des plus sombres ? Je ne pouvais pas leur faire ça. Je suis trop âgée, j'ai trop peur, je suis trop attachée aux lambeaux de vie qui me restent. Je vais être confrontée à une marée montante d'omissions, et puis à l'oubli. Je ne possède plus le courage de mon pessimisme. Quand je serai morte, quand les Marshall seront morts et que le roman sera enfin publié, nous n'existerons plus qu'en tant qu'inventions. Briony sera tout autant un fantasme que les amants qui auront partagé un lit à Balham et fait enrager leur logeuse. Personne ne se souciera de démêler les événements et les personnages qui auront été travestis aux fins d'un roman. Je sais qu'il y aura toujours un lecteur pour se demander : mais que s'est-il *vraiment* passé ? La réponse est simple : les amoureux survivent et prospèrent. Tant qu'existera un seul exemplaire, un seul manuscrit de ma version définitive, alors ma sœur, spontanée, fortuite, et son prince-médecin survivront pour s'aimer.

Le problème de ces cinquante-neuf années reste ainsi posé : comment un écrivain peut-il se racheter, alors que, doué du pouvoir absolu de décider de la fin, il est également Dieu ? Il n'a personne, ni entité ni forme supérieure à qui en appeler, avec qui se réconcilier ou qui puisse lui pardonner. Il n'existe rien en dehors de lui. En imagination, il a fixé les limites et les termes. Pas d'expiation pour Dieu ni pour les écrivains, même s'ils sont athées. Cela a toujours été une tâche impossible, et là résidait justement l'intérêt. L'entreprendre, voilà l'enjeu.

Je me tiens à la fenêtre, sentant des vagues de fatigue chasser les dernières forces de mon corps. Le plancher semble onduler sous mes pieds. Je regarde les premières lueurs grises dévoiler le parc et les ponts au-dessus du lac disparu. Et la longue allée qu'ils ont prise pour emmener Robbie, dans le jour blafard. J'aime à penser que ce n'est pas par faiblesse ou par dérobade, mais par un dernier acte de générosité, un rempart contre l'oubli et le désespoir, que j'ai laissé mes amants vivre et se retrouver à la fin. Je leur ai accordé d'être heureux, mais je n'ai pas poussé l'égoïsme jusqu'à m'en faire pardonner. Pas tout à fait, pas encore. Si j'avais le pouvoir de les faire apparaître à ma fête d'anniversaire... Robbie et Cecilia, toujours en vie, toujours amoureux, côte à côte dans la bibliothèque, souriant aux *Tribulations d'Arabella* ? Ce n'est pas impossible.

Mais maintenant, je dois dormir.

REMERCIEMENTS

Je remercie le personnel du Département des documents de l'Imperial War Museum de m'avoir autorisé à consulter lettres, journaux intimes et souvenirs inédits de soldats et d'infirmières qui ont servi pendant les années quarante. Je suis également redevable aux auteurs des ouvrages qui suivent : *Destination Dunkirk*, de Gregory Blaxland ; *The Miracle of Dunkirk*, de Walter Lord ; *No Time for Romance*, de Lucilla Andrews. Je remercie Claire Tomalin, Craig Raine et Tim Garton-Ash pour leurs commentaires incisifs et utiles, et par-dessus tout mon épouse, Annalena McAfee, pour ses encouragements et ses relectures remarquablement minutieuses.

I. M.

DU MÊME AUTEUR

Composition CMB Graphic
Impression Novoprint
à Barcelone, le 13 janvier 2005
Dépôt légal : janvier 2005

ISBN 2-07-030613-5./Imprimé en Espagne